Rita Weber

Gieriges Paradies

ROMAN

Hober Verlag
Hamburger Straße 6
32760 Detmold
Hober-verlag@gmx.de
www.hober-verlag.de

Druck:
epubli GmbH
10999 Berlin

Wer der Meinung ist, dass man für Geld alles haben kann, gerät leicht in den Verdacht, dass er für Geld alles zu tun bereit ist.

(Benjamin Franklin)

1

Der vorletzte Donnerstag im August,

Teide Nationalpark.

Schon seit längerer Zeit konnten aufmerksame Besucher beobachten, dass der ältere, äußerst gepflegt wirkende, freundlich lächelnde Mann seinen Blick nicht vom Ausblick in Richtung Osten, nach San Pedro, abwenden konnte. San Pedro ist ein kleines Dorf an der Ostküste Teneriffas und bei Urlaubern völlig unbekannt.

Fast alle Besucher des Parque National del Teide, die den Weg nach oben mit der Seilbahn, der Teleferico, gewählt hatten, waren bei guter Fernsicht, mit der man häufig rechnen konnte wenn normales Kanaren Wetter herrschte, so mit sich und dieser unglaublichen Landschaft rundum beschäftigt, dass eine einzelne Person nicht sonderlich auffiel. Zumal man hier oben ohnehin den kuriosesten Gestalten begegnen konnte.

Englische Urlauberinnen bevorzugen häufig selbst in 3500 m Höhe dünne Kleidchen und Flip Flops oder Riemchensandalen. Sie scheinen auch nicht zu frieren und selbst die Kinder werden in kurzen Hosen und dünnen T-Shirts schon mal auf eventuelle klimatische Härten vorbereitet.

Die deutschen Touristen erkennt man grundsätzlich an den Hosen und Westen einiger namhafter deutscher und skandinavischer Hersteller, die, mit vielen kleinen Taschen bestückt, jede

Menge nützliche Utensilien für vielleicht zu erwartende Notsituationen beinhalteten.
Dann sind da noch vereinzelt Italiener, die sich vorwiegend ruhig, zurückhaltend und freundlich unauffällig verhalten.
Selbstverständlich trifft man hier auch auf viele Festlandspanier. Sie laufen im Eilschritt bergauf und bergab, reden viel, fotografieren viel und freuen sich, wenn sie auf Touristen treffen, die versuchen, sich mit ihnen in ihrer Sprache zu verständigen und ein kleines, unbedeutendes Gespräch anzufangen.
Zwei ältere Damen sind sehr aufgebracht, als sie sehen, dass ein junger, muskulöser und üppig tätowierter Mann lachend einen Säugling hin und her schaukelt, obwohl an der Talstation eindringlich davor gewarnt wird, so kleine Kinder dieser extremen, ungewohnten Höhe auszusetzen. Lautstark machen sie ihrem Unmut Luft, aber da der junge Mann nicht versteht, was die beiden Damen so aufregt, dem Fußballtrikot nach zu urteilen ist er wohl Engländer, macht er unbeeindruckt weiter.
Der Pico del Teide ist, was viele Urlauber gar nicht wissen, der höchste Berg Spaniens und der drittgrößte Inselvulkan weltweit. Er ragt mit seinen 3718 m Höhe weithin sichtbar aus dem Nationalpark der Las Cañadas hinaus und wirkt wie ein magnetischer Anziehungspunkt auf diejenigen Besucher, die nicht nur im gebuchten Hotel entspannen, sondern die Insel auch einmal aus einer anderen Perspektive auf sich wirken lassen wollen. Das Hochplateau, das eigentlich ein Vulkankrater ist, hat einen Durchmesser von 17 km und entstand nach neueren Erkenntnissen durch vulkanische Trümmerlawinen, die sich nach Norden ins Meer geschoben haben. Der Teide selbst entstand wohl in seiner heutigen Form nach

mehreren aufeinanderfolgenden Eruptionen vor 170.000 Jahren. Seit 1954 ist das ganze Gebiet um den Teide als Nationalpark ausgewiesen und wurde 2007 von der Unesco in die Liste der Weltnaturerbe aufgenommen.

*

Der freundliche, ältere Mann stand lange an der Mauer der Aussichtsplattform von der man nach Osten blicken kann. Bei genauerer Betrachtung wirkte er irgendwie deplatziert in seinem dunklen Anzug mit Weste, sorgfältig gebundener Krawatte und elegantem Sommerhut.
Die Nationalparkwächter könnten aber bestätigen, dass er schon seit längerem einmal in der Woche, immer um die gleiche Zeit die Seilbahn bestieg und erst viele Stunden später wieder die Talfahrt antrat.
Niemand hier oben, weder Mitarbeiter noch Touristen, wusste wer dieser ständige Besucher war und was ihn hierher trieb.
Wenn sie es hätten ahnen können, sie wären sicherlich äußerst misstrauisch geworden.
Rechtzeitig, damit der ältere, freundlich blickende Mann nicht die letzte Talfahrt verpassen würde, stellte sich ein wie ein Hochgebirgswanderer gekleideter junger Mann neben ihn.
Die intensiv türkisfarbenen Augen des jungen Mannes tauschten nur einen kurzen Blick mit den Augen des älteren Mannes aus. Sie sprachen nicht miteinander.
Nur ein etwas sperrig aussehender, brauner Briefumschlag wanderte von allen anderen Besuchern unbemerkt aus der Jackentasche des älteren Herren in den kleinen Rucksack des

Wanderers. Etwas mehr als eine Woche später wurde in der Morgendämmerung eine junge, tote Frau von einer Joggerin am Strand von San Pedro gefunden.

Der letzte Sonntag im August,

Vilaflor.

Das Weingut auf Teneriffa war der Lebensinhalt der Familie Hernandez Martin. Don Pablo Hernandez Martin war mit seinen 79 Jahren das unumstrittene Oberhaupt der Familie. Er konnte nicht mehr sagen, wann seine Familie beschlossen hatte, das große Haus in Vilaflor, dem höchstgelegenen Ort auf Teneriffa, für sich selbst und alle Nachkommen zu bauen. Pablo lebte schon immer dort, oberhalb der weitläufigen Weinanbauflächen, die seit dem 18. Jahrhundert im Familienbesitz waren und die den Duft nach Wildblumen und Kräutern durch die klare Inselluft mit dem vorherrschenden Nordostpassat hinauf in den Ort wehen ließen. Seine Liebe zu seinem Land, seinen Weinbergen, seiner Arbeit auf dem südlicher angesiedelten Weingut übertrug sich schon immer auch auf seine Familie. Seit 55 Jahren war er nun schon mit seiner Frau Marta verheiratet. Und das Leben mit ihr, der immer stillen, zurückhaltenden, verständnisvollen Frau war weiterhin schön für ihn.
In seinem tiefsten Inneren merkte er wohl, wie oft sie ihn leitete, ihn bremste, wenn er zu temperamentvoll war und ihm immer wieder durch wenige Worte half, wichtige Entscheidungen

zu treffen. Sie stammte ebenfalls aus einer der großen Weinbaufamilien, aber als einzige Tochter mit zwei älteren Brüdern war von es von Anfang an klar, dass die beiden Männer den Weinanbau weiter betreiben würden und somit auch die Erben waren. Marta dagegen bekam als Erbe große Flächen von vermeintlich wertlosem Land direkt am Meer, an der Ostküste nördlich von El Medano. Es war auf allen Inseln normal und üblich, dass die Frauen der Familien, die Land an den Küsten hatten, eben dieses Land als Erbe zugesprochen bekamen, und sie konnten über Generationen hinaus eigentlich nichts damit anfangen. Das änderte sich mit dem Beginn des Tourismus in den 1950ger Jahren. Da wurde dieses Land plötzlich zum Objekt der Begierde für all diejenigen, die mit den Urlaubern viel Geld verdienen wollten. Hotels mussten gebaut werden und diese vorzugsweise direkt am Meer. Und die mit dem vermeintlich wertlosen Land abgespeisten Erbinnen, fingen an, sich die Hände zu reiben und die Grundstücke an Investoren, Immobilienmakler und Hotelkonzerne zu verkaufen. Nur Doña Marta schüttelte lächelnd den Kopf, wenn potenzielle Käufer an sie herantraten um mit ihr über einen Verkauf zu verhandeln. Sie sagte jedes Mal „Wir wollen es lieber so lassen, wie es ist“ und ihre drei Kinder konnten nur verständnislos aber ohne Einfluss nehmen zu können, ihren Kopf schütteln. Marta blieb stur. Jeden Sonntag traf sich die gesamte Familie. Entweder fuhren sie zum verhältnismäßig kleinen, aber doch gepflegten Natursandstrand von San Pedro oder, wenn hin und wieder für drei, vier Tage die Calima, der brütend heiße Sahara Wind, über die Kanarischen Inseln hinweg wehte und Sand und Hitze die sonst klare Luft so eintrübten, dass man meinen konnte, der Sand lege sich in Nase, Mund und Ohren ab, sodass man nicht mehr atmen und Augen, sich schon gar nicht bewegen möchte, dann war das sonntägliche Ziel einer der vielen Grillplätze in den Wäldern unterhalb des Nationalparks.

Dort verbrachten die Erwachsenen den Tag mit Reden, Grillen und Essen, und die Kinder hatten die Möglichkeit sich außerhalb der Schule mal so richtig auszutoben.

Nun, Ende August, war die Schule noch kein Thema bei den Kindern und jungen Leuten, Schulbeginn lag mindestens noch lange zwei Wochen in der Zukunft.

Wenn sich dann zum fortgeschrittenen Nachmittag hin die ersten Passatwolken in den hier angesiedelten kanarischen Kiefern verfingen und die Luft zwar noch warm war, aber ungemütlich feucht wurde, packten alle Erholungsuchenden ihre Sachen zusammen, verstauten alles in ihren Fahrzeugen und innerhalb kürzester Zeit waren die sogenannten „Zonas Recreativas“ wieder menschenleer. Das, was dort von vielen Familien hinterlassen wurde, durften dann montags wenige Nationalparkmitarbeiter wieder einsammeln und entsorgen. Diesen Sonntag verbrachte die Familie jedoch am Strand in San Pedro. Es war ein kleiner Ort, in dem der Massentourismus, zum Glück für die hier lebenden Einheimischen und die doch schon recht große Anzahl von Residenten, bis heute noch nicht gewütet hatte.

Kein Familienmitglied sagte dieses seit ewigen Zeiten bestehende Ritual ohne einen wichtigen Grund ab.

Was nicht heißt, dass die Kinder der Familie uneingeschränkt glücklich darüber waren, jeden Sonntag mit ihren Lieben zu verbringen, um den Tag aus alter Tradition mit einem gemeinsamen, opulenten Essen abzuschließen.

Miguel Hernandez Martin war mit 51 Jahren das älteste der drei Kinder von Pablo und Marta. Normalerweise wäre er der Erbe des Weingutes, aber da bei ihm kein Interesse für Land und Weinbau vorhanden war und er es vorgezogen hatte, an der Universität von Sevilla Jura zu studieren, war es klar, dass Sohn Roberto, der sich ein Leben ohne Weinstöcke und Eichenfässer nicht vorstellen konnte, den Betrieb mit Begeisterung übernommen hatte.
Schon als kleiner Junge war er seinem Vater auf Schritt und Tritt gefolgt und lernte nach und nach so viel, dass für ihn nach einem entsprechenden Schulabschluss und einem Praktikum auf einem der benachbarten Weingüter, nur ein Studium an einer Fachhochschule für Önologie im Rheingau in Deutschland in Frage kam. Dort perfektionierte er nicht nur seine bis dahin schon guten deutschen Sprachkenntnisse, er lernte dort vor allen Dingen alles, was man tun musste, um die Qualität der Reben und somit auch des Weines kontinuierlich zu verbessern.
Nun baute er vorwiegend die Rebsorte Listan blanco, sowie zu einem erheblich kleineren Anteil auch die Sorten Listan negro und Moscatel negro an. Als Lohn für seinen Einsatz und seine Anstrengungen wurden in den vergangenen Jahren schon einige seiner Weine wegen der hervorragenden Qualität mit international anerkannten Preisen belohnt.
Dennoch blieb der weitaus größte Teil der produzierten Weine auf der Insel. Nur ein kleiner Teil wurde exportiert, hauptsächlich auf das spanische Festland. „Lieber Himmel, wie lange müssen wir hier noch herumsitzen und heile Familie spielen?“

flüsterte Elena, die Frau von Miguel, ihrem Mann leise ins Ohr. „Dafür, dass ich jeden Sonntag die liebe Schwiegertochter spiele, habe ich schon einen „Preis für Familientauglichkeit" verdient. In Santa Cruz könnten wir jetzt noch mit Freunden in einer der angesagten Bars etwas trinken, und es uns dann zu Hause gemütlich machen."

So sehr sie sich bemüht hatte, dass niemand der anderen Anwesenden etwas verstehen konnte, ihre 17jährige Tochter Cristina und Joana, die einzige Angestellte der Familie und Vertraute von Doña Marta, die gerade damit beschäftigt waren, den Tisch abzuräumen, hatten es doch gehört. Elena Jimenez Hernandez könnte eine schöne Frau sein.

Sie war hochgewachsen, sehr schlank und hatte trotz ihrer 41 Jahre immer noch eine jugendliche Ausstrahlung. Sie trug ihre braunen Haare schulterlang, wobei noch kein einziges graues Haar sichtbar war. Es waren ihre Augen, die bei genauem Hinsehen den Eindruck von Schönheit zunichtemachten. Die zu helle Mischung zwischen grau und blau war es nicht allein. Nein, es war der Blick, der sich nicht auf einen Kontakt mit den Augen ihrer jeweiligen Gesprächspartner einlassen wollte, ständig umherirrte und in vermeintlich unbemerkten Momenten Neid und oft auch Hass erkennen ließ.

Elena war nie zufrieden mit dem, was sie hatte. Sie wollte immer mehr. Schon in ganz jungen Jahren war es ihr unangenehm nur die Tochter eines nicht sonderlich erfolgreichen Bananenbauers zu sein. Da waren auch die Subventionen, die die Plantagenbesitzer von der EU bekamen, nicht hilfreich. Es war einfach nie genug Geld vorhanden. So traf es sich gut, dass sie während einer Party anlässlich ihres erfolgreichen Schulab-

schlusses, sie war gerade 17 Jahre alt geworden und feierte in einer Disco mit anderen jungen Schulabgängern die neue, große Freiheit die vor ihnen lag, den zehn Jahre älteren Miguel kennenlernte. Er war ihre große Chance, möglichst schnell ihrem Elternhaus zu entkommen, zumal sie sehr rasch herausfand, dass er aus einer vermögenden Familie stammte und sich schon als Anwalt in einer größeren Kanzlei in Santa Cruz durch gute Arbeit etabliert hatte. Auch Miguel war von der jungen, ehrgeizigen und fordernden Elena fasziniert. Obwohl er seine Mutter von Herzen liebte, war es klar, dass für ihn nur eine Partnerin in Frage kam, die sich grundsätzlich von den sanften Frauen seiner Familie unterschied. Er sah es als Herausforderung an, als Wettkampf, sich mit Elena zu messen.
Elena überlegte, ob sie sich wohl in ihn verlieben könnte. Nein, verlieben würde sie sich nie. Er war für sie lediglich Mittel zum Zweck. Sie wollte nur weg von ihrer Familie, raus aus dieser für sie unerträglichen Mittelmäßigkeit. Andere, die sie schon ihr Leben lang kannten, bezeichneten sie als durchtrieben und berechnend. Genau so wollte sie sein. Sie wäre stolz darauf. Da Miguel zu diesem Zeitpunkt schon eine eigene, verhältnismäßig kleine Wohnung in Santa Cruz gemietet hatte, blieb es natürlich nicht aus, dass Elena schon nach kurzer Zeit in seiner Wohnung und somit auch in seinem Bett landete. Er fand, sie war zu jung, aber sie ließ sich nicht bremsen. Deshalb war er sichtlich schockiert, als er feststellte, dass es Elena war, die gleich bei ihrem ersten Besuch die Initiative ergriff. „Miguel, was ist mit dir. Willst du mir gar nichts anbieten. Ein Glas Champagner wäre jetzt nicht schlecht, wenn du welchen hast. Ich kann mir vorstellen, dass du dann auch nicht mehr ganz so

verspannt bist, wie es jetzt den Eindruck macht."
„Elena, du bist so jung und ich möchte dich nicht verletzen".
„Du meinst, du würdest mich verletzen?" sie musste laut lachen, „ich glaube nicht! Denkst du etwa, ich habe noch nie mit einem Mann geschlafen? Ich dachte, du könntest mich besser einschätzen. Meine Mutter behauptet, ich sei frühreif."
Die Wohnung war klein, das Bett war nah, es bedurfte nur eines kleinen Stoßes mit ihrem Zeigefinger und Miguel lag ein wenig hilflos mit dem Rücken auf dem Bett und war zum ersten Mal absolut unsicher, wie er sich ihr gegenüber verhalten sollte. Elena bewegte sich geschmeidig auf ihn zu. Sein Jackett trug er nicht mehr, er hatte es achtlos über einen Sessel geworfen. Aber er war noch mit Hemd, Hose und Schuhen bekleidet. Er hielt den Atem an, so als würde er nie mehr atmen können, als er spürte, wie sie seinen Gürtel öffnete, den Reißverschluss seiner Hose nach unten zog und dann langsam, Hemdknopf für Hemdknopf öffnete, seinen Bauch, seine Brust, seinen Hals und sein Kinn mit Küssen verwöhnte, um endlich seinen Mund zu erreichen.
Sie küsste ihn so intensiv, er musste diesen Kuss einfach erwidern, versuchte aber gleichzeitig sich seiner Schuhe und seiner Hose zu entledigen. Im Nachhinein konnte er nicht einmal sagen, wie er das in seiner Gefühlsaufwallung geschafft hatte.
Elena beglückwünschte sich dazu, bei ihrer Kleidung darauf geachtet zu haben,- sie trug nur ein enges Kleidchen und einen winzigen Slip,- dass sie mit zwei Handbewegungen nichts mehr Körper hatte, was ihre Absichten stören konnte.
„Elena, was soll das hier werden, du bist wirklich noch zu jung." flüsterte Miguel, obwohl er es gar nicht mehr anders haben

wollte, und Elena hauchte ihm beruhigende Worte ins Ohr.
„Ich bin schon seit fast zwei Jahren nicht mehr zu jung dafür und passe schon auf, dass nichts passiert. Mach dir keine Gedanken. Lass uns einfach weiter machen. Du willst doch auch gar nicht mehr aufhören."
Die Nacht fiel wie ein unsichtbarer Schleier über sie. Nur sie beide waren wichtig. Das Leben draußen war ausgeblendet.
Für ihn war es Liebe. Dass Elena diese Liebe nicht erwiderte, sondern einfach nur ihre große Chance nutzte, sollte Miguel nie erfahren. Schon einige Tage später war ihm klar, dass er sie heiraten wollte. Die Eltern von Elena waren glücklich darüber, dass ihre wilde Tochter es so gut getroffen hatte und sie die Verantwortung endlich einem anderen übertragen konnten.
Ihre Schwester Lucia sah die Sache ziemlich leidenschaftslos. „Gut, dann sind wir das Luder endlich los."
Die Familie Hernandez Martin hingegen konnte ihre Bestürzung nur schlecht verbergen. Sie hatten erwartet, nachdem Miguel schon nicht das Familienerbe antreten wollte, dass er zumindest eine passendere Frau in ihr Haus bringen würde.
Das war Elena für sie definitiv nicht. Dazu kam, dass sie sich nach ihrem Schulabschluss lediglich mit immer neuen kleinen Jobs über Wasser hielt. Wieso sollte sie sich anstrengen, schließlich würde sie einen wohlhabenden Mann heiraten und dann war sowieso Schluss mit der verhassten Arbeit.
An Miguel prallte jegliche Kritik ab. Egal wer auf ihn einzureden versuchte, er machte jedem lächelnd klar: Entweder Miguel und Elena oder er würde sein Elternhaus nicht
mehr betreten. Die Familie gab resigniert auf und stimmte der Heirat sorgenvoll zu. Nach ihrer Hochzeit, die im großen Rah-

men auf dem Weingut der Familie Hernandez Martin gefeiert wurde, folgten einige temperamentvolle, leidenschaftliche Jahre zu zweit, bis dann, als Elena knapp 24 Jahre alt war, ihre Tochter Cristina geboren wurde. Noch einmal drei Jahre später kam Sohn David zur Welt.
Miguel wurde mit den Jahren als Anwalt immer erfolgreicher, und war nun einer von drei gleichberechtigten Partnern einer Kanzlei in Santa Cruz. Er kaufte für sich und seine Familie eine Penthousewohnung in einem ruhigen Stadtviertel von Santa Cruz und glaubte fest daran, dass er in seinem Leben nun sein endgültiges Ziel erreicht hatte. Nur Elena wurde immer unzufriedener. „Es ist schon spät, ich denke wir machen uns jetzt auf den Weg. Bis zur Autobahn ist es immer ein ganz schönes Stück zu fahren und in der Dunkelheit ist die Straße nicht ganz ungefährlich." Miguel versuchte es so mit einem Kompromiss. Er wollte seine Eltern nicht vor den Kopf stoßen, aber vor allen Dingen hasste er es, Elena einen Grund zu liefern, welcher wieder tagelangen Streit nach sich zog. Elena sprang sofort hoch „Cristina, David, los steht auf, macht euch fertig. Wir fahren."
„Ich komme nicht mit nach Santa Cruz" maulte Cristina „ich will diese Woche bei der Abuela bleiben. Ich habe schließlich noch einige Zeit Ferien, bevor das Studium anfängt. Ich möchte mich noch ein paar Mal mit meinen Freundinnen in Las Americas treffen. Bitte Roberto, du fährst doch zurzeit fast jeden Tag zur Küste runter. Da kannst du mich doch mitnehmen und später auch wieder heimbringen. Außerdem habe ich mich für morgen schon mit Ana und Laura verabredet. Wir wollen mit Lauras Bruder einen neuen Club besuchen."
Elena sah man an, dass sie kurz davor war, einen Tobsuchtsan-

fall zu bekommen. Doña Marta konnte sie mit Mühe beruhigen und Miguel legte vorsichtshalber noch seinen Arm um ihre Schultern. Man merkte, sie konnte ihre Wut kaum zurückhalten. „Was ist das für ein neuer Club? Du bist viel zu jung dafür." Ihre Stimme klang unangenehm schrill.
„Ja klar, so musst du gerade reden. Glaubst du etwa ich weiß nicht, in welchem Alter du schon um die Häuser gezogen bist. Mir passiert schon nichts. Ich bin schließlich
nicht allein, und wenn wir drei Mädchen erst einmal in Las Palmas studieren, kannst du sowieso nicht mehr ständig mein Leben kontrollieren. Außerdem," sie sah ihren Onkel mit treuherzigen Augen an, „vielleicht hat Roberto auch mal wieder Lust den Abend mit seiner hübschen, schwedischen Flugbegleiterin zu verbringen. Er kann sie dann ja ausnahmsweise auch mal allein zurück ins Hotel gehen lassen."
„Komm mir jetzt nicht mit deinem Studium in Las Palmas, da wohnst du schließlich bei deiner Tante. Dort wirst du dich ausschließlich aufs Lernen konzentrieren. Tante Lucia wird schon auf dich achten."
Lucia war Elenas Schwester und lebte mit ihrem Mann in Las Palmas. Sie arbeitete dort als Krankenschwester in der großen Klinik an der „Avenida Maritima". Es war ausgemacht, dass Cristina fürs Erste das kleine, freie Zimmer in der Wohnung der beiden benutzen konnte. Immer wenn Cristina daran dachte, bekam sie einen Anflug von Panik. Es würde eine harte Zeit für sie werden.
Dem Himmel sei Dank, dass ihre beiden Freundinnen nicht weit waren. Schon als kleine Mädchen liebten sie es, im „Loro Parque" in Puerto de la Cruz, die Tiere zu beobachten. Von An-

fang an hatten alle drei Mädchen den Traum nicht aufgegeben, Tierärztinnen zu werden. Und das konnten sie nicht auf ihrer Heimatinsel Teneriffa.
Cristina und Laura wollten sich diesen Traum erfüllen. Ana hatte sich dann doch noch anders entschieden. Sie wollte nun wie Cristinas Papa Jura studieren.
„Ich weiß inzwischen, dass ich mit blutenden Wunden nicht klarkommen könnte. Aber inzwischen werden in Spanien so viele Ehen geschieden, da werden bestimmt noch mehr gute Anwälte gebraucht. Das passt wohl besser zu mir."
Sie fand, das war für alle ein einleuchtendes Argument. Roberto versuchte nun seine Schwägerin mit Humor zu überzeugen „Komm Elena, gib dir einen Ruck. Ich bin morgen Abend auch dabei und bringe Cristina früh genug wieder nach Ruck. Ich bin morgen Abend auch dabei und bringe Cristina früh genug wieder nach Hause. Gegen Mittag nehme ich sie mit, dann können die Mädchen den Nachmittag am Strand verbringen. Außerdem ist der neue Club ein gepflegter Ort um ein wenig abzutanzen. Lass ihr doch noch etwas Freiheit. Danach wird es für sie noch hart genug werden."
Elena hatte sich noch nicht wieder beruhigt als Miguel dann endgültig entschied „Okay, du kannst ein paar Tage länger hierbleiben. Wir nehmen dich dann nächsten Sonntag wieder mit zurück." Er gab Elena einen Kuss auf die Wange „Alles wieder in Ordnung? Wird schon nichts passieren." Ihr inneres Vibrieren spürte er aber ganz deutlich.
„Wenn Cristina hierbleiben darf, will ich auch bleiben." meldete sich unerwartet David zu Wort.
„Ich gehe aber nicht mit in die Disco, ich bleibe die ganze Zeit

beim Abuelo auf dem Weingut. Ich wette mit euch, dass es dort viel interessanter ist als in der lauten Disco. Außerdem will ich mich um die Katzenfamilie mit den vier Jungen kümmern."
Die heikle Situation wurde durch den Jüngsten gerettet. Alle lachten, nur Elenas Gesicht zeigte immer noch deutliche Zweifel, ob die Entscheidung richtig war. Sie hatte kein gutes Gefühl. Und auf ihr Gefühl konnte sie sich immer verlassen.
„Bevor ihr die Heimfahrt antretet, möchte ich unsere Damen noch einmal kurz in mein Büro bitten. Da gibt es etwas, was ich Euch schon seit einiger Zeit geben möchte. Meine Lieben, darf ich euch dann mal bitten, mit mir zu kommen?" es war das erste Mal seit mindestens einer Stunde, dass sich Don Pablo zu Wort meldete, und mit einem solchen Ansinnen hatte heute auch niemand mehr gerechnet.
Alle sahen sich verblüfft an, die Männer zuckten mit den Schultern, aber die Frauen folgten ihm nun doch mit sichtbarer Neugier. Doña Marta, ihre Tochter Rosalia, Elena ihre Schwiegertochter und Enkelin Cristina betraten etwas zögerlich das Büro von Don Pablo. „Joana, du bitte auch. Du gehörst doch zur Familie."
Joana sah unsicher zu Marta, aber die nickte nur unmerklich mit dem Kopf. Nachdem alle eingetreten waren, schloss er die Tür, ging zu einem Wandsafe, der hinter einer vorgetäuschten Bücherreihe versteckt war und stellte sich so hin, dass keine der fünf Frauen sehen konnte, welche Zahlenfolge der Zugangscode für den Safe hatte und öffnete die schwere Tür.
Nachdem er dem Safe fünf kleine Kästchen entnommen hatte, schloss er die Safetür wieder und schob die Bücher zurück in ihre alte Position. Dann erst drehte er sich um und sah die fünf

Frauen an.
„Ich will es kurz machen. Hier habe ich etwas für jede von euch, was euch immer mit dieser Familie verbinden soll und mit dem, wofür viele Generationen hart gearbeitet haben.“
Er öffnete nacheinander alle fünf Kästchen und in jedem lag auf weißem Satin je eine wunderschön gearbeitete Goldkette mit einem Anhänger, welcher das Emblem der Weinkellerei „Hernandez Martin“, eine in diesem Fall in Gold gearbeitete Weinrebe, darstellte.
Nur zwei Dinge waren anders. Jede Kette hatte in der Mitte der Rebe einen nicht sonderlich großen, jedoch lupenreinen Diamanten eingearbeitet. Und auf der Rückseite einer jeden Goldrebe war jeweils ein Name hauchzart eingraviert.
„Rosalia“, „Elena“, „Cristina“, „Joana“. Nur bei der fünften Kette war es etwas anders gearbeitet.
Dort stand in genauso fein gezeichneter Schrift „Für Marta von Pablo“. Es war still im Raum, als wüsste keine der Frauen, wie sie sich nun verhalten sollte. Die Stille schien sich endlos hinzuziehen. Marta bewegte sich als Erste. Sie ging mit ein paar Tränen in den Augen zu ihrem Mann, legte die Arme um ihn, verharrte so eine kleine Weile und sagte dann nur ganz leise „Danke“. Als er ihr die Halskette anlegte, kam auch in die vier anderen Frauen so etwas wie eine leichte Bewegung und es dauerte noch ein paar Minuten bis sie wieder fähig waren zu reden.
Aber jede konnte auch nur das eine Wort „Danke“ sagen. Sie waren ergriffen und fühlten gleichzeitig eine Art von Betroffenheit, so als wenn ihnen ein Abschiedsgeschenk gemacht worden war. Ihre Interpretation war so nicht richtig, aber sie sollten bald erfahren, dass ihre Gemütsregung gar nicht so

falsch war. Endlich waren Miguel und Elena bereit zur Abfahrt. Nun wurde es doch viel später als es sich Elena eigentlich erhofft hatte. Aber sie musste sich eingestehen, dass die wertvolle Halskette jede Verzögerung wert war. Trotzdem nagte es an ihr, dass sie sich bezüglich ihrer Kinder nicht hatte durchsetzen können. Die Verabschiedung war wie immer mit viel lautem Gerede, Gelächter, mit Küsschen rechts, Küsschen links und so langem Winken verbunden, bis das Auto von Miguel und Elena nicht einmal mehr durch einen Lichtstrahl in der Dunkelheit der Bergwelt zu erkennen war. Die schwarz gekleidete Gestalt schlich schon seit Einsetzen der Dunkelheit immer wieder an der Zufahrt zu dem großen Haus der Familie Hernandez Martin vorbei. Da das Haus etwas abseits vom Ortskern Vilaflors lag, fiel die Gestalt auch keinem anderen Ortsbewohner auf.
Das Motorrad der Person, eine schwarze Kawasaki, stand gut verborgen im Schatten einer hohen Mauer, die zwei verhältnismäßig große Gartenflächen teilte und ungefähr hundert Meter vom Haus entfernt war. Nachdem der abendliche Besucher absolut sicher war, das sich die ganze Familie wieder ins Haus zurückgezogen hatte, holte er ein Mobiltelefon aus seiner schwarzen Lederjacke und wählte eine bestimmte Telefonnummer. Sein Gesprächspartner schien auf diesen Anruf schon gewartet zu haben, denn es wurden nur zwei Sätze gesprochen.
„Sie ist hier. Die Sache kann starten."

Der letzte Montag im August
Vilaflor

Roberto Hernandez Martin war schon als Kind kein Langschläfer. Auch an diesem frühen Montagmorgen, die Sonne hatte es noch nicht geschafft dem Osten der Insel einen leichten, hellen Schimmer zu verleihen, stand er mit einer Kaffeetasse in der Hand auf dem Balkon der Wohnung, die er im Haus seiner Eltern bewohnte und schaute in die Richtung, von der er wusste, dass dort der Atlantik war. Er liebte dieses alte Haus. Niemals würde er an einem anderen Ort leben wollen. Falls es irgendwann einmal eine Frau in seinem Leben geben sollte, die ihn liebte und mit der er zusammen leben wollte, dann nur in diesem Haus. Er mochte die Frauen, und mit seinen 44 Jahren war es vielleicht an der Zeit, sich über eine dauerhafte Beziehung Gedanken zu machen. Aber noch war es nicht soweit. Im Moment war er mit Mirja, einer sehr hübschen und sehr blonden Schwedin liiert. Mirja war Flugbegleiterin bei der SAS Scandinavian Airlines, und ihre Flüge führten sie in regelmäßigen Abständen nach Teneriffa.

Immer wenn sie auf der Insel war und nicht sofort den Rückflug antreten musste, traf sie sich mit Roberto in ihrem Hotel in Playa de las Americas und sie verbrachten einige leidenschaftliche und vergnügliche Stunden miteinander. Eigentlich kannten sie sich nicht besonders gut, weil sie kaum zum Reden kamen. Außerdem legte Roberto großen Wert darauf, jedes Mal vor Tagesanbruch wieder in Vilaflor und auf seinem Weingut zu sein. Obwohl es gestern mit seiner Familie ein außergewöhnlich langer Abend geworden war, ließ er sich auch heute seine

morgendliche Zeremonie nicht nehmen.
Bis auf seine Schwester Rosalia, die mit Sicherheit bereits schon in der gemütlichen, alten Küche saß und wie er auf seinem Balkon, ebenfalls ihren Café con leche genoss, war im Haus noch alles ruhig. Seit sein Vater nur noch sporadisch auf dem Weingut auftauchte, nachdem Roberto die Geschäftsleitung übernommen hatte, ließen seine Eltern den Morgen immer ruhig und ohne Eile angehen. Und dass Cristina und David, die sich für die nächsten Tage in den Gästezimmern im seitlichen Gebäudeflügel eingemietet hatten, unter anderem die Ferien dazu nutzten, lange zu schlafen, war ja wohl klar.
Während der letzten halben Stunde, in der er über vieles nachdenken musste, hatte sich die Sonne schon so weit vorgewagt, dass das Meer am noch dunstigen Horizont sichtbar wurde.
Roberto sah sich um, nun konnte er auch das Haus schon eingehender betrachten. Dieses schöne, große, alte Haus, das im Lauf der vielen Jahre in denen es an diesem Fleckchen Erde stand, schon einige Male umgebaut, renoviert, vergrößert und moderner gestaltet worden war.
Jeder, der zum ersten Mal von der langen Auffahrt aus in Richtung Haustür blickte, war schon vom Äußeren angenehm beeindruckt. Rechts und links dieser Auffahrt wuchsen riesige Sträucher in allen erdenklichen Farben. Dort wurden die Augen verwöhnt mit dem Anblick von Hibiskusblüten in rot und gelb, leuchtend orangefarbenen Strelitzien, auch Paradiesvogelblumen genannt, Geranien, die das ganze Jahr über blühten, Weihnachtssternbäume, die mehrere Meter in die Höhe wuchsen und natürlich waren da die hochwuchernden Bougainvilleas, die es in fast allen Farben zu bewundern gab. Im restlichen,

weitläufigen Gartenbereich gab es Miniaturausgaben des Drachenbaums von Icod de los Vinos zwischen leuchtend gelben Zitronenbäumchen zu betrachten. Um all diese Pracht so zu erhalten, wurde einige Male im Jahr ein Pflanzenkünstler aus einem Gartencenter in Arona beauftragt, all diese Schmuckstücke zu hegen und zu pflegen, zu beschneiden und zu düngen und vielleicht auch hin und wieder ein ernstes Wörtchen mit ihnen zu reden. Der Mann war jedenfalls immer erfolgreich. Das Erstaunlichste jedoch war für jemanden, der das erste Mal dieses Haus betrat der Olivenbaum, der mitten in dem großen Patio stand und den Eindruck vermittelte, als sei das Haus um ihn herum gebaut worden.

Selbstverständlich war der Baum erst Generationen später gepflanzt worden und erreichte mittlerweile eine Größe, die so nicht mehr lange akzeptiert werden konnte, da die inzwischen etwas zu ausladenden Äste schon fast die Mauern des Gebäudes erreichten. Aber noch wollten alle Hausbewohner den Baum so erhalten, wie er war. Das Innere des Hauses war in vier Abschnitte eingeteilt. Im hinteren größten Bereich lag die Wohnung von Don Pablo und Doña Marta. Sie würden nie etwas an dem kanarischen Stil verändern mit dem sie alt geworden waren. Die Möbel waren dunkel und massiv, die Wände mit dunklem Holz verkleidet und nur die Gardinen, die Polsterung der Sofas, Sessel und Stühle und die handgestickten Tischdecken brachten Farbe in die Räume. Für ausreichend Tageslicht sorgten die großen Fensterfronten und Türen, die den Blick auf eine von einer Hecke umsäumten Terrasse freigab und von der aus man die mit Nadelbäumen bestandenen Berghänge unterhalb des Nationalparks sehen konnte.

Robertos modern eingerichtete Maisonettewohnung befand sich links neben der massiven, dunklen Eingangstür des Hauses. Er konnte nicht sagen, aus welchem Holz diese wuchtige Tür geschnitzt worden war, aber für ihn passte sie perfekt zum Gesamtbild des Hauses.
Für seine eigene Wohnung bevorzugte er allerdings einen modernen Wohnstil, deswegen dominierten dort auch helle Materialien, wenig Holz, viel Glas und glänzendes Metall. Der Balkon, auf dem er stand, war allerdings passend zur Eingangstür aus dem gleichen, dunklen Holz gefertigt. Im Haus hinter dem Balkon befanden sich das Schlafzimmer mit dem großen Bett als Raummittelpunkt und ein erst kürzlich renoviertes, großzügig angelegtes Bad. Im Erdgeschoss hatte er sich sein Wohnzimmer eingerichtet. Minimalistisch. Nur die notwendigsten Möbel. Dafür stand in einer Ecke vor einem verhältnismäßig großem Fenster ein schlichter Glastisch, auf dem er sich seinen Arbeitsplatz mit einem großen Notebook und den für ihn notwendigen Geräten wie sein Drucker, seinen Scanner und ein Faxgerät eingerichtet hatte. Gegenüber einer langen, halbrunden, schwarzen Ledercouch stand auf einem kleineren Glastisch ein ziemlich neuer, riesengroßer und ultraflacher Fernseher, der jedoch nur äußerst selten von ihm genutzt wurde, da er durch die Arbeit auf dem Weingut zeitlich sehr eingespannt war.
„Roberto, du bist doch bestimmt schon wieder abfahrbereit!“ hörte er die Stimme seiner Schwester Rosalia. „Ja klar, komm rein, wenn du Lust hast. Es ist offen.“
„Ich wollte dich nur bitten, noch ein wenig zu warten. Die Jungen möchten gern mit aufs Gut, weil Papa heute auch dort sein

wird. Aber die beiden schlafen noch und jetzt in den Ferien will ich sie auch nicht wecken. Bald ist die faule Zeit für sie ohnehin wieder vorbei."
„Eigentlich hatte ich es für heute etwas anders geplant." antwortete Roberto. „Du weißt doch, dass ich mit Cristina runter zur Küste fahre. Ich setze sie dort am Strand in Los Cristianos ab, damit sie sich mit ihren Freundinnen treffen kann. Übrigens, Mirja ist zurzeit da. Wir gehen dann später auch noch in die Disco, damit ich ein wenig auf die Mädchen achten kann.
In der Zwischenzeit muss ich mich unbedingt darum kümmern, dass wir ausreichend Helfer für die Weinlese bekommen. Ich will die Zeit nicht zu knapp werden lassen, jetzt bekomme ich noch zuverlässige Leute."
„Gehst du wieder zu Manolo Perez?" Rosalia war daran interessiert, weil sie auch für die komplette Buchhaltung auf dem Weingut zuständig war. „Ich denke, er ist die beste Adresse für Erntehelfer. Bis jetzt hatten wir jedenfalls noch nie Ärger mit den Leuten, die er vermittelt hat. Hauptsache, die Unterkünfte stehen bereit."
„Super. Ich denke, du wirst wieder ein glückliches Händchen haben. Ich mache mich jetzt jedenfalls auf den Weg ins Büro.
Wahrscheinlich werden wir uns heute nicht mehr sehen. Aber lass es mit Cristina nicht so spät werden. Und unsere beiden jungen, angehenden Kellermeister können sich auch ruhig ein bisschen bewegen. Den Weg werden sie gerade noch so zu Fuß schaffen. Ich hoffe es jedenfalls. Vermutlich werden sie sowieso mit Papa gehen, nachdem sie gefrühstückt haben. Übrigens, die Unterkünfte sind immer in Ordnung. Auch wenn sie nicht gebraucht werden," schmunzelte Rosalia.

Für Rosalia war es im Laufe der Jahre selbstverständlich geworden, den Weg zwischen dem Wohnhaus und dem Weingut zu Fuß zurückzulegen. Genau wie sie abends den Weg auch wieder zurücklief. Da sie die meiste Zeit im Büro und am PC verbrachte, waren diese Spaziergänge der perfekte Bewegungsausgleich für sie. Rosalia war 41 Jahre alt und bewohnte mit Ihrem 15jährigen Sohn Diego den rechten Gebäudeteil des elterlichen Hauses. Die Zimmer für eventuelle Gäste lagen genau über Ihrer Wohnung. Im Gegensatz zu Roberto, hatte sie es nicht so sehr mit der Ordnungsliebe in der Wohnung.
Alles war kunterbunt durcheinander gewürfelt. Eigentlich war sie ständig auf der Suche nach irgendetwas und ihr Sohn schien dieses Chaos-Gen geerbt zu haben. In seinem Zimmer sah es kaum anders aus. Gott sei Dank musste sie sich nicht auch noch um eine eigene Küche kümmern. Für alle Hausbewohner gab es eine große, mit allen notwendigen Geräten ausgestattete Küche und einem so großen Tisch in der Mitte, der genügend Platz für alle bot, so dass sich hier eigentlich das Herz des Hauses befand und gleichzeitig der Treffpunkt, wenn alle Familienmitglieder daheim waren. Die unbestrittene Herrscherin der Küche war Joana. Sie war schon seit Kindertagen die beste Freundin von Doña Marta. Als sie in ganz jungen Jahren so unerwartet Witwe wurde, ihr Mann kam bei plötzlich eintretendem, schlechtem Wetter nicht mehr aus den Bergen zurück, bat Marta sie, doch zu ihnen zu ziehen um ihr ab und zu im Haus zur Hand zu gehen. Sie nahm das Angebot liebend gerne an, bezog die kleine Dependance seitlich vom Haupthaus und war nun, nach so vielen Jahrzehnten, für die Familie unentbehrlich geworden. Ihren Mann fand man einige Tage nach-

dem er als vermisst gemeldet worden war, viele Meter unterhalb eines Steilhangs im Norden der Insel, im Anagagebirge. Er war bei der herrschenden Nässe auf dem glitschigen Boden abgerutscht und auf einen Felsvorsprung gestürzt. Die schwere Kopfverletzung, die er sich beim Sturz zuzog, war wohl für seinen sofortigen Tod verantwortlich.
Auch Rosalia war seit sieben Jahren Witwe. Ihr verstorbener Mann Adrian war Journalist bei einer kanarischen Wochenzeitung die ihren Verlag in Santa Cruz hatte. Ihren Mann hatte es wegen eines Jobangebots von Barcelona nach Teneriffa verschlagen. In dieser Zeit bewohnten sie ein Häuschen im ländlichen Bereich nördlich von La Laguna. In La Laguna hatte Rosalia auch Betriebswirtschaftslehre studiert. Kennengelernt hatten sich die beiden auf mehreren Fahrten mit der Fähre von Teneriffa nach Gran Canaria. Beide hatten dort häufig aus beruflichen Gründen zu tun. Adrian wegen diverser Zeitungsberichte, für die er recherchieren musste und Rosalia wegen geschäftlicher Verbindungen ihres Arbeitgebers mit einem Unternehmen auf Gran Canaria. Nach einiger Zeit wurde dann aus anfangs flüchtigen Begegnungen mehr. Die Zuneigung, die sie füreinander empfanden, kam nur zögerlich, da sowohl Rosalia als auch Adrian in dieser Hinsicht eher zurückhaltend waren.
Rosalia war 25 und Adrian 30 Jahre alt als sie heirateten. Ein Jahr später bekamen sie ihren Diego. Sechs Jahre später hatte Adrian die einmalige Gelegenheit für einen Radiosender in Barcelona als Auslandskorrespondent zu arbeiten. Dieses Angebot konnten die beiden nicht ausschlagen. Zum großen Kummer ihrer Familie in Vilaflor. Aber Rosalia sah es als ein Zeichen, endlich etwas Neues beginnen zu können. Leider war das, was Ro-

salia sah, kein gutes Zeichen. Zwei Jahre, nachdem sie sich in Barcelona eingerichtet hatten und sich auch richtig wohl fühlten in dieser großen und quirligen Stadt, bekam Adrian den Auftrag, von einem Großbrand auf einer Bohrinsel in der nördlichen Nordsee zu berichten. Er kam nie dort an. Das Flugzeug, in dem er saß, stürzte über den verschneiten Pyrenäen ab. Es gab keine Überlebenden. Kurze darauf stand Rosalia mit ihrem Sohn Diego und ein wenig Gepäck wieder vor der Tür ihres Elternhauses in Vilaflor. Sie wurden herzlich in Empfang genommen und Rosalia nahm sich vor, nie mehr irgendwo anders zu leben.

Der letzte Montag im August
Vilaflor

„Ola Papa, que tal? Hast du den Sonntag gut überstanden?“ machte sich Roberto bemerkbar, als er sah, dass sein Vater im Garten auf und ab lief und anscheinend irgendwelche Briefe las. „Naja, mein Sohn, irgendwie ist es gestern ein wenig anders gelaufen, als ich es eigentlich geplant hatte. Aber gut, dass ich dich jetzt noch sehe, ich dachte, du bist schon unterwegs.“
„Ich fahre heute erst in der Mittagszeit, weil ich doch Cristina zu ihren Freundinnen an den Strand bringe. Sie soll von mir aus auch noch eine Weile schlafen. Ich habe es nicht eilig. Und zu früh wollen sich die drei Mädchen sowieso nicht treffen. Außerdem sind sie ja auch noch den ganzen Abend zusammen.“

„Ah ja, der Streit von gestern. Ich erinnere mich.“
„Elena ist manchmal wirklich unerträglich. Dabei ist sie doch häufig froh, wenn sie sich ausschließlich um sich selbst kümmern kann. Soll sie doch die Zeit für Friseur, Kosmetikerin und was sonst noch nutzen,“ spottete Roberto.
„Gestern Abend hätte ich noch gern mit euch, das heißt, mit dir, Miguel und Rosalia über eine äußerst unangenehme Sache gesprochen. Es kommt wahrscheinlich nicht auf ein paar Tage an, aber wenn du jetzt noch Zeit hast, komm doch mal runter, ich vermute, wir könnten Schwierigkeiten bekommen.“ Don Pablo machte sich große Sorgen. Roberto konnte sich zwar nicht erklären, was sein Vater meinte, aber allein schon das Wort „Schwierigkeiten“ hörte er gar nicht gern. Für ihn war es nur gut, wenn alles problemlos lief.
So traf er seinen Vater mit sorgenvollem Gesicht im Garten.
„Gehen wir zur Bank. Lass uns die Sache nicht im Stehen besprechen.“
„So langsam bekomme ich wirklich Angst. Was ist los?“
„Schau dir das hier mal an. Der erste Brief kam vor ungefähr drei Monaten. Es erschien mir nur wie eine unverbindliche Anfrage. Eine Baufirma aus Baden-Baden in Deutschland möchte gern das große Grundstück deiner Mama in San Pedro kaufen. Hier lies selbst. Vielleicht hast du schon mal etwas von „Areal-Hotel-Bau“ gehört. Ich habe sofort abgesagt. Deine Mutter würde sich nie von dem Land trennen, damit dort noch ein neues, überflüssiges Urlauberparadies entstehen könnte.“
Roberto nahm den Brief erstaunt entgegen. „Das ist das erste Mal, dass eine ausländische Firma Interesse an dem Grundstück zeigt. Woher wissen die überhaupt, dass es unserer Fa-

milie gehört? Und den Namen dieser Firma lese ich zum ersten Mal.“ Don Pablo reichte ihm den zweiten Brief. „In diesem Schreiben ist der Ton des Geschäftsführers, ich vermute mal, dass dieser Bernd Wolters, der hier unterschrieben hat, entweder der Chef oder der Geschäftsführer dieses Unternehmens ist, schon eindeutig schärfer. Ich weiß gar nicht, worauf der hinaus will. So etwas wird doch eigentlich in einem anderen Stil geregelt.“
„Bernd Wolters. Areal-Hotel-Bau. Keine Ahnung, wer das sein soll,“ sinnierte Roberto leise. Don Pablo reichte seinem Sohn das dritte Schreiben. „Jetzt noch der letzte Brief, der war vorgestern im Briefkasten. Und in diesem Brief werden wir meiner Meinung nach eindeutig bedroht.“
Roberto las den Text und jeder, der ihn gut kannte, konnte sehen, dass sein Gesicht ganz blass wurde vor Entsetzen.

Sehr geehrte Familie Hernandez Martin,
es tut uns leid, dass Sie bedauerlicherweise auf unsere Angebote bis jetzt nicht positiv reagiert haben. Warum sind sie so stur? Für Sie ist das Grundstück in San Pedro absolut wertlos, wir dagegen möchten es um jeden Preis erwerben. Sie werden sich denken können, dass wir nicht aufgeben werden und unsere Möglichkeiten sind weitreichend. Auf Dauer werden wir gegen Sie erfolgreich sein, also lassen Sie es uns im Guten regeln. Rufen Sie mich an, es wird für Sie das Beste sein.
Machen Sie sich Ihr Leben durch dieses Grundstück nicht unnötig schwer.

Mit freundlichen Grüßen

Bernd Wolters

Areal-Hotel-Bau Baden-Baden

„Das kann nicht wahr sein, da erlaubt sich einer einen Spaß mit uns" flüsterte er, „wir müssen Miguel anrufen. Vielleicht kennt er diese dubiose Firma."

„Sieh dir mal den Poststempel an, die Briefe sind hier auf der Insel abgeschickt worden.

Der Firmenname aus Baden-Baden soll doch nur von den echten Drahtziehern ablenken.

Aber wer kann das sein?" überlegte Don Pablo.

„Ich denke, im Moment können wir gar nichts anderes tun als abzuwarten und die Augen offen zu halten. Trotz der Warnung werde ich die Briefe nachher mitnehmen und sie Carlos zeigen. Mal sehen, was er dazu sagt. Er ist schließlich bei der Polizei und hat Ähnliches vielleicht schon von anderen Familien gehört."

Don Pablo nickte. „Ich denke, für uns gibt es im Moment nicht viele Möglichkeiten tätig zu werden. Du sprichst mit Carlos und ich werde Miguel anrufen. Wenn ich jetzt darüber nachdenke, falls diese Briefe für uns tatsächlich eine subtile Drohung sind, was könnten „Die" vorhaben? Das Wahrscheinlichste wäre doch, uns dort anzugreifen, wo wir am empfindlichsten sind. Unser Weingut. Die Grundlage unserer Familie. Nur dort sind wir verletzlich. Ich gehe gleich sowieso mit David und Diego runter zum Gut. Rosalia ist schon seit geraumer Zeit in ihrem Büro und Serge ist sowieso immer der Erste. Aber auch Paco und Manuel sollten eigentlich längst dort sein. Für die drei lege ich sowieso meine Hand ins Feuer. Sie werden jetzt schon die

Augen offenhalten. Wir sehen uns zum Abendessen?"
„Nein, Papa, heute nicht. Ich habe doch Cristina versprochen, mit ihr und ihren Freundinnen in die Disco zu gehen. Es wird nicht allzu spät, aber ich möchte sie nicht enttäuschen. Wir sehen uns dann morgen früh. Und sag noch nichts zu Mama."
Er hatte sich gerade von seinem Vater verabschiedet, da hörte er auch schon die fröhliche Stimme von Cristina. „Hola Roberto, toll, dass mein Lieblingsonkel sich den Tag für mich freigenommen hat.
Wann fahren wir?"
„Lieblingsonkel ist immer gut, wenn weit und breit kein anderer Onkel zu sehen ist. Oder bin ich da falsch informiert?"
Er musste immer noch jedes Mal die Luft anhalten, wenn er seine Nichte sah. Für ihn war sie das hübscheste Mädchen das er kannte. Sie war fast so groß wie ihre Mutter, mit langen, schlanken Beinen, die in den weißen Shorts, die sie heute trug, so richtig zur Geltung kamen. Es war aber das Gesamtbild, das ihn immer wieder faszinierte. Zur weißen Shorts trug sie ein enganliegendes, rotes Top, in dem ihre Schultern, ihre Arme, ihr Hals besonders zart, aber wohlproportioniert wirkten. Der absolute Blickfang jedoch waren ihr Gesicht und ihre langen schwarzen Haare, die ihr glatt und seidig bis zur Taille reichten. Ihr Gesicht mit der feinporigen, bronzefarbenen Haut wurde durch riesig große, dunkelbraune Augen dominiert, die jeden, mit dem sie sprach, freundlich in ihrem Leben willkommen hießen. Sie hatte bis jetzt augenscheinlich noch keine schlechten Menschen kennengelernt. Eine übergroße, knallrote Tasche enthielt wohl all die Dinge, die sie für den heutigen Tag benötigte. Auf ihrem jungen, glatten Dekolletee ruhte ein wunder-

schön gearbeiteter Goldanhänger, der das Symbol der Bodega „Hernandez Martin“ darstellte und durch eine filigran gearbeitete Kette an ihrem Hals gehalten wurde. Zuerst war der Strand eingeplant, danach wollte sie sich zusammen mit ihren Freundinnen Laura und Ana in der kleinen Wohnung mitten in Los Cristianos, die Lauras Bruder Juan bewohnte, für den Discobesuch zurechtmachen. Juan arbeitete in einem Luxushotel an der Costa Adeje, aber das, was er dort verdiente, reichte nur für diese kleine Zweizimmerwohnung. Laura und Ana wohnten, genau wie Cristina, mit ihren Eltern in Santa Cruz. Aber Laura hatte solange gebettelt und genörgelt, bis Juan ihr endlich erlaubte, ein paar Tage zusammen mit Ana bei ihm zu wohnen, zumal er auch häufig Spätdienst hatte. Heute allerdings würde er die Mädchen bei ihrem Discobesuch begleiten. Er hatte den Abend frei und musste auch am nächsten Tag erst später im Hotel sein. Er konnte also auch mal Kindermädchen für seine Schwester und ihre Freundinnen spielen. Letztlich waren jedoch seine zwei Surf- und Kitebekanntschaften, Sascha Trautmann, Sohn einer Russin und eines Deutschen, und Ruben Santoro, ein 26jähriger Weltenbummler, wie er sich selbst nannte, und den er am Strand von El Medano beim Kiten kennengelernt hatte, dafür verantwortlich, dass er heute die Disco eingeplant hatte. Außerdem hatte er den beiden ein weibliches Highlight versprochen, und den Gesichtsausdruck von Sascha und auch von dem älteren Ruben wollte er um nichts in der Welt verpassen. Inzwischen war Roberto mit Cristina auf dem serpentinenreichen Weg von Vilaflor unterwegs nach Los Cristianos. „Na, Cristina, du bist wohl schon voller Vorfreude? Endlich mal ein paar Tage ohne Bevormundung deiner Mama. Hoffentlich kriegst du kein Heimweh." „Ich glaube, du willst mich ärgern, mein lieber Onkel. Erstens: Ich bin inzwischen 17. Schon vergessen? Zweitens: In ein paar Wochen muss ich auch ohne Mama und Papa zurechtkommen. Dann beginnt nämlich mein Studium auf Gran Canaria. Schon vergessen? Drittens: Mama würde es selbst ja nicht zugeben. Aber ich glaube, sie ist ganz froh, uns für einige Zeit los zu sein. Hast du es auch schon bemerkt?" flüsterte Cristina ihrem Onkel zu „sie ist vergnügungssüchtig!" Dabei nickte sie, um ihre Aussage zu bekräftigen, nachdrücklich mit dem Kopf. Roberto musste trotz seiner großen Sorgen leise vor sich hin lachen. Klar kannte er seine Schwägerin. Und er kannte sie schon viele Jahre, er wusste bei Elena, mit wem er es zu tun hatte. Cristina wurde plötzlich sehr nachdenklich. „Du weißt, ich liebe meine Mutter, aber ich hoffe, dass ich diese Veranlagung nicht von ihr geerbt habe. Es macht mir einfach Angst darüber nachzudenken, ob ich auch so oberflächlich sein könnte."

Roberto seufzte. Er konnte die Bedenken seiner Nichte verstehen. Von den angegebenen Kilometern war die Entfernung gar nicht so groß, aber die vielen, unübersichtlichen Kurven nahmen doch ganz schön viel Zeit in Anspruch. Ab dem Städtchen Arona wurde es dann einfacher und wenn man die Orte La Camella und Chayofa hinter sich gelassen hatte, war man innerhalb von wenigen Minuten an der Unterführung der Autobahn TF-1 und somit auch schon fast in Los Cristianos. Hier wurde es durch den unglaublichen Autoverkehr, der sich in den letzten 30 Jahren so extrem stark entwickelt hatte, wieder etwas langwieriger, ihr Ziel, den Hafen von Los Cristianos, zu erreichen. Einen Parkplatz zu bekommen, daran war überhaupt nicht zu

denken, darum war Roberto froh, als er sah, dass Cristina schon ganz aufgeregt die Taste für den elektrischen Fensterheber drückte und ihren Freundinnen, die auf den Treppenstufen zur Strandpromenade warteten, ungestüm zuwinkte.
„Okay, Cristina, macht euch einen schönen Nachmittag. Wir treffen uns um halb zehn vor dem „Gatto negro". Wartet vor der Tür auf uns. Wir gehen dann zusammen rein.
„Alles klar, und grüß deine nordische Freundin von mir" sie zwinkerte ihm zu „ bis heute Abend." Roberto war froh, dass Cristina bis jetzt noch nichts von den Problemen, die ihn und seinen Vater plagten, mitbekommen hatte. Er gönnte ihr diese kurze Auszeit von ihrer Mutter wirklich. Sie sollte jedenfalls ein paar Tage ihren Spaß haben.
Er sah nicht mehr, dass Juan, der Bruder von Laura, als dieser Cristina auf sich und die Mädchen zukommen sah, sein Mobiltelefon zur Hand nahm, eine Nummer wählte, ein kurzes Gespräch führte, das Telefon wieder in seiner Hosentasche verschwinden ließ und dann Cristina, als sie bei ihnen ankam, überschwänglich und lachend begrüßte.
Roberto wendete seinen Wagen und fuhr zurück zur Umgehungsstraße. Mirja musste warten. Er wollte zuerst mit Carlos sprechen. Hoffentlich würde er ihn in seinem Büro im Gebäude der Guardia Civil in Los Cristianos antreffen.
Carlos Lopez Garcia war Ermittler der Kriminalpolizei im Süden Teneriffas und schon seit langem gut bekannt mit Roberto und seiner Familie. Er war 39 Jahre alt und auf Teneriffa geboren. Seit dem plötzlichen Tod seiner Mutter lebte er in dem alten Stadthaus in Adeje, das er von ihr geerbt hatte. Er war ihr einziger Sohn und es war keine Frage für ihn das Haus zu beziehen,

nachdem er es nach seinem Geschmack renoviert und eingerichtet hatte. Roberto hatte Glück. Carlos war zwar nicht in seinem Büro, aber die Besprechung, an der er teilnehmen musste, dauerte nicht allzu lange.
„Roberto, que tal, schön dich mal wieder zu sehen. Wie geht es deinen Eltern? Entschuldige, dass du warten musstest, aber wir haben es im Moment verstärkt mit Drogenhandel auf der Insel zu tun und wissen einfach noch nicht, wo wir ansetzen sollen. Es ist, als würden wir ein Phantom jagen.
Aber deswegen bist du bestimmt nicht hier. Was kann ich für dich tun?“
„Mir ging es bis heute Morgen eigentlich recht gut. Das Weingut ist erfolgreich, es macht zwar viel Arbeit, aber du weißt ja, Serge und seine Leute machen eine hervorragende Arbeit.
Der Grund, warum ich hier bin, sind diese Briefe, “ er reichte die drei Schreiben über den Schreibtisch an Carlos weiter „sie sind innerhalb von zwei Wochen bei uns angekommen und mein Vater gab sie mir heute. Mama weiß noch nichts davon, und das soll auch erst einmal so bleiben.
Von dir möchte ich eigentlich wissen, ob du ähnliche Schreiben in letzter Zeit schon mal in den Händen hattest? Wir sind äußerst beunruhigt”. So hatte Carlos seinen langjährigen Bekannten noch nie erlebt. Er kannte ihn nur fröhlich, charmant, unbeschwert. Durch seinen schelmisch blitzenden Blick aus dunkelbraunen Augen war ein echter Frauentyp. Trotz seiner 44 Jahre hatte er einen gewissen, unwiderstehlichen Ruf bei den jungen Frauen, die ihn kannten, und die ihn zu gerne noch näher kennenlernen wollten. Aber er ließ sich Zeit. Nahm die Gelegenheiten wahr, die sich ihm boten, aber bevorzugte es

doch, seine Freiheit zu genießen, solange es noch möglich war.
„Tatsächlich gab es in den letzten Monaten häufiger Kaufangebote für Grundstücke direkt an der Küste, aber die Familien, die deshalb angeschrieben wurden, waren alle froh, diese Flächen zu einem guten Preis abgeben zu können. So wie es aussieht, waren die Angebote durchaus seriös und alles wurde in beiderseitigem Einvernehmen abgewickelt. Es waren Verträge, die von Notaren ausgehandelt und unterschrieben wurden, die Eigentümer und Erwerber waren sich immer einig.
Frag doch mal Miguel, der müsste über solche Geschäfte eigentlich informiert sein," diesen Tipp gab ihm Carlos noch, mehr wusste er auch nicht.
„Leider muss ich auch eingestehen, dass die „Angebote", die ihr bekommen habt, eine etwas andere Qualität haben. Und ich meine das garantiert nicht im positiven Sinn. Nur frage ich mich gleichzeitig, was wollen diese Investoren, mögen sie seriös oder kriminell sein, erreichen? Auf der Insel herrscht Baustopp. Da müsste erst einmal so mancher federführende Politiker mit „unwiderstehlichen" Argumenten überzeugt werden."
Roberto wuselte mit seiner linken Hand durch seine schwarzen, fast bis in die Augen hängenden Locken und antwortete ziemlich resigniert: „Gut, machen wir es erst einmal so, wie ich es mit meinem Vater besprochen habe. Versuchen wir zuerst die Bodega zu schützen, wir glauben, wenn irgendetwas passieren sollte, dass die Weinberge und das Gut Ziel dieser Organisation sind, um uns wirklich empfindlich zu schaden.
Wir müssen jetzt, kurz vor der Weinlese, äußerste Vorsicht walten lassen. Aber wir müssen auch wie gewohnt weiterarbeiten. Falls du irgendetwas hören solltest, bitte melde dich sofort

bei mir."
„Alles klar, Roberto, ich werde mich umhören und rufe dich sofort an, sobald ich etwas in Erfahrung gebracht habe. Die Briefe möchte ich gerne behalten und sie nach irgendwelchen Spuren untersuchen lassen. Ich sage dir unverzüglich Bescheid, falls wir etwas finden sollten. Aber, ganz ehrlich, ich glaube nicht daran. Das sind Profis, die planen jeden Schritt. Du fährst jetzt zurück nach Vilaflor?" fragte Carlos mit besorgtem Gesicht.
„Nein, ich habe noch einen Termin bei Manolo Perez, du weißt, er vermittelt uns jedes Jahr Erntehelfer zur Weinlese und wir hatten bis jetzt noch nie Grund zu klagen. Außerdem regelt er auch das Finanzielle mit den einzelnen Arbeitern und wir rechnen dann nur mit ihm ab. Das erspart Rosalia eine Menge Arbeit. Ich hoffe, ihr könnt möglichst schnell was gegen diese Drogenverbrecher unternehmen. Viel Erfolg. Und melde dich möglichst bald. Hasta luego, Carlos."

Der letzte Montag im August
Vilaflor

Als Don Pablo zusammen mit David und Diego in der Bodega „Hernandez Martin" ankam, waren Serge, Paco und Manuel schon den halben Tag bei der Arbeit. Es gab immer viel zu tun und die Weinlese rückte näher.
Wahrscheinlich konnte es niemand mehr genau sagen, wie viele Jahrzehnte Serge Peyrac schon Kellermeister auf dem Wein-

gut der Familie war. Er selbst hatte die Jahre mit Sicherheit auch nicht gezählt. Don Pablo war in jungen Jahren von seinem Vater nach Frankreich und Deutschland in die führenden Weinanbaugebiete geschickt worden, um zu lernen, um mit dem Wein zu leben, um ihn begreifen zu können. Und hatte dann unglaublich viel von seinem neu erworbenen Wissen in seine Heimat Teneriffa mitgebracht. Aber er brachte nicht nur Wissen mit, sondern auch Serge Peyrac. Pablo lernte ihn kennen, als er sich für einige Wochen im Süden Frankreichs, dem Languedoc, aufhielt. Sie waren beide ungefähr im gleichen Alter, nur hatte Pablo noch nie jemanden kennengelernt, der schon in jungen Jahren eine solche Leidenschaft für Weinbau in sich trug. Sein ganzes Schmecken, Riechen, Fühlen und Empfinden war dem Wein gewidmet. Er hatte das Geschmacksempfinden eines Gourmetkochs und den Geruchssinn eines begnadeten Parfümeurs.

Alle, die mit ihm zu tu hatten, die ihn gut kannten, sagten übereinstimmend: „Er spricht mit den Rebstöcken, mit den Trauben und mit dem jungen Wein in den riesigen Eichenfässern.“

„Hola Serge, wir bleiben heute hier mit dem Abuelo,“ rief David dem Kellermeister zu „dürfen wir heute mal ein leeres Fass von Innen sehen?“

Serge blickte fragend zu Pablo hinüber, der nur kurz nickte.

„Klar dürft ihr das. Manuel, würdest du dich bitte einmal um diese beiden neugierigen Burschen kümmern?“

„Na los ihr zwei, dann kommt mal mit“ lachte Manuel, als die Jungen hinter ihm hertrotteten.

„Hey Diego, und anschließend kümmern wir uns dann um die

Katzen."
„Pablo, ich muss dringend mit dir sprechen. Wenn du nicht gekommen wärst, hätte ich dich heute Abend bei euch zu Hause aufsuchen müssen. Aber so ist es mir lieber. Ich möchte nicht, dass Marta etwas mitbekommt." Serges Gesichtsausdruck verhieß nichts Gutes, dabei hatte Pablo schon genug Sorgen.
„Was gibt es denn noch Schlimmes? Deinem Gesichtsausdruck nach zu urteilen, scheint hier irgendetwas gar nicht in Ordnung zu sein. Eigentlich haben wir auch so schon genug Probleme. Ich erzähl es dir später. Was macht dir so große Sorgen?"
Es dauerte einen Moment, bis Serge die richtigen Worte fand.
„Wie soll ich es ausdrücken? Ich kann nichts Konkretes vorweisen. Aber letzte Nacht war jemand in in der Bodega, der hier nichts zu suchen hat." Pablo sah seine Befürchtungen bestätigt, denn er glaubte Serge vorbehaltlos.
„Erkläre mir doch mal, warum du dieser Ansicht bist. Weder Eingangstür, noch Hintereingang sind beschädigt. Habt ihr an den Fenstern oder an der großen Schiebetür etwas festgestellt?"
„Nein, nichts von alledem," Serge blickte Pablo sorgenvoll in die Augen, „ich habe es gerochen. Nachdem ich heute Morgen die Tür aufgeschlossen habe, war es in meiner Nase. Es ist immer noch da, und es hat sich sogar auf meine Zunge gelegt. Es ist der Geruch eines fremden Mannes. Es war keine Frau, der Geruch wäre ganz anders. Die Frage ist nur, wie ist er hier hineingekommen? Und kommt er wieder. Rosalia weiß nichts davon. Auch Paco und Manuel haben nichts bemerkt. Aber er war hier."
„Ich glaube dir. Komm bitte mit, wir gehen in Robertos Büro.

Ich muss dir noch mehr erzählen. Die Situation ist noch ernster, als ich bis vor Kurzem noch angenommen habe."
Die beiden alten Freunde gingen in bedrückter Stimmung in das karg eingerichtete Büro um nachzudenken, was eventuell zu tun war. Roberto hatte sich nach seinem Besuch bei Comisario Carlos Lopez Garcia auf den Weg nach Adeje gemacht. Er musste dringend zu Manolo Perez, um die erforderliche Anzahl von Erntehelfern bei dem umtriebigen Arbeitsvermittler zu buchen. Nach der letzten Begutachtung der Rebstöcke, waren es vielleicht noch zwei, knapp drei Wochen bis die ersten Trauben geerntet werden mussten. Perez hatte sein Büro in der Calle Grande und dort war es schlicht unmöglich, einen Parkplatz zu finden. Also parkte er seinen Pickup in einer der vielen engen Seitenstraßen und ging das Stück bis zu Manolos Büro zu Fuß. Er ging an verschiedenen kleinen Geschäften und Bars vorbei. Die Tische, die die Barbesitzer draußen aufgestellt hatten, waren um diese Zeit vorwiegend von älteren Männern belegt, die ihren Nachmittagskaffee- oder Wein tranken, Karten spielten und sich unterhielten. Er kannte hier niemanden, deshalb sah er auch kaum zu den Männern hin. Plötzlich spürte er ein unangenehmes Prickeln im Nacken und die Haare auf seinen Armen standen mit einem Mal aufrecht.
Er zwang sich mit Mühe dazu, seinen Kopf nach links zu drehen, weil er spürte, dass es dort etwas gab, was diese eigenartige Körperreaktion hervorgerufen hatte. Und tatsächlich saß an einem der Tische in der Bar „Infierno" ein großer, muskulöser Mann mit skurrilen Tätowierungen auf dem rechten Oberarm, einem kahlgeschorenen Schädel und einem stechenden Blick aus sonst ausdruckslosen Augen. Und genau dieser Blick

verfolgte Roberto, bis er im Büro von Manolo verschwunden war. Selbst als er schon im Haus war, lief es ihm noch eiskalt den Rücken herunter.
„Hola Manolo, ich komme doch wohl noch rechtzeitig um gute Erntehelfer zu bekommen?“
„Du weißt doch, dass ich mir für euch immer besonders viel Mühe gebe. Schließlich will ich meine Kundschaft nicht verärgern. Ich hoffe, du bist mit der gleichen Truppe einverstanden, die auch im vergangenen Jahr bei euch geholfen hat. Jedenfalls habe ich sie für dich reserviert und sie kommen auch wieder gerne nach Vilaflor.“
Obwohl Roberto mit seinen Gedanken noch bei diesem unangenehm wirkenden Mann im Café war, lächelte er und meinte „Klar, Manolo, das waren gute Leute. Die Arbeit ging bestens voran. Ich rufe dich rechtzeitig zwei, drei Tage vorher an und dann kann die Mannschaft anreisen.“
„Außerdem habe ich für dich noch einen ganz besonders geeigneten Arbeiter gefunden. Er kommt aus der Ukraine, hat mehrere Jahre in Deutschland, in Rüdesheim, gearbeitet und weiß genau, worauf es bei der Weinlese ankommt. Ich hoffe, du bist einverstanden, dass ich ihn deiner Truppe zugeordnet habe?“ fragte Manolo zweifelnd.
„Das ist alles gut so. Du betreust uns schon so lange und weißt genau, worauf es ankommt. Da vertraue ich dir uneingeschränkt. Okay, danke erstmal. Ich rufe dich dann an. Hasta luego, Manolo.“
„Hasta luego, Roberto.“
Als er auf dem Rückweg an der Bar „Infierno“ vorbeikam, war es für ihn ein fast zwanghaftes Bedürfnis, noch einmal nachzu-

sehen, ob dieser Mann, der ein solch bedrückendes Gefühl in ihm hervorgerufen hatte, noch an dem Tisch von vorhin saß. Der Platz war leer. Der Mann war verschwunden. Zügig ging er zu seinem Wagen zurück und beeilte sich, wieder auf die Autobahn in Richtung Playa de las Americas zu kommen. Er wollte seinen Kopf freibekommen von den ganzen negativen Dingen, die seit gestern auf ihn eingeströmt waren. Er wollte einfach mal eine Zeitlang an nichts Unangenehmes denken. Mirja. Sie war jetzt für ihn da. Zu ihr wollte er. Sich einfach nur von ihr umarmen lassen und die nächsten Stunden genießen. Er lenkte den Wagen auf den Parkplatz vor dem Hotel, in dem sie immer wohnte, wenn sie ein paar Tage auf der Insel war. Zimmer 406 hatte sie ihm gesagt. Sie wohnte nicht gerne in einer der untersten Etagen des Hotels, aber mochte es auch nicht zu weit oben.

„Mittendrin fühle ich mich irgendwie sicherer, wenn ich allein schlafen muss," behauptete sie immer. Roberto ging eilig durch die Hotelhalle, grüßte die Angestellte an der Rezeption und lief, immer zwei Treppenstufen auf einmal nehmend, hinauf in die vierte Etage. Er bevorzugte das Treppenhaus, im Fahrstuhl bekam er regelmäßig Beklemmungen. Es war ein Unterschied, ob er zu Hause auf seinem Balkon stand und sich die Weite der Insel vor ihm ausbreitete, oder ob er hier, im überfüllten Touristenort sich in und zwischen den vielen Hotels und Apartmenthäusern, wie eingeschnürt vorkam. Dann stand er vor ihrem Zimmer und klopfte leise an die Tür. Sie öffnete die Tür und er war sofort von der von ihr erzeugten Atmosphäre eingefangen. Sie trug nicht viel an ihrem schlanken Körper. Es war irgendetwas Luftiges, Durchsichtiges, Fließendes. Irgendet-

was um zu verführen, um dem Partner den Willen zu nehmen. Die Vorhänge vor Balkontür- und fenster waren zugezogen, sodass das Sonnenlicht dieses Spätnachmittags nur als ein goldener Schimmer in das Zimmer floss.
„Du hast mich lange warten lassen," flüsterte Mirja mit ihrem leichten, lispelden, nordischen Akzent.
„Wollen wir jetzt noch Zeit verlieren?" Sie zog Roberto mit sanftem Griff ins Zimmer und schloss die Tür mit einer gekonnten Fußbewegung. Sie waren plötzlich außerhalb der realen Welt. Roberto kamen Zweifel, ob er das hier wirklich wollte. Als wäre es einfach nicht der richtige Zeitpunkt.
Aber gab es im Moment für irgendetwas einen richtigen Zeitpunkt? Nein, gab es nicht. Deshalb ließ er sich fallen, von Mirja führen, wo doch eigentlich er derjenige war, der immer diese Führung übernahm. Aber nicht jetzt, nicht mit dieser Frau. Er ließ es zu, von ihr verführt zu werden, schloss die Augen und wollte nur noch genießen. Er nahm es wahr wie in einem diffusen Nebel, aber er konnte es trotzdem genießen. Und er wollte es auch gar nicht mehr beenden. Um neun Uhr abends hatten sie sich wieder aus dieser irrealen Welt befreien können. Es wurde Zeit, sie wollten Cristina und ihre Freundinnen nicht warten lassen. Sie kleideten sich wieder an für diesen Discobesuch, verließen das Zimmer, in dem Roberto für kurze Zeit seine Sorgen vergessen hatte und liefen zu Fuß und mit ineinander verschlungenen Händen die kurze Strecke bis zum „Gatto negro". Schon aus Entfernung konnten sie in dem Trubel, der vor der Eingangstür zur Discothek herrschte, die drei Mädchen entdecken. Und wieder einmal hielt Roberto die Luft an, als er seine Nichte sah. Es war von Cristina sicherlich nicht beabsich-

tigt, sie bemerkte es wahrscheinlich nicht einmal, aber die Blicke aller Ankommenden ruhten erst einmal auf diesem jungen Mädchen. Sie sah umwerfend aus in ihrem wieder einmal knallroten, kurzen Trägerkleid mit den goldenen Ballerinas an ihren Füßen. Die langen, schwarzen Haare flossen gerade und glänzend ihren Rücken herunter bis hin zu ihrer Taille, ihre Augen blitzten in erregter Vorfreude auf dieses, für sie unbekannte Abenteuer. Außer der neuen, wertvollen Halskette von ihrem Großvater und einer filigranen, flachen, kleinen Armbanduhr trug sie keinen weiteren Schmuck. Und trotzdem wirkte sie wertvoller, als all die anderen jungen oder auch etwas älteren Damen, die meinten, sie könnten mit viel Glitter und Glitzer die Blicke der Männer auf sich ziehen. Auch Ana und Laura hatten sich dem Anlass entsprechend hübsch gekleidet. Auf jeden Fall bildeten die Mädchen ein außergewöhnliches Trio.
„Hola Roberto, hola Mirja, wir warten schon auf euch. Lasst uns reingehen. Für einen Discobesuch ist es eigentlich noch zu früh, aber es ist schon verhältnismäßig voll. Wir bekommen sonst keinen Platz mehr an der Bar. Und wir wollen uns unbedingt an die Bar stellen. Lauras Bruder Juan ist schon reingegangen, ich glaube, Bekannte von ihm vom Strand in El Medano wollen auch kommen," rief Cristina ganz aufgeregt.
„Cristina, zappel nicht so rum, wir bekommen bestimmt noch einen guten Platz," lachte Roberto. „Ich werde jetzt erstmal den Eintritt für uns bezahlen und ihr bleibt dicht hinter mir, bis wir ein für euch angenehmes Plätzchen ergattert haben."
Roberto hatte Recht, sie konnten sich noch so zwischen andere Gäste drängeln, dass sie einen guten Blick auf die Tanzfläche

und den dahinter liegenden Bereich hatten, nur die Eingangstür entzog sich ihren Blicken. Inzwischen hatte auch Juan sie schon entdeckt. Er steuerte auf sie zu, hatte aber nur Augen für Cristina, die sich davon aber nicht beeindrucken ließ. Sie sah in Juan eher so etwas wie einen älteren Bruder, da sie ihn schon als ganz kleines Mädchen kennengelernt hatte.
Eigentlich hatte er auch keine andere Reaktion erwartet, aber er war gespannt darauf, wie seine beiden Freunde bei ihrem Anblick reagieren würden. Roberto und Mirja hatten inzwischen Freunde von Mirja getroffen. Sie standen etwas abseits von den drei jungen Mädchen, aber Roberto drehte sich immer wieder zu ihnen um. Er wollte nicht riskieren, Cristina für längere Zeit aus den Augen zu verlieren. Plötzlich kam Leben in Juan. Er machte sich so lang, wie es möglich war und winkte irgendwem im Eingangsbereich zu. „Meine beiden Freunde sind da. Ich hoffe, sie werden nicht ständig von anderen Bekannten aufgehalten. Nein, sie haben uns schon entdeckt. Super."
Auch Cristina drehte sich neugierig um. Und dann sah sie ihn auf sich zukommen. Er war blond, goldblond mit einigen hellbraunen Strähnen in seinen etwas zu langen Haaren, er war groß und schlank und faszinierend. Noch nie vorher hatte sie so ein Gefühl in sich verspürt. Sie sahen sich an und keiner von ihnen beiden konnte noch irgendetwas anderes wahrnehmen. Ihre Blicke waren miteinander verbunden und konnten sich nicht mehr voneinander lösen. Juan stellte ihr die beiden jungen Männer vor. Aber Cristina und der Goldjunge war so versunken in ihr Empfinden, dass sie die Namen, die Juan nannte, gar nicht mitbekam.

„Mädels, darf ich euch zwei Freunde von mir vorstellen. Wir haben uns in Medano beim Kiten kennengelernt. Das ist Sascha. Sascha Trautmann. Er wohnt mit seiner Familie in Adeje."
Ana und Laura begrüßten den jungen, gutausehenden, dunkelhaarigen Mann mit zurückhaltender Freundlichkeit. Man konnte den Mädchen aber ansehen, dass Sascha ihnen gefiel.
„Und das hier ist Ruben Santoro. Ruben ist Surf- und Kitelehrer wenn er für ein paar Monate auf Teneriffa ist, aber er kennt sich auch gut an der Nordsee aus." Als er sich Ruben zuwenden wollte, musste er feststellen, dass dieser gar nicht reagierte. Es schien ihn nicht zu interessieren, wer noch anwesend war. Er wollte nur in die dunkelbraunen Augen dieses wunderschönen Mädchens blicken. Und auch Cristina nahm ihre Umwelt kaum noch wahr. Sie sah nur noch dieses Gesicht, diesen Mann, seine ungewöhnlichen Augen. Was war das für eine seltsame Farbe? Türkis. Ein intensives Türkis. Ruben nahm Cristinas Hand und zog sie mit sich auf die Tanzfläche. Er sagte nichts, er legte nur die Arme um ihre Schultern und bewegte sich langsam mit ihr zum Takt der Musik. Die Musik endete viel zu schnell. Sie lösten sich voneinander, seine Hände schlossen sich sanft um ihr Gesicht und zum ersten Mal hörte sie seine leise Stimme.
„Wer bist du?"
„Cristina. Ich bin Cristina."
„Komm Cristina, lass uns zusammen etwas trinken. Komm. Möchtest du ein Glas Wein oder ein Glas Cava?"
„Ich habe noch nie Alkohol getrunken. Außerdem ist mein Onkel hier. Der würde das auch nicht dulden. Ich nehme aber gern eine Cola." flüsterte sie.

„Es ist auch eigentlich egal, was wir trinken, Hauptsache ist, du bleibst hier bei mir.“
Ruben brachte sie wieder zurück zur Bar, zu staunenden Freundinnen, zu Juan, der die Situation noch gar nicht einschätzen konnte und zu Sascha, der so gar nicht überrascht reagierte. Der nur ganz eigentümlich lächelte, als wüsste er ganz genau, was hier ablief. Die Zeit verging viel zu schnell. Cristina und Ruben waren so sehr mit sich beschäftigt, dass ihre Enttäuschung groß war als Roberto auf einmal neben ihnen stand.
„Cristina, es wird Zeit für uns. Wir müssen noch weit fahren. Mirja möchte noch ein wenig bei ihren Freunden bleiben. Aber wir machen uns jetzt auf den Weg. Einverstanden?“
„Ach, Roberto, bitte noch zehn Minuten, dann bin ich bei dir. Versprochen!“
„Ich möchte nicht, dass du schon gehst“, sagte Ruben leise. „Sehe ich dich morgen wieder?“
„Das wäre schön, aber ich habe meiner Großmutter versprochen, den Tag mit ihr zu verbringen.
Ich bin nicht mehr so lange hier, aber Mittwoch können wir uns am Strand treffen. Würdest du kommen?“
„Ich würde überall hinkommen um dich zu sehen. Lass uns nach Medano fahren. Nur wir zwei. Ich möchte mit dir allein sein“ lockte Ruben das junge Mädchen.
„Ja, ich möchte auch allein mit dir sein. Nur am Abend müssen wir wieder zurück sein. Juan bringt meine beiden Freundinnen und mich nach Hause, nach Vilaflor. Ana und Louisa bleiben dann über Nacht bei mir.“
„Dann gib mir bitte noch die Nummer deines Mobiltelefons. Ich rufe dich morgen sofort an.

Nur um deine Stimme zu hören."
Er reichte ihr ein Stück Papier, das er sich vom Mann hinter der Bar geben ließ, und Cristina schrieb ihre Telefonnummer für ihn auf. Er nahm noch einmal ihr Gesicht in seine Hände und küsste sie ganz zart auf den Mund.
„ Bis übermorgen. Ich freue mich schon. Und schlaf gut."
Sie musste sich zwingen, ihren Blick von seinem Gesicht zu lassen, aber Roberto wartete und sie sah Ruben ja bald wieder. Langsam verschwand sie in der Menge von Menschen, die sich inzwischen in der Discothek drängelte.
Als er sie nicht mehr sah, verließ er das Tanzlokal in die andere Richtung, dorthin, wo sich die Waschräume befanden.
Er nahm sein Telefon, wählte eine Nummer und als sein Gesprächspartner sich mit einem knappen „Hallo" meldete, sagte er nur einige Worte: „Ich habe sie, es läuft wie geplant."
„Gut, Loverboy, mach deine Sache richtig. Du weißt wie es geht." Er hasste es, wenn ihn diese miese Person mit ihrem harten Akzent „Loverboy" nannte, aber er kam aus dieser Sache nicht mehr raus.

Der letzte Montag im August
Spät am Abend

„Wer war denn der junge Mann, mit dem du so selbstvergessen getanzt hast?" fragte Roberto seine Nichte neugierig.

„Ach, das war ein guter Bekannter von Juan. Ich glaube, sie surfen zusammen in El Medano."
„Und der andere, hübsche, dunkelhaarige Kerl?"
„Welcher andere?" fragte Cristina total irritiert.
„Oh Mann. Da warst du ja wohl ziemlich abgelenkt, wenn du diesen Jungen nicht einmal bemerkt hast. Deine Freundinnen waren jedenfalls ziemlich angetan von ihm und haben sich dabei bestens unterhalten. Muss ich mir irgendwelche Sorgen um dich machen?"
„So ein Blödsinn! Ich habe mich auch bestens unterhalten. Er heißt übrigens Ruben, ist super nett und zuvorkommend " erwiderte Cristina, konnte es aber nicht verhindern, dass sich ihr Gesicht aus Verlegenheit rötete. Gut, dass es im Auto dunkel war. Robertos unerwartetes Verhör war ihr schon unangenehm genug.
„Siehst du ihn wieder?" wollte Roberto nun auch noch wissen.
„Ich glaube nicht. Er ist als Surf- und Kitelehrer in El Medano wohl ziemlich beschäftigt" antwortete sie ein wenig zu schnell. „Außerdem bin ich ja auch nicht so oft unten an der Küste. Morgen zum Beispiel verbringe ich den Tag mit der Abuela. Mittwoch treffe ich mich wieder mit Ana und Laura.
Du weißt doch wohl noch, dass ich dir gesagt habe, dass Juan uns dann später zurück nach Vilaflor bringt.
Die beiden Mädchen bleiben doch über Nacht bei mir. Vielleicht möchten sie ja auch noch bis Freitag dableiben. Du hast doch bestimmt nichts dagegen, so wie sie dich jedes mal anschmachten."
„Versucht hier jemand vom Thema abzulenken? Aber ich sage auch nichts zu deiner Mama. Versprochen."

Cristina stöhnte innerlich auf und verdrehte die Augen im dunklen Auto. Anscheinend blieb nichts unbemerkt.
Nach einer guten halben Stunde Fahrt kamen sie am Haus der Familie in Vilaflor an. Roberto fuhr über die lange Auffahrt bis zum Eingangsbereich und sah sofort den kaum wahrnehmbaren Lichtschimmer der aus dem Wohnbereich seiner Eltern zu kommen schien. Cristina wirkte müde und ungewöhnlich still und abwesend. Roberto schob das auf den langen Tag, den sie hinter sich hatte. Nachmittags am Strand und abends die vielen Menschen und die laute Musik in der Disco. Daran war das junge Mädchen seiner Ansicht nach nicht gewöhnt. Er konnte nicht in ihren Kopf schauen, nicht ihre Gedanken lesen. Und das war gut so, sonst wären seine Sorgen noch um einiges größer geworden. Nachdem Cristina in ihrem Zimmer verschwunden war, machte sich Roberto noch auf den Weg zur Wohnung seiner Eltern. Der Lichtschein kam aus dem Arbeitszimmer seines Vaters. Dass dieser zu so später Stunde noch nicht schlief, machte ihn doch stutzig. Er klopfte leise an die Tür, die kurz darauf von Pablo geöffnet wurde.
„Roberto, komm rein, wir mussten unbedingt noch auf dich warten.“ Don Pablo merkte man sofort an, dass ihm irgendetwas auf der Seele lag.
„Was heißt „wir“? Ist Mama auch noch nicht zu Bett gegangen?“
„Doch, doch, deine Mutter schläft schon. Wir möchten sie noch nicht beunruhigen. Serge ist hier und hat mit mir zusammen auf dich gewartet.“
„Serge? Ist irgend etwas mit der Bodega passiert?“ fragte Roberto beunruhigt. „Lass es dir von Serge selbst erzählen und

entscheide dann mit uns zusammen, was wir tun sollen. Miguel habe ich schon benachrichtigt. Er ist auch sehr besorgt, will aber erst unser Gespräch heute Abend abwarten. Serge, bitte erzähl Roberto, was du heute bemerkt hast.“ Serge Peyrac erhob sich aus seinem Sessel, stellte sich an das große Terrassenfenster, schaute in die Dunkelheit und erzählte Roberto noch einmal, was er am frühen Morgen in der Bodega bemerkt hatte. Roberto glaubte Serge vorbehaltlos. Was war das, was hier zur Zeit passierte. Eine echte Bedrohung war es eigentlich noch nicht. Er konnte einfach nicht glauben, dass es seine Familie war, die von irgendjemandem bedroht wurde, der im Moment noch nicht greifbar war. Wer steckte hinter diesen subtilen Angriffen? Wer hatte die Macht, das Geld und die Beziehungen, sie eventuell vernichten zu können, wenn die Familie dem nicht nachgab, was diese, wahrscheinlich verbrecherische Organisation unbedingt wollte?
„Ich spreche sofort mit Carlos. Egal wie spät es ist, und auch wenn er schon im Bett liegt. Wir brauchen unverzüglich Sicherheitspersonal zum Schutz des Weinguts. Carlos kennt sich aus, er weiß, wer die besten sind, die wir ab sofort engagieren können.“
Er schnappte sich sein Telefon, wählte Carlos Privatnummer und wartete, bis ein müder Kriminalbeamter sich widerborstig meldete.
„Si“ mehr konnte Carlos nicht von sich geben. Es war spät, er war hundemüde und nun wurde er auch noch zu so später Stunde aus dem Bett geworfen.
„Hola Carlos, hier ist Roberto. Roberto Hernandez. Entschuldige die späte Störung. Aber wir brauchen ganz dringend deine

Hilfe." In knappen Sätzen erklärte ihm Roberto die prikäre Situation und bekam damit auch die volle Aufmerksamkeit des Polizisten.
„Roberto, du hast Recht. Ihr müsst unbedingt sofort handeln. Hast du was zu schreiben. Ich gebe dir jetzt die Telefonnummer von einem absolut vertrauenswürdigen Unternehmen. Die haben einen „Tag und Nacht Service" und kommen so schnell, wie es ihnen möglich ist. Bist du soweit, hier ist die Nummer von diesem privaten Sicherheitsdienst."
„Danke Carlos. Ich mache das wieder gut. Bis bald."
Roberto notierte sich die Telefonnummer und tippte sie unverzüglich in sein Handy.
„Buenas noches, Servicio Seguridad „Sanchez y Sanchez", was können wir für sie tun?" Noch einmal erklärte Roberto, worum es ging und dass er so schnell wie möglich ein kompetentes Team zur Sicherung seines Weingutes benötige.
„Wie lange wird der Auftrag dauern und wie viele Personen werden benötigt? fragte die Dame vom Sicherheitsdienst.
„Es ist äußerst dringend. Ist es möglich, uns sofort mindestens vier gut ausgebildete Mitarbeiter zu schicken? Über die Auftragsdauer kann ich im Moment noch nichts sagen, aber es dürfte schon ein paar Tage dauern. Der Auftragsort ist die Bodega Hernandez Martin in Vilaflor. Wenn ihre Truppe hier angekommen ist, werde ich alles Wichtige mit den Männern vor Ort besprechen. Hauptsache, wir bekommen innerhalb der nächsten Stunde ihre Unterstützung."
„Ich werde sofort die entsprechenden Maßnahmen einleiten. Eine Stunde wird es aber mit Sicherheit dauern, bis die Mann-

schaft bei ihnen ist. Aber dann wird auch sofort mit der Arbeit begonnen. Sie können sich auf uns verlassen."
„Danke, ich mache mich selbst auch unverzüglich auf den Weg zur Bodega. Ich treffe ihre Leute dann vor Ort."
Inzwischen hatte sich der Gesichtsausdruck von Roberto verändert. Er wirkte entschlossener.
„Ihr habt mitbekommen, was vereinbart wurde. Ich fahre jetzt runter zum Gut und warte auf den Sicherheitsdienst. Die Leute müssen schließlich informiert und eingeteilt werden. Besser, ihr begebt euch jetzt erst mal zur Ruhe, wenn das überhaupt möglich ist. Aber ich finde es wichtig, dass der Rest der Familie nicht unnötig beunruhigt wird. Papa geh zu Bett. Mit Rosalia spreche ich gleich morgen, sie muss selbstverständlich informiert werden."
„Roberto, warte" meldete sich Serge zu Wort, „natürlich begleite ich dich. Du glaubst doch wohl nicht, dass ich jetzt schlafen könnte."
„Gut, aber du weißt, dass es wohl eine lange Nacht werden wird?"
„Ja, ich weiß. Das würde sie aber so oder so. Lass uns fahren."

Die Nacht auf den letzten Dienstag im August
Vilaflor

Cristina konnte nicht einschlafen. Sie saß in ihrem dünnen Nachthemdchen auf der breiten Fensterbank und starrte durch

die Fensterscheiben in die tiefschwarze Nacht. Sie fror nicht einmal, was sonst immer der Fall war, wenn sie hier in Vilaflor, der mit 1400 m über dem Meer gelegenen Ortschaft, in der es selbst im Sommer nachts schon ganz schön kühl sein konnte, einige Tage bei ihren Großeltern verbrachte.
Sie hatte nur diesen wundervollen, goldenen Mann im Kopf. Ihr Körper prickelte und ihre Haut schien zu glühen, wenn sie an ihn dachte. Übermorgen, übermorgen sollte sie ihn wiedersehen. Sie glaubte, es bis dahin nicht aushalten zu können. Aber auch ihrer Abuela, der sie sonst immer alles erzählte, konnte sie diesmal nichts verraten. Welch ein Unterschied zu den Jungen, die sie aus der Schule, aus ihrer Klasse kannte. Niemals hatte sie sich für einen von ihnen interessiert.
Aber Ruben, schon allein die ersten Blicke, die sie miteinander verbunden hatten, waren einzigartig. Wie sollte sie den nächsten Tag ohne seine Stimme und ohne seine Berührungen überstehen? Sie wollte die Minuten zählen, bis sie sich am Mittwoch wiedersahen. Aber er würde vorher anrufen, bestimmt rief er vorher an. Schon das war ein leiser Trost für sie. Wie es dann weitergehen sollte, wenn sie ihr Studium auf Gran Canaria beginnen musste, das konnte sie sich gar nicht vorstellen. Es machte ihr Angst. Aber auch Laura und Ana waren ein Problem. Sie wollte mit ihm alleine sein. Nun konnte sie die Freundinnen einmal nicht gebrauchen. Es wird sich schon irgendwie ergeben. Ruben weiß, was zu tun ist.
Die Nacht verging und sie träumte ohne zu schlafen weiter vor sich hin. Roberto und Serge waren inzwischen auf dem Gut angekommen. Sie machten nur die Notbeleuchtung an. Normalerweise war das Weingut bekannt. Der Sicherheitsdienst würde

sie finden. Nachdem sie schon eine Stunde dort waren und alle Türen und Fenster überprüft hatten, hörten sie von Weitem das leise, mit zunehmender Höhe lauter werdende Motorengeräusch eines offensichtlich größeren Fahrzeugs. Wenig später hielt der Wagen vor dem Haupteingang der Bodega und drei Männer und eine Frau in dunklen Uniformen stiegen aus und kamen auf den vor der Tür wartenden Roberto zu.

„Señor Hernandez? Wir können ja fast schon „Guten Morgen" sagen. Mein Name ist Pedro Marquez und ich bin der Chef dieser Einsatztruppe."

„Ja, ich bin Roberto Hernandez. Ich habe in ihrer Zentrale angerufen. Gut, dass sie so schnell hier sein konnten. Wir brauchen dringend Schutz. Und zwar rund um die Uhr. Wir, mein Kellermeister Peyrac und ich, können ihnen nicht einmal die Art der Bedrohung erklären, mit der wir es hier zu tun haben. Aber glauben sie es uns einfach. Wenn wir nicht aufpassen und ständig alles überwachen, wird etwas für uns Unangenehmes passieren. Ich denke, zwei von ihnen sollten ständig im Gebäude sein, und die beiden anderen auf all das achten, was rund um die Bodega und im Weinberg passieren könnte. Ich weiß, das ist eine schwere Aufgabe, das Gelände ist groß, aber die Gefahr ist größer. Übrigens habe ich Kommissar Lopez Garcia von der Kriminalpolizei an der Südküste informiert, aber solange wir nichts Konkretes vorweisen können, sind ihm die Hände gebunden. Sie werden hier auch keine sichtbaren Einbruchsspuren finden, wir haben selbst schon alles genau überprüft. Aber es war jemand im Haus und es war kein Freund von uns. Wie er hineingekommen ist, können wir nicht sagen. Aber es

war ein Profi, der von irgend jemandem hierher geschickt wurde. Und wir wissen nicht, was genau er hier wollte."
„Keine Sorge, Señor. Wir wissen, wie wir uns verhalten müssen. Sie können uns vertrauen. Fahren sie nach Hause, wir übernehmen hier. Buenas noches, Señores. Bis morgen früh."
Und wieder bemerkte niemand die in schwarzes Leder gekleidete Person, die sich schon seit einigen Stunden in der Nähe zwischen dem Wohnhaus der Familie Hernandez Martin und der Bodega herumtrieb, alles beobachtete und mit einer Nachtsichtkamera dokumentierte, was hier in der letzten Stunde passiert war. Zufrieden mit sich und seiner erfolgreichen Mission kehrte er zum Ortsrand von Vilaflor zurück, zu seiner schwarzen Kawasaki, die er wieder gut verborgen in einer dunklen Seitenstraße abgestellt hatte. Er stieg auf sein Motorrad, startete den Motor und machte sich auf den Weg in Richtung Granadilla. Sein Auftrag war für heute ausgeführt.

Der letzte Dienstag im August
Vilaflor

Cristina hatte in der vergangenen Nacht nicht viel geschlafen. Irgendwann hatte sie sich aufgerafft und war zu Bett gegangen. Sie schlief zwar bald ein, wurde aber immer wieder durch wirre Träume, die sie irgendwie beunruhigten, geweckt. Sie schlief wieder ein. Sie wurde kurze Zeit später wieder wach.

Dann war der Dienstag morgen da, noch sehr früh zwar, aber es hielt sie nichts mehr im Bett.
In ihrem Kopf waren zu viele Gedanken und in ihrem Körper zu viele Gefühle. Noch konnte sie sich niemandem mitteilen. Es war alles viel zu neu für sie und sie wollte ihre Gedanken und Gefühle nicht mit einer anderen Person teilen.
Ohne wirklich zu wissen, was sie im Moment tat, ging sie ins Bad. Es waren die gleichen Dinge, die sie jeden Morgen tat, und nachdem sie sich angezogen hatte, ging sie den gewohnten Weg nach unten in die Küche. Sie war die Erste an diesem Tag. Es war ein eigenartiges Gefühl, nur mit den eigenen Gedanken zusammen zu sein. Draußen wurde es allmählich heller und sie wusste, dass Roberto wieder auf seinem Balkon stand und den neuen Tag begrüßte. So war es schon immer. Warum sollte es an diesem, für sie so besonderen Morgen anders sein.
Langsam erwachte das Haus und als nächste kamen Joana und Rosalia in die große Küche. Man sah ihnen an, dass sie Cristina hier ganz bestimmt noch nicht erwartet hatten.
„Hola chica" fragte Joana erstaunt „was machst du hier um diese Zeit? Du hast Ferien. Da bleibt man als junger Mensch doch länger im Bett. Du bist doch nicht krank?"
„Nein Joana, mir geht es gut. Ich konnte nur einfach nicht mehr schlafen. Das machen David und Diego für mich mit."
Rosalia hielt sich aus dem Gespräch raus. Roberto war in der Nacht noch gekommen, hatte sie geweckt und ihr erst einmal eine Kurzfassung der Besorgnis erregenden Dinge mitgeteilt.
Danach war auch für sie die Nacht zu Ende. Nun war sie müde und hatte panische Angst. Mama durfte nichts von alledem erfahren. Das hatten sie gemeinsam beschlossen.

„Und, wie sieht heute dein Ferientag aus?“ fragte Joana. Sie bekam keine Antwort. Cristina stand am Fenster und sah verträumt nach draußen. Inzwischen war es vollkommen hell geworden.
„Oh, unsere Kleine scheint doch noch zu schlafen. Ich denke, sie sollte heute ausnahmsweise mal einen Kaffee trinken. Setzt euch. Doña Marta und Don Pablo werden auch bald hier sein. Außerdem habe ich gestern Abend Ensaimadas gebacken, die sind auch heute noch richtig gut.“
Kurze Zeit später erschienen auch die Großeltern und Roberto. Die zwei Männer und Rosalia schauten sich kummervoll an, Roberto schüttelte aber kaum merklich den Kopf. Sie waren sich einig, kein Wort zu den anderen Familienmitgliedern.
„Cristina, kommst du später mit mir in die Kirche? Ich möchte eine Kerze anzünden.“
Marta sah ihre Enkelin an und nickte ihr zu.
„Natürlich Abuela, heute habe ich weiter nichts vor. Ich komme gerne mit.“
Pablo war so erstaunt, dass er vergaß, die Kaffeetasse zum Mund zu führen.
„Du willst eine Kerze anzünden? Wann hast du so etwas eigentlich zuletzt gemacht? Ich kann mich jedenfalls nicht daran erinnern.“
„Ich auch nicht“ antwortete Marta ihrem Mann, und sah ihm mit ernsten Blick in die Augen,
„wenn es auch nicht hilft, schaden wird es aber auch nicht.“
Die Zeit nach dem Frühstück zog sich für Cristina endlos hin, dabei waren noch nicht mehr als zwei Stunden vergangen. Es

war gegen zehn Uhr, als sich endlich ihr Mobil mit dem ihr bekannten Klingelton bemerkbar machte.
„Ja, hallo!“ meldete sie sich ein wenig atemlos.
„Hallo, mein Schatz. Wie geht es dir bei der Abuela?“ Es war ihre Mutter. Das hätte sie sich eigentlich denken können, dass sie nicht allzu lange Ruhe vor Elena hatte.
„Ach, du bist es.“ Es war schon eine leise Enttäuschung in ihrer Stimme zu bemerken, die auch Elena nicht entging.
„Nun sag mal, wen hast du denn erwartet? Eine besonders freundliche Begrüßung ist das nun wirklich nicht. Was ist los mit dir?“
„Es ist nichts. Ich bin nur später als üblich ins Bett gekommen, habe schlecht geschlafen und war schon ganz früh wieder munter. Es ist lediglich Müdigkeit. Die Abuela möchte heute in die Kirche gehen und eine Kerze anzünden. Sie hat mich gebeten, sie zu begleiten. Ich mache das gerne, aber anschließend werde ich mich im Garten in die Sonne legen und dabei ein wenig schlafen. Dann bin ich bestimmt wieder fit.“
„Ja, gut, mach das. Eigentlich wollte ich dir sagen, dass wir nächsten Sonntag ausnahmsweise nicht zum Familientreffen kommen werden. Wir fahren Sonnabend schon ziemlich früh mit dem Express rüber nach Gran Canaria. Deine Tante rief an und hat uns eingeladen, weil es noch einiges zu besprechen gibt, bevor du bei ihr einziehst. Außerdem können wir dann auch mal wieder einen Bummel durch Las Palmas machen. Wenn ich daran denke, wie lange ich schon nicht mehr dort war. Es wird bestimmt recht amüsant. Sonntag fahren wir dann zurück und holen dich und deinen Bruder am Montag wieder aus Vilaflor ab. Bist du damit einverstanden?“

Cristina wurde ungeduldig. „Ihr könnt uns ruhig noch eine Woche länger hierlassen. So langweilig wie in unserer Wohnung ist es hier jedenfalls nicht."
„Das könnte euch so passen. Nichts zu machen, wir kommen Montag um euch abzuholen. Keinen Widerspruch bitte. Also, macht euch eine schöne Zeit und grüß die Familie von uns. Bis bald, mein Schatz. Bis Montag."
Nachdem das Gespräch beendet war, fluchte Cristina leise vor sich hin. Alles musste immer so laufen, wie Elena es wollte. Aber ein paar Tage blieben ihr schließlich noch. Die wollte sie nutzen und dann würde sie weitersehen. Sie war noch ärgerlich auf ihre Mutter, als ihr Telefon das zweite Mal an diesem Morgen klingelte.
„Si?" fragte sie mit leiser Stimme.
„Guten Morgen, meine Süße," da war die Stimme, auf die sie sehnsüchtig gewartet hatte, „hast du gut geschlafen? Ich habe jedenfalls die ganze Nacht an dich gedacht. Dir ging es doch hoffentlich nicht anders?" Er sprach leise, schmeichelnd, und Cristina war von der Sehnsucht nach diesem goldenen Jungen mit den türkisfarbenen Augen geradezu überwältigt.
„Ja, mir ging es genauso. Ich konnte kaum schlafen. Morgen sehe ich dich doch wieder?" fragte sie mit der vagen Angst, er könnte es sich anders überlegt haben.
„Ja, morgen sehen wir uns wieder. Aber ich will mit dir allein sein. Ohne deine Freundinnen, ohne Juan und Sascha. Wir treffen uns am Anfang der Promenade, am Hafen. Um ein Uhr? Uns wird schon etwas einfallen, um die anderen los zu werden. Vertrau mir."

„Ich weiß gar nicht, wie die Zeit bis morgen vorbeigehen soll" flüsterte Cristina „es dauert noch so lange.
„Dann hast du aber auch noch viel Zeit, dich zu freuen. Der Nachmittag gehört dann nur uns. Bis bald, meine Süße, und überlege es dir nicht noch anders." Seine Stimme lockte sie und versprach ihr Dinge über die sie noch nie nachgedacht hatte.
„Bis bald. Ich werde die ganze Zeit an dich denken." Ihre Stimme war vor Aufregung immer leiser geworden und beim letzten Satz musste er genau hinhören um sie noch zu verstehen.
Nachdem sie ihr Gespräch beendet hatten, lächelte er. Es lief alles so, wie es laufen sollte.
Er spürte jedoch ein noch nie dagewesenes Bedauern in sich aufsteigen. Die Zeit mit Cristina war für ihn leider begrenzt.
Nach diesem, von Cristina so sehnsüchtig erwarteten Telefongespräch, war sie wieder das fröhliche, unbeschwerte junge Mädchen, als das alle in der Familie sie kannten.
Nun konnte sie mit ihrer Großmutter die Kirche besuchen um eine Kerze anzuzünden, anschließend würde sie im Liegestuhl im Garten faulenzen und sich auch nicht von ihrem nervigen kleinen Bruder ärgern lassen. Wie ausgemacht, würde Roberto sie morgen Vormittag nach Los Cristianos bringen und am Abend sollte dann Lauras Bruder Juan die drei Mädchen zurück nach Vilaflor fahren.
Alles war gut.

Der letzte Dienstag im August
Vilaflor

Roberto und Serge hatten das Weingut erst in den frühen Morgenstunden wieder verlassen und waren nach Hause gefahren um wenigstens noch etwas zu schlafen. Der Sicherheitsdienst war von ihnen eingewiesen worden, und jeder wusste, worauf es ankam und was zu tun war.
An diesem Morgen ging selbst Rosalia den Weg zur Bodega nicht zu Fuß. Heute fuhren sie zu dritt, Don Pablo, Roberto und Rosalia. Niemand wollte auch nur die geringste Zeit vergeuden. Serge war wie fast an jedem anderen Tag der Erste, den man in der Bodega antraf.
Es duftete nach Kaffee und die Mitarbeiter der Sicherheitsagentur kamen nacheinander in die kleine Küche um sich ein wenig zu stärken. Die letzte Nacht war ohne besondere Vorkommnisse vergangen. Es wurde ausgemacht, dass täglich zwei der Mitarbeiter ausgetauscht wurden, sodass letztendlich sechs Einsatzkräfte zur Verfügung standen, von denen immer jeweils zwei bestimmte Schlaf- und Ruhephasen einhalten konnten. Im Ort achtete auch weiterhin niemand auf die schwarze Kawasaki, mit der ein ganz in schwarzes Leder gekleideter Fahrer mit ebenfalls schwarzem Helm, einige Male in die eine, sowie auch in die andere Richtung fuhr. Es waren eben viele Motorradfahrer auf der Insel unterwegs, die es vor allem an den Wochenenden auf die kurvenreichen Straßen hinauf in die Berge zog. Ein einzelner Fahrer wurde dabei gar nicht mehr wahrgenommen. Der Tag auf dem Weingut verlief wider Erwarten ungewöhnlich ruhig. Rosalia erledigte wie jeden Tag in

der Woche die anfallende Büroarbeit während Roberto, Pablo und Serge die Rebstöcke überprüften, um festzustellen, wann mit der Lese begonnen werden konnte.
In der Zeit der Weinlese konnte kein Unterschied zwischen normaler Arbeitswoche und den Wochenenden gemacht werden. Da wurde jeden Tag jede Hand benötigt. Und auch in der Zeit danach war für die Kellermeister und ihre Helfer keine Freizeit in Sicht. Serge war ein Meister seines Fachs. Er überwachte alle Arbeitsschritte mit akribischer Perfektion.
Von der Traubenlese bis zum fertigen Wein. Sein Gespür, seine Leidenschaft, das Erkennen, zu welchem Zeitpunkt die richtigen Entscheidungen getroffen werden mussten, all das trug seit Jahrzehnten zum Erfolg der Bodega „Hernandez Martin" bei. Es war schon später Nachmittag als sich Doña Marta und Cristina auf den Weg zur Kirche machten.
Es kam nicht häufig vor, dass Marta sich im Ort sehen ließ, aber trotzdem war sie bei den meisten Bewohnern gut bekannt und auch sie grüßte freundlich alle möglichen Leute, hielt jeweils einen kurzen Plausch, erkundigte sich nach den Familien, um dann ihren Weg fortzusetzen.
Für Cristina war es eine Geduldsprobe. Sie kannte fast niemanden, mit einigen der jungen Leute aus dem Ort hatte sie sich schon das eine oder andere Mal getroffen. Sie haben dann irgendwo eine Cola getrunken, Schulerfahrungen ausgetauscht und hin und wieder war auch mal ein kleiner Flirt daraus entstanden. Aber von den älteren kannte sie keinen. Sie spürte aber, dass ihre Abuela großen Wert auf ihre Begleitung legte und Cristina würde ihr niemals einen solchen Wunsch abschlagen.

Wie fast alle Spanier gehörte die Familie Hernandez Martin dem katholischen Glauben an. Für einen Besuch des Gottesdienstes kamen aber nur die ganz hohen kirchlichen Feiertage infrage und meistens waren es auch nur die Frauen der Familie, die diese Gelegenheiten zum Kirchgang nutzten.
Die Kirche war wie der kleine Ort an der Ostküste, in dem Marta ihre weitreichenden Grundstücke besaß, nach dem Inselheiligen San Pedro benannt. Doña Marta musste immer schmunzeln, wenn sie über diesen Zufall nachdachte. Irgendwie passten gewisse Dinge einfach zusammen.
Als sie den Heimweg antraten, auf eine besondere Art war Marta erleichtert, dass sie beide eine Kerze angezündet hatten, war schon zu erkennen, dass die Sonne bald im Westen untergehen und die Dunkelheit nicht lange auf sich warten lassen würde. Sie beeilten sich deshalb, so schnell wie möglich ihr gemütliches Heim am Ortsrand zu erreichen.
Marta fühlte sich schon immer unwohl, wenn sie allein dunkle Straßen entlanglaufen musste. Da machte es auch keinen Unterschied, dass sie heute von Cristina begleitet wurde.
Weil sie ständig irgendein Gesprächsthema hatten, fiel ihnen nicht auf, dass aufmerksame Augen sie schon seit dem Verlassen ihres Hauses, während ihres Kirchganges und auch die ganze Zeit bis zu ihrer Heimkehr beobachteten.
Sie erreichten rechtzeitig das große Haus und stellten fest, dass auch die anderen Familienmitglieder schon anwesend waren.
Alle, außer David und Diego, die wahrscheinlich vorm Fernseher hockten und auf das Abendessen warteten, hatten sich in der Küche eingefunden. Als jedoch Marta und Cristina die Küche betraten, verstummte ihr Gespräch abrupt.

Da Cristina mit ihren Gedanken ganz woanders war, sie träumte von Dingen, die der nächste Tag bringen könnte, bemerkte Marta die angespannte Stimmung sogleich. Sie sagte jedoch nichts. Sie fragte nicht. Wenn es an der Zeit war, würde ihr Mann ihr schon alles Wichtige mitteilen. Das Abendessen war die Hauptmahlzeit der Familie, weil alle, die im Haus waren, daran teilnehmen.

„Oh, ich habe ganz vergessen es euch zu sagen" Cristina schlug sich mit der flachen Hand leicht an die Stirn „Mama hat heute früh angerufen. Sie werden am Sonntag nicht kommen können, weil sie sich mit Tante Lucia auf Gran Canaria verabredet haben. Sie fahren aber schon am Sonnabend rüber damit sie abends noch zusammen was unternehmen können. Ihr kennt ja Mama, sie meint, sie hätte schon zu viel verpasst. Also nutzt sie jede Gelegenheit, die sich bietet. Montag kommen sie dann hierher um David und mich abzuholen. Von mir aus könnten wir auch noch eine Woche länger hierbleiben. Aber sie erlaubt es nicht."

„Na ja" meinte Roberto, „ein paar Tage bleiben euch ja noch. Die könnt ihr noch richtig ausnutzen."

„Es ist nur schade, dass dadurch das traditionelle Sonntagstreffen ausfällt. Dann bleiben wir eben einmal zu Hause. Sind alle einverstanden?" fragte Doña Marta mit einem Blick in die Runde.

„Aber es ist der letzte Tag, den ich mit meinen Freundinnen am Meer verbringen kann. Ich darf doch?" Cristina wollte schon mal vorfühlen, ob sie auch ohne die Familie etwas unternehmen konnte.

„Roberto, sei ehrlich, dir kommt es doch auch mal ganz gelegen. Dann nimmst du mich gegen Mittag mit runter zum Meer, und abends fahren wir gemeinsam wieder zurück.“
„Das hast du dir ja schon ganz gut ausgedacht. Wir werden sehen“ schmunzelte Roberto. Er konnte gut verstehen, dass Cristina die Zeit ohne ihre Eltern genießen wollte. Schließlich waren ihre Freundinnen auch noch in Los Cristianos, warum sollten sie nicht noch ein wenig Spaß miteinander haben.

Der letzte Mittwoch im August
Palm Playa

Nicht nur Cristina verbrachte eine weitere unruhige Nacht. Auch Pablo, Roberto und Rosalia ging es ähnlich, wenn auch aus anderen Gründen. Sie mussten ihr Eigentum schützen und das mit allen Möglichkeiten, die ihnen zur Verfügung standen.
Roberto hatte vor, noch einmal mit Kommissar Carlos Lopez Garcia zu sprechen. Aber das würde bis zum Nachmittag warten müssen. Zuerst wollte er noch in der Bodega nach dem Rechten sehen. Irgendwann würde dieser unbekannte Feind wieder zuschlagen, und er glaubte nicht daran, dass es noch lange dauerte. Der Sicherheitsdienst war zwar ständig in Bereitschaft, aber er war fest davon überzeugt, dass diejenigen, die es auf seine Familie abgesehen hatten, ihnen immer einen Schritt voraus waren. Er war nur erleichtert, dass Cristina und David nichts mit all dem zu tun hatten. Sie standen garantiert nicht im Fokus dieser Verbrecher. Die wollten etwas ganz anderes.

Doña Marta verhielt sich ruhig und zurückhaltend, so wie es immer ihre Art war. Betrachtete man sie allerdings etwas genauer, konnte man auch ihr eine gewisse Unruhe anmerken. Diese Sensibilität blieb zurzeit jedoch nur Joana vorbehalten. Sie kannte Marta schon so viele Jahre, dass ihr keine Gemütsregung der Freundin entging. Aber sie fragte nicht. Irgendwann würde Marta sich ihr schon mitteilen.
Es war ungefähr zwölf Uhr, als Roberto wieder am Haus der Familie eintraf. Cristina wartete schon ungeduldig auf ihn. Aber sie wusste, wenn er etwas zusagte, konnte man sich auf ihn verlassen. So fuhren sie wieder die bekannte, serpentinenreiche Straße nach Süden, nach Los Cristianos. Cristina sah wieder einmal bezaubernd aus, das empfand jedenfalls Roberto so. Sie trug eine lockere, fließend fallende, pinkfarbene Hose, dazu ein weißes, schulterfreies Top, an ihrem schlanken Hals war wieder die neue, goldene Kette zu sehen und eine große, weiße Tasche enthielt alles, was für einen entspannten Tag am Strand nötig war.
Laura, Ana und Juan warteten schon an der vereinbarten Stelle und auch Sascha ließ nicht lange auf sich warten. Sie gab Roberto einen Kuss auf die Wange. „Danke, dass du mich wieder mitgenommen hast. Juan hat mal wieder Spätschicht im Hotel, aber vorher bringt er uns Mädels noch nach Vilaflor, du weißt doch, die beiden bleiben über Nacht bei mir.
„Mädchenparty.“ Also, mach dir keine Gedanken und nutze den Tag für dich.“ Sie grinste ihn unschuldig an.
„Was sind das nur wieder für Fantasien in deinem niedlichen Kopf? Ich bin heute hier um zu arbeiten, nicht um mich zu vergnügen. Das bleibt nur dir vorbehalten. Also, mach was draus.

Ich wünsche euch viel Spaß. Macht euch einen schönen Nachmittag."
Als Cristina bei ihren Freundinnen ankam, war sie im ersten Moment enttäuscht. Es war schon kurz nach ein Uhr und Ruben war noch nicht da.
„Cristina, bist du wieder ganz woanders mit deinen Gedanken. Das hatten wir doch schon am Montag. Was ist los?" Laura betrachtete sie neugierig.
„Nichts ist los, ich schlafe im Moment nicht so gut. Das liegt bestimmt an der ungewohnten Höhenluft von Vilaflor. Na, ihr werdet es nächste Nacht auch bemerken. Dann mache ich mich über euch lustig. Wartet nur ab!"
Sie drehte sich um, wollte seine Ankunft nicht verpassen, hatte Angst, er würde sie nicht sehen.
Aber dann sah sie ihn auf sich zukommen. Golden, wie in ihrer Erinnerung. Als er sie erreichte, schaute er sie aus diesen ungewöhnlichen Augen an, ignorierte ihre Freunde und redete nur mit ihr. Mit dieser lockenden Stimme. „Hallo, meine Süße, ich freue mich so, dass du hier bist. Lass uns gehen. Nur wir. Ohne deine Freunde" endlich beachtete er auch die vier anderen. „Ihr habt doch nichts dagegen, wenn ich Cristina heute Nachmittag entführe. Wir sind zeitig wieder hier. Wann wollt ihr fahren. Ich möchte die Zeit nutzen, und keine Minute zu früh hier sein. Jeder Moment mit diesem schönen Mädchen ist für mich kostbar." Laura, Ana und Juan waren total überrascht, damit hatten sie gar nicht gerechnet. Für sie war eigentlich klar, dass sie alle zusammen diesen Tag verbringen würden. Nur Sascha ließ sich nichts anmerken. Es war ihm nicht ganz klar ge-

wesen, was Ruben vorhatte, aber jetzt verstand er. Und es war genau das, wovon er wusste, dass es notwendig war.
Juan reagierte als erster. „Ich bin schon erstaunt, aber wenn ihr zwei allein sein wollt, ich kann es verstehen. Obwohl ich richtig neidisch auf dich bin, Ruben.“ Er zwinkerte Cristina zu. „Aber bitte, um acht Uhr ist Abfahrt nach Vilaflor. Seid pünktlich. Ich muss um zehn Uhr im Hotel sein. Bis nachher.“
Laura und Ana waren nicht so leicht zu beruhigen. „Das hat ein Nachspiel. Darüber reden wir heute Abend. So einfach kommst du nicht davon. Denk dir schon mal eine Entschädigung für uns aus. Wir haben da auch schon eine Idee. Also, bis später. Adios.“
Ruben nahm Cristinas Hand und zog sie in Richtung Parkplatz am Hafen. Weil der kostenpflichtig war, wurde er von den Autofahrern auch nicht so gut angenommen. Die meisten wollten lieber ohne zu zahlen irgendwo an der Straße parken, auch wenn sie dafür mindestens eine halbe Stunde herumfahren und suchen mussten. Rubens kleiner Wagen stand nicht weit entfernt, fast die Hälfte aller Plätze war ohnehin nicht besetzt.
„Mein Auto ist leider nicht besonders komfortabel, aber für die verhältnismäßig kurze Zeit, die ich hier auf der Insel wohne, ist es genau richtig. Es macht dir doch nichts aus? Wir müssen auch nicht weit fahren.“
„Du bist für mich wichtig, nicht dein Auto“ sagte Cristina leise, „ ich dachte, wir würden nach El Medano fahren. Du bist doch dort als Surflehrer tätig? Hast du es dir anders überlegt?“
„In Medano sind viel zu viele Menschen. Lass uns zu mir fahren, ich habe eine kleine Wohnung in Palm Playa gemietet, dort sind wir allein. Und diese wenigen Stunden, die wir heute

gemeinsam haben, möchte ich nur mit dir verbringen. Der Ort ist ruhig. Dort wohnen nur wenige Urlauber. Es wird uns niemand stören."
Cristina wurde dieses intensive Kribbeln in ihrem Bauch einfach nicht los. Es war angenehm, aber gleichzeitig ungewohnt und beunruhigend. Aber sie wollte unbedingt wissen, was danach kam. Sie war unerfahren, aber neugierig. Um nichts in der Welt wollte sie jetzt irgendwo anders sein, als hier, in diesem kleinen Auto auf dem Weg in seine Wohnung. Sie wusste, dass dieser Nachmittag für sie alles verändern würde, dass dieser Mann sie verändern würde und sie fühlte sich leicht benommen, so als hätte sie Fieber. Und sie fieberte tatsächlich dem entgegen, was kurze Zeit später zwangsläufig passieren musste. Währenddessen war Roberto in der Polizeistation, in der er Carlos anzutreffen hoffte, angekommen.
Sie hatten sich einige Zeit vorher telefonisch verabredet und nun hoffte Roberto, dass bei Carlos nichts Dringendes dazwischengekommen war. Aber dann hätte er ihm sicher Bescheid gegeben. Diesmal traf er Carlos tatsächlich in seinem Büro an. Er war zwar am Telefonieren, zeigte dabei aber mit einem freundlichen Lächeln auf den Bürostuhl, auf dem Roberto Platz nehmen sollte. Nachdem er das Gespräch beendet hatte, deutete er mit seinen Armen eine entschuldigende Geste an „Tut mir Leid, Roberto, aber im Moment läuft hier einiges nicht so, wie ich mir das vorstelle. Wir kommen einfach nicht weiter mit dem Drogenproblem auf Teneriffa. Hin und wieder bekommen wir anonym einen Tipp, dass in dem einen oder anderen kleinen Yachthafen ein Segler einlaufen wird, der Kokain, Ecstasy oder auch schon mal Heroin an Bord hat und dass es hier auf

der Insel verteilt werden soll. Wir konnten auch schon einige Verhaftungen vornehmen, aber das sind alles wirklich nur die ganz kleinen Fische. An die Drahtzieher, die großen Bosse, oder sogar wahrscheinlicher an den einen, ganz großen Boss kommen wir nicht ran. Wir wissen gar nichts. Außerdem glaube ich inzwischen, dass auf unserer Insel im größeren Stil das Geld gewaschen wird, das aus dem Drogenhandel stammt. Aber auch da tappen wir noch völlig im Dunkeln.
„Das Schlimme an der ganzen Sache ist, dass auch in den Schulen der Konsum von Drogen in den letzten Jahren extrem zugenommen haben soll. Also muss es ja ein funktionierendes Verteilersystem geben" wusste Roberto zu berichten „Miguel hat schon mal mit mir darüber gesprochen. In Santa Cruz scheint es am Schlimmsten zu sein. Nur gut, dass Cristina und David immun gegen Drogen sind. Jedenfalls haben sie sich schon häufig diesbezüglich geäußert. Ich glaube ihnen. Wir hatten noch nie den Eindruck, dass da irgendwas laufen könnte."
„Ja, du hast schon eine tolle Nichte und einen cleveren Neffen" bekam er von Carlos als Bestätigung.
„Aber ich denke, du bist nicht hier, um mit mir über Drogen zu reden. Übrigens ist es so, wie ich schon vermutet hatte, an den Briefen war nichts Verwertbares zu finden. Nur Fingerabdrücke vom Postzusteller, sonst nichts. Die Person, die diese Briefe geschrieben hat, ist mit äußerster Sorgfalt vorgegangen. Die gehen kein Risiko ein. Wie sieht es zurzeit bei euch oben aus? Ist noch irgendetwas Außergewöhnliches passiert, seit der Sicherheitsdienst seine Arbeit aufgenommen hat?"
„Nein, eigentlich nicht" überlegte Roberto, „aber Serge ist total nervös. Er sagt, er spürt Unheil, und wir glauben es ihm. Er hat-

te schon immer einen besonderen Sinn für solche Dinge. Trotzdem bleibt uns nichts weiter übrig, als abzuwarten und gegebenenfalls mit Hilfe der neuen Aufpasser Schlimmes zu verhindern. Aber du hast immer noch nichts über einen ähnlichen Fall gehört?“
„Das zwar nicht, aber ich habe Kontakt zu einem Kollegen vom Landeskriminalamt in Wiesbaden, in Deutschland, aufgenommen. Ich kenne Kommissar Hinrichs seit ungefähr drei Jahren. Wir hatten mal so ein Austauschprogramm laufen. Er war für ein paar Wochen hier auf Teneriffa und ich hatte das Glück, bei ihm in Wiesbaden mitmachen zu können. Sie hatten mich damals ausgesucht, weil ich mich einigermaßen auf Deutsch verständigen kann. Das liegt natürlich auch an meiner Beziehung zu Miriam. Von ihr lerne ich immer besser Deutsch, und sie spricht inzwischen schon richtig gut Spanisch. Also, die „Areal-Hotel-Bau Baden Baden“ ist eine Briefkastenfirma in der Innenstadt in Baden Baden. Volker Hinrichs hat es von Kollegen überprüfen lassen. Die in den Briefen angegebene Adresse stimmt. Aber ein Geschäftsführer Wolters ist nicht ausfindig zu machen. Zudem wurden die Briefe auch hier auf Teneriffa aufgegeben. Diejenigen, die hier tätig sind, müssen sich zu hundert Prozent sicher sein, nicht entdeckt zu werden. Die sitzen hier irgendwo auf der Insel und sind bestens organisiert.
Seid vorsichtig. Haltet die Augen offen. Ich rate euch, zusätzlich Überwachungskameras anbringen zu lassen. Die Leute vom Sicherheitsdienst sind zwar gut ausgebildet und erfahren, aber zusätzliche Technik bringt euch auch noch zusätzliche Sicherheit. Sprich mit Pedro Marquez, der hilft euch schnell weiter.“

„Das werde ich unverzüglich mit ihm besprechen, wenn ich wieder am Weingut bin. Danke für den zusätzlichen Hinweis. Falls irgendetwas Ungewöhnliches eintreten sollte, melde ich mich bei dir. Ich wünsche dir Erfolg bei deinen Drogenermittlungen. Bis bald und grüß doch bitte Miriam von mir.
Ist schon lange her, dass ich sie mal gesehen habe."
„Danke Roberto, ich werde es gerne ausrichten. Ich werde sie nachher abholen. Wir wollen noch zusammen zum Essen gehen. In den letzten Tagen hatten wir nicht viel Zeit füreinander und das wird auch noch eine Weile so bleiben. Was soll man machen?"
„Halte mich bitte auf dem Laufenden, auch wenn es nur die geringste Kleinigkeit ist" rief ihm Roberto noch im Hinausgehen zu. Ungefähr zur gleichen Zeit landete die Maschine der Condor Fluggesellschaft aus München auf dem Flughafen „Reina Sofia" Teneriffa Süd.
Lena Hainthaler war froh, den fast fünfstündigen Flug einigermaßen entspannt hinter sich gebracht zu haben. Jetzt noch den Koffer vom Band holen und dann nichts wie raus hier.
Gert Behringer würde sicherlich schon in der Ankunftshalle warten, um sie nach San Pedro in ihre hübsche Eigentumswohnung zu bringen.
Gert und Eva Behringer kannte sie schon, seit sie die beiden Wohnungen in dem kleinen Ort gekauft hatte. Sie waren Ganzjahresresidenten in San Pedro und kümmerten sich in ihrer Abwesenheit um all das, was nötig war, dass ihr Eigentum immer in einem guten Zustand blieb. Ihre Wohnungen waren nicht die einzigen, die sie betreuten und so verdienten sie sich nebenbei noch ganz schön was zu ihrer Rente dazu. Eine dreiviertel Stun-

de später war sie dann endlich wieder in ihrem geliebten San Pedro. Roberto hatte für heute die Dinge erledigt, die er sich vorgenommen hatte. Mit Manolo würde er zu gegebener Zeit telefonisch sprechen, die Erntehelfer standen dann einen Tag später zur Verfügung.
Um Cristina musste er sich heute nicht kümmern, sie und ihre ihn anhimmelnden Freundinnen wurden um acht Uhr von Lauras Bruder Juan nach Vilaflor gebracht. Mirja war schon wieder abgereist, sie hatte nur ein paar Tage frei. Er konnte also nach Hause fahren. Sein erster Weg führte ihn in die Bodega, wo er unbedingt mit Pedro Marquez über ein schnelles Installieren von Überwachungskameras sprechen wollte.
„Kein Problem. Ich rufe gleich in der Zentrale an. Es ist ja noch ziemlich früh und bei einem Auftrag in dieser Größenordnung sind wir für alle weiteren Maßnahmen vorbereitet. Vor morgen Abend wird die Installation aber bestimmt nicht abgeschlossen sein“ gab Marquez zu bedenken.
„ Das kann ich auch nicht erwarten. Wir hätten das schon gestern machen sollen. Aber von Kommissar Lopez Garcia habe ich erst heute neue Informationen erhalten, die diese Aktion unumgänglich machen. Sie leiten umgehend alles in die Wege?“
„Ich kümmere mich sofort darum“ versprach Pedro Marquez.
Um nicht doch noch im Ort aufzufallen, war heute eine rot-weiße Honda mit einem entsprechend gekleideten Fahrer auf der Hauptstraße durch Vilaflor unterwegs.
Nicht zu häufig, aber ausreichend oft, um einiges von den Aktivitäten rund um das Wohnhaus und die Bodega der Familie Hernandez Martin beobachten zu können. Als Roberto am Haus ankam, war außer Cristina die ganze Familie versammelt.

Es war noch nicht spät am Tag, aber selbst Rosalia war anwesend. Normalerweise war ihr Arbeitstag um diese Zeit noch lange nicht beendet.
„Hola, das kommt ja selten vor, dass wir nachmittags schon ein volles Haus haben. Habe ich irgendetwas verpasst?“ fragte Roberto überrascht. Doña Marta lächelte und erklärte „Ja, hast du. Joana hat ausnahmsweise heute besonders guten Fisch geliefert bekommen. Und da das hier so selten vorkommt, wollte sie ihn so frisch wie möglich zubereiten. Aber wir haben dich nicht vergessen. Setz dich und iss, bevor du wieder zum Gut fährst.“ David und Diego hatten ganz andere Sorgen.
„Roberto, du warst doch eben am Weingut, hast du zufällig die Katzenfamilie gesehen? Wir haben sie den ganzen Vormittag gesucht. Sie sind verschwunden.“
„Tut mir leid, aber auf die Katzen habe ich nun gar nicht geachtet. Es sind aber auch nicht unsere eigenen, bestimmt haben sie einen besseren Platz gefunden“ versuchte Roberto die Jungen zu beruhigen.
„Dabei haben sie von uns immer so leckere Sachen bekommen. Ganz schön undankbar, das muss ich schon sagen“ maulte Diego. David hatte inzwischen schon andere Dinge im Kopf. „Habt ihr was dagegen, wenn wir mit ein paar Jungs aus dem Ort auf dem Sportplatz Fußball spielen? Die haben uns eingeladen, bei ihnen mitzumachen“ fragte er und schaute fragend in die Runde.
„Nein, natürlich nicht. Aber spätestens um sechs Uhr seid ihr wieder hier. Verstanden?“ Rosalia war nicht sicher, ob es richtig war die beiden gehen zu lassen, aber Roberto nickte ihr zu.

„Rosalia, es wird gut gehen“ er schaute sie eindringlich an und sie nickte resigniert.

Der letzte Mittwoch im August
Palm Playa

Am Strand von Los Cristianos saßen Laura, Ana, Juan und Sascha im Sand und waren immer noch schockiert, dass sich Cristina und Ruben abgesetzt hatten.
„Habt ihr eigentlich mitbekommen, wann es zwischen den beiden dermaßen gefunkt hat, dass sie uns hier einfach sitzen lassen um alleine zu sein?“ wunderte sich Juan schon die ganze Zeit.
„Das kann ich euch ganz genau sagen. Liebe auf den ersten Blick. Montag im „Gatto negro“.
Dass die Mädels es nicht bemerkt haben, kann ich noch verstehen. Sie haben sich ja nur immer nach Roberto umgeschaut. Der ist doch viel zu alt für euch. Aber du Juan, du hättest es doch sofort bemerken müssen, schließlich ist Cristina dir doch nicht ganz gleichgültig.“ Sascha tat so, als würde er sich über die Unwissenheit der anderen wundern. Im Stillen musste er lachen, schließlich wusste er von Anfang an, wie das Spielchen laufen sollte.
„Und es läuft richtig gut. Mit Ruben haben wir in diesem Fall einen Glücksgriff getan,“ sinnierte er, ohne sich vor den anderen etwas anmerken zu lassen.

„Na ja, auch ohne Cristina und Ruben können wir Spaß haben. Was meint ihr, fahren wir nach El Medano. Wir trinken was, und ich kann am Surfstrand noch ein paar Kontakte knüpfen."
Etwas widerwillig stimmten dann doch alle seinem Vorschlag zu. Als Cristina mit Ruben den Ferienort „Palm Playa" erreichte, war sie äußerst erstaunt, dass es so etwas auf der Insel gab. Sie hatte ihr ganzes junges Leben auf Teneriffa verbracht, aber hier war sie noch nie. Irgendwie wirkte der Ort gespenstisch. Der Anfang der Hauptstraße wurde von hässlichen Bauruinen dominiert. Doch je weiter sie zum Meer fuhren, umso neuer und hübscher wurden die Gebäude. Es gab mehrstöckige hotelähnliche Bauten, dazwischen, hinter hohen Mauern versteckt, aufwendig geplante Villen, dahinter wieder ein in Terrassen gebautes 5stöckiges Apartmenthaus, an dem ein großzügig angelegter Pool in Höhe der ersten Etage sichtbar war. Alles wirkte sauber und gepflegt. Aber man sah keine Menschen. Hier wohnte anscheinend niemand.
„Es sieht ja alles recht hübsch aus, aber es wirkt auf mich wie eine Geisterstadt" überlegte Cristina.
„Ein paar Leute sind schon hier, aber von Touristen wird dieser Ort überhaupt noch nicht angenommen. Deswegen wohne ich hier. Meine Wohnung ist hübsch und nicht teuer. Genau das, was ich gesucht habe. Da sind wir auch schon." Er fuhr seinen Wagen in die Tiefgarage des Terrassenhauses und hatte dort die freie Parkplatzwahl, weil kein anderes Auto zu sehen war.
„Es ist schon gespenstisch hier." fand Cristina.
„Warte, bis du meine Wohnung siehst. Du wirst sie mögen."
Als Cristina ausstieg, war Ruben schon an ihrer Seite. Er nahm ihre Hand und legte den Arm um ihre Schultern. So eng um-

schlungen führte er sie zum Aufzug. Sie stiegen ein und Ruben drückte auf den Knopf für die sechste Etage.
„Oh, ich dachte das Gebäude ist nur fünfstöckig, was machen wir dann noch weiter oben“ Cristina wunderte sich.
„Ich sagte schon, warte es ab.“
Als der Aufzug hielt und sie ausgestiegen waren, sah Cristina, wo sie sich befanden. Sie standen vor einer von unten nicht sichtbaren Penthousewohnung. Ruben benötigte keinen Schlüssel. Er tippte einen Code in eine seitlich an der Tür angebrachte Tastatur und die Wohnungstür öffnete sich mit einem leisen Geräusch. Cristina trat ein und war von Anfang an bezaubert von dieser wunderschönen Wohnung.
Sie sah einen, bedingt durch große Fensterfronten, hellen und großen Wohnraum mit integrierter, moderner Küche. Vom Wohnzimmer gingen zwei Türen in andere Räume. Hinter der ersten Tür lag eine weiß geflieste Gästetoilette und die andere Tür öffnete sich hin zu einem großen Schlafzimmer, von dem aus wieder eine Tür in ein perfekt ausgestattetes Badezimmer führte.
„Ruben, du sagtest doch etwas von einer Wohnung, die nicht so teuer ist? Das kann die hier aber bestimmt nicht sein! Sie ist so schön. Wie hast du sie gefunden?“
„Ich kann sie mir auch nur leisten, weil dieser Ort nicht auf der Wunschliste der Touristen steht. Alle, die hier Eigentum besitzen, sind froh, wenn sie längerfristig vermieten können. Den Tipp habe ich von einem Bekannten, der auch einige Zeit als Kitelehrer gearbeitet hat. Er wohnte bis zu seiner Abreise hier. Ich habe die Wohnung dann einfach übernommen. Bitte, erzähl deinen Freundinnen nicht, dass ich hier wohne. Du bist die

einzige, die die Wohnung nun kennt. Das soll auch so bleiben. Sonst habe ich hier keine Ruhe mehr."

„Ich erzähle es niemanden. Das ist jetzt mein Geheimnis."

Ruben zog sie von der Couch hoch, auf der sie sich niedergelassen hatte, zog sie zum großen Aussichtsfenster, umarmte sie und blickte mit ihr über das Meer nach Playa de las Americas.

„Die Aussicht ist einfach grandios" flüsterte Ruben, „aber ich habe heute Nachmittag nicht vor, das Meer zu betrachten. Wir sind endlich alleine, möchtest du die Zeit mit mir nicht auch zu anderen Dingen nutzen?"

Cristina errötete. „Ja, Ruben, das möchte ich auch. Ich bin schon ganz kribbelig, ich habe Angst, aber ich freue mich auch auf dich. Ich habe so etwas noch nie getan, ich hoffe, du weißt das. Ich weiß jedenfalls, dass es wunderschön werden wird."

Er sah sie intensiv an. Betrachtete dieses schöne, ungeschminkte Gesicht und bekam wieder einmal Bedenken, ob er alles, wozu er gezwungen wurde um sich selbst und seine Familie zu retten, auch wirklich tun sollte. Aber er hatte keine Wahl. Entweder er führte durch, was diese schlimme Person von ihm verlangte, oder er selbst und seine Familie würden nicht mehr lange leben.

„Ich habe eine Flasche Champagner kalt gestellt. Du wirst ihn lieben und er wird dir die Anspannung nehmen. Magst du?"

„Ich habe noch nie Alkohol getrunken, aber ich glaube, so schlimm wird ein kleiner Schluck in so einem einmaligen Augenblick nicht sein. Ja, ich möchte Champagner mit dir trinken. Aber lass uns aus einem Glas trinken, ich finde das romantischer." Ruben umarmte sie erneut und zum ersten Mal seit sie sich kannten, küsste er sie so auf den Mund, wie sie es sich

herbeigesehnt hatte. Sie öffnete ihre Lippen und er nahm die Einladung leidenschaftlich an. Seine Zunge spielte mit ihrer und sie spielte mit, in all ihrer Unerfahrenheit.
Als er seine Lippen von den ihren löste, empfand sie sich allein gelassen, sie spürte eine Kühle, wo sie eigentlich Hitze erleben wollte und gab einen enttäuschten Laut von sich. Er hörte es und lächelte sie an. „Sei nicht so ungeduldig, wir haben noch viel Zeit und die werden wir genießen. Glaub mir, wir werden noch ganz andere Dinge miteinander erleben."
Sie hatte gar nicht mitbekommen, wann er die Flasche geöffnet hatte, jedenfalls hielt er ihr nun ein feingeschliffenes Glas mit dieser perlenden Flüssigkeit hin, welches sie schon so oft in der Hand ihrer Mutter gesehen hatte. Und nun sollte sie es probieren. Sie trank, und war begeistert. Ja, sie mochte dieses Kribbeln, den etwas säuerlichen Geschmack. Sie nahm noch einige Schlucke und lachte laut auf. Sie fühlte sich leicht, in ihrem Kopf drehte sich etwas, was sie nicht kannte und was wunderbar war. Ruben war zufrieden. Genauso wollte er sie. Lachend, entspannt, bereit. Der Champagner hatte einen Teil ihres Bewusstseins lahmgelegt.
Er nahm sie erneut in seine Arme, küsste sie, streichelte mit seinen Händen ihr Gesicht und führte sie langsam zu dem großen Bett in seinem Schlafzimmer. Kurz davor blieb er noch einmal mit ihr stehen, jedoch ohne dass seine Lippen ihren Mund verließen. Seine Hände hatten inzwischen die nackte Haut unter ihrem Top erobert. Sie wanderten höher, über ihre Hüften, hin zur schmalen Taille und weiter bis zu ihren Brüsten. Bei dieser leichten Berührung bemerkte er ein irritiertes Zusammenzucken ihres Körpers, aber sie entspannte sich sofort wieder.

Seine Hände nahmen ihre Bewegungen wieder auf, sie streichelten erneut, sie tasteten, um herauszufinden wie weit sie gehen konnten. Sie wanderten über ihren Rücken, berührten ihren Po und schoben gleichzeitig die pinkfarbene Hose und ihr winziges Bikinihöschen nach unten. Indem Ruben sich immer weiter nach unten kniete, um sie ganz von dieser Kleidung zu befreien, kreisten seine Lippen und seine Zunge auf ihrem Bauch und sie sehnte sich nach etwas, was sie nicht kannte, aber was sie jetzt unbedingt erleben wollte.
Als die beiden Kleidungsstücke neben ihren Füßen auf dem Boden lagen, kümmerte sich Ruben um ihr weißes Top. Er hob ihre Arme, streichelte die zarte Haut an den Innenseiten und zog gleichzeitig das störende Kleidungsstück über ihren Kopf um es neben die anderen Sachen auf den Fußboden fallen zu lassen. Nun stand sie unbekleidet vor ihm und er bestaunte ihren wunderschönen, jungen Körper, der bald, und nur für ganz kurze Zeit, ihm gehören sollte.
Er hob sie hoch und legte sie ganz behutsam auf das Bett. Er wollte sie nicht erschrecken. Er wollte nicht, dass sie sich von ihm zurückzog. Das durfte keinesfalls passieren. Ohne den Kontakt zu ihrem nackten Körper zu unterbrechen, entkleidete er sich nun auch. Cristina hielt die Augen geschlossen und schien zu genießen, was er bis jetzt mit ihr gemacht hatte.
„Sieh mich an, Cristina, öffne deine Augen. Ich möchte deinen Blick."
Langsam hoben sich ihre Lider. Durch den Champagner ein wenig benommen, schaute sie in seine türkisfarbenen Augen und lächelte.

„Mach einfach weiter. Ich komme mit“ sie flüsterte so leise, er konnte sie kaum verstehen. Aber er spürte, sie war bereit für mehr. Und er gab ihr mehr. Um ihre und seine Sicherheit brauchte er sich nicht zu sorgen. Er war gesund und sie noch unberührt. Und sie schien überhaupt nicht über solche Dinge nachzudenken. Sie war in einer anderen Welt. Es war für sie ohnehin nicht mehr wichtig.
Beide waren jetzt nackt und beide spürten eine immer größer werdende Erregung. Ruben war erfahren, er wusste, was zu tun war. Aber auch Cristinas Instinkte waren geweckt worden. Sie bewegte sich ihm entgegen, sie drängte, obwohl zwischen ihnen nicht einmal mehr Platz für einen Hauch war. Er hielt sie umschlungen, dann löste er sich wieder von ihr, um sie zu streicheln, zu küssen. Keinen Quadratzentimeter ließ er aus. Sie spürte ihn an Körperstellen, die noch nie jemand vor ihm berührt hatte. Aber da musste es noch mehr geben. Sie wurde ungeduldig, sie wollte mehr.
„Bitte, Ruben, mach jetzt das, worauf ich schon die ganze Zeit warte. Ich halte diese Spannung nicht mehr aus. Ich will jetzt alles erleben, bitte!“ Ruben wollte auch keinen Moment länger warten. Obwohl Cristina noch nie mit einem Mann zusammen war, schien sie genau zu wissen, was sie tun musste um das von ihm zu bekommen, was sie jetzt so dringend wollte. Und Ruben gab ihrem Drängen nach. Er bewegte sich langsam, er wollte ihr Zeit geben, sich an ihn zu gewöhnen.
Er bewegte sich vorsichtig, um ihr nicht weh zu tun. Und sie nahm ihn und spürte nur Verlangen, Vergnügen und Befriedigung. Da war kein Schmerz, keine Reue, nur Freude, dass dieser goldene Mann in ihr und bei ihr war.

Sie wollte nichts anderes mehr, sie wollte immer nur mit ihm hier in seinem Bett liegen. Immer wieder das erleben, was sie gerade erlebt hatte. Obwohl sie noch so jung war, wusste sie, dass sie dieses berauschende Gefühl nie mehr missen wollte. Und es sollte immer mit ihm sein. Sie wollte immer nur ihn und sie bekam ihn noch einmal. Eine kurze Ruhepause reichte ihnen beiden und sie waren wieder vereint. Danach dämmerte Cristina in seinen Armen, halb schlafend und träumend, halb wach und mit dem Wunsch, nicht mehr aufstehen zu müssen.
Eine gefühlte Ewigkeit später küsste Ruben sie wach. „Mein Engel, es wird Zeit. Obwohl ich immer so wie jetzt mit dir hier liegen bleiben möchte, wir müssen wieder pünktlich am Treffpunkt erscheinen. Du musst heute Abend wieder zu Hause sein. Die Mädchen warten und dein Bruder verlässt sich auf dich. Komm wir machen uns jetzt fertig, und ich bring dich wieder zurück."
„Ich mag aber noch nicht. Ich will noch bei dir bleiben."
„Freitag. Freitag sehen wir uns wieder. Hier. In meiner Wohnung. Und wir machen genau da weiter, wo wir heute aufgehört haben. Morgen muss ich arbeiten, aber ich rufe dich an. Es ist nur ein Tag, meine Süße, nur ein Tag, dann sind wir wieder zusammen."
Cristina wusste, dass sie jetzt vernünftig sein musste. Gleich sah sie ihre Freundinnen. Sie wollte eigentlich gar keine anderen Menschen um sich haben. Nur Ruben. Aber es ging nicht anders. Sie würde dem Freitag entgegenfiebern, aber sie hatte ihre Erinnerungen, bis sie ihn endlich wiedersah.
Es war schon stockdunkel, als sie am bekannten Treffpunkt, den Stufen zur Strandpromenade in Los Cristianos, ankamen.

Die vier jungen Leute warteten schon. Laura und Ana wussten nicht so recht, wie sie mit Cristina umgehen sollten. Als sie dann noch beobachten mussten, wie ausdauernd Ruben Cristina zum Abschied küsste, waren sie vollkommen fassungslos.
„Bis Freitag, meine Süße. Wir telefonieren vorher noch miteinander und besprechen, wo wir uns treffen können. Wir wollen doch wieder alleine sein, oder wirst du diesen Nachmittag bis dahin bereut haben?"
„Nein, ganz sicher nicht. Am liebsten würde ich schon jetzt wieder mit dir zurückfahren. Ich werde leiden ohne dich. Aber du hast Recht. Ich muss an meine Familie denken. Sie vertrauen mir und ich habe schon ein schlechtes Gewissen. Ich warte auf Freitag und auf dich." Ruben streichelte noch einmal ihre Wange, bevor er sich zögerlich umdrehte und zu seinem Fahrzeug ging. Als er sah, dass Juan mit den drei Mädchen abgefahren war, blickte er zu Sascha, der sich immer noch in der Nähe aufhielt, nickte ihm zu und stieg in den Wagen. Er griff nach seinem Mobiltelefon und wählte diese ganz bestimmte Nummer. Er musste sich schütteln, als er wieder einmal die verhasste Stimme hörte „Hallo, Loverboy. Du warst erfolgreich? Und war es schön? Mach weiter so, alles ist geplant. Alles wird gemacht wie besprochen. Nur noch bis Sonntag. Dann ist es für dich vorbei."
„Was war das denn? Habe ich irgendwas nicht richtig verstanden?" fragte Ana, als sie in Juans Auto saßen und in Richtung Vilaflor fuhren. Cristina reagierte nicht. „Lass sie in Ruhe, sie wird uns schon alles erzählen!" Laura versuchte, die angespannte Situation zu entschärfen. Juan hing seinen eigenen Gedanken nach.

War er nicht mitverantwortlich, wenn Cristina jetzt einen großen Fehler machte? Aber was sollte er tun? Mit Roberto reden, niemals! Also erst einmal abwarten. Bis Freitag blieben die Mädchen erst einmal in Vilaflor. Morgen würde er versuchen, Ruben zu treffen, um mit ihm zu sprechen.
Im Moment war Cristina sicher. Es war neun Uhr abends, als Juan die Mädchen an der großen Einfahrt zum Grundstück der Familie Hernandez Martin absetzte. Ab hier waren sie durch die Familie geschützt und er konnte sich in aller Ruhe auf seine Nachtschicht im Hotel vorbereiten. Er hatte das Glück, einen sicheren Job im Hotel „Teide Plaza“ bekommen zu haben. Allzu viel verdiente er zwar nicht, er musste auch häufig die Nachtschicht übernehmen, aber solange er gut arbeitete, musste er keine Angst um seinen Arbeitsplatz zu haben.
Seine Kollegin Miriam Böger hatte es besser getroffen. Sie war Physiotherapeutin im Hotel, arbeitete aber auf eigene Rechnung und durfte auch Patienten annehmen, die nicht Gäste des Hotels waren. Miriam war Deutsche und hatte ihre Ausbildung in München gemacht. Seit einigen Jahren lebte sie auf Teneriffa, hatte hier eine feste Beziehung, ihren Freund kannte Juan jedoch nicht. Auch seine Surffreunde Sascha und Ruben waren keine Kanarier. Er wusste, dass Saschas Vater Deutscher war, aber aus welchem Land Ruben kam, wusste er auch nach längerer Überlegung nicht. Beide sprachen Englisch und Deutsch und inzwischen auch ganz ordentlich Spanisch. Es hatte ihn eigentlich nie sonderlich interessiert, woher die Leute kamen, die sich am Strand von El Medano kennenlernten, es war immer irgendwie eine große Familie und irgendeinen traf man dort immer.

Und so lange sie sich auf Teneriffa aufhielten, die einen nur für kurze Zeit, die anderen für mehrere Monate, bevor sie weiterzogen, nannten sie sich alle Freunde. So in seine Gedanken versunken, erreichte er das „Teide Plaza" und konnte anschließend nicht einmal mehr sagen, wie er die kurvenreiche Strecke bewältigt hatte. Den Kopf schüttelnd über so viel Unaufmerksamkeit, parkte er seinen Wagen, betrat das Hotel, zog seine Hotelkleidung an und bemühte sich, seine Arbeit konzentrierter anzugehen. Inzwischen war die gute Laune der Mädchen zurückgekehrt, nur Cristina war ruhiger als sonst, wenn die drei zusammen waren. Sie kamen genau passend zum Abendessen in der großen Küche an und Joana freute sich, heute den Tisch voll besetzt zu sehen. Cristina blieb weiterhin ziemlich wortkarg, aber Laura und Ana fingen gleich an mit Roberto zu scherzen. Nach dem Essen drängte Cristina ihre Freundinnen schnell dazu, in den Gästezimmern zu verschwinden. Sie hatte Angst, dass irgendein Familienmitglied sie eingehender beobachten könnte, und sie wollte keine unangenehmen Fragen hören. Die würden ihre Freundinnen ihr schon allzu bald stellen. In ihrer Eile, den Esstisch schnell verlassen zu können, sah sie die prüfenden Blicke ihrer Großmutter nicht. Die sagte zwar nichts, aber wer sie zufällig ansah, konnte spüren, dass sie von äußerst schlechten Gefühlen beschlichen wurde. Da war er wieder, ihr Sinn für das Außergewöhnliche.
Die Mädchen hatten beschlossen, die Nacht zusammen in dem größten Gästezimmer, dem mit dem breiten Doppelbett, in dem sie alle schlafen konnten, zu verbringen. Dabei wollten sie so schnell bestimmt noch nicht einschlafen. Laura und Ana brannte es unter den Nägeln, endlich Näheres von Cristina zu

erfahren. Nachdem sie sich für die Nacht zurechtgemacht hatten und endlich mit angezogenen Beinen zusammen auf dem Bett saßen, hielt Laura es nicht mehr aus.
„So, Cristina, jetzt mal raus mit der Sprache. Was ist passiert? Wo wart ihr heute Nachmittag? Jedenfalls nicht in Medano. Da wären wir uns begegnet. Erzähl endlich!“
Cristina konnte nicht verhindern, dass sie wieder einmal von den Haarspitzen bis zum Halsansatz dunkelrot anlief. Aber sie wusste, die beiden würden ihr solange keine Ruhe lassen, bis sie endlich erzählen würde. Es war ihr unangenehm, darüber zu reden. Eigentlich ging es nur sie etwas an. Sie wollte diesen Nachmittag nur für sich alleine haben, ihn immer wieder durchleben, von Ruben träumen. Bis Freitag. Bis sie ihn in seiner Wohnung wiedersah und sie wieder so wundervolle Dinge miteinander machen würden wie heute. Aber sie seufzte resigniert. Sie wollte nur das Notwendigste preisgeben, aber wo sollte sie anfangen, was sollte sie weglassen. Sie wusste es nicht, also stellte sie sich den Fragen ihrer Freundinnen.
„Also, jetzt sag! WO WARST DU?“
„Wir waren in Rubens Wohnung, wir haben miteinander geschlafen, es war superschön und wir werden es immer wieder machen, wenn wir die Gelegenheit dazu haben“ flüsterte Cristina ganz schnell um es endlich hinter sich zu bringen. Es dauerte eine Weile, bis die beiden ihre Sprachlosigkeit überwunden hatten.
„Mehr werdet ihr von mir nicht erfahren. Und dass ich mit euch darüber gesprochen habe, bedeutet nicht, dass ihr es auch woanders herum erzählen könnt. Zu niemandem ein

Wort. Ich verlasse mich auf euch. Und jetzt lasst uns von etwas anderem reden."
Mit einem Mal war die Stimmung zwischen den Mädchen längst nicht mehr so locker, wie sie es seit Jahren gewohnt waren. Es dauerte auch nicht mehr lange, bis sie sich zum Schlafen hinlegten. Der Abend war anders verlaufen als geplant. Aber morgen war schließlich ein neuer Tag.

Der letzte Donnerstag im August
Vilaflor

Jeden Morgen war es sein Ritual. Es war Donnerstag und wieder stand Roberto mit der Kaffeetasse in der Hand auf seinem Balkon und schaute über die Hügel mit den Rebstöcken nach Osten. Er wartete darauf, den ersten Lichtschimmer zu sehen, der den neuen Tag ankündigte. Lange würde es nicht mehr dauern. „Gut, dass ab heute Nachmittag die Überwachungskameras zur Verfügung stehen. Wieder ein Stück Sicherheit mehr," dachte er und ließ seinen Gedanken freien Lauf. Es waren keine angenehmen Gedanken, mit denen er sich auseinandersetzen musste. Probleme gab es immer wieder, solange er das Weingut führte, aber solch eine nicht fassbare Bedrohung war etwas ganz Neues und Erschreckendes für ihn. Die Proble-

me, die er kannte, hatten mit dem Wetter zu tun, damit, ob die Ernte gut wurde. Welche Qualität der Wein letztendlich hatte und ob er ihn gut vermarkten konnte.
Aber was jetzt hier passierte, konnte er nicht verstehen. Wer waren diejenigen, die sie bedrohten, die plötzlich etwas von ihnen wollten. Der Verkauf der Grundstücke bei San Pedro war niemals ein Gesprächsthema innerhalb der Familie gewesen, weil seine Mutter keine Diskussion darüber zuließ.
Warum waren jetzt Begehrlichkeiten entstanden. Wer war dieser Feind? Mit Miguel hatte er regelmäßig telefoniert, aber auch der wusste nicht, was man noch zusätzlich tun sollte. Elena hatte er jedenfalls nicht informiert. Auf ihre Hysterie wollte Miguel lieber verzichten.
Während Roberto nachdachte, was er noch zusätzlich zu ihrem Schutz unternehmen konnte, war die Sonne soweit aufgegangen, dass er schon bis zu dem neuerdings immer verschlossenen Zufahrtstor blicken konnte. Zuerst nahm er gar nicht so richtig wahr, dass ihn irgendetwas störte was in seiner Blickrichtung lag. Er kniff die Augen zusammen, blinzelte und erkannte dann, dass da ein Gegenstand am Tor befestigt war, den er aus dieser Entfernung aber nicht identifizieren konnte. Er stellte seine Tasse ab, zog sich ein Hemd über und verließ seine Wohnung. Im Haus war alles ruhig. Er betrat die lange Auffahrt, die zum Tor führte und je näher er dem Tor kam, umso beunruhigter wurde er. Und dann sah er, was dort jemand hingehängt hatte. Es war ein verhältnismäßig großer Jutesack, der mit einem Strick an einem der Eisengitter befestigt war. Als er den Sack abnehmen wollte, fiel ihm ein gleich das DIN A 4 große Blatt Papier auf, das an den Sack geheftet war.

Nur drei Worte standen auf dem Blatt.

„HÜTET EURE SCHÄTZE“

Und darunter hatte jemand ihre Rebe gezeichnet, das Erkennungszeichen des Weingutes. Er konnte schon nicht mehr richtig denken, als er den verhältnismäßig schweren Sack vom Gitter nahm. Aber als er das Zugband, mit dem der Sack verschlossen war, löste, er hineinschaute und erkannte, was ihnen da jemand an das Tor gehängt hatte, gaben seine Beine nach, er musst würgen, er musste weinen, aber auch gleichzeitig seine Wut herausschreien. Eine Wut, die ihn so machtlos zurückließ gegen das, was in diesen Tagen hier vor seinen Augen passierte. In dem Sack lagen vier junge, tote Katzen.
Was sollte er jetzt machen? Wie sollte er es seiner Familie sagen? Musste er es sagen? Ja, seinen Vater, Miguel und Rosalia musste er informieren. Mama und die Kinder würden nichts erfahren. Genauso, wie sie es bis jetzt schon gemacht hatten, war es richtig. Keine Panik aufkommen lassen. So tun, als sei alles normal. Ruhe bewahren. Heute Nachmittag sind die Überwachungskameras betriebsbereit und er vertraute darauf, dass so etwas dann nicht mehr passieren konnte.
Aber er musste Carlos anrufen. Es wurde Zeit, dass der sich hier vor Ort umsah. Sie brauchten jetzt dringend Spezialisten. Es war soweit, sie brauchten die Hilfe der Polizei. Für sie alleine wurde es zu gefährlich.
Es würde weitergehen. Heute waren es die Katzen, morgen vielleicht die Kinder, die Frauen oder die Bodega. Ohne die Hilfe der Polizei konnten sie nicht weitermachen. Wie viel Zeit

blieb ihnen noch? Bevor er zurück zum Haus ging, wollte er erst einmal die Katzen vorübergehend verschwinden lassen. David und Diego würden bestimmt wieder nach ihnen fragen. Dann musste er dafür sorgen, dass sich die Jungen nicht mehr irgendwo draußen herumtrieben. Aber eine plausible Begründung hatte er dafür noch nicht. Er musste nachdenken.
Die Mädchen konnten nicht hierbleiben, sie mussten so schnell wie möglich zurück nach Los Cristianos. Am besten wäre es, Cristina könnte mit ihnen fahren. In ihrer Gesellschaft war sie sicherer und unauffälliger als hier am Ort des Geschehens. Sonntagabend würde er sie dann wieder abholen, damit Miguel und Elena am Montag David und Cristina wieder nach Santa Cruz bringen konnten. Sie waren jetzt gezwungen zu improvisieren. So ungezwungen wie möglich, aber so sicher wie nötig. Was hatten sie bis jetzt vorzuweisen?
Drei Kaufangebote.
Eine davon war eine unterschwellige Drohung.
Serges untrügliches Gefühl für Gefahr.
Vier tote Katzen.
Keine Hinweise auf die Verantwortlichen.
Was hatte Carlos hinsichtlich des Drogenproblems auf der Insel gesagt: „Es ist, als würden wir ein Phantom jagen."
Genauso empfand es Roberto auch. Sie hatten es mit einem Phantom zu tun. Einem gefährlichen Phantom.
Inzwischen war es ganz hell geworden. Die Sonne schickte ihre Strahlen schon hinauf nach Vilaflor. Zwar war es um diese frühe Stunde im Schatten noch recht kühl, aber je höher die Sonne vom Osten her in die Berge kletterte, umso mehr wärmen-

de Fleckchen breiteten sich um das Haus herum und über den Weinbergen mit der Bodega aus.
Es wirkte mühsam, wie Roberto den Weg zur Eingangstür mit herabhängenden Schultern und mit Sorgenfalten durchzogenem Gesicht hinaufschlich. Er musste sich zusammenreißen. Rosalia und Joana waren wie an jedem Morgen schon in der Küche und bereiteten den Kaffee und ein paar süße Gebäckstücke vor, als er die Tür öffnete und eintrat.
„Hola, ihr zwei. Seid ihr noch alleine?"
„Hola, Roberto" lächelte Rosalia ihn verhalten an „hast du gut geschlafen? Papa und Mama werden wohl gleich hier sein, und die jungen Leute wird es heute auch nicht lange im Bett halten. Ich habe beschlossen, heute einmal frei zunehmen und mit ihnen am Teide zu wandern. Die Bewegung wird ihnen guttun und wir bleiben in der Gruppe zusammen."
„Das halte ich für gar keine gute Idee, Rosalia, darüber sprechen wir gleich noch mal!"
„Da gibt es gar nichts mehr zu besprechen. Papa ist auch einverstanden und wenn wir wieder hier sind, ist draußen auch alles einsatzbereit. Es ist der günstigste Zeitpunkt. Und wir sind wieder zurück solange es noch hell ist."
Roberto sah Rosalia zweifelnd an und schüttelte vor Unbehagen leicht den Kopf.
„Aber bitte, halte die Augen offen. Du weißt nicht, was noch alles kommen wird."
Joana drehte sich zu Roberto um und blickte ihn lange und intensiv an, bevor sie ihm ganz leicht zunickte.
„Sie weiß es " dachte er nur, „vielleicht ist es gut so."

David und Diego waren in ihrem Element. Bis auf ihre Wanderschuhe waren sie schon bereit für den Berg. Die drei Mädchen waren nicht so lebhaft, wie man das normalerweise von ihnen kannte. Irgendwie war der Ton zwischen ihnen heute Morgen anders als sonst. Sie nörgelten auch weil sie keine passende Bergkleidung dabei hatten, sich anstrengen sollten, obwohl sie doch Ferien hatten und eigentlich viel lieber in der Sonne liegen wollten.
„Ihr habt Jeans und Joggingschuhe, und warme Jacken werden wir für euch wohl auch noch auftreiben. Die Jungen nehmen ihre Rucksäcke mit, da kommen ein paar Getränke rein. Essen werden wir zwischendurch in einem der Restaurants. Gibt es noch Fragen? Wenn nicht, seht zu, dass ihr fertig werdet. Abfahrt ist um neun Uhr.“ Rosalia hatte alles geplant und wenn sie sich etwas in den Kopf gesetzt hatte, wurde es auch ausgeführt.
„Ja, ja, und wir müssen wieder alles schleppen“ maulte Diego leise vor sich hin.

Der letzte Donnerstag im August
Nationalpark

Während sich die Mädchen auf ihr Zimmer zurückzogen um sich entsprechend umzuziehen, hörte Cristina schon auf dem Flur ihr Telefon. Vorhin, als sie zur Küche runter liefen, hatte sie vergessen es einzustecken. Ihre Mama hatte selbstverständlich schon wieder in aller Herrgottsfrühe anrufen müssen, wie sie das hasste! Als wenn es ein paar Stunden später nicht auch noch reichen würde. Weil sie so ärgerlich war, hatte sie das Mobil dann auch auf dem Nachtschränkchen liegen gelassen.

Aber jetzt rannte sie, weil sie wusste: Er war es. Ruben rief an. Sie durfte ihn nicht verpassen. Laura und Ana sahen sich an. Sie verstanden Cristina nicht mehr. Sie hatte sich in so kurzer Zeit total verändert. Warum merkte ihre Familie das nicht? Aber sie würden nichts sagen. Kein Wort würde über ihre Lippen kommen, egal wie oft sich Cristina noch mit Ruben traf. Cristina würde das Gleiche für sie tun, das war ihnen klar.

Cristina sprang aufs Bett, griff zum Telefon, drückte auf die entsprechende Taste und sagte wieder nur ganz leise „Ja!"

„Hallo, Süße, ich muss immer nur an dich denken. Wie ist es dir heute Nacht ergangen?"

„Hallo, ich habe nicht viel geschlafen. Ich hatte so viele andere Gedanken im Kopf. Es waren schöne Gedanken und die möchte ich immer in meinem Kopf behalten. Hilfst du mir dabei?"

„Wenn wir uns morgen wiedersehen, dann werde ich versuchen, dir noch mehr schöne Gedanken für die Nacht zu geben. Und in der Zeit, in der wir wieder zusammen sind, werden es noch ganz andere schöne Dinge sein. Ich verspreche es dir und ich kann es kaum erwarten. Was machst du heute?"

„Laura und Ana sind hier und wir machen mit meiner Tante, meinem Bruder und meinem Cousin einen Wanderausflug. Ich werde aber wohl nur an dich denken und mich auf morgen freuen.

Komm nicht zu spät. Ich warte wieder auf dich."

Cristina hatte so leise gesprochen, dass Laura und Ana trotz aller Anstrengungen so gut wie gar nichts von dem Telefongespräch mitbekommen hatten und deswegen entsprechend enttäuscht waren. Aber irgendwas würden sie schon rausbekommen.

Roberto versuchte noch einmal auf Rosalia einzureden. Er berichtete ihr von seinem morgendlichen Fund, zeigte ihr die neueste schriftliche Drohung, hatte wieder Tränen in den Augen als er ihr von den toten Katzen erzählte. Aber sie war der festen Überzeugung, heute sei es das Beste, mit den jungen Leuten einen Ausflug zu machen. Wenn sie dann wieder nach Hause kämen, sei alles fertig installiert und die Kameras würden sie ab sofort besser schützen.
Den Einbau müssten die Kinder ja nicht unbedingt mitbekommen. Er konnte sie nicht überzeugen. „Gut, dann müssen wir eine andere Regelung für die nächsten Tage finden. Ich werde gleich mal versuchen Lauras Bruder Juan zu erreichen. Mir ist wohler, wenn ich weiß, dass die Mädchen wieder in Los Cristianos sind. Am besten, Cristina fährt für die paar Tage auch mit, dann ist sie schon mal aus der Schusslinie. Wo drei junge Leute Platz haben, kommt es auf eine vierte Person bestimmt auch nicht mehr an. Und Spaß haben sie da bestimmt auch mehr als hier bei uns.
David und Diego müssen wir im Haus halten. David wird die nächsten Nächte bei mir oder bei dir schlafen. Diego sollte dann am Montag mit Miguel nach Santa Cruz fahren. Wir müssen die Kinder in Sicherheit bringen.“ Für Roberto waren die nächsten wichtigen Schritte, die sie machen mussten, jetzt voll-

kommen klar. Seine Eltern würden nicht gehen. Aber es sollte auch niemand hierbleiben, der nicht unbedingt hier sein musste. Danach rief er Carlos Lopez Garcia an.
„Buenos Dias Carlos, hier ist Roberto . Ich glaube, es ist dringend erforderlich, dass du mit einigen von deinen Leuten hier vor Ort mit den Ermittlungen beginnst. Ich wollte das eigentlich vermeiden, aber wir haben wieder eine Drohung erhalten, die solltet ihr euch ansehen. Es sieht so aus, als würde es jetzt wirklich gefährlich."
„Gut Roberto, wir kommen so schnell wie möglich. Wir fahren mit Zivilfahrzeugen, es kann sein, dass euer Haus und die Bodega beobachtet werden. Der Sicherheitsdienst hat noch nichts bemerkt?"
„Nein, die sind rund um die Uhr in Bereitschaft, konnten aber noch nichts Ungewöhnliches entdecken. Aber hier ist die Lage absolut nicht in Ordnung. Ich weiß einfach nicht, was hier abläuft."
„Wir werden sehen. Bis später. Ich bringe einige Experten mit" verabschiedete sich Carlos mit Sorge.
Noch ein Problem mehr auf seiner Insel. Mit jedem Kilometer, dem sie sich dem Nationalpark und dem Teide näherten, wurde die Stimmung in Rosalias Auto ausgelassener. Es war wohl doch eine gute Idee, mit den jungen Leuten mal etwas ganz anderes zu unternehmen. Selbst die Mädchen konnten wieder locker miteinander umgehen. Mit der Schule hatten sie schon alle den einen oder anderen Ausflug in die Berge Teneriffas unternommen, aber es war etwas anderes, mit einer Horde Jugendlicher unterwegs zu sein, die auf das Kommando des Leh-

rers zu hören hatte, oder ob es nur eine kleine, individuelle Gruppe war.
Sie fanden es jedenfalls toll, dass Rosalia ihnen nicht vorschrieb, wie der Tag zu verlaufen hatte. Sie konnten anhalten, wann sie wollten, das wie Mondlandschaft anmutende Gelände erkunden, mit ihren Smartphones Fotos machen und gleich an Freunde schicken. Als sie langsam Hunger bekamen, es waren schon einige Stunden vergangen, fuhren sie zum Hotel „Parador de las Cañadas del Teide“, um sich dort in der Snackbar für die nächsten Stunden zu stärken.
Nun warteten sie an der Kasse der Talstation der Seilbahn um die Tickets für die Berg- und spätere Talfahrt zu bekommen. Nachdem die unvermeidlichen Fotos gemacht worden waren, ging es auch schon ungewöhnlich zügig voran und es dauerte nicht lange und sie waren auf dem Weg nach oben, um sich 10 Minuten später erst einmal an die kalte und dünne Luft in gut 3500 Metern Höhe zu gewöhnen.
Sie beschlossen, den zwar gut erkennbaren, jedoch ganz schön holperigen Weg in Richtung Osten zu gehen, um von soweit oben vielleicht die Stelle am Meer zu erkennen, wo sie schon so oft ihre Sonntage am Strand verbracht hatten. San Pedro. Die gut ausgebaute Aussichtsplattform war nur mäßig besucht und sie hatten alle Möglichkeiten um in die Ferne zu blicken.
Am östlichen Rand der Plattform stand ein älterer, gepflegt gekleideter, lächelnder Mann und sprach ganz kurz mit einem, wie ein Hochgebirgswanderer gekleideten, jüngeren Mann, der die Kapuze seiner wind- und regendichten Jacke tief ins Gesicht gezogen hatte. Seine Augen wurden von einer dunklen Sonnenbrille so verdeckt, sodass ein zufälliger Beobachter keine

Beschreibung seines Gesichts hätte machen können. Ein brauner Briefumschlag wechselte aus der Jackentasche des älteren Mannes in den Rucksack des jungen Wanderers.
„Die vereinbarte Summe liegt schon auf deinem Schweizer Konto. Dieses Bargeld sollte für die nächsten Tage ausreichen. Besorge dir Reisepass und Personalausweis mit den neuen Daten. Du weißt wo. Wir beide werden uns nicht mehr begegnen, also geh jetzt und mach deinen Job."
Der alte Mann hörte sich an, als hätte er all das was er sagte, auswendig lernen müssen. Während der Wanderer sich umdrehte um zu gehen, hörte er auf einmal ein ihm bekanntes, helles Mädchenlachen. Er starrte in die Richtung, aus der dieses Lachen kam und fühlte sich plötzlich wie gelähmt. Wie kam sie hier her? Gerade heute. Sie durfte ihn nicht erkennen. Er musste so schnell wie möglich von hier verschwinden. Mein Gott, wo war er nur hineingeraten? Aufgekratzt, aber gleichzeitig müde, weil sie den ganzen Tag in der ungewohnten Höhe verbracht hatten, machten sie sich auf den Rückweg zur Seilbahnstation. Es war inzwischen kurz nach vier Uhr und die letzte Talfahrt ging jeden Tag um fünf Uhr. Das würden die jungen Leute aber locker schaffen, auch Rosalia machte sich darum keine Gedanken, sie hatte noch eine gute Kondition.
Am Einstieg kam es dann doch noch zu einigem Gedränge, weil viele Besucher diese letzte Gelegenheit nutzen wollten. Schließlich kamen aber alle mit. Der Letzte, der einstieg, war ein älterer, gut gekleideter, freundlich lächelnder Mann, der die fröhliche Gruppe aus Vilaflor nicht mehr aus den Augen ließ. Als sie wieder zu Hause in Vilaflor ankamen, konnte man schon erkennen, dass es nicht mehr allzu lange dauern würde,

bis die Dämmerung einsetzte. Roberto wartete schon ungeduldig. Er wollte die drei Mädchen so schnell wie möglich nach Los Cristianos bringen. Noch eine Nacht wollte er sie nicht hier im Haus haben. Er hatte mit Juan gesprochen. Der war nicht gerade begeistert davon, aber die paar Tage würde er es zur Not noch mit drei plappernden Mädchen aushalten. Zumal er ohnehin die meiste Zeit arbeiten musste.
Es wäre Roberto erheblich lieber, wenn er auch die beiden Jungen woanders hätte unterbringen können, aber er fand dafür einfach keine Möglichkeit. Insofern war es wohl besser, sie im Haus zu halten und aufzupassen. Sie mussten sich eben mit Fernsehen und Videospielen die Zeit vertreiben. Denn dass im Moment etwas Ungewöhnliches geschah, hatten die beiden längst mitbekommen. Genau wie seine Mutter und Joana, aber die zwei Frauen stellten immer noch keine Fragen.
Carlos und seine Spezialtruppe hatten die Grundstücke stundenlang auf irgendwelche Hinweise untersucht, aber bis auf Reifenspuren an einer Gartenmauer, die ohne Zweifel von einem Motorrad stammten, hatten sie nichts gefunden, was auf irgendeinen Eindringling hätte hinweisen können. Durch die Fuß- und Reifenspuren der Familienmitglieder, des Sicherheitsdienstes, des Postzustellers und verschiedener Lieferanten, die der Familie aber bekannt waren, konnten keine außergewöhnlichen Spuren mehr identifiziert werden. Es war inzwischen einfach zu viel zertrampelt worden.
Zwischendurch hatte Roberto mit Miguel telefoniert. Elena war von ihm immer noch nicht informiert worden. Er wollte sich nicht auch noch um eine durchgedrehte Ehefrau kümmern müssen, zumal er im Moment beruflich so eingespannt war,

dass er kaum Zeit zu Hause verbringen konnte. Außerdem, meinte er, war auch noch nichts Gravierendes passiert. Er hoffte immer noch, dass sich die Sache als ein böser Scherz herausstellte. Er war froh, als Elena ihm am Morgen mitteilte, dass sie schon heute zu ihrer Schwester nach Gran Canaria fahren wollte. Er sollte dann am Samstag nachkommen. Ein paar Stunden Ruhe, die konnte er wahrlich gebrauchen. Am Montag früh würden sie dann Cristina und David abholen und Diego konnte den Rest der Ferien auch bei ihnen verbringen. Für ihn war alles geregelt.

„Es wurde auch langsam Zeit, dass ihr endlich wieder zurück seid. Rosalia, was hast du dir dabei gedacht, so lange wegzubleiben? Wissen die Mädchen, dass ich sie heute noch nach Cristianos zu Juan bringe?" Roberto war aufgebracht und nervös.

„Mein Gott, Roberto, nun beruhige dich erst einmal. Nein ich habe selbstverständlich noch nicht mit ihnen gesprochen. Warum sollte ich sie mit Dingen belasten, die sie ohnehin nicht verstehen können. Sie hatten einen richtig schönen Tag, und jetzt ist es früh genug, es ihnen zu sagen. Mit deiner Unruhe änderst du nichts an der Situation." Rosalia packte Robertos Schultern und schüttelte ihn.

„Bleib den Mädchen gegenüber gelassener. Sag ihnen, dass du morgen keine Zeit hast, sie zu fahren, deswegen bringst du sie schon heute zurück. Und dass Cristina mitfahren kann, wird sie dir bestimmt nicht übel nehmen."

Rosalia hatte natürlich Recht. Die Mädchen, vor allen Dingen Cristina, jubelten. In Höchstgeschwindigkeit hatten sie ihre Sachen zusammengepackt und als Roberto den Wagen vorfuhr,

standen sie schon abfahrbereit in der Auffahrt. Noch ein schneller Abschied von den Großeltern, Rosalia, Joana und den Jungs, und schon ging es los in Richtung Freiheit für die nächsten drei Tage.
Cristina war selig. Sie hoffte, Ruben jeden Tag sehen zu können. Sobald sie angekommen waren, würde sie ihm die veränderte Situation mitteilen. Laura und Ana betrachteten Cristina mit gemischten Gefühlen. Sie ahnten, wie und mit wem ihre Freundin die nächste Zeit verbringen würde. Ihnen war überhaupt nicht wohl dabei. Sie hatten Angst um Cristina, konnten diese Angst ihr gegenüber aber nicht begründen.
Roberto beeilte sich, die Mädchen zügig nach unten zur Küste zu bringen. Hier waren sie sicherer als in der Nähe des Weinguts, zumal niemand wusste, dass sie die nächsten Tage hier verbringen würden. Auf den Stellplätzen vor dem Hochhaus, in dem Juan wohnte, parkte er seinen Wagen und begleitete die Mädchen bis in die Etage, in der die Wohnung lag.
Es war eine kleine Wohnung, aber die drei konnten das Schlafzimmer nutzen, während Juan sich vorübergehend mit der Couch im Wohnzimmer zufrieden gab. Es war schließlich absehbar, wann er sein Reich wieder für sich hatte.
Cristina zog sich sofort ins Bad zurück. Sie wollte ungestört mit Ruben sprechen können. Sie hatte die Tür zu dem kleinen Raum noch nicht ganz geschlossen, da meldete sich schon der bekannte Klingelton. Sie konnte einen tiefen Seufzer nicht unterdrücken, als sie auf dem Display den Namen ihrer Mutter erkannte. „Mama, was gibt es schon wieder Wichtiges? Wir sehen uns doch am Montag.“

„Ist es dir schon unangenehm, wenn deine Mutter das Bedürfnis hat, mit dir zu sprechen? Wir haben uns schließlich schon ein paar Tage nicht mehr gesehen!“ empörte sich Elena in ihrer dramatischen Art.
Und Cristina dachte, tu nur nicht so, als wenn dich das sonderlich stören würde, fragte dann aber doch etwas höflicher „Okay, was ist so dringend?“ Sie erzählte ihr nicht, dass sie zurzeit bei ihren Freundinnen in Los Cristianos wohnte.
„Oh, ich wollte dir nur sagen, dass ich schon heute nach Gran Canaria zu Tante Lucia gefahren bin. Dein Vater hat im Moment so wahnsinnig viel Arbeit, er ist kaum zu Hause, da dachte ich mir, eine kleine Verschnaufpause könnte nicht schaden. Papa wird am Samstag nachkommen und wir nehmen dann am Montagmorgen die Fähre zurück und werden euch unverzüglich aus Vilaflor abholen. Es wird Zeit, dass ihr wieder nach Hause kommt. Also, mein Liebes, macht euch noch ein paar schöne Tage bei der Abuela, grüß die Familie und bis Montag. Hasta luego.“
„Ja, hasta luego, Mama. Hab viel Spaß in Las Palmas und grüß auch du Tante Lucia von uns.“
Cristina musste erst einmal tief durchatmen. Anrufe von ihrer Mama empfand sie immer als Stress. Aber jetzt wollte sie endlich, endlich Rubens Stimme hören. Sie wollte spüren, wie sich die kleinen Härchen auf ihren Armen aufstellten, wie ihr Magen anfing zu vibrieren und wie sie es ohne seine Berührung kaum noch aushielt. Er war da. Seine Stimme streichelte und verführte sie. Sie kannte keine andere Stimme, die das mit ihr machen konnte.

„Hallo, meine Süße, es ist schön, dass du mich anrufst. Wo bist du? Wann sehe ich dich wieder?“
Er lockte sie, und sie ging auf seine Verführung ein. Augenblicklich sehnte sie sich nach seiner Berührung. Sie bemerkte ihre Unruhe, ihr Verlangen nach ihm. Es war unbegreiflich, weil sie diese Gefühle vorher nie erlebt hatte. Wie konnte es so aus ihr herausbrechen, als hätte er sie mit einem Zauber belegt. Sie würde so gerne mit Laura und Ana darüber sprechen, aber sie wusste, sie würde auf Unverständnis stoßen, weil die beiden ihre Gefühle nicht nachempfinden konnten. Noch nicht, aber später war für sie zu spät. Sie wollte es jetzt wissen. Nein, wollte sie nicht, sie wollte es nur erleben, nur mit diesem goldenen Mann. „Morgen. Wollen wir uns morgen sehen. Ich wohne zurzeit in Cristianos, zusammen mit den Mädchen. Bis Sonntagabend habe ich erst einmal Zeit. Treffen wir uns morgen auf dem Kirchplatz, um zwölf Uhr. Lass uns keine Minute vergeuden. Bitte sei pünktlich. Ich warte auf dich. Bis morgen.“
„Ja, meine Süße, bis morgen. Ich kann es kaum erwarten. Schlaf gut. Ich möchte, dass du ausgeschlafen bist. Wir haben viel vor.“ Nach diesem Gespräch zitterte Cristina am ganzen Körper. Ihre Unerfahrenheit ließ keinen einzigen, schlechten Gedanken aufkommen. Alles war für sie nur wunderschön. Bevor sie ihren Freundinnen wieder gegenübertreten konnte, musste sie sich erst einmal beruhigen. Niemand sollte ihr ihre Gefühle anmerken. Sie wollte einfach nur ganz normal wirken. Aber es war schwierig, sie stand unter Beobachtung von Laura und Ana. Zwischenzeitlich war Roberto wieder zu Hause eingetroffen. Seine Unruhe wurde immer größer.

Er wusste, die Gefahr war vorhanden, der Feind war in der Nähe. Wer konnte ihnen so nahe kommen, ohne sichtbare Spuren zu hinterlassen. Carlos und seine Mannschaft mussten untätig wieder abziehen, der Sicherheitsdienst konnte keine beunruhigenden Vorkommnisse melden, die Überwachungskameras zeigten nichts Ungewöhnliches an. Aber er wusste, da war etwas Böses, noch nicht greifbar, aber vorhanden. Serge wusste es. Auch ihn ließ dieses Gefühl nicht zur Ruhe kommen. Aber ohne handfeste Beweise konnte die Polizei nicht agieren. Sie brauchten einen Anhalt, ein Indiz, eine Spur. Irgendjemanden, der etwas beobachtet hatte. Wieder kam ihm das Wort „Phantom" in den Sinn, aber er wusste, so etwas gab es nicht. Es gab nur Menschen, und darunter schlechte Menschen, gierige Menschen, Verbrecher. Damit hatten sie es zu tun. Wann würden sie wieder zuschlagen und wer oder was war ihr Ziel?
Er suchte Rosalia und fand sie in der Küche. Die stille Frau war in diesen schwierigen, letzten Tagen noch stiller geworden. Sie saß am Küchentisch mit einer dampfenden Tasse Tee vor sich und man sah ihr an, dass ihre Gedanken nicht die angenehmsten waren.
„Hola Rosalia, was machst du hier so allein? Wo sind Mama und Papa?"
„Ach Roberto, sie haben die Jungs mitgenommen und sich in ihre Wohnung zurückgezogen. Obwohl wir noch kein Wort mit Mama über die augenblickliche Situation gesprochen haben, scheint sie genau zu wissen, dass hier alles drunter und drüber geht. Aber sie sagt nichts. Sie stellt keine Fragen, ihr Tag läuft ab wie immer. Ich glaube, sie redet nur mit Joana über die Dinge, die sie vermutet. Es ist so beängstigend!"

Roberto nickte zustimmend. „Und beim jetzigen Stand der Dinge kann selbst Carlos mit seiner Truppe nichts machen. Wo sollen sie ansetzen. Was mir am meisten Sorge bereitet, ist die anstehende Weinlese. Wie schützen wir die Erntehelfer. Wir können das Ganze nicht absagen, das wäre ein kaum wieder gutzumachender Verlust. Serge sagt, dass wir höchstens noch eine Woche Zeit haben bis zur Lese.“
„Wenigstens haben wir jetzt Aufpasser auf unseren Grundstücken und die Kameras laufen auch rund um die Uhr. Normalerweise sollte jede Unregelmäßigkeit sofort festgestellt werden.“ Rosalia schien sich Mut machen zu wollen. Aber sie wusste auch, dass jedes System zu knacken war, wenn echte Profis zum Einsatz kamen. Und Roberto hatte Recht, es war nichts zwingend Greifbares vorhanden.

Der letzte Freitag im August
Palm Playa

Von all den Problemen bekamen Cristina, Laura und Ana nichts mit. Sie waren glücklich. Sie konnten endlich ein paar ungewohnt freie Tage genießen. Obwohl Laura und Ana es nicht lassen konnten, Cristina heimlich aus den Augenwinkeln heraus zu beobachten. Aber die war so mit sich und ihrer neuen Welt, ihrer neuen Verliebtheit, den neuen Gefühlen und Erfahrungen beschäftigt, dass sie die Besorgnis ihrer Freundinnen gar nicht bemerkte. Sie ging nachts ins Bad und telefonierte mit Ruben im Flüsterton, in der Hoffnung, dass ihre Mitbewohner nichts mitbekamen. Und endlich war der Freitag da, der Tag an dem sie sich wiedersahen. In seiner Wohnung, sie beide allein. Sie wollte wieder so von ihm geliebt werden, dass keine anderen Gedanken mehr Platz in ihrem Kopf hatten, dass alle anderen Menschen für sie unwichtig wurden und sie nur noch ihn spürte, all ihre Sinne auf ihn konzentriert waren. Allein der Gedanke daran ließ alles in ihr kribbeln und vibrieren.

Sie hatten sich um zwölf Uhr auf dem Kirchplatz von Los Cristianos verabredet. Es war noch zu früh, um schon loszugehen, außerdem musste sie es auch ihren Freundinnen noch irgendwie beibringen, dass sie heute wieder nicht mit ihnen zum Strand ging. Aber letztlich wusste sie, dass sie sich auf die beiden verlassen konnte. Mit ihrer Garderobe war sie auch ziemlich eingeschränkt. Sie hatte sich nicht auf einen längeren Aufenthalt ohne ihre Eltern vorbereitet. Von ihrem Papa hatte sie zwar in letzter Minute noch eine etwas größere Summe Geld zugesteckt bekommen, aber die wollte sie nicht unbedingt für neue Kleidung ausgeben. Also wieder weiße Shorts und rotes Trägertop, wie an ihrem ersten Strandtag. Und natürlich die Goldkette vom Abuelo. Sie brauchte kein Make-up und ihre Haare waren wunderschön, das reichte ihr vollkommen. Laura und Ana protestierten zwar halbherzig, aber sie hatten sich schon so etwas gedacht.

Und Cristina bettelte „Ich bin so glücklich und verliebt, bitte seid mir nicht böse. Wenn ihr an meiner Stelle wärt, ihr würdet euch genauso verhalten. Außerdem müssen wir bald nach Gran Canaria. Wer weiß, wie es dann mit Ruben und mir wei-

tergeht. Es sind nur noch drei Tage. Ich bin auch spätestens um acht Uhr wieder zurück."
„Okay, aber schalte dein Telefon nicht aus. Wir müssen dich anrufen können, falls irgendetwas Unvorhergesehenes passiert. Du musst für uns erreichbar sein. Versprichst du uns das?"
„Ja, ihr könnt mich erreichen, aber nur im Notfall. Macht euch einen schönen Tag. Bis heute Abend. Adios."
In diesem unglaublichen Touristenstrom, der immer um diese Zeit die verkehrsberuhigte Zone von Los Cristianos beherrschte, wurde Cristina bis zum Kirchplatz hin mitgezogen. Es war so voll, alle Bänke waren belegt, sie drehte sich mehrmals um die eigene Achse, weil sie nicht wusste, aus welcher Richtung Ruben kommen würde. Sie fühlte sich unwohl, es wurde gedrängelt und geschubst und plötzlich wurde sie von hinten umfasst, umgedreht, nochmals umarmt und so geküsst, als wären sie die einzigen Besucher, die sich hier im Moment auf dem Platz befanden.
„Hallo, meine Süße, hoffentlich habe ich dich nicht zu lange warten lassen. Ich musste wieder einmal einen Parkplatz suchen. Gut, dass wir dort, wo wir gleich hinfahren, diese Probleme nicht haben."
Immer, wenn Cristina ihn ansah, war sie kaum in der Lage zu sprechen.
„Ich bin auch gerade erst gekommen. Es waren überall so viele Menschen" flüsterte sie.
Ruben sah sie an und dachte „Sie ist fast immer still und zurückhaltend. Gut, dass sie sich da, wo ich sie gleich hinbringen werde, ganz anders verhalten wird."

Er hatte sie vorgestern erlebt. Dafür, dass sie so jung und so unerfahren war, hatte er eine kaum zu beherrschende Explosion erlebt. Das Fatale für sie beide daran war leider, nicht nur sie hatte sich in ihn verliebt, auch er entwickelte Gefühle für dieses Mädchen, die er noch nie vorher kennengelernt hatte und die er niemals zulassen sollte. Aber er konnte es nicht mehr stoppen, das würden sowieso andere für ihn tun. Bei dem Gedanken wurde ihm ganz schlecht und er bekam eine unbändige Wut auf diese Person, die ihn in ihrer Gewalt hatte und für die er und andere mit ihren Leben bezahlen mussten, wenn er nicht das tat, was sie von ihm wollte.
Sie fuhren wieder nach Palm Playa, parkten wieder in der leeren Tiefgarage unter dem Apartmenthaus, fuhren wieder mit dem Fahrstuhl hoch bis zur Penthousewohnung, betraten wieder die wunderschöne Wohnung mit diesem grandiosen Ausblick über das Meer bis weit hin zur Costa Adeje, aber hatten nur Augen füreinander. Wen interessierte das Meer und der Ausblick, wenn es ganz andere Dinge zu entdecken gab. Jedenfalls war Cristina noch neugieriger geworden, wollte noch mehr sehen, fühlen, geben und nehmen. Sie ließ ihm keine Zeit, sie hatten nicht so viel Zeit, wie sie benötigte. Sie drängte ihn ins Schlafzimmer und versuchte die Initiative zu übernehmen. Er ließ es geschehen, war neugierig, wie sie sich verhalten würde.
„Bitte, Ruben, ich möchte das Gleiche trinken wie vorgestern. Gibst du mir etwas davon. Es war so gut. Ich fühlte mich danach so gut."
„Natürlich, meine Süße, du musst mich aber kurz loslassen, dann kann ich uns ein Glas holen."

Als er zurückkam, reichte er ihr das Glas, sie nahm es entgegen, trank es aus, lachte laut vor Vergnügen und war schon wieder bei ihm. Sie zogen sich gegenseitig aus, ließen sich auf das Bett fallen und versanken in ihrer eigenen, leidenschaftlichen Welt. Sie hatten den ganzen Nachmittag für sich und sie nutzten ihn. Cristina verliebte sich immer mehr und Ruben wurde immer schwermütiger. Den heimlichen Beobachter, der Stunde um Stunde um das Haus, die Straße entlang und die Promenade auf und ab lief, bemerkten die beiden sich liebenden jungen Menschen ebenso wenig wie die wenigen Touristen, die sich hin und wieder einmal nach Palm Playa verirrten.
Nur zögerlich konnte sich Cristina von Ruben trennen. Sie war so gefangen in dieser, für sie neuen und leidenschaftlichen Welt, mit diesem Mann, den sie eigentlich gar nicht kannte, der ihr aber so viel gab, Dinge, von denen sie gar nicht wusste, dass es sie geben konnte und die sie festhalten wollte. Aber es wurde Zeit, sie mussten fahren. Auf keinen Fall wollte sie ihre Freundinnen zu sehr verärgern. Ruben brachte sie bis vor die Tür zum Haus in der Calle la Montaña, in dem Juan seine Wohnung hatte und verabschiedete sich von ihr mit einem langen Kuss.
„Ich hole dich morgen hier ab. Wieder um die gleiche Zeit wie heute. Dann fahren wir erst nach Las Galletas zum Essen und anschließend werden wir schon etwas finden, womit wir uns die Zeit vertreiben können. Einverstanden?“ Ruben sah sie mit einem eindringlichen Blick aus seinen außergewöhnlichen Augen fragend an.
„Natürlich bin ich einverstanden. Ich kann die Nacht bestimmt nicht schlafen. Darf ich dich anrufen?“

Er lachte. „Dann bis heute Nacht."
Cristina seufzte. Wieder warten. Aber morgen Mittag war er wieder da. Das war für sie das Wichtigste.
„Hey, du bist ja super pünktlich" wurde sie von ihren Freundinnen grinsend begrüßt „war es nicht schön heute Nachmittag?"
„Seid nicht so neugierig. Aber es war schön, und morgen wird es wieder schön" schwärmte Cristina.
„Aber eigentlich geht es euch überhaupt nichts an. Und jetzt muss ich meine Pflichttelefonate hinter mich bringen, dann könnt ihr mal erzählen, was heute so los war."
Cristina telefonierte noch mit ihren Eltern, ihren Großeltern, mit Roberto und Rosalia und ihrem nervigen, kleinen Bruder. Als sie das alles abgearbeitet hatte, wie sie es den Mädchen erklärte, verbrachten die drei doch noch einen vergnügten Abend zusammen. Juan, der von seiner Spätschicht im Hotel nach Hause kam, brachte Pizza mit und alle waren letztlich zufrieden. Die Mädchen zogen sich in Juans Schlafzimmer zurück und er versuchte die Nacht irgendwie auf dem Sofa zu überstehen. Auch diese Nacht schlich sich Cristina wieder ins Bad, um flüsternd mit ihrer großen Liebe zu telefonieren.

Der letzte Samstag im August
Palm Playa

Ruben war verzweifelt. Egal was er tat, Cristina und auch er würden in diesem tödlichen Spiel die Verlierer sein. Dabei war nicht einmal klar, ob es Gewinner geben würde.
Er hatte so viele Jahre ohne jegliche Skrupel gelebt und jetzt musste er dieses wunderbare Mädchen kennenlernen, mit dem alles anders werden könnte, aber diese unerträgliche Person ließ ihn nicht aus ihren Fingern. Es gab für ihn keine Alter-native. Alles war geplant. Auch wenn er aussteigen wollte, er könnte nichts mehr ändern.

Der letzte Samstag im August
Vilaflor

Es wurde hell, der Samstagmorgen war da. Im Haus und in der Bodega war alles ruhig, aber die Ruhe fühlte sich nicht gut an. Bald würde hier etwas geschehen. Jeder ahnte das und jeder musste abwarten. Roberto und Serge konnten ihre Unruhe kaum noch verbergen. Nur Don Pablo wurde immer stiller und nachdenklicher. Er verließ kaum noch seine Wohnung. Und wenn, dann war er mit den Jungs im Garten und schaute hinauf in die Berge. So verging die Zeit.

Der letzte Samstag im August
Los Cristianos

Für Cristina verging die Zeit viel zu langsam. Aber heute blieben die Mädchen länger im Bett, erzählten sich das eine oder andere und kicherten rum. Juan lag schon lange wach. Er hatte auch bemerkt, dass Cristina nachts zum Telefonieren ins Bad geschlichen war. Na ja, soll sie doch ihre Geheimnisse haben. Aber jetzt verdrehte er die Augen und hielt sich die Ohren zu. Gut, dass diese Mädcheninvasion bald vorbei war und er sein Reich wieder für sich hatte. Nur noch heute und morgen. Dann hatte er es überstanden. Um Punkt zwölf Uhr stand Cristina vor der Haustür in der Calle de Montaña. Sie trug wieder ihr rotes Minikleid mit den dünnen Trägern, ihre goldenen Ballerinas und auch wieder die Goldkette vom Abuelo. Auch Ruben war pünktlich wie immer. Er stieg aus seinem Wagen aus, ging auf Cristina zu, er umarmte und küsste sie kurz, er öffnete die Beifahrertür und half ihr beim Einsteigen.
Laura und Ana beobachteten die Szene ungeniert vom Wohnzimmerfenster in der ersten Etage des Hauses aus und konnten es auch nicht lassen, ihre zweideutigen Kommentare abzugeben. Ruben winkte ihnen charmant zu und Cristina wurde vor Verlegenheit mal wieder dunkelrot im Gesicht.
„Mach dir nichts draus, vielleicht sind sie ja auch ein wenig eifersüchtig." Er streichelte ganz leicht über ihr Gesicht. „Wahrscheinlich hätten sie auch ganz gerne einen Freund, mit dem sie das tun, was wir miteinander machen."
„Das kann sein, aber die beiden wissen gar nicht, was wir miteinander machen. Das ist nur für uns wichtig, es geht sonst nie-

manden etwas an. Ich möchte es nur mit dir teilen."
Cristina musste schon wieder flüstern. Sie empfand es als nicht angebracht, laut über solch intime Dinge zu sprechen.
„Dann wollen wir doch mal sehen, was uns heute noch zu diesem Thema einfällt. Aber erst fahren wir ans Meer zum Essen. Magst du?"
Sie sah ihn und es fing schon wieder an zu kribbeln. „Wenn wir uns nicht zu viel Zeit lassen. Du hast es versprochen, wir haben noch andere Dinge zu tun."
Nachdem sie die Promenade einmal hin und wieder zurück geschlendert waren und sich auf ein Restaurant festgelegt hatten, genoss es Cristina dann doch, unter einem Sonnenschirm die angenehme, durch den leichten Seewind erträgliche Wärme zu genießen.
Sie aßen frischen Fisch, ein wenig Salat, tranken kühles Mineralwasser, für ein anderes Getränk war die Zeit noch nicht gekommen und hielten ihre Beine noch für eine Weile in die Sonne. Als sie sich nach einiger Zeit auf den Weg zurück nach Palm Playa machten, war die Spannung, die sich schon während des Essens aufgebaut hatte, fast mit den Händen zu greifen.
Als sie endlich in seiner Wohnung angekommen waren und Cristina sich am liebsten sofort auf ihn gestürzt hätte, war es ihr dann doch ein wenig unangenehm, ihn zu fragen, ob sie vielleicht sein Bad benutzen dürfte. „Ruben, ich möchte mich ein wenig frisch machen, lässt du mich erst noch einmal in dein Bad?"
Er lachte, nahm sie in den Arm und zog sie mit sich. „Du hast Recht. Wir würden uns wohler fühlen."
Cristina wusste nicht, wie er es angestellt hatte, dass sie beide

nach kürzester Zeit unbekleidet unter der Dusche standen und er unter dem warmen Wasserstrahl die verwirrendsten Dinge mit ihr machte. So unerfahren sie auch war, so sehr genoss sie die Leidenschaft, die Ruben ihr an diesem ungewohnten Ort schenkte. Sie wollte nicht nachdenken. Sie wollte es nur genießen. Und wieder verbrachten sie einen magischen Nachmittag miteinander. Cristina speicherte alles in ihrem Kopf ab. Sie wusste, morgen war vorerst der letzte Tag mit Ruben. Sie wollte nichts vergessen.
Sie wollte sich an alles erinnern und hoffte, dass die Erinnerung immer wieder aufgefrischt werden konnte, auch wenn sie auf Gran Canaria war. Morgen würde sie alles mit Ruben besprechen.
Dann war auch dieser Nachmittag schon wieder vorbei. Sie war zurück bei den Mädchen. Abendessen wurde zubereitet. Sie führte ihre obligatorischen Telefongespräche. Heute war Videoabend angesagt. Sie hatten sowieso keine Lust zum Reden, also sahen sie sich Filme an.
Die Müdigkeit kam bald und die Nacht verging, ohne dass Cristina wach wurde. Sonntag war der letzte Tag für Ruben und sie. Abends um sieben würde Roberto sie wieder abholen, sie sollte die Nacht in Vilaflor verbringen.
Ihre Eltern wurden dann am Montagmorgen erwartet. David, Diego und sie fuhren dann nach Hause, nach Santa Cruz. Sie war traurig, wenn sie daran dachte, dass die leidenschaftlichen Stunden mit Ruben erst einmal vorbei waren. Aber morgen war noch einmal ihr Tag. Morgen wollte sie noch einmal alles genießen, nicht essen, nicht reden, nur fühlen und empfinden. Einmal noch zum Erinnern.

Der erste Sonntag im September
Palm Playa

„Bitte, Cristina, spätestens um sechs Uhr bist du wieder hier. Du musst noch packen und Roberto wird um sieben Uhr hier sein um dich abzuholen. Wir wollen ihn nicht anlügen. Sei bitte, bitte pünktlich.“ Laura redete eindringlich auf Cristina ein.
„Bis jetzt war ich doch immer pünktlich. Ihr könnt euch auf uns verlassen, das wisst ihr doch. Ich bin spätestens um sechs Uhr hier. Versprochen. Jetzt wünscht mir einen schönen Nachmittag. Es wird der letzte für lange Zeit sein. Also, bis später.“
Wieder saß sie in Rubens Auto, wieder fuhren sie nach Palm Playa. Ruben bog in die Einfahrt zur Tiefgarage ein und parkte auf einem der freien Parkplätze.
„Schau mal, Ruben. Das ist heute das erste Mal, dass noch ein anderes Auto hier unten parkt.
Hast du den Wagen vorhin schon bemerkt?“
„Nein, ich sehe ihn auch zum ersten Mal. Wahrscheinlich hat sich doch noch jemand hier eingemietet. Der Ort ist eigentlich ja auch herrlich ruhig. Vielleicht sehen wir die Leute ja noch.“
Der andere Wagen war ein dunkelgrauer Mittelklassewagen, eine Limousine, eigentlich ziemlich unauffällig. Wahrscheinlich ein Mietwagen.
„Du weißt doch, dass ich heute spätestens um sechs wieder zurück sein muss. Es ist unser letzter Nachmittag. Ich fürchte, es wird für längere Zeit sein. Ich gehe doch demnächst nach Gran

Canaria zum Studium. Ich weiß nicht, wie ich das nach diesen wunderbaren Tagen mit dir aushalten soll.
Kannst du nicht nach Gran Canaria kommen?“ Cristina wirkte total verzweifelt.
„Warte erst einmal ab, wir werden eine Lösung finden. Komm, wir trinken erst einmal ein Glas Champagner.“
Er füllte zwei Gläser, reichte Cristina eins und versprach „Salud, auf unsere Zukunft.“ Cristina trank, sie liebte dieses Getränk inzwischen. Und Ruben kam sich im selben Moment wie ein Betrüger, wie ein Verbrecher, wie ein Mörder vor. Er würde alles sein, und gleichzeitig liebte er dieses Mädchen und wollte sie auch heute Nachmittag noch einmal lieben. Ein letztes Mal mit ihr zusammen Vergnügen und Verlangen erleben. Denn danach war es zu Ende.
Er lockte sie ins Bett und sie ließ sich gerne locken. Er verführte sie und sie ließ sich verführen. Er brachte sie soweit, dass sie nicht mehr denken konnte, und genau da wollte er sie haben.
„Ich hole uns noch ein wenig zu trinken, du magst doch noch?“
Sie konnte nur noch schwach nicken.
Gut so, dann ist es leichter für sie. Er füllte ihr Glas und schüttete gleichzeitig eine andere, kleine Menge einer klaren Flüssigkeit dazu, rührte es um und brachte ihr das Glas ans Bett.
„Hier, meine Süße, trink das. Es wird dir bestimmt gut tun.“ Er konnte kaum sprechen, ihm liefen die Tränen über sein Gesicht, so klar, wie die Flüssigkeit, die er in ihren Champagner geschüttet hat.
Er hielt ihr das Glas hin und sie trank, sie trank das Glas leer und legte sich vor lauter Erschöpfung sofort wieder hin.

„Ich glaube, heute habe ich mir ein wenig zu viel zugemutet. Ich bin total erschöpft."
„Ruh dich aus. Wir haben noch Zeit. Es ist noch früh."
Alles war vorbereitet. Er hatte Erfahrung. Er wusste, wie er es machen musste. Nur so wie er es heute machen musste, so hatte er es noch nie gemacht. Und er verachtete sich dafür.
Als er zu Cristina zurückkam, merkte er, dass die Wirkung der Tropfen schon eingesetzt hatte. Nun konnte er den letzten Schritt machen. Seine Hände zitterten. Diese Reaktion kannte er nicht. Er weinte. Wann hatte er das letzte Mal geweint. Er wusste es nicht mehr. Wahrscheinlich noch nie. Er nahm die Spritze aus dem Schrank. Sie musste nur noch aufgezogen werden. Cristina würde nichts mehr spüren. Er legte sich ihren Arm zurecht und tat das, was er schon so häufig getan hatte. Nur hatte er vorher noch nie jemanden getötet. Das war heute für ihn das erste Mal. Er musste das Mädchen töten, in das er sich verliebt hatte. Es wurde von ihm verlangt und er hatte keine Möglichkeit, sich zu wehren. Die Spritze wirkte verhältnismäßig schnell. Er konnte dabei zusehen, wie dieses schöne Mädchen starb. Diese hohe Dosis Heroin konnte niemand überleben.
Und er weinte um seine erste echte Liebe. Es war ungefähr fünf Uhr nachmittags. Cristina Hernandez Martin war nicht mehr am Leben. Ruben nahm eine weiße, flauschige Decke. Ein auffälliges Zeichen war in der oberen linken Ecke zu sehen. Vier Sterne über einer Muschel. Es war wie eine Stickerei in Gold.
Vorsichtig löste er die wertvolle Kette von Cristinas Hals, legte sie in eine kleine Schachtel und steckte sie in einen Briefumschlag. Er führte ein kurzes Telefongespräch, verließ anschließend die Wohnung, ging zur Promenade und überreichte den

Umschlag einem älteren Ehepaar, das augenscheinlich einen kleinen Nachmittagsspaziergang machte. Sie sprachen nicht miteinander. Ruben drehte sich um und ging zurück zum Haus und in seine Wohnung.
Er verrichtete all die Dinge, zu denen er gezwungen wurde wie in Trance. Ganz vorsichtig und zärtlich nahm er die tote Cristina auf den Arm und wickelte sie in die weiße Decke. Er verließ die Wohnung, fuhr mit dem Lift in die Tiefgarage, öffnete den Kofferraum der unscheinbaren grauen Limousine und legte das schöne, tote Mädchen ganz vorsichtig hinein. Er wusste, wo er sie später, wenn es dunkel war, hinzubringen hatte. Noch war es hell. Noch musste er warten und er würde jetzt trauern.
Trauern um das einzige Mädchen, das seine große Liebe hätte sein können.

*

Am nächsten Morgen wurde am Strand von San Pedro eine schöne, junge, tote Frau gefunden. Laura und Ana sahen im Minutentakt auf ihre Uhren. Inzwischen war es viertel nach sechs und Cristina war immer noch nicht aufgetaucht. Sie hatten schon mehrere Male versucht, sie telefonisch zu erreichen, aber sie bekamen immer wieder nur ihre Mailbox. Normalerweise konnten sie sich hundertprozentig auf Cristina verlassen. Irgendetwas musste geschehen sein, etwas Ungewöhnliches.
Leider kannten sie die Telefonnummer von Ruben nicht, sonst hätten sie selbstverständlich ihn angerufen. Sie wussten auch nicht, wo seine Wohnung war, Cristina hat ein Riesengeheim-

nis darum gemacht. Verdammt! Gleich würde Roberto hier auftauchen, um sie abzuholen. Was sollten sie ihm nur sagen?
„Er wird stinksauer sein“ meinte Ana verzweifelt „warum ist sie gerade heute so unpünktlich?“
„Wir hätten schon viel früher etwas unternehmen müssen, jeden Nachmittag ist sie mit Ruben unterwegs gewesen. Und sie hat uns sogar erzählt, was zwischen den beiden läuft. Durften wir das zulassen?“ fragte Laura.
„Was hätten wir denn machen sollen? Sag es mir. Bei Roberto anrufen? Sie festbinden oder einsperren? Du bist gut. Letztlich muss sie selbst wissen, was sie tut. Mist, ich glaube, Roberto ist schon da, jetzt wird's kritisch.“
Ana drückte auf den Türöffner und kurze Zeit später stand Roberto in der Wohnung.
„Hola, ihr zwei Schönen. Alles klar bei euch? Wo ist Cristina. Wir wollen gleich losfahren.“
„Ja, es ist nur so, Cristina ist nicht hier. Sie wollte pünktlich sein, aber wir wissen nicht, wo sie ist. Das hat sie noch nie gemacht.“
„Was heißt `Das hat sie noch nie gemacht`? Wart ihr denn nicht immer zusammen?“
Die Mädchen wussten nicht, wie sie sich verhalten sollten, was sie Roberto sagen konnten, was sie besser verschweigen sollten. Sie drucksten rum und Laura gestand ihm dann kleinlaut, dass Cristina sich seit Mittwoch regelmäßig mit Ruben getroffen hat.
„Wer zum Teufel ist Ruben?“ wollte Roberto wissen. Langsam wurde er von einer unerklärlichen Panik befallen.

„Du hast ihn doch auch gesehen, am Montag, in der Disco. Dieser blonde junge Mann, mit dem Cristina getanzt hat. Sie haben sich sofort ineinander verliebt, und seitdem haben sie jede Möglichkeit genutzt zusammen zu sein.“ Laura wurde es immer mulmiger im Bauch. Was sollten sie nur tun?
Roberto tippte schon Cristinas Kontakt in sein Telefon.
„Wir haben schon die ganze Zeit versucht sie anzurufen, sie meldet sich einfach nicht“ jammerte Ana.
„Was ist mit diesem Ruben, können wir den erreichen?“ wollte Roberto wissen.
„Wir kennen seine Telefonnummer nicht und wissen auch nicht wo er wohnt. Cristina wollte es uns einfach nicht sagen.“
„Was ist mit Juan, weiß der mehr?“ Roberto wurde ungeduldig und laut.
„Nein, die kennen sich nur vom Strand in Medano. Sonst hatten die nie was miteinander zu tun.“
„Seid jetzt ganz ehrlich. Ist so etwas schon einmal vorgekommen?“
„Nein, ganz bestimmt nicht. Wir konnten uns immer auf die beiden verlassen. Deswegen verstehen wir ja auch nicht, was heute los ist. Vor allen Dingen, warum Cristina sich nicht meldet. Sie muss doch wissen, dass wir uns Sorgen machen. Und Ruben ist so ein netter Kerl. Immer höflich, nett, charmant.
Dem würden wir nichts Schlechtes zutrauen.“
„Wie spät ist es jetzt? fragte Roberto.
Laura sah auf ihre Armbanduhr „Es ist schon viertel nach sieben. Sie wollte spätestens um sechs hier sein. Was machen wir denn jetzt?“

„Was sollen wir machen?“ Roberto war kurz vorm Explodieren. „Wir warten noch eine Stunde, wenn sie bis dann nicht hier ist, informiere ich meinen Bekannten bei der Polizei, der ist inzwischen Kummer mit unserer Familie gewöhnt. Der muss dann irgendetwas in die Wege leiten.

Der erste Sonntag im September
Palm Playa

Ruben steigerte sich immer weiter in seine Verzweiflung hinein. Er war ein Mörder. Man konnte ihm bis jetzt viel anlasten, er hatte in seinem Leben schon so manche schlimme Sache gemacht, aber er hatte noch nie einen Menschen umgebracht. Und dieses war der Mensch, der ihm nach so kurzer Zeit schon so viel bedeutete. Obwohl Cristina noch so jung war, sie hätte es geschafft, ihn in ein anderes Leben zu begleiten. Mit ihr hätte er die Vergangenheit hinter sich lassen können.
Aber da war diese schreckliche Person, die sein Dasein diktierte. Die über ihn verfügen konnte, wie es ihr passte. Wenn er nicht genau das tat, was diese Person von ihm verlangte, würden wieder andere Menschen leiden. Aber diese Menschen musste er schützen, auch wenn sie in den letzten Jahren für ihn keine Rolle mehr gespielt hatten. Sie hatten es nicht verdient, auch noch seinetwegen zu leiden.
Einmal musste er sie noch anrufen, diese Person, dieses skrupellose Ungeheuer, aber so war der Deal. Noch einmal, dann

hoffte er, für sie keinen Wert mehr zu haben. Er wurde zu alt für ihre Zwecke, obwohl er erst 26 Jahre alt war. Sie würde neue, jüngere Männer finden. Gnade denen Gott. Er wählte die Nummer. Die Person meldete sich sofort mit ihrem harten, unmelodischen Akzent.
„Hallo, Loverboy, ich hoffe, du hast alles zu meiner Zufriedenheit geregelt? Jetzt kommt dein letzter Auftritt und dann kannst du dein neues Leben beginnen. Alles wird so gemacht, wie es besprochen wurde. Du kennst den Ablauf. Mach keinen Fehler."
Ruben atmete tief ein. Das war das letzte Mal. Noch ein Einsatz und er konnte verschwinden. Seine Trauer wurde dadurch nicht geringer. Aber ändern konnte er gar nichts mehr. Er musste nun noch ein paar Vorbereitungen treffen. Auf keinen Fall durfte er irgendwo erkannt werden. Zeit hatte er noch reichlich. Es war erst viertel nach sieben. Also würde er als erstes seine Haarfarbe ändern. Dieses auffällige Goldblond musste einem unauffälligen Braun weichen. Seine Kleidung lag bereit. Dunkelblau und schlicht. Ein Baseball Cap, auch in blau. Eine Sonnenbrille, um seine Augenfarbe zu verbergen.
Ein Ganzkörperoverall aus Kunststoff, um keine verwertbaren Spuren zu hinterlassen. Er gab sich noch drei Stunden, dann konnte er diese Sache beenden und morgen früh würde er die Fähre um halb sieben nach Gran Canaria nehmen und irgendwo in der Menge untertauchen. Für die Zeit danach war alles geplant. Er musste nun nur noch warten. Irgendwie schien alles parallel abzulaufen. Roberto wartete voller Unruhe und Angst.
Ruben wartete, endlich seine letzten Aktionen ausführen zu können. Roberto wollte noch einige Zeit warten, bevor er Car-

los informierte. Für Ruben war es noch zu früh, loszufahren, es waren noch zu viele Menschen unterwegs. Roberto schreckte hoch, als er den Klingelton seines Mobils hörte. Auf dem Display erkannte er, dass es Rosalia war, die ihn sprechen wollte.
„Si, Rosalia, was gibt es?"
„Wo bist du? Seid ihr schon auf dem Weg nach Hause?"
„Nein, ich weiß nicht, was ich sagen soll. Cristina ist verschwunden. Wir können sie nicht erreichen, sie meldet sich nicht. Ich warte noch ein paar Minuten, dann informiere ich Carlos. Wir müssen etwas unternehmen."
In Rosalias Stimme lag eine unbekannte Hysterie. „Roberto, hier ist etwas passiert. Wir können es nicht einordnen, wir wissen auch nicht, was es zu bedeuten hat. Aber es scheint etwas Unfassbares geschehen zu sein. Ihr müsst so schnell wie möglich zurückkommen. Du und die Polizei. Bitte, ich glaube, es ist äußerst dringend."
„Was ist passiert?"
Rosalia erzählte ihm unter immer wiederkehrenden Weinkrämpfen, dass die Überwachungskameras eine Gruppe lärmender, ballspielender Jungs in den Trikots des örtlichen Fußballvereins vor der Zufahrt zu ihrem Haus aufgenommen hatten. Es sei wie eine Inszenierung gewesen, bei der man erkennen konnte, dass einer der aus der Gruppe im Vorbeigehen einen Umschlag in ihren Briefkasten geworfen hat.
Aber bevor jemand reagieren konnte, waren die jungen Leute schon wieder verschwunden. Pedro Marquez habe dann den Umschlag aus dem Briefkasten genommen und zu ihnen ins Haus gebracht. Im Umschlag befand sich eine kleine Schachtel. In der Schachtel lag die Goldkette, die ihr Vater Cristina am

vergangenen Sonntag geschenkt hatte. Ihr Name war auf der Rückseite eingraviert.
Roberto war fassungslos vor Entsetzen. Niemals hatte er geglaubt, dass eines der jungen Familienmitglieder Ziel eines Angriffs auf die Familie werden könnte. Er meinte, im Focus standen nur die Bodega und die Weinberge, die Grundlagen des Wohlstandes der Familie.
Wo war Cristina? Was war mit ihr geschehen? Wer war für ihr Verschwinden verantwortlich? Und wer zum Teufel war Ruben? Er musste ausfindig gemacht werden.
Obwohl es schon spät war, informierte er unverzüglich Carlos, der sich sofort mit seinen Leuten auf den Weg nach Vilaflor machen wollte. Andere Einheiten der Guardia Civil sollten die Umgebung von Los Cristianos weiträumig überprüfen. Jetzt war die Lage so ernst geworden, dass alle polizeilichen Möglichkeiten zu nutzen waren. Wahrscheinlich musste sogar inselweit ermittelt werden. Nach intensiver Auswertung der Aufnahmen der Überwachungskamera wurde festgestellt, dass es sich bei den Jungs, die zu erkennen waren, tatsächlich um Spieler aus der Jugendmannschaft des örtlichen Fußballvereins von Vilaflor handelte. Das wurde auch von David und Diego bestätigt, die schon einige Male eingeladen worden waren, am Training teilzunehmen.
Während in der Familie blankes Entsetzen herrschte, Rosalia hatte selbstverständlich schon Miguel und Elena benachrichtigt, so schnell wie nur irgend möglich zurückzukommen, machte sich die Polizei auf den Weg zu den Familien der jungen Spieler, um Näheres über ihren eigenartigen Einsatz vor dem Haus der Familie Hernandez Martin zu erfahren. Alle wur-

den aufgefordert, sich in der Sporthalle der Schule einzufinden. Unter dem Protest der Eltern, die nicht verstehen konnten, was ihre Kinder angestellt haben sollten, begann Carlos ganz vorsichtig mit der Befragung der Jungs.
Schnell stellte sich raus, dass ein Motorradfahrer sie auf dem Sportplatz angesprochen hatte. 100 Euro wollte er ihnen für ihre Vereinskasse geben, wenn sie eben diesen Spaß für ihn durchziehen würden. Sie fanden das nicht weiter schlimm, Geld konnte der Verein immer gebrauchen, also waren sie einverstanden. Außerdem war es ja auch schon fast dunkel und von den Kameras hatten sie keine Ahnung.
„Könnt ihr euch noch daran erinnern, wie der Motorradfahrer ausgesehen hat?“ fragte Carlos in die Runde der Jungen, die in aufmerksam betrachteten. Mit der Kriminalpolizei hatten sie noch nie etwas zu tun gehabt.
„Also, das Motorrad war rot-weiß, ich glaube, es war eine Honda.“ sagte ein Junge.
„Nie im Leben. Es war rot-blau und war eine Suzuki.“ wusste es ein anderer besser.
Es entstand eine hitzige Diskussion, wie das Motorrad ausgesehen hat, von welchem Hersteller es war und was der Fahrer für eine Lederkombination getragen hat.
Carlos blieben da alle Optionen offen. Von Rot-weiß, über dunkelblau bis schwarz.
Nur über zwei Dinge waren sich alle einig.
Der Fahrer trug einen schwarzen Helm, den er nicht abgenommen hat, und das Motorrad hatte ein spanisches Kennzeichen.

Der erste Sonntag im September
San Pedro

Endlich war es soweit. Ruben konnte aufbrechen. Er musste dieses Verbrechen zum Abschluss bringen. Jetzt war es spät genug, er würde in der Dunkelheit niemanden mehr antreffen, der ihn beobachten konnte.
Cristinas Sachen hatte er in kleine Plastiktüten verteilt. Er würde sie unterwegs an der einen oder anderen Stelle entsorgen. Das Prepaid Telefon, welches er die letzten Wochen genutzt hatte, war zerstört, er hatte längst ein anderes. Cristinas Telefon war auch nicht mehr funktionsfähig und würde im Meer landen. Keine Spuren hinterlassen, auch wenn er noch nie auffällig geworden war, es sollte sich nichts daran ändern.
Er zog seine unauffällige dunkelblaue Kleidung an, schlüpfte in den enganliegenden Overall, setzte die Kappe auf seine jetzt dunkelbraunen Haare, zog die Kapuze darüber und verließ mit einem Seesack und einem Müllbeutel die Wohnung. Er fuhr mit dem Lift in die Tiefgarage, öffnete die unscheinbare, dunkelgraue Limousine, stieg ein und fuhr aus diesem Geisterort in Richtung Flughafen und dann weiter nach San Pedro.
Er mied die direkte Zufahrtsstraße zum Ort. Über Schleichwege konnte er den etwas abgelegenen Strand von der anderen, unbebauten Seite des kleinen Ortes erreichen. Die Lichter, die von dort herüber schienen, genügten ihm. Er konnte seine Scheinwerfer ausschalten, und blieb so unbemerkt, bis er den oberen Strandstreifen erreicht hatte. Hier war um diese Uhr-

zeit kein Mensch mehr zu sehen. Die sonntäglichen Strandbesucher saßen jetzt alle zu Hause oder im Restaurant beim Abendessen. Er öffnete den Kofferraum und hob die in die weiße, flauschige Decke gewickelte, schöne, tote Cristina heraus und legte sie ganz vorsichtig im immer noch warmen Sand ab. Keine Welle sollte ihr nun noch etwas antun können. Noch einmal küsste er sie leicht auf die glatte, sanft gebräunte Stirn und ließ ihr hier, für diese Nacht, ihre Ruhe.
Er nahm für den Rückweg die gleiche dunkle Schotterstraße. Nachdem er ungefähr zwei Kilometer vom Strand in San Pedro entfernt war, hielt er noch einmal an und zog den einengenden Overall aus. Überall an den Straßen in den kleineren Ortschaften sah man Müllcontainer stehen. Er stoppte drei bis vier Mal, dann hatte er alle Dinge entsorgt, die mit Cristina und ihn in Verbindung gebracht werden könnten.
Nun musste er nur noch nach Santa Cruz zum Hafen fahren und dort im Auto irgendwie die Nacht überstehen. Den Mietwagen hatte er noch für die ganze nächste Woche gemietet. Es konnte also nicht auffallen, wenn er ihn morgen nicht an der Anmietstation abgegeben würde. Die Fähre um halb sieben brachte ihn dann von dieser Insel, und er hoffte, dass er nichts zurückgelassen hatte, was mit ihm in Verbindung gebracht werden konnte.

Die Nacht auf den ersten Montag im September.

In dieser Nacht gab es noch viele andere, die keine Ruhe fanden. In der Küche des Hauses der Hernandez Martin saß die ge-

samte Familie zusammen am Küchentisch. Außerdem hatten sich noch Comisario Lopez Garcia mit zwei seiner Mitarbeiter und Serge der Familie angeschlossen. David und Diego wurden ins Wohnzimmer der Großeltern verbannt. Sie hockten verstört vorm Fernseher ohne überhaupt etwas mitzubekommen.
„Meinst du, Cristina ist irgendetwas Schlimmes passiert?“ wollte David von seinem Cousin wissen. Der zuckte nur mit den Schultern und sagte kein Wort. Er hatte sowieso damit zu kämpfen, nicht ständig in Tränen auszubrechen.
„Morgen kommen Papa und Mama. Die schaffen es nicht eher. Sie können erst die früheste Fähre um halb sieben nehmen. Bestimmt geht es ihnen heute ganz schlecht.“
Diego konnte nur nicken, reden wollte er gar nicht mehr. Er hatte Angst. In der Küche war die Stimmung noch angespannter. Don Pablo saß am Tisch und starrte nur auf die Goldkette, die er Cristina geschenkt hatte.
Doña Marta weinte leise vor sich hin und wurde von einer flüsternden Joana beruhigt. Rosalia stand schon seit Ewigkeiten am Fenster und starrte in die Dunkelheit. Nur Roberto lief aufgeregt hin und her und wartete auf Neuigkeiten von den Polizeibeamten, die an der Küste im Einsatz waren. Carlos und seine Mitarbeiter hielt es nicht länger in Vilaflor.
„Tut mir Leid, Roberto, wir müssen wieder zur Dienststelle fahren. Hier ist für uns nichts zu machen und wenn in und um Cristianos irgendetwas entdeckt werden sollte, müssen wir vor Ort sein. Ihr werdet sofort von uns benachrichtigt, falls es Neuigkeiten gibt. Glaub mir, wir machen unsere Arbeit.
Wir müssen nur erst einmal einen Ansatz finden. Du kannst mich jederzeit anrufen.“

„Ich weiß, dass ihr eure Arbeit macht, aber du kannst dir bestimmt vorstellen, wie verzweifelt wir sind. Die ganze Woche hatten wir schon diese unerträgliche Anspannung und wussten nicht, dass es noch schlimmer kommen würde. Fahrt zurück und versucht, uns zu helfen. Bis morgen Carlos."
Eine zutiefst verunsicherte Familie blieb in Vilaflor zurück. An Schlaf war gar nicht zu denken. Es würde eine lange verzweifelte Nacht werden. In Los Cristianos in der Calle de Montañas saßen zwei junge Mädchen dicht aneinandergedrängt und weinend auf dem Sofa und machten sich riesengroße Vorwürfe. Juan saß am Tisch, hatte den Kopf mit den Händen abgestützt und überlegte krampfhaft, was er machen konnte, um einen der beiden Bekannten zu erreichen. Er hatte weder von Ruben noch von Sascha die Telefonnummern. Es waren eben lockere Strandbekanntschaften. Wenn man sich traf, war es gut, wenn nicht, war es nicht weiter schlimm. Es war einfach eine große, fröhliche Clique ohne Verpflichtungen.
Aber Sascha. Trautmann. Er heißt Sascha Trautmann und wohnt mit seiner Familie in Adeje. Vielleicht war das ein Ansatz. Er musste sofort bei der Polizei anrufen, vielleicht konnten die mit diesem Hinweis etwas anfangen.

„Vamos, Leute, der Bruder von Cristinas Freundin Laura hat eben angerufen. Ihm ist eingefallen, dass der andere Bekannte, der häufiger mit von der Partie war, Sascha Trautmann heißt und in Adeje wohnt. Das dürfte wohl nicht schwer festzustellen sein. Machen wir uns auf den Weg. Ihr sucht inzwischen die Adresse, wo wir diesen Sascha finden und sagt uns dann Be-

scheid, wenn wir unterwegs sind. Auf geht's, wir dürfen keine Zeit verlieren."
Da es schon so spät in der Nacht war, nahmen sie ihre Privatfahrzeuge und machten sich auf den verhältnismäßig kurzen Weg nach Adeje. Ihre Mitarbeiter in der Einsatzzentrale hatten inzwischen tatsächlich die Adresse ausfindig gemacht. Sascha Trautmann wohnte am Camino de Cristobal Colon, eine Straße außerhalb des Ortskerns von Adeje. Sie fuhren langsam, um die Hausnummer nicht zu verpassen und hielten vor einer dieser neuerbauten, großen, protzigen Villen, die in den letzten fünf bis zehn Jahren auf der ganzen Insel für zahlungskräftige Käufer gebaut worden waren. Diese Villa wurde zusätzlich noch von einer mindestens vier Meter hohen Mauer umgeben, die, bei genauem Hinsehen, mit der neuesten Überwachungstechnik ausgestattet war.
Trotz dieser nächtlichen Stunde hatten Carlos und seine Assistenten keine Hemmungen die Klingel an dem großen Eingangstor zu nutzen, um die Bewohner des Hauses auf sich aufmerksam zu machen. Es dauerte eine gewisse Zeit, bis sich eine Stimme mit einem eigenartigen Akzent meldete um zu fragen, wer es wagte, zu so später Stunde zu stören.
„Lopez Garcia, Polizei Los Cristianos. Wir konnten ermitteln, dass hier ein Sascha Trautmann gemeldet ist. Würden sie ihm bitte ausrichten, dass die Polizei ihn sprechen will."
Ein leises Summen deutete an, dass der Türöffner für das große Eingangstor aktiviert worden war, und sie durch eine kleinere, separate Tür eintreten konnten. Sie wurden schon von einem großen, muskulösen und düster blickenden, älteren Mann erwartet.

„Darf ich sie bitten, sich auszuweisen“ verlangte er mit einem schwer verständlichen, harten Akzent.
„Hier ist es normalerweise nicht üblich, mitten in der Nacht von der Polizei belästigt zu werden.“
Carlos und seine Leute zückten ihre Dienstausweise, die von dem Aufpasser des Hauses äußerst gründlich begutachtet wurden.
„Warten Sie hier“ war seine knappe Aufforderung.
Carlos sah sich um. Diese große, aufwendig gebaute Villa war eine Festung. Ohne den Sicherheitscode zu kennen, kam hier niemand rein. Sobald er aktiviert war, durfte ein Unbefugter nicht einmal die Mauer berühren, ohne den Alarm auszulösen. Sie standen in einem großen Innenhof. Rechts und links vom Wohngebäude waren Garagen und Carports angebaut. Hinter dem Hauptgebäude vermutete Carlos den Garten. Selbstverständlich mit Pool und allem was sonst noch dazu gehörte.
Diese Familie war reich. Das sah er, ohne dass er es überprüfen lassen musste. Aus den Augenwinkeln sah er rechts vom Wohnhaus unter einem der Carports ein Motorrad stehen.
Interessant. Er musste sich das näher ansehen. Gerade als er sich auf den Weg machen wollte, sah er, dass ein junger Mann aus dem Haus kam. Er trug nur eine Shorts und war wohl erst kurz zuvor von dem Aufpasser geweckt worden. Er wirkte jedenfalls noch ziemlich verschlafen.
„Meine Herren, was kann ich um diese ungewöhnliche Uhrzeit für sie tun?“
„Sie sind Sascha Trautmann?“ fragte Carlos den gutaussehenden, dunkelhaarigen Mann und hielt auch ihm seinen Dienstausweis entgegen. „Es tut mir Leid, sie um diese Zeit zu

stören, aber die Sache ist äußerst dringend und sie könnten für uns ein wichtiger Zeuge in einem Entführungsfall sein."
Sascha zog fragend die Augenbrauen in die Höhe. „ Ich kann mir nicht vorstellen, wie ich Ihnen helfen kann. Entführung? Wer ist entführt worden? Und warum sollte ich diese Person kennen?"
Carlos ließ sich Zeit. Er wollte Saschas Reaktion erst einmal beobachten.
„Kennen Sie Cristina Hernandez?"
„Ich habe eine Cristina kennengelernt, nur flüchtig, aber ob sie Hernandez heißt, kann ich nicht sagen," auch Sascha ließ sich Zeit mit der Antwort.
„Was ist mit Juan Morales und Ruben Santoro?" Carlos setzte nach, wollte ihn locken, solange er noch nicht wirklich fit und ausgeschlafen reagieren konnte.
„Juan und Ruben? Klar, das sind Bekannte vom Surfstrand in Medano. Man sieht sich dort häufig. Geht auch mal zusammen irgendwo hin. Disco oder so. Aber Freunde sind das nicht. Man sieht sich und verliert sich wieder aus den Augen."
Carlos ließ nicht locker. „Haben sie zufällig die Telefonnummer von Ruben Santoro?"
„Nein, ich sagte es eben schon. Alles läuft ganz locker ab. Ohne Verpflichtungen. Wenn man sich trifft, ist es okay, wenn nicht, ist es auch gut. Dann sind andere da."
Themenwechsel, dachte Carlos. „Das Motorrad dort drüben, wem gehört das?"
„Das gehört mir. Tolles Gerät, oder?" strahlte Sascha plötzlich.
„Haben Sie etwas dagegen, wenn wir das nachfolgende Gespräch aufzeichnen, um es einigen Personen vorzuspielen?"

Sascha war nun doch irritiert. „Eigentlich nicht. Aber würden sie mir verraten, wozu das gut sein soll?"
„Es dient lediglich polizeilichen Ermittlungen. Darf ich mir die Maschine einmal näher ansehen?"
„Klar, kommen Sie, Comisario!"
Carlos war beeindruckt. Welcher Mann wäre das nicht bei so einem Motorrad.
„Ich sehe, eine Yamaha. Fahren Sie damit auch oft über die Insel?"
„Wenn es meine Zeit zulässt, immer gerne. Aber leider doch zu selten."
„Wann waren Sie zum letzten Mal unterwegs." fragte Carlos den erstaunten jungen Mann.
„Warum wollen Sie das wissen, verdammt. Es wird wohl schon eine Woche her sein. Ich weiß es nicht mehr so genau."
„Tragen Sie eine Lederkombi Welche Farbe hat die, und welche Farbe hat ihr Helm?"
„Jetzt reicht es mir aber. Sehen Sie sich das Motorrad an. Was würden Sie dazu tragen? Das Motorrad ist, wie Sie sehen, blau-weiß. Meine Kombi ist blau und mein Helm weiß mit einigen blauen Ornamenten.
Er rief dem Aufpasser etwas in einer fremden Sprache zu und kurze Zeit später erschien der mit der Lederkombination und dem Helm.
„Hier, Comisario, sind Sie jetzt zufrieden. Alles so, wie ich es gesagt habe. Und jetzt entschuldigen Sie uns. Wir wünschen Ihnen noch eine gute, kurze Nacht. Ich hoffe, wir werden uns nicht wiedersehen.
Kolja, begleite die Herren zur Straße."

„Eine letzte Frage müssen Sie mir noch erlauben. Hatte ihr Motorrad schon immer ein deutsches Kennzeichen?“
„Ja klar, ich habe es von Baden Baden aus hierher überführen lassen, und werde in einigen Tagen mit dem Motorrad wieder nach Deutschland zurückkehren, um mein Studium wieder aufzunehmen.
Ist jetzt alles geklärt? Dann bitte ich Sie, nun endlich zu gehen. Meine Herren, viel Erfolg bei Ihren Ermittlungen.“
Die Familie Hernandez Martin verbrachte die schlaflose Nacht wartend. Alle hofften auf den erlösenden Anruf, dass die Polizei Cristina gefunden hatte. Aber die Zeit verging und nichts geschah. In den frühen Morgenstunden meldete sich Carlos Lopez Garcia, um ihnen mitzuteilen, dass die Befragung von Sascha Trautmann nichts ergeben hatte. Sie waren keinen Schritt weiter gekommen. Am Vormittag wollte er die Jungen aus dem Fußballverein noch einmal zusammentrommeln, um ihnen die Stimme auf dem Aufzeichnungsgerät vorzuspielen. Aber er glaubte nicht, dass Trautmann der gesuchte Motorradfahrer war.
Carlos zermarterte sich das Gehirn mit der Frage, welche perfekt strukturierte Organisation hinter all dem zu suchen war. Er fand einfach noch keinen Ansatz.
Aber das Schlimmste war, dass von Cristina jede Spur, jedes Lebenszeichen fehlte. Er wusste nicht einmal, wo sie den vergangenen Nachmittag verbracht hatte. Ihren Freundinnen hatte sie alles verschwiegen, was mit Ruben Santoro zusammenhing. Niemand wusste, wo seine Mietwohnung war.
Er war nirgends gemeldet, und nun war auch er spurlos verschwunden. Carlos und seine Kollegen waren die ganze Nacht

im Einsatz gewesen. Sie alle brauchten dringend etwas Schlaf. Wer zu müde ist, kann nicht mehr richtig denken und macht Fehler. Er wollte sich auf die Kollegen verlassen, die ihren Dienst erst jetzt antraten und wenigstens für drei oder vier Stunden nach Hause fahren um etwas zu schlafen.
Falls sich die Situation ändern sollte, konnte man ihn jederzeit benachrichtigen.

Der erste Montag im September
San Pedro

Lena Hainthaler war schon seit geraumer Zeit wach. Es war noch sehr früh und stockdunkel um diese Zeit. Es dauerte immer ein paar Tage, bis sie sich wieder an diesen ganz anderen Lebensrhythmus gewöhnt hatte. Trotzdem fand sie es schön, den Tag so früh zu beginnen, sie hatte dann immer dieses großartige Gefühl von Zeit, die sie ganz für sich nutzen konnte. In den Monaten, in denen sie in Deutschland war, wollte ständig jemand etwas von ihr. Ihr Sohn, ihre Eltern, die Kunden, die Lieferanten, die Banken, das Finanzamt.
Sie war in Garmisch-Partenkirchen geboren und führte dort zusammen mit ihren Eltern ein alt eingesessenes Sportgeschäft. Auch ihr Sohn Niklas arbeitete im Geschäft mit. Es war ihr gar nicht recht, dass er nach seinem Abitur absolut nichts von einem Studium hören wollte. Seine Welt war der Sport. Im Winter alles, was man im Schnee machen konnte und im Sommer

Mountainbiking, Rafting oder auch Bergsteigen. Da wo er lebte, waren die Voraussetzungen dafür natürlich optimal.
Lena war alleinerziehend. Eine kurzzeitige Beziehung als sie 18 Jahre alt war, hatte zu der Schwangerschaft geführt. Für sie war sofort klar: Das Kind ja. Den Mann auf keinen Fall. Also hat Niklas` Vater auch nie erfahren, dass er einen Sohn hat. Mit Unterstützung ihrer Eltern konnte sich Lena dann auch auf das von ihr angestrebte Psychologiestudium in München konzentrieren. Sie machte ihren Abschluss und es folgten weitere Ausbildungsgänge und Spezialisierungen bei der Polizei. Sie konnte sich ihren Berufstraum erfüllen, als ihr die Stelle als Kriminalpsychologin in München angeboten wurde. Jedoch merkte sie schon nach einigen wenigen Jahren, dass ihre seelische Konstitution für diesen Job nicht stabil genug war. Sie schmiss alles hin und ging zurück nach Garmisch und in das Geschäft ihrer Eltern, das im Laufe der Jahre immer größer geworden war.
Ihre Mithilfe war jedenfalls hoch willkommen. Seitdem Niklas auch in das Geschäft eingetreten war, nahm sie sich häufiger eine Auszeit. Die Familie konnte sich aufeinander verlassen. Alles lief gut.
Nach Teneriffa kam sie schon seit vielen Jahren regelmäßig. Ihre beiden Wohnungen hatte sie aber erst vor ungefähr sechs Jahren erworben. Es war Zufall, dass sie das Angebot in dem kleinen Ort San Pedro überhaupt entdeckt hatte. Ein langjähriger Freund, Roberto Hernandez Martin, ein Weingutbesitzer aus Vilaflor, hatte sie darauf aufmerksam gemacht.
Sie hatte Roberto gleich in ihrem ersten Jahr auf Teneriffa kennen gelernt. Sie konnte sich noch genau daran erinnern. Es war irgendwo im Orotavatal bei einer Weinverkostung. Sie standen

zusammen an einem der vielen runden Tische und irgendwie hatte es damals schon ein wenig zwischen ihnen geknistert. Sie fanden sich sympathisch und verbrachten den gesamten Abend miteinander. Aber leider war nichts Ernsteres daraus entstanden. Sie wusste eigentlich gar nicht mehr, warum es zwischen ihnen nicht geklappt hat, aber eine richtig gute Freundschaft ist es bis heute geblieben, und jedes Mal, wenn sie auf Teneriffa war, sahen sie sich in regelmäßigen Abständen. Sie hoffte, ihn auch dieses Mal so häufig wie möglich zu treffen. Lena hatte sich für heute vorgenommen, die frühe Zeit mal wieder zum Joggen zu nutzen. Sie fand es herrlich in die aufgehende Sonne zu laufen, wenn die Luft noch angenehm kühl war und sie keiner weiteren Person begegnen würde. Sie war eine kleine, zierliche Person mit leuchtend blonden Haaren und strahlenden blauen Augen. Man sah es ihr gar nicht an, aber sie hatte eine ausgezeichnete Kondition. Es gab nur wenige, die Lust hatten, mit ihr diese holperige Strecke zu laufen. Deswegen freute sie sich schon, dass Louisa und Leonard Winkler morgen ankommen würden. Louisa war ebenfalls eine gute Läuferin und mit ihr machte es immer Spaß, die frühe Morgenstunde zu nutzen. Dann lief sie heute eben noch einmal allein. Es war nicht das erste Mal und sie kannte den Weg gut genug. Ihr Frühstückstisch auf der Terrasse war schon gedeckt. Wenn sie zurück war, musste sie nur noch den Kaffee aufsetzen während sie duschte.

Sie zog sich die Laufschuhe an und verließ ihre Wohnung.

Die Sonne ließ sich schon ein klein wenig am Horizont im Osten blicken und sofort setzte auch das erste schwache Tageslicht ein. Aber es war noch immer ein Zwielicht. Nicht hell, nicht

mehr ganz dunkel. Wenn sie am Leuchtturm angekommen war, würde es schon ganz hell sein. Aber bis dahin würde noch eine halbe Stunde vergehen.
Langsam ging sie den schmalen Weg zur Promenade hinunter. An einer der kleinen Bänke machte sie ihre obligatorischen Dehnübungen, bevor sie noch einmal den Blick über das dunkle Meer schweifen ließ und diese ungewöhnliche Luft tief in ihre Lungen hineinzog. Es war dieser leichte Wind, der so früh am Morgen jeden falschen Gedanken aus dem Kopf trieb. Zurück blieben Gelassenheit und Ruhe.
In diesem Moment hörte sie nur den Müllwagen, der mehrmals in der Woche durch die kleinen Orte fuhr und die großen Container leerte, die in nicht allzu großen Abständen an den Straßen standen. Aber auch dieses Geräusch wurde immer leiser und war kurze Zeit später gar nicht mehr zu hören.
Die Stille war zurückgekehrt.

*

Etwa zur selben Zeit glitt die große, gelb-weiße Expressfähre leise aus dem Hafen von Santa Cruz, um hinter der Hafenausfahrt mit der langgezogenen Hafenmauer zügig die schnelle Fahrt in Richtung Osten nach Agaete auf Gran Canaria aufzunehmen. Um diese Uhrzeit wurde die Fähre an den Wochentagen immer gut genutzt. Es waren vorwiegend Pendler, die zwar auf Teneriffa lebten, aber ihren Arbeitsplatz auf Gran Canaria hatten. Umgekehrt verhielt es sich ähnlich. Um diese frühe Zeit legte auch die erste Fähre in Agaete ab, mit dem Ziel Santa Cruz. Michael Westkamp war einer der ersten Fahrgäste an

diesem Morgen, die die rollbare Außentreppe hinaufgegangen waren, um auf das Passagierdeck zu gelangen. Er wollte unbedingt einen Platz auf dem kleinen, balkonartigen Außenbereich im Heck der Fähre bekommen, er brauchte die kühle Luft, wollte nicht im stickigen Innenbereich sitzen und grübeln. Der Seewind sollte in ablenken und er wollte möglichst wenig anderen Menschen begegnen. Er durfte nicht auffallen. Seine Kleidung war dunkel, er hatte alles gut durchdacht. Seine etwas zu langen, dunkelbraunen Haare wurden von einem Baseball Cap bedeckt und er trug eine Sonnenbrille, obwohl es noch völlig dunkel war. Aber er wollte unbedingt vermeiden, dass irgendjemand seine ungewöhnlichen Augen wiedererkennen würde.
Aber vor allen Dingen hatte er diesen Platz gewählt, um sich selbst zu bestrafen, um noch lange die Lichter der Insel erkennen zu können, auf der er ein Verbrechen begangen hatte.
Lena ließ es langsam angehen. Wenn sie zu Hause in Garmisch war, hatte sie nur selten Gelegenheit ihre vertraute Runde zu laufen. Hier wollte sie alles Versäumte nachholen. Sie hatte viel Zeit, und wenn Louisa erst da war, würden sie sich zusätzlich noch gegenseitig motivieren. Sie freute sich auf die Winklers und die sich spontan ergebenden langen Abende mit interessanten und lustigen Gesprächen. Zwanglos, immer wenn es sich gerade so ergab.
Sie fing zu laufen an, und mit jedem gelaufenem Meter spürte sie, wie die Anspannung von ihr abfiel und sie nicht mehr denken musste. Der Weg war in ihrem Kopf abgespeichert, sie musste sich nicht darauf konzentrieren. Die Promenade entlang, durch den alten Ortskern von San Pedro, das letzte Stück auf der asphaltierten Straße, dann auf der Schotterstraße den

Naturstrand entlang hinauf bis zum Leuchtturm. Dann die Strecke wieder zurück. Nach gut einer Stunde würde sie zu Hause unter der Dusche stehen. Sie war allein mit ihren Gedanken. Das Meer trug seine Geräusche zu ihr hinauf. Noch war kein Mensch unterwegs. Es war schön, so allein zu sein. Ihr Blick war auf den blinkenden Leuchtturm gerichtet, aber irgendetwas Ungewöhnliches, was sie kaum merklich aus den Augenwinkeln wahrnahm, irritierte sie. Da war etwas am Strand. Lena wurde neugierig, sie wollte wissen, was dort, an dieser abgelegenen Stelle, entsorgt worden war.
Sie wurde langsamer, lief nicht mehr, ging langsam auf das zu, was ihr aufgefallen war. Lena zuckte zusammen, als sie sah, was sie hier am abgelegenen Strand von San Pedro entdeckt hatte. Sie fiel auf die Knie, griff nach dem weißen, flauschigen Stoff und zog daran. Im ersten Moment dachte sie, die nackte, junge Frau, die sie da aus ihrer warmen Hülle gewickelt hatte, sei am Schlafen. Als sie jedoch die Schulter der Person berührte, musste sie mit Entsetzen feststellen, dass der Kopf und der linke Arm dieser augenscheinlich hübschen Frau leblos zur Seite fielen. Lena konnte einen Aufschrei nicht unterdrücken, aber sie traute sich dennoch, näher hinzusehen. Es gab keinen Zweifel, sie hatte hier am Strand eine junge, tote Frau gefunden. Und was sie am meisten irritierte, diese junge Frau, nein, dieses junge Mädchen kam ihr unglaublich bekannt vor.
„Ich muss die Polizei benachrichtigen“ war ihr erster Gedanke, nachdem sie sich einigermaßen gefangen hatte.
Lena war froh, dass sie ihr ungeliebtes Handy doch noch eingesteckt hatte, und das auch nur, weil sie so früh am Morgen

ganz allein unterwegs war. Jetzt musste sie es benutzen. Der Anlass war erschütternd.
Nachdem sie bei der Policia Local angerufen hatte, setzte sie sich auf einen der großen Steine, die den Strand von der Schotterstraße abgrenzten, wartete auf die Polizei und behütete die Leiche, für die sie sich in diesem schlimmen Augenblick verantwortlich fühlte. Es würde nur wenige Minuten dauern, die Polizeiwache war im Ort. Weitere Schritte mussten dann von dort aus eingeleitet werden. Ungefähr vierzig Minuten nach Ablegen der beiden Expressfähren aus den Häfen von Santa Cruz auf Teneriffa und von Agaete auf Gran Canaria fuhren sie während der Überfahrt in nicht allzu weitem Abstand aneinander vorbei. Michael Westkamp stand noch immer am Heck der Fähre und sah in die aufschäumende Gischt, die von den starken Motoren der Fähre weitab der Küsten erzeugt wurde. Seine Gedanken wirbelten genauso durcheinander wie das Meerwasser, in das er unablässig starrte.
Im Unterbewusstsein nahm er wahr, dass die entgegenkommende Fähre an ihnen vorbeirauschte. Es interessierte ihn nicht. Er war in Gedanken seinem jetzigen Aufenthaltsort schon weit voraus.

*

Miguel und Elena Hernandez Martin saßen eng umschlungen auf dem Passagierdeck der Fähre, die bald in Santa Cruz anlegen würde. Elena weinte und zitterte. Gleichzeitig verspürte sie eine unbändige Wut in sich.

Immer wieder stellte sie Miguel dieselben Fragen. „Warum hast du mich nicht informiert? Warum sollte ich nicht erfahren, dass dem Weingut Gefahr droht. Warum haben wir die Kinder nicht rechtzeitig in Sicherheit gebracht? Gnade dir Gott, wenn Cristina etwas passiert ist! Dann seid ihr schuld, dann werdet ihr dafür büßen! Das schwöre ich dir!"
Weinen, drohen. Weinen, drohen. Miguel konnte sie nicht beruhigen, weil er selber äußerst beunruhigt war.

Der erste Montag im September
San Pedro

Der Polizeiwagen der Policia Local von San Pedro war in wenigen Minuten an der Stelle, die Lena ihnen beschrieben hatte. Mit schwerem Herzen stand sie von dem Stein auf und ging auf die Polizisten zu. So sollte für niemanden ein Tag beginnen. Schon gar nicht für die junge Frau, die normalerweise ihr Leben noch vor sich gehabt hätte. Sie erklärte, wie es zu ihrer Entdeckung gekommen war, und die beiden Beamten betraten danach vorsichtig den vermeintlichen Tatort, darauf bedacht, möglichst keine verwertbaren Spuren zu zerstören.
„Sei gestern Abend wird schon nach der jungen Frau gesucht. Alle Polizeieinheiten, die zurzeit im Einsatz sind, wurden benachrichtigt. Danke, dass Sie uns so schnell informieren konnten. Wir geben die Leitung der Untersuchung umgehend weiter an den ermittelnden Comisario Lopez Garcia.

Sie müssen leider noch so lange hier vor Ort bleiben, bis er eingetroffen ist. Er hat sicher noch Fragen, die er Ihnen stellen muss. Möchten Sie eine Decke, die Sie sich umhängen können, Sie sind bestimmt schon ziemlich durchgefroren?“
„Das wäre nett, der Wind ist noch recht kühl und die Anspannung ist auch ziemlich heftig. Danke.
Sagen Sie? Comisario Lopez Garcia? Ist das Carlos Lopez Garcia?“
„Si, Señora. Comisario Carlos Lopez Garcia ist der Ermittler in diesem Fall. Kennen Sie Ihn?“
„Ja, ich kenne ihn. Sogar schon recht lange. Aber so habe ich mir unser Wiedersehen nicht vorgestellt.“

*

Carlos hörte zwar das Klingeln des Telefons, es schien aber aus unerreichbarer Ferne zu kommen.
Es dauerte eine Weile, bis er realisierte, dass er zu Hause war, in seinem Bett, und aus tiefem, erschöpftem Schlaf nach viel zu kurzer Zeit schon wieder wach geklingelt wurde.
Als er auf die Uhr sah, musste er feststellen, dass gerade mal drei Stunden vergangen waren, seit er in seinem Haus in Adeje angekommen war. Er hatte sich nur notdürftig entkleidet und war sofort ins Bett gefallen und eingeschlafen. Die Müdigkeit ließ sich nicht so schnell abschütteln, aber das Telefon war hartnäckig. Er meldete sich mit rauer, verschlafener Stimme.
„Si, Lopez Garcia.“
„Comisario, hier ist die Policia Local in San Pedro, mein Name

ist Alonso. Ich leite hier die Nebenstelle. Wir haben durch den Hinweis einer Joggerin die Leiche einer jungen Frau bei uns am Strand gefunden. Ich denke, sie sollten sofort hierher kommen und alles Notwendige in die Wege leiten. Den Tatort haben wir schon gesichert, wir warten hier auf ihr Team."

Carlos war sofort hellwach. Noch von zu Hause leitete er alle notwendigen Maßnahmen ein. Die Kollegen wurden umgehend informiert. Die Spurensicherung sollte möglichst zuerst am Tatort sein, damit auch kein noch so winziger Hinweis zerstört werden konnte. Er selbst nahm sich kaum Zeit. Die Kleidung, die er wenige Stunden vorher irgendwo abgelegt hatte, musste jetzt ausreichen. Er erledigte alles im Laufschritt und saß kurze Zeit später in seinem Auto und war auf dem Weg nach San Pedro zu der von der Policia Local beschriebenen Stelle. Carlos war angespannt. Eigentlich wusste er jetzt schon, was ihn erwarten würde. Wie sollte er dann damit umgehen, wie diese Nachricht überbringen, wenn sie sich denn bewahrheiten sollte? Die Kollegen von der Spurensicherung waren auch gerade erst eingetroffen. Seine eigenen Mitarbeiter waren noch nicht da, würden aber mit Sicherheit jeden Moment erscheinen. Auf einem der großen Steine kauerte eine schmale, kleine Gestalt mit hellblonden, wirren Locken, die sich fest in eine grobe Polizeidecke gehüllt hatte und trotzdem ein starkes Zittern nicht unterdrücken konnte.

Er kannte sie doch. Natürlich kannte er sie. Das war Lena, Lena Hainthaler. Sie war die frühe Joggerin, die die grausige Entdeckung hatte machen müssen. Carlos ging auf sie zu, ohne dass sie ihn bemerkte. Sie schien gar nichts zu bemerken. Das ist der Schock. Der Schock kommt immer später. Er sprach sie ganz

leise an. „Lena? Ich bin es, Carlos. Erschreck jetzt bitte nicht, ich komme zu dir rüber."
„Carlos, gut, dass du da bist. Sie braucht dich jetzt. Ich glaube, ich kenne sie. Du musst nachsehen und mir sagen, wer sie ist. Ich weiß, dass ich sie kenne." Lena sah ihn bittend mit ihren großen, blauen Augen an.
„Natürlich, Lena. Ich werde jetzt nachsehen. Bleib bitte hier sitzen. Ich bin gleich zurück. Er machte den Kollegen von der Spurensicherung ein Zeichen, dass er jetzt die tote Frau sehen wollte. Der Chef der Truppe nickte ihm zu, signalisierte ihm aber, möglichst nichts anzurühren. Klar, er wollte auch nur die Gewissheit haben, die schon seit dem Anruf in seinem Inneren rumorte. Er wusste, was er gleich zu sehen bekam, und er hatte Angst davor. Angst davor, sich selbst dieser Wahrheit zu stellen, Angst davor, diese Wahrheit der Familie mitzuteilen. Aber es war sein Job, er machte es nicht zum ersten Mal. Aber es war das erste Mal, dass er es Freunden mitteilen musste.
Er ging auf die Stelle zu, an der die weiße, flauschige Decke lag und erkannte aus dieser geringen Entfernung, dass seine bösen Ahnungen Realität geworden waren.
Da lag Cristina. Immer noch wunderschön. Die Haare waren wie ein Fächer im Sand ausgebreitet, ihre Arme waren etwas vom Körper weggestreckt und die Beine nach rechts leicht angewinkelt.
Sie lag dort, als wäre sie total entspannt, aber leider war sie tot, entspannen würde sie sich nie wieder.
Zwischenzeitlich waren seine Kollegen eingetroffen.
„Carlos, ist sie es?"
Er musste schlucken, konnte nicht sprechen, also nickte er nur.

Er musste unbedingt seine Fassung zurückgewinnen. Jetzt kam es auch auf seine Professionalität an.
„Wir brauchen erst einmal einen Arzt." Er drehte sich um und zeigte auf Lena. „Sie hat sie gefunden.
Jetzt steht sie unter Schock. Sie muss dringend behandelt werden. Ich spreche morgen mit ihr, sie wohnt hier im Ort. Ich unterhalte mich zuerst mit der Spurensicherung, dann fahre ich nach Vilaflor. Das kann nicht mit einem Anruf erledigt werden. Wir sehen uns morgen im Büro. Ich verlasse mich auf euch. Ist Dr. Ortiz schon da? Nein? Okay, sie muss schließlich aus Santa Cruz hierherkommen, das dauert eben noch. Solange kann ich nicht warten. Sie soll sich um Lena kümmern."
Pepe Dominguez war an diesem Morgen für die Spurensicherung verantwortlich. Er wartete schon auf Carlos.
„Hola, Pepe. Was habt ihr bis jetzt gefunden. Wir brauchen unbedingt einen Anhaltspunkt."
„Tut mir Leid, Carlos. Gestern war Sonntag. Du weißt, was dann immer hier los ist. Keine definierbaren Fußabdrücke, keine speziellen Reifenspuren, keine Gewebereste. Kein Müll, den wir auf Beweismittel durchsuchen könnten. Die Müllabfuhr war schon da. Wir haben gar nichts.
Jetzt muss die Gerichtsmedizin ran. Ich denke, die werden jede Menge Spuren finden, nur ob die irgendjemandem zuzuordnen sind, ist fraglich. Wir haben es wohl mit einem Phantom zu tun. Jetzt fängt deine Arbeit an. Vielleicht kann die KTU dir im Moment eher behilflich sein. Aber ruf an, wenn wir wieder ran müssen. Hasta luego, Carlos."

*

Sie kamen gleichzeitig am Wohnhaus der Familie Hernandez Martin in Vilaflor an. Miguel und Elena, die mit der Fähre in Santa Cruz angekommen waren, und sich sofort auf den Weg gemacht hatten. Miguels Wagen stand auf dem großen Parkplatz am Hafen, sodass sie keine Zeit verlieren mussten. Sie hatten immer noch Hoffnung, dass sich alles als großes Missverständnis herausstellen würde, und Cristina inzwischen wohlbehalten wieder zu Hause war.
Und Comisario Carlos Lopez Garcia, der es inzwischen besser wusste und die schlimme Nachricht der Familie übermitteln musste. Er wäre am liebsten wieder umgekehrt, aber auch diese Aufgabe gehörte zu seiner Arbeit und bei so langjährigen Freunden war es für ihn eine Selbstverständlichkeit und Pflicht, diese Aufgabe selbst zu übernehmen.
Beide Wagen parkten vor dem großen Haus an der breiten, massiven Eingangstür. Die Überwachungskameras hatten ihre Ankunft den Hausbewohnern schon mitgeteilt. Bevor die Ankömmlinge aus ihren Fahrzeugen aussteigen konnten, standen Roberto und Rosalia schon mit angstvollen Gesichtern auf den Treppenstufen. Elena stieß die Autotür auf, sprang aus dem Wagen und rannte schon auf Carlos zu, der nur zögerlich ausgestiegen war, so als wollte er noch Zeit gewinnen, bevor er sich der Familie stellen musste. Wie sollte er ihnen mitteilen, was er selber noch gar nicht begreifen konnte. Miguels und Elenas Kind war tot. Punkt. Warum? Was war geschehen? Er konnte ihnen nicht eine einzige Frage beantworten. Er war im Moment nur der Überbringer dieser schrecklichen Nachricht.
Elena rannte ihn fast um, er konnte sie gerade noch auffangen. „Carlos, wo ist Cristina, was ist passiert, sagt mir endlich, was

hier los ist."
Er nahm sie fest in die Arme und führte sie ins Haus, gab den anderen gleichzeitig durch Kopfnicken ein Zeichen, ihnen zu folgen. Elena gab keine Ruhe und Miguel übernahm die Rolle, die ihm zustand. Er versuchte, Elena durch körperliche Nähe zu beruhigen. Sie ließ es nicht zu. Sie kämpfte gegen ihren Mann, wollte sofort eine Antwort. Warum mussten sie erst ins Haus gehen. Jetzt war es Zeit, ihr zu sagen, was geschehen war.
„Carlos, verdammt. Sag endlich, warum du hier bist. Warum wir hierher kommen mussten. Wo ist Cristina?"
„Elena, es tut mir leid. Wir haben Cristina heute Morgen gefunden. Am Strand von San Pedro. Sie war schon einige Stunden tot." Es wurde still im Raum. Es war eine unheimliche Stille. Und dann fing Elena an zu schreien. So, als wollte sie nie mehr aufhören. Ihr Schreien lockte Don Pablo und Doña Marta und die Jungs an. Alle standen im Raum und sahen Elena an, wie gelähmt, niemand konnte sich bewegen, niemand irgendetwas unternehmen. Ihr Schreien ging in lautes Weinen über, dann in heftiges Schluchzen. Miguel hielt sie noch immer fest umschlungen, er musste diese furchtbare Nachricht erst einmal begreifen, suchte für sich selbst Trost in dieser Umarmung. Deshalb kam der nächste Schock für ihn wieder so unvermutet, er konnte mit so einer Reaktion von ihr einfach nicht rechnen. Sie schlug seine Arme zur Seite, stieß ihn mit beiden Händen weg und schrie ihn an.
„Fass mich nicht an. Fass mich nie wieder an. Du hast mein Kind getötet. Ihr alle habt mein Kind getötet. Diese Familie ist dafür verantwortlich, dass es irgendwo jemanden gibt, der es getan hat. Aber ihr werdet dafür bezahlen. Und ich werde den

Mörder finden. Wenn es die Polizei nicht schafft, glaub mir, Carlos, ich werde ihn finden. Und auch er wird bezahlen."
Sie schien auf einmal ganz ruhig zu sein.
„Die nächste Zeit bin ich im Gästezimmer, bei Cristina. Später fahre ich zurück nach Santa Cruz. David wird mit mir kommen. Von euch will ich keinen mehr sehen."
Sie drehte sich um und verließ den Raum. Noch war niemand von der Familie in der Lage etwas zu sagen. Trauer und Verzweiflung waren so gegenwärtig, die Vorkommnisse der vergangenen Tage hatten einen schlimmen Höhepunkt gefunden. Jeder fühlte sich auf seine Weise verantwortlich.
Pablo und Roberto machten sich Vorwürfe, ihr Augenmerk nur auf Haus und Weingut gerichtet zu haben. Rosalia dachte darüber nach, ob sie nicht mehr Verantwortung für Cristina hätte übernehmen müssen. Sie verachtete sich und ihre phlegmatische Wesensart. Die größte Schuld jedoch gab sich Doña Marta. Wenn sie sich gleich bei den ersten Angeboten dazu entschlossen hätte, dieses unselige Land an der Küste zu verkaufen, wäre es nicht zu diesem furchtbaren, sinnlosen Verbrechen gekommen. Sie war dafür verantwortlich, dass Cristina nicht mehr lebte und sie würde nie wieder in ihrem Leben eine Kerze in der Kirche anzünden. Carlos musste allen Familienmitgliedern signalisieren, dass er in der nächsten Zeit mit ihnen sprechen wollte. Heute reichte es ihm aber erst einmal, wenn ihm Roberto zur Verfügung stehen konnte. Trotz seiner Trauer schien er im Moment der seelisch Stabilste zu sein. Aber auch dieses Gespräch würde wahrscheinlich schwer genug werden.
Nachdem sich Rosalia schweigend mit dem weinenden David und mit Diego in ihre Wohnung zurückgezogen hatte und sein

Vater und Joana sich bemühten, seine Mutter zu beruhigen, saßen die beiden Männer nun in Robertos Wohnung zusammen.
„Roberto, ich muss dir einige Fragen stellen, wir kommen sonst nicht weiter. Bist du in der Lage, mir zu antworten, oder brauchst du noch Zeit?"
„Natürlich brauche ich Zeit. Aber die brauche ich morgen genauso wie übermorgen. Dann können wir das Ganze auch sofort machen. Wie kann ich dir helfen?" Roberto sah elend aus.
„Weißt du, mit wem Cristina die letzten Tage zusammen war?"
„Ich dachte, sie war ausschließlich mit Laura und Ana zusammen. Hin und wieder war wohl auch Lauras Bruder Juan dabei. Übrigens ein netter junger Mann, er arbeitet im Hotel „Teide Plaza".
Die Mädchen konnten bei ihm wohnen, weil er oft Spät- oder Nachtschicht machen musste und seine Wohnung dann sowieso frei war. Aber wie ich gestern Abend von den Mädchen erfahren habe, war Cristina die meiste Zeit mit einem jungen Mann zusammen, den sie letzten Montag in der Disco„Gatto Negro" kennengelernt hat.
Ich habe die beiden gesehen, wie sie zusammen getanzt haben. Mirja und ich waren auch dort an diesem Abend. Ich wollte nebenher auf die Mädchen achten. Ich habe Cristina noch damit geärgert, dass sie sich wohl ein wenig verliebt hat, aber davon wollte sie absolut nichts wissen.
Wie sich dann herausstellte, war sie Mittwoch, Freitag, Samstag, ja und zuletzt Sonntag mit dem Mann zusammen. Und Sonntag ist sie dann nicht mehr zurückgekommen. Laura und Ana haben dichtgehalten, weil man das unter Freundinnen so macht." Roberto rieb sich mit den Händen das Gesicht und

wuschelte dann seine Haare durcheinander. Es war eine Geste der Verzweiflung.
„Kennst du den Namen dieses Mannes?" fragte Carlos. Er hatte ein kleines Heft in der Hand und machte sich Notizen.
„Von Cristina weiß ich nur, dass er mit Vornamen Ruben heißt. Frag doch mal Lauras Bruder Juan, ich glaube, der kennt ihn vom Surfstrand in El Medano. Der kann dir bestimmt mehr sagen. Aber auch die Mädchen wussten nicht, wo sie die Nachmittage mit Ruben verbracht hat. Sie wollte es ihnen nicht sagen. Sie muss ganz verrückt nach diesem Mann gewesen sein. Und ich habe das alles erst gestern Abend erfahren. Als sie nicht wie verabredet zurückgekommen ist."
„Habe ich das eben richtig verstanden, der Bruder von Laura, dieser Juan, arbeitet im Hotel „Teide Plaza"?" wollte Carlos wissen.
Roberto bestätigte die Angaben noch einmal.
„Interessant" sinnierte Carlos, „Miriam arbeitet im selben Hotel, vielleicht kann sie mir auch etwas über den jungen Mann erzählen, na ja, wir werden sehen."
„Carlos, wo ist Cristina jetzt?"
„Sie ist nach Santa Cruz gebracht worden. Ins gerichtsmedizinische Institut. Ich kann es euch nicht ersparen. Ihr müsst sie identifizieren. Miguel und Elena. Es geht nicht anders. Es tut mir leid."
Roberto nickte nur.
„Übrigens, wer hat sie heute Morgen so früh gefunden?" wollte er dann doch noch wissen.
„Das war auch so ein trauriger Zufall. Es war Lena. Lena Hainthaler. Sie ist erst seit kurzer Zeit auf der Insel, wollte heu-

te das erste Mal joggen, und findet Cristina. Dr. Lisa Ortiz von der Rechtsmedizin musste sie behandeln, sie stand unter Schock. Die Kollegen in San Pedro haben sie dann in ihre Wohnung gebracht. Ich war nicht dabei, aber die Kollegen haben mich informiert."
„Lena ist wieder da. Das ist schön." flüsterte Roberto abwesend. Nachdem die Fähre aus Santa Cruz in den Hafen von Agaete auf Gran Canaria eingelaufen war und am Anleger festgemacht hatte, drängte die Masse der Passagiere eilig dem Ausgang entgegen, um möglichst schnell in einen der Busse einsteigen zu können, die von der Reederei eingesetzt werden, um möglichst problemlos nach Las Palmas zu gelangen.
Michael Westkamp hatte sich seinen Seesack geschnappt, sein Cappy tief in die Stirn gezogen und sich unauffällig dem Strom der aussteigenden Passagiere angepasst. Nachdem er noch einen Fensterplatz in einem der Busse bekommen hatte, ließ sein Blick die seitlich an ihm vorbeiziehende Landschaft nicht mehr los. Nur nicht auffallen. Keinen Blickkontakt mit anderen Mitreisenden suchen. Mit keinem Menschen reden. Als der Bus nach einer erstaunlich kurzen Fahrzeit Las Palmas erreichte, versuchte er sofort nach dem Aussteigen irgendwie in einer der Menschenansammlungen unterzutauchen. Er machte sich auf den Weg zum Hafen und jeder, der auf ihn achten würde, sähe einen dunkel gekleideten, jungen Mann, der demnächst wohl seinen Dienst auf einem der großen Schiffe antreten würde.
Tatsächlich kannte der junge Mann sein Ziel ganz genau. Mit zügigem Schritt ging er durch die schmalen Straßen in Richtung Centro Comercial El Muelle. Hinter diesem großen Einkaufszen-

trum legten die großen Kreuzfahrtschiffe an, aber auch private Luxusyachten aus allen möglichen Ländern bekam man hier fast täglich zu sehen.
Heute im Morgengrauen hatte die deutsche Motoryacht „Heidelberg“ festgemacht. Das Schiff würde nicht lange hier liegen. Es wurde nur ein Passagier erwartet, und der würde in Kürze an Bord kommen. Als Michael Westkamp die Yacht erreichte, wurde er schon vom Kapitän erwartet.
„Herr Westkamp? Kommen Sie bitte an Bord. Wir wollen keine Zeit verlieren. Es ist nicht weit bis Agadir. Sie sollten möglichst schnell dort ankommen. Es ist im Interesse aller Beteiligten.“
Es war ungefähr zehn Uhr vormittags, als die Yacht den Hafen von Las Palmas wieder verließ.

Der erste Montag im September
Vilaflor

Im Haus der Familie Hernandez Martin schien die Zeit stillzustehen. Alle Familienmitglieder waren in ihrer Trauer versunken. Es war eine so verzweifelte Trauer, die keine lauten Töne zuließ. Selbst Elena, in deren Trauer sich so unglaublich viel Wut mischte, saß im Gästezimmer und starrte vor sich hin. Miguel hatte es inzwischen aufgegeben, sich seiner Frau zu nähern. Sie griff ihn an, er war ihr Feind, gegen den sie kämpfen würde. Auch ihr Sohn existierte für sie anscheinend überhaupt nicht mehr. Er war ein Bestandteil ihrer Familie, für sie im Mo-

ment jedoch vollkommen unwichtig.
David spürte es. Er hatte seine Schwester verloren und seine Mutter war für ihn auch nicht mehr erreichbar.
Miguel musste etwas tun. Nur hier sitzen und sich der wütenden Trauer seiner Frau unterwerfen, das war nicht möglich für ihn.
„Elena, David, wir fahren jetzt nach Santa Cruz zurück. Hier können wir sowieso nichts machen. Zuhause gibt es einiges zu tun. Carlos wird uns über die Dinge auf dem Laufenden halten. Wir nehmen Diego mit. Er muss hier raus." Er sprach leise und emotionslos, wartete auf einen neuen, hasserfüllten Ausbruch von Elena, aber sie schwieg. Er und David verabschiedeten sich von der Familie, Diego war froh, mit in die Stadt fahren zu können und Elena strafte die gesamte Familie mit Nichtachtung. So machten sich die vier auf die schweigsame Fahrt zurück nach Santa Cruz. Wer Elena kannte und in diesen Momenten beobachten würde, konnte erkennen, dass sie nicht auf irgendwelche Ermittlungsergebnisse warten wollte. Sie würde keine Ruhe geben, bis der Mörder ihres Kindes ebenfalls tot war. Bevor Carlos die Rückfahrt nach Los Cristianos antrat, wollte er schon mal telefonisch einige Dinge in die Wege leiten. Sie durften jetzt keine Zeit mehr verlieren.
Er bat Roberto um ein Foto von Cristina. Es sollte morgen in allen Inselzeitungen erscheinen. Vielleicht hatte irgendjemand in den vergangenen Tagen etwas beobachtet, was ihnen den letzten, fast täglichen Aufenthaltsort von Cristina näherbringen konnte.
Gleichzeitig sollten seine Leute am Strand und in den Surfschulen von El Medano nach diesem Ruben fragen. Es muss doch

Leute geben, die ihn kannten und häufig mit ihm zusammen waren. Schließlich hat er hier als Surflehrer gearbeitet.
Dann waren da noch Juan, Laura und Ana. Mit ihnen würde er sich noch einmal eingehend unterhalten. Jede Kleinigkeit konnte wichtig sein. In der Rechtsmedizin konnte er noch nicht anrufen, er wusste aus Erfahrung, dass Lisa dicht machte, wenn er zu ungeduldig war. Es war einfach noch zu früh für irgendwelche Ergebnisse.
Roberto musste sich aufraffen und endlich wieder runter zur Bodega fahren. Er wusste zwar, dass Serge alles im Griff hatte, aber schließlich war da auch noch der Sicherheitsdienst. Sie mussten noch einmal miteinander reden. Diese schlimmen Entwicklungen konnten sie alle niemals erahnen, und jetzt, wo ihr unbekannter Feind dort zugeschlagen hatte,
wo sie es niemals erwartet hatten, mussten sie mit allem rechnen. Es war noch nicht zu Ende.
Das spürte er deutlich. Die Frage war nur, wann und wo passierte es wieder. Am Haus und im Weingut musste das Risiko so klein wie möglich gehalten werden. Gleichzeitig sollte die Arbeit so normal wie es eben ging fortgesetzt werden.
Mit Blick auf die bevorstehende Weinlese war das enorm wichtig. Der Wein war ihre Existenzgrundlage. Er musste einen klaren Kopf behalten und versuchen, die Dinge voneinander zu trennen. Ihm kam auf einmal ein guter Gedanke. Oben im Haus wollte er nicht sein. Im Weingut ging alles seinen Gang. Er würde zu Lena fahren. Ihm ging es schlecht, und vielleicht fand er gerade bei ihr, die Cristina heute Morgen gefunden hat, ein wenig Trost.

Hamburg.

Etwa sieben Jahre vor den Ereignissen auf Teneriffa.

Jan Osthoff war fast 19 Jahre alt, als er endlich sein Abiturzeugnis in der Tasche hatte. Es war geschafft. Das war sein selbstgestecktes Ziel. Ab heute wollte er frei sein. Jan lebte mit seinen Eltern und seiner neun Jahre jüngeren Schwester Nina in einem Einfamilienhaus in Hamburg-Harburg. Seine Eltern zählten sich selbst zur gehobenen Mittelschicht Hamburgs, sein Vater war Steuerberater und seine Mutter Lehrerin, er fand die beiden nur unerträglich arrogant und spießbürgerlich.
Nina liebte er wirklich und es tat ihm leid, sie verlassen zu müssen, sie mit diesen Eltern alleine zu lassen. Aber es war schon lange sein Plan und er würde ihn wie geplant durchziehen.
Jetzt, Anfang Juni, hatten die Sommerferien noch nicht begonnen. Nur die Abiturienten waren schon entlassen worden. Er hatte an der großen Abi-Fete nicht teilgenommen, wollte keinen von seinen ehemaligen Mitschülern mehr sehen. Alle hatten große Pläne, aber erst wollte er sich einfach nur treiben lassen. Sein Vater war in seinem Büro, seine Mutter und Nina in der Schule, er hatte Zeit, musste aber auch nicht viel vorbereiten. Er packte seinen Rucksack nur mit dem Nötigsten. Unterwegs konnte er sich mit dem eindecken, was ihm noch fehlte. Von seiner Oma hatten er und Nina nach ihrem Tod vor ein paar Jahren eine für ihn beachtliche Summe Geld geerbt. Sein Vater hatte das Geld angelegt, aber an seinem 18. Geburtstag hatte er die Zugriffsmöglichkeit darauf. Er war volljährig. Und jetzt wollte er sich sein Geld holen.
Er würde nie wieder hierher zurückkehren.

Jan kannte sich hier aus. Er versuchte eine Buslinie zu bekommen, die ihn in die Nähe der Autobahnraststätte Harburger Berge Ost brachte. Von dort wollte er weiter in Richtung Norden trampen. Er würde schon jemanden finden, der ihn mitnahm. Sein bevorzugtes Ziel war St. Peter–Ording. Wind, Strand, Surfen. Das war das einzig Positive an den Ferien mit seinen Eltern. Er hatte schon früh das Windsurfen gelernt und dann vor ein paar Jahren das Kitesurfen entdeckt. Genau das war es. Das war sein Sport.

Inzwischen war er richtig gut und nun wollte er den Sommer an der Nordsee nutzen. Danach konnte er weitersehen. Jan wollte sein Leben nur noch selbst bestimmen. Nach einigen misslungenen Versuchen hatte er endlich Glück. Ein LKW-Fahrer nahm ihn ein ziemliches Stück mit auf der A23, musste dann aber irgendwo von der Autobahn abfahren und ließ ihn auf einem der neu ausgebauten Parkplätze aussteigen. Seinem Ziel näherte er sich nun nur noch in kurzen Abschnitten, aber irgendwann, es hatte Stunden gedauert, war er schließlich in St. Peter-Ording angekommen. Sein erster Weg führte ihn zum Strand. Er warf seinen Rucksack in den Sand, hockte sich daneben und beobachtete das Treiben auf dem Wasser. Genau deshalb war er hier. Er hielt sein Gesicht in den Wind und zog diese würzige, raue Luft tief in seine Lungen.

Er musste sehen, dass er irgendwo bleiben konnte. Sein ganzes Vermögen hatte er in einer innen liegenden Tasche an seiner Jeans verstaut. Das war unsicher, er wollte aber kein Risiko eingehen und ein Konto eröffnen. Sein Vater würde alle Hebel in Bewegung setzen, um ihn darüber möglichst schnell ausfindig zu machen. Jan hatte seinen Personalausweis und seinen Füh-

rerschein dabei, wollte sich aber eigentlich nicht unter seinem richtigen Namen hier aufhalten. Das würde schwierig bei einer Zimmersuche. Erst einmal wollte er versuchen, ein paar Kontakte zu knüpfen. Also machte er sich auf den Weg über den breiten Strand hin zu den Surfschulen und Verleihern von Surfbrettern. Hier traf man immer junge Leute, die einem einen Tipp geben konnten. Jan ging auf eine Gruppe zu, die mit ihrer Kiteausrüstung beschäftigt war und sprach sie an.
„Hallo, kann ich mir das hier bei euch mal ein bisschen ansehen? Ich habe keine Ausrüstung dabei, bin aber ganz gut. Kann man das alles hier irgendwo leihen?“
Eine junge Frau im Badeanzug betrachtete ihn neugierig. „Du bist neu hier? Ich habe dich hier jedenfalls noch nie gesehen.“ Sie sah ihm intensiv ins Gesicht, konnte seine Augen hinter der Sonnenbrille aber nicht erkennen.
„Stimmt, bin eben erst angekommen. Eigentlich sollte ich mir vorher eine Unterkunft suchen, möglichst billig, ich bin nicht anspruchsvoll. Will aber auch nicht zu viel gefragt werden.“
Durch den starken Wind und die flatternden Segel war es so laut, dass sie fast schreien mussten.
Die junge Frau beobachtete ihn weiter aufmerksam. „Bist wohl von zu Hause abgehauen, was?“
Sie hob die Hand, als sie merkte, dass er protestieren wollte. „Lass gut sein. Interessiert hier keinen. Kommt übrigens häufiger vor. Wie heißt du?“
Er sah sie an und überlegte kurz. „Ich heiße Michael, und du?“
„Meike. Ich arbeite dort in der Surfschule. Bei mir kannst du auch die Ausrüstung mieten, wenn du bezahlst.“
„Klar bezahle ich. Was denkst du denn. Kennst du jemanden,

der Zimmer vermietet, so ungefähr für drei Monate?"
Sie betrachtete ihn weiter eingehend ohne etwas zu sagen. „Ich rufe mal meine Mutter an. Die hat vielleicht was für dich und stellt keine neugierigen Fragen. Aber erwarte keinen Luxus, der ist in ihrem Preis nicht drin." Sie ging in die aufgeständerte Holzbaracke und kam mit einem Zettel in der Hand wieder. „Hier, versuch dein Glück. Wir sehen uns später."
Jan sah, dass auf dem Zettel eine Adresse stand. „Danke, Meike. In welche Richtung muss ich gehen?"
„Immer Richtung Land und dann noch mal fragen." Sie hob den Kopf wie eine Aufforderung nun zu gehen, drehte sich um und kümmerte sich wieder um die Gruppe.
„Wer war das?" fragte einer der anderen Surfer. Sie zuckte die Schultern. „Wahrscheinlich mal wieder so ein Ausreißer. Wie jedes Jahr. Wir werden sehen." Damit war die Sache für sie erst mal erledigt. Jan musste einige Male fragen, aber schließlich stand er doch noch vor dem kleinen Friesenhaus mit der Hausnummer, die ihm Meike aufgeschrieben hatte. Er öffnete das weiße Gartentor und ging durch den wild wuchernden Vorgarten zur Haustür. Auf dem Klingelschild stand der Name „Hansen". Er drückte auf den Knopf und musste ziemlich lange warten, bis eine kleine, rundliche, blonde Frau die Tür öffnete. Während sie sich die Hände an einem Geschirrtuch abtrocknete, blickte sie zu dem hochgewachsenen, jungen Mann auf, der da vor ihrer Tür stand und sah ihn fragend an.
„Hallo Frau Hansen, ich weiß nicht, ob ich hier richtig bin. Sind Sie die Mutter von Meike?"
Frau Hansen nickte. „Ja, das bin wohl. Hat Meike sie hierher geschickt?"

„Sie meinte, dass Sie mir eventuell ein Zimmer vermieten würden?“ Jan war unsicher, ob er hier richtig war.
„Na ja, ein Zimmer habe ich noch. Wie lange wollen Sie denn bleiben?“ Frau Hansen beobachtete ihn eingehend, genau wie es vorhin ihre Tochter getan hatte.
„So ungefähr drei Monate. Die Surfsaison ausnutzen.“
„Und Meike hat sie geschickt?“
„Ja, ich bin heute erst angekommen und wusste nicht wohin. Da bin ich erst einmal zum Strand, weil man dort immer jede Menge Surfer trifft und die kennen sich meistens aus. So habe ich ihre Tochter kennengelernt.“
„Nun kommen Sie erst mal ins Haus. Ich sage Ihnen gleich, dass Zimmer ist ziemlich schlicht, aber wenn Meike meint, ich kann Sie nehmen, dann vertraue ich ihr. Sie hat einen guten Blick. Aber jetzt nehmen Sie doch mal Ihre Sonnenbrille ab, ich will doch wenigstens mal in ihre Augen sehen können.“
Jan zögerte etwas, nahm die Brille dann aber doch ab.
Frau Hansen hielt die Luft an. Solch eine Augenfarbe hatte sie noch nie gesehen. Türkis, ein leuchtendes Türkis. Unglaublich.
„Sagen Sie mir bitte Ihren Namen?“ Frau Hansen staunte immer noch.
„Reicht der Vorname? Ich heiße Michael.“
„Na gut. Fürs Erste. Kommen Sie mit, ich zeige Ihnen das Zimmer. Alles andere klären wir später. Aber für vier Wochen müssten Sie schon im Voraus bezahlen. Ist das okay?“
„Ja, einverstanden. Ich habe nicht viel Gepäck. Wenn ich die Sachen dann hierlassen darf? Ich gebe Ihnen gleich das Geld und dann will ich wieder zum Strand. Super, dass ich bleiben kann.“

„Wie alt sind Sie eigentlich?“ wollte Frau Hansen nun doch noch wissen.
„Ich bin 19 und Sie müssen keine Angst haben, ich mache keinen Ärger.“
Jan genoss seine neue, ungewohnte Freiheit in vollen Zügen. Wenn er nicht mit dem Kitebrett auf dem Wasser war, machte er lange Spaziergänge am Strand entlang.
Sein Vater hatte drei oder viermal Mal versucht ihn telefonisch zu erreichen, aber er ignorierte alle Anrufe. Nach einiger Zeit war ihm klar, dass er sein Handy mit der bekannten Telefonnummer nicht mehr nutzen sollte. Er zerstörte das Gerät und legte sich ein anderes, ein Prepaid-Handy zu. Danach war Ruhe. Beim Surfen lernte er jede Menge Gleichgesinnte kennen, auch junge Frauen, und es sprach sich bald herum, dass am Strand ein gut aussehender, hervorragender junger Surfer seit einiger Zeit von sich reden machte.
Er nahm die Gelegenheiten wahr, die sich ihm boten, aber eine engere Beziehung kam für ihn nicht in Frage. Er wollte nur lernen. Kiten und wie er mit Frauen umgehen musste. Und er war ein lernbegieriger junger Mann. Frau Hansen war inzwischen sein größter Fan geworden. Sie fragte ihn nicht mehr nach seinem Namen. Nur einmal sah sie ihn ganz versonnen an und meinte „Wenn du Michael heißt, dann bin ich demnächst Bundespräsidentin.“ Er schenkte ihr nur sein unwiderstehliches Lächeln. Jan half ihr im Haus. All die Arbeiten, die sie nicht ohne fremde Hilfe machen konnte, erledigte er für sie. Er wollte nichts dafür haben, dafür kam sie ihm im Preis für das Zimmer entgegen.
Weil er nicht viel für seinen Lebensunterhalt ausgeben musste,

hatte er noch reichlich Geld zur Verfügung, aber irgendwann musste er sich einen Job suchen. Wer ihn vor drei Monaten das erste Mal gesehen hatte, würde ihn heute kaum wiedererkennen. Jan hatte seine braunen Haare mit zunehmender Sonneneinwirkung zusätzlich blond gefärbt.
Interessant war nur, dass einige der Haarsträhnen in der Sonne einen leuchtenden Goldton annahmen. Jeder, der ihn ansah, richtete seinen Blick erst einmal auf seine ungewöhnlichen Haare. Die Augen versteckte er immer noch am liebsten hinter seiner Sonnenbrille. Es war Ende August, als seine bevorzugte Clique sich langsam aufzulösen begann.
Das neue Semester fing an, sie mussten wieder zurück in ihre Universitätsstädte. Vier seiner Lieblingsbekannten wollten am nächsten Tag aufbrechen. Sie hatten ein großes Auto, also fragten sie ihn, ob er nicht mit ihnen mitkommen wollte.
„Wie sieht`s aus, Michael, hast du Lust, noch zwei oder drei Tage mit uns nach Sylt zu fahren? Da ist jetzt richtig was los. Die Surfweltmeisterschaft geht in ein paar Tagen los. Die ersten Superstars sind bestimmt schon da. Das Wetter ist jetzt noch gut. Wenn die WM anfängt soll es schon wieder schlechter werden.
Die Saison hier ist sowieso bald vorbei. Von uns wird niemand mehr hier sein. Ein paar Rentner bleiben dann vielleicht noch da. Was willst du noch hier und Geld kannst du hier auch nicht verdienen. Tote Hose. Unser Semester fängt bald an.
Komm doch mit, wir müssen nach Heidelberg und dort sind deine Chancen erheblich besser."
Jan musste nicht lange nachdenken. Sehr zum Leidwesen von Frau Hansen packte er am nächsten Tag seinen Rucksack, um-

armte seine Vermieterin noch einmal und verschwand so schnell, wie er vor drei Monaten hier angekommen war.
Wie eine Laune des Himmels, dachte Frau Hansen. Sie würde ihn nie wieder sehen. Die Clique fuhr jetzt weiter in Richtung Norden, bis Niebüll. Im Stillen hatten sie gehofft, noch einen Platz auf dem Autozug von Niebüll nach Westerland zu bekommen. Aber keine Chance. Die Insel war unglaublich voll. Die Touristen, die jetzt anreisten, wollten zur Weltmeisterschaft bleiben. Also nahmen die fünf jungen Leute nur das Notwendigste mit, ein kleines Zelt, Schlafsäcke, ein paar Klamotten, ließen das Auto auf einem Parkplatz stehen und stiegen in den Pendlerzug nach Westerland.
Nachdem sie angekommen waren, war ihr erster Weg zum Campingplatz in Westerland. Direkt an den Dünen gelegen, hatten sie es nicht weit bis zum Strand. Sie buchten für zwei Nächte und richteten sich ein, so gut es mit ihren eingeschränkten Möglichkeiten eben ging. Ihr Ziel war ohnehin der Strand. Kurze Zeit später saßen sie im Sand des breiten Strandes von Westerland und beobachteten die Weltklassesurfer beim Training, die in ein paar Tagen gegeneinander antreten wollten.
Jans Aufmerksamkeit richtete sich aber in erster Linie auf zwei Männer. Der eine, jüngere, war schon seit geraumer Zeit mit einer nagelneuen Kiteausrüstung beschäftigt. Der ältere schien ihm immer wieder Tipps zu geben, Dinge anders und besser zu machen. Er beobachtete die beiden längere Zeit, dann stand er auf und ging neugierig auf die Kiter zu.
„Hallo, habt ihr was dagegen, wenn ich euch ein wenig zusehe?“ Jan gab sich höflich zurückhaltend.

„Warum sollten wir etwas dagegen haben. Uns störst du nicht. Du bist auch Surfer?“ Der ältere der beiden sah ihn interessiert an.
„Eigentlich schon. Ich bin auch ganz gut. Meine Freunde und ich haben aber nur einen kleinen Abstecher nach Sylt gemacht. Übermorgen reisen wir schon wieder weiter. Meine Freunde müssen zum Semesterbeginn wieder in Heidelberg sein.“
„Und du, was machst du dann? Ein Studium doch wohl eher nicht.“
„Nein, ich werde mir wohl irgendeinen Job suchen müssen. Mal sehen, vielleicht auch in Heidelberg, aber ich glaube, dass ich in Frankfurt bessere Möglichkeiten habe. Übrigens, ich bin Michael.“ Der jüngere Mann strahlte in an. „Ich heiße Sascha. Das ist mein Vater, Mario Trautmann. Wir wohnen in Baden Baden. Ist nicht weit weg von Heidelberg. Ich teste mein Glück jetzt mal in den Wellen, wenn du Lust hast, kannst du es später auch mal versuchen.“ Sascha kämpfte sich bis zum Wasser vor. Es war sehr windig und er hatte große Schwierigkeiten, das Brett und das Segel in die richtige Position zu bekommen. Der Wind trieb ihn ein ganzes Stück den Strand entlang, bis er die richtige Welle fand um endgültig auf dem Wasser zu bleiben. Man merkte, dass er kein Anfänger war.
Mario Trautmann beobachtete Jan aufmerksam. Er bemerkte Michaels große, schlanke Gestalt und diese unglaubliche Haarfarbe. `Nicht uninteressant. Könnte was für den Boss sein.´ Er dachte über einige Möglichkeiten nach.
„Falls du tatsächlich Arbeit in Frankfurt suchen solltest, ruf doch einfach mal diese Nummer an. Vielleicht ist es etwas für dich. Jedenfalls für den Anfang. Aber nur, wenn du nicht schon

irgendwas Bestimmtes im Auge hast."
Jan war erstaunt. Sie kannten sich doch überhaupt nicht. Aber er nahm die Visitenkarte gerne an, wer weiß, ob er die Gelegenheit nicht schneller nutzen musste, als er jetzt glaubte.
Als Sascha zurück am Strand war, verabschiedete sich Jan von den beiden und schloss sich wieder seinen Bekannten an.
„Na, hast du schon wieder Freundschaften geschlossen?"
„So schnell nun doch nicht. Mich interessierte nur diese super Kiteausrüstung. Wir haben nur ein wenig gefachsimpelt. Das war schon alles." Die Strecke nach Süden war lang und zeitraubend. Unterwegs hatte Jan viel Zeit zum Nachdenken.
Egal, wo es ihn jetzt hintreiben würde, so anonym, wie in St. Peter-Ording konnte er woanders sicher nicht leben. Er war ohnehin erstaunt, dass sein Vater keine Vermisstenanzeige aufgegeben hatte. Wahrscheinlich hatte er schon lange vorher bemerkt, dass sein Sohn irgendwann nicht mehr festzuhalten war. Sie hatten sich nie gut verstanden. Seiner Mutter würde der plötzliche Verlust des Sohnes viel Kummer bereiten und seine kleine Schwester wird sicherlich noch lange todtraurig sein.
Aber er wollte und konnte nichts daran ändern. Bei der Familie zu bleiben war für ihn unmöglich.
„Macht es euch etwas aus, mich irgendwo in Frankfurt abzusetzen. Ich hatte jetzt so lange die gute Seeluft, möchte es nun mal mit der Stadt versuchen. Jobmäßig habe ich hier mit Sicherheit auch bessere Chancen."
„Klar, macht uns nichts aus. Wo willst du wohnen, hast du dir schon Gedanken gemacht?" wollte einer seiner Begleiter wissen.

„Ich suche mir wieder eine kleine Bude, irgendwas Günstiges. Mal sehen, ob ich im Internet was finde.“ Jan lachte. „Wenn nicht, falle ich euch in Heidelberg wieder auf die Nerven.“
Sie brachten ihn fast bis zum Stadtzentrum. An einer Tankstelle verabschiedeten sie sich herzlich voneinander. Mehr war nicht drin. Sie würden sich sowieso nicht wiedersehen.
Jan schulterte seinen Rucksack und ging mit langen Schritten auf die Tankstelle zu. Er wollte so schnell wie möglich zuerst eine Unterkunft und dann einen Job finden. Noch immer hatte er viel Bargeld bei sich. Das war zwar leichtsinnig, aber er konnte noch kein eigenes Konto einrichten. Jedenfalls nicht unter seinem richtigen Namen. Von seinen Eltern hatte er immer noch nichts gehört, auch die Polizei suchte anscheinend nicht nach ihm. Das hätte er garantiert mitbekommen. Er musste sich auch weiterhin unauffällig verhalten. Sein Ziel war es, Ausweis und Führerschein mit anderen Personendaten zu bekommen. Er würde sich umhören. In Frankfurt gab es seiner Ansicht nach dafür die besten Möglichkeiten.
An der Tankstelle sagte man ihm, wo er das nächste Internetcafé finden konnte.
Zuerst ging es jetzt einmal darum, ein billiges Zimmer für die ersten Nächte zu finden, und er hoffte, im Internet fündig zu werden. Jan musste nicht lange suchen. Nicht weit von der Innenstadt entfernt bekam er ein ziemlich heruntergekommenes Zimmer in einer kleinen Pension. Es sollte nur kurzfristig sein, wenn er Arbeit gefunden hat, würde er etwas Besseres finden.
Im Laufe der nächsten Wochen musste er jedoch feststellen, dass es nicht einfach war eine passende Arbeit zu finden. Entweder war er zu jung, hatte keine Erfahrung, keine Berufspra-

xis, oder es waren Angebote, die er einfach nicht annehmen wollte. Aushilfsweise konnte er einige Zeit als Fahrradkurier arbeiten. Das war etwas, was ihm Spaß machte, aber leider auch zeitlich begrenzt, und viel zu verdienen war damit auch nicht. Schlimm war es für ihn, hinter der Theke einer Filiale der bekanntesten Fastfood-Ketten zu stehen und Hamburger zu verkaufen. Er hielt nur zwei Wochen durch.
Plötzlich fiel ihm ein, dass er von seiner Strandbekanntschaft auf Sylt noch die Visitenkarte hatte. Warum sollte er es nicht versuchen. Vater und Sohn hatten einen sympathischen und verlässlichen Eindruck gemacht. Er wählte die Nummer und eine männliche Stimme meldete sich. Er nannte seinen Namen und erklärte, warum er anrief. Jan hörte, wie der Mann am anderen Ende in einer ihm fremden Sprache einer anderen Person etwas zurief.
„Du hast die Nummer von Trautmann? Dann komm heute Abend hier vorbei. Schreib dir die Adresse auf, wir unterhalten uns, wenn du hier bist."
Jan notierte sich alles, und wunderte sich, warum er erst am Abend kommen sollte. Na ja, wahrscheinlich nach Dienstschluss. Er würde es feststellen, wenn er dort war.
Als er am Abend an der entsprechenden Adresse ankam, es war irgendwo in der Nähe des Bahnhofs, war seine Enttäuschung groß. Ein Nachtlokal. „Inselbar". So etwas hatte er sich nun gar nicht vorgestellt. Trotzdem, er wollte sehen, was es hier für ihn zu tun gab. Er hatte keine Erfahrung mit dieser Art von Lokalen, dafür war er wohl tatsächlich noch zu jung. Aber Jan überwand seine Abneigung, öffnete die schwere Eingangstür und trat ein. Anscheinend war hier kein Dienstschluss, es

war einfach noch zu früh für Gäste. Jedenfalls war der Laden so gut wie leer. Hinter der blankgeputzten Theke stand eine nicht mehr ganz junge, aber immer noch gut aussehende Frau mit üppigen schwarzen Haaren und einem tief ausgeschnittenen, kurzen schwarzen Kleid und polierte Gläser.
„Hallo, mein Kleiner, du hast dich wohl verlaufen?"
„Glaube ich eher nicht" Jan gab sich selbstsicher „ich habe eine Verabredung mit dem Geschäftsführer. Es geht um einen Job hier in der Bar."
„Richtig, hab davon gehört. Dann komm mal mit. Juri ist im Büro. Er erwartet dich schon."
Sie ging vor ihm her, damit er auch ihr rundes Hinterteil bewundern konnte, klopfte an eine Tür im hinteren Bereich der Bar, und sagte zu dem Mann, den er noch nicht sehen konnte „Juri, der junge Mann ist hier. Du weißt schon, der von Trautmann empfohlen wurde."
„Soll reinkommen." Jan erkannte den eigenartigen harten Akzent in seiner Stimme, er vermutete, es mit einem Osteuropäer zu tun zu haben. Jan betrat das Büro mit Zurückhaltung. Er fühlte sich hier nicht wohl. Der Mann, der hinter dem Schreibtisch vor einem PC saß, schien ihn erst einmal eine Zeitlang ignorieren zu wollen.
Nach gefühlten fünf Minuten blickte er dann endlich hoch. Es war ein kräftiger Typ mit kurzem, dichten, schwarzen Haar und einem kleinen Ring in jedem Ohr. Aus seinem enganliegenden Shirt schlängelte sich eine Tätowierung wie ein Drachen den Nacken hinauf hin zu seinem linken Ohr.
Jan war schon groß, aber als der Mann sich aus seinem Schreibtischsessel erhob und zu voller Größe aufgerichtet vor

ihn stellte, kam sich Jan klein und zierlich vor. Er empfand diesen Mann als beängstigend, wollte sich aber nichts anmerken lassen.
„Dich hat also Trautmann geschickt?"
Jan schluckte. „Wenn Trautmann der ältere der beiden Surfer von Sylt ist, ja, dann war er es, der mir den Tipp gegeben hat."
Er war erstaunt, dass er überhaupt einen zusammenhängenden Satz zustande brachte.
„Dann erzähl mal. Wie heißt du, was kannst du, woher kommst du?" wollte der Riese, der Juri hieß, nun von Jan wissen.
Jan musste wieder schlucken. Seine Stimme war belegt, als er anfing zu reden. Aber wenn er einen Job wollte, wäre es notwendig, sich jetzt zusammenzureißen.
„Ich komme aus Hamburg. Ich brauche einen Job und bin lernfähig. Ich heiße.........., eigentlich, ja, eigentlich heiße ich Jan. In den letzten Monaten habe ich mich immer Michael genannt. Mit viel Glück wollte niemand meinen Ausweis sehen. Aber wenn ich irgendwo eine feste Arbeit bekommen kann, muss ich wohl meine Papiere vorlegen, dann wäre es ohnehin rausgekommen. Ich bin volljährig, aber wollte vermeiden, dass mein Vater mich findet. Obwohl ich inzwischen glaube, dass er gar nicht nach mir sucht. Das wäre gut."
Er schob seinen Personalausweis über den Schreibtisch und nickte dem Riesen zu, ihn sich anzusehen.
„Du bist also 19. Was war mit Schule?"
„Ich habe mein Abitur gemacht und bin sofort danach abgehauen. Meine Mutter wird noch rumgeheult haben, aber meine kleine Schwester ist die Einzige, die mich wirklich vermissen wird."

„Okay, Jan Osthoff, dann probieren wir mal, ob es sinnvoll ist, dich einzustellen.“ Langsam gewöhnte Jan sich an den für seine Ohren eigenartigen Akzent des Mannes. Nach und nach ließ auch seine Anspannung nach.
„Und was soll ich hier machen?“ Er konnte sich nicht vorstellen, dass es hier geeignete Arbeit für ihn gab.
„Komm erst einmal mit. Ich zeige dir, womit du anfangen kannst. Später wird Tamara dich einweisen.“
So begann Jans Einstand in das Frankfurter Nachtleben. Es sollte noch einiges für ihn bereit halten, von dem er nicht einmal im Traum gedacht hat, überhaupt dazu fähig zu sein.

Zwei Jahre später.

Inzwischen waren mehr als zwei Jahre vergangen. Jan arbeitete immer noch in der „Inselbar“.
Es gefiel ihm. Er fing meistens erst nachmittags mit seiner Arbeit an, musste natürlich häufig bis spät in die Nacht arbeiten.
Anfangs erledigte er Botengänge, sorgte dafür, dass immer alle Getränke vorrätig waren und musste auch schon mal den Reinigungskräften auf die Finger sehen. Er war freundlich, beliebt beim restlichen Personal und im Lauf der Zeit freundete er sich immer häufiger mit den jungen Frauen an, die hier abends und nachts ein- und ausgingen.
Nach einiger Zeit war ihm natürlich klar, was das für Damen waren, aber er behandelte sie immer nett und zuvorkommend

und das war auch der Grund, dass sich die eine oder andere ein klein wenig in ihn verliebte. Er lachte nur darüber, denn wenn er hin und wieder ein Mädchen kennenlernte, dann bestimmt keins aus diesem Gewerbe. In seiner Freizeit war er häufig im Fitness-Studio zu finden, oder wenn es das Wetter zuließ, machte er lange Fahrradtouren am Main entlang. Er wollte so normal wie möglich leben. Aus dem heruntergekommenen Pensionszimmer war er schon nach kurzer Zeit ausgezogen. Er lebte jetzt in einer kleinen Wohnung nicht weit entfernt von seinem Arbeitsplatz.
Nach einigen Monaten wurde er von Tamara in den Barbetrieb eingewiesen. Nun durfte er die Barbesucher an ihren Tischen bedienen und wurde häufig mit reichlich Trinkgeld bedacht.
Er fühlte sich wohl und mochte seinen Job. Dass er seit gut zwei Jahren unter ständiger Beobachtung stand, merkte er nicht. Ob in der Bar oder in seiner Freizeit, er konnte nicht viele Dinge tun, die unbemerkt blieben. Der Boss war immer informiert.
Es war an einem Freitagnachmittag, als Juri ihn in sein Büro holte. Er hätte ihm etwas mitzuteilen. Die beiden Männer verstanden sich gut, sie hatten sich fast ein wenig angefreundet. Zwar nicht im privaten Bereich, aber während der Arbeit lief es zwischen ihnen in bestem Einvernehmen.
„Jan, du hast dieses Wochenende frei. Der Boss will dich sehen. Ich werde dich zu ihm bringen."
Jan hatte schon einiges über diesen ominösen Boss gehört. Er wurde nervös, was könnte er von ihm wollen? Seine Arbeit machte er gut, das konnte nicht der Grund sein. Aber da war etwas Beunruhigendes, immer dann, wenn er an diesen unbe-

kannten Boss dachte. Trautmann konnte jedenfalls nicht gemeint sein, der hatte nie ein Geheimnis um seine Person gemacht, obwohl er der Eigentümer der „Inselbar“ war.
Juri merkte ihm seine Unsicherheit an. „Nur keine Angst, der Boss wird dir schon nicht den Kopf abreißen. Wenn er mich schickt, ist es immer vorteilhaft. Also, alles in Ruhe abwarten. Wir fahren übrigens nach Heidelberg. Zurzeit ist der Boss dort in seiner Wohnung. Morgen früh um zehn Uhr ist Abfahrt. Sei pünktlich hier.“
Obwohl an diesem Samstagvormittag recht viel Verkehr auf der Autobahn A5 in Richtung Heidelberg herrschte, kamen sie doch zügig voran. Um seine Nervosität zu besser in den Griff zu bekommen, fing Jan an, sich mit Juri über das eine oder andere zu unterhalten.
„Ich habe dich noch nie danach gefragt, Juri, aber mich würde schon interessieren, woher du ursprünglich kommst. Du sprichst zwar richtig gut Deutsch, aber dein Akzent hört sich irgendwie osteuropäisch an, da liege ich doch richtig?“
Juri grinste ihn an. „Seit wann bist du so neugierig? Aber es ist schließlich kein Geheimnis, dass ich von der Krim stamme, du weißt, wo das ist? Früher Sowjetunion, nach 1991 Ukraine. Ich komme aus der Nähe von Jalta. Habe dort jahrelang im Weinbau gearbeitet, du weißt schon. Krimsekt. Mit Weinanbau kenne ich mich aus. Hab es auch schon im Rheingau probiert, aber der Job in der Bar war dann doch reizvoller für mich. Finanziell, verstehst du? Aber jetzt ist wieder Ruhe, wir sind bald da, und ich muss mich jedes Mal konzentrieren, dass ich hier die richtige Straße erwische. Zum Schloss rauf ist es ein wenig unübersichtlich, wenn man nicht häufig herkommt. Aber eine Top

Wohnlage. Genau, da ist die Schlossstraße. Wir sind gleich da."
Jan rutschte ungeduldig auf seinem Sitz hin und her. Die herrliche Aussicht auf den Neckar, die Bäume, die sich herbstlich zu verfärben begannen, das über ihnen liegende Schloss, das alles interessierte ihn überhaupt nicht. Er hatte Angst. Immer wurde von diesem Boss geredet. Jetzt musste er ihn kennenlernen und er hatte keine Ahnung, was auf ihn zukommen würde.
Juri hielt vor einem größeren Haus, das den Eindruck machte, nur sehr reiche Leute konnten sich hier eine Wohnung leisten. Es war ein verhältnismäßig neues Gebäude mit entsprechend großen Wohnungen. Nachdem Juri sich durch Klingeln bemerkbar gemacht hatte, öffnete sich die Haustür mit einem leisen Surren. Der gläserne, runde Fahrstuhl brachte sie wie schwebend in die vierte Etage.
Hier schien es nur eine Wohnung zu geben. Die Wohnungstür war angelegt, als Juri leise anklopfend die Tür gleichzeitig ein Stück weiter öffnete.
„Hallo Boss, wir sind da. Ich bringe die bestellte Lieferung."
„Juri, pünktlich wie immer. Auf dich kann ich mich verlassen. Was hast du mir Schönes mitgebracht?"
Jan glaubte, nicht richtig gehört zu haben. Der Boss war eine Frau. Er hatte zwar nur eine Stimme gehört, aber es war eindeutig eine Frauenstimme. Dunkel, fremdartig klingend, mit einem nicht angenehmen Akzent. Juri zog ihn nun mit in die Wohnung hinein, und da stand sie.
Sie war eine imposante Person. Sie war groß, mindestens so groß wie er selbst, mit langen mahagonifarbenen Locken und bekleidet mit einem kurzen Morgenmantel, damit die langen, schlanken Beine gebührend zur Geltung kamen. Auf Jan wirkte

sie einschüchternd, er schätzte, dass sie bestimmt zwanzig Jahre älter war als er. Ihr Gesicht zeigte nicht ein Fältchen, und obwohl sie bekleidet war, konnte er erkennen, dass ihr Busen mit Sicherheit das Kunstwerk eines Chirurgen war.
„Setz dich doch, mein Hübscher. Juri, du weißt Bescheid. Lass dir Zeit, es könnte mit uns etwas länger dauern. Ich melde mich bei dir, wenn wir hier fertig sind."
Juri zwinkerte Jan noch kurz zu, dann war er auch schon wieder im Flur zum Fahrstuhl verschwunden. Jan stand etwas unbeholfen in dem großen Wohnzimmer, wusste nicht, was er sagen sollte und schon gar nicht, wo er sich einfach so hinsetzen sollte.
„Jan Osthoff, nun setzt dich doch endlich. Wir haben Zeit, wir haben einiges zu besprechen, aber ich habe auch noch einiges mit dir vor. Sei nicht so schüchtern, das bist du doch die letzten Jahre auch nicht gewesen. Sei einfach locker."
„Wer sind sie?" wollte Jan jetzt doch endlich wissen. Er kannte diese Frau nicht, hatte noch nie etwas von ihr gehört.
„Wer ich bin?" sie lachte, „ich bin dein Boss, das weißt du doch jetzt. Übrigens heiße ich Irina, du kannst mich auch so nennen. Ich bin übrigens über alles informiert, was dich betrifft. Gute Hamburger Familie. Bis jetzt keinen Polizeikontakt. Überall beliebt. Perfekt für meine Absichten." Jan setzte sich in angemessener Entfernung zu ihr auf die weiße Ledercouch.
„Was wollen Sie von mir. Meine Arbeit mache ich gut. Ich möchte wissen, warum Sie mich herbeordert haben?"
„Es warten neue Aufgaben auf dich, mein Hübscher. Aber darüber werden wir später reden. Wir machen es uns erst einmal ein wenig bequemer. Trink einen Wodka mit mir, der wird dir

helfen. Ich werde dich heute testen, ob du für die Arbeit, die ich für dich vorgesehen habe, geeignet bist. Aber ich spüre positive Schwingungen."
Jan war aufs Äußerste angespannt. Was sollte das hier? Was wollte diese Frau von ihm. Irina hielt sich nun nicht mehr mit langen Erklärungen auf. Sie zog ihn vom Sofa hoch, hielt ihm noch einmal ein volles Glas hin und verlangte von ihm „Trink und komm mit mir!"
Er wagte noch nicht zu widersprechen und ließ sich von ihr in einen anderen Raum drängen. Es war ihr Schlafzimmer. Sie schien nicht einmal auf die Idee zu kommen, dass er das, was sie mit ihm vorhatte, gar nicht wollte. Als sie mit ihm vor ihrem Bett angekommen war, öffnete sie den Gürtel ihres Morgenmantels und stand für ihn völlig unerwartet absolut nackt vor ihm. Der Wodka tat seine Wirkung und so hatte sie ein denkbar leichtes Spiel, auch ihn zu entkleiden, mit ihm auf das Bett zu fallen, und ihn so zu verführen, dass er zu keiner Gegenwehr fähig war. Irgendwo in seinem Hinterkopf verspürte er ein Gefühl von Scham, aber der ungewohnte Alkohol ließ alle Bedenken in ihm verstummen, sodass er die Situation letztlich zu genießen begann. Und Irina ließ ihn so schnell nicht aus ihren Fängen. Ihr Verstand arbeitete auch jetzt auf Hochtouren, obwohl sie diesen jungen Mann sichtlich genoss. Das hatte sie endlich wieder gebraucht, und es gab schon lange keinen mehr, der sie zufriedenstellen konnte und der gleichzeitig für ihre Zwecke der absolut Richtige war.
Jan schien es, als seien viele Stunden vergangen. Er lag immer noch unbekleidet neben ihr. Sie rauchte. Ihm war das unangenehm. Er betrachtete sie von der Seite. Nein, sie war nicht sein

Typ. Herrisch, zurecht-operiert und wahrscheinlich skrupellos.
„Lass uns nun darüber reden, was ich von dir in Zukunft erwarte." Sie erhob sich und kleidet sich wieder an. Plötzlich schien sie völlig emotionslos.
„Als erstes habe ich hier etwas für dich. Das wolltest du doch schon lange."
Sie reichte ihm einen kleinen Umschlag und nachdem er ihn geöffnet hatte, fielen ihm ein Personalausweis, ein Reisepass und ein Führerschein entgegen.
Er blickte sie erstaunt an. „Woher weißt du das?"
„Ich weiß alles von dir, dass sollte dir doch inzwischen klar sein. Der Name erscheint mir passend. Du hast dich doch schon einmal Michael genannt. Und du wirst eine andere Identität brauchen. Michael Westkamp mit den dunkelbraunen Haaren und den türkisfarbenen Augen. Jetzt ist es an der Zeit, dir zu erklären, was ich von dir erwarte."
Jan wurde immer blasser und immer verzweifelter, als er von Irina hörte, was demnächst seine Aufgaben sein sollten. Er wollte es nicht glauben. So etwas passierte doch nicht ihm.
Wenn er das mitmachte, war er ein Krimineller und wenn er dabei auffiel, aus welchem Grund auch immer, dann landete er im Gefängnis.
„Niemals! Das kann ich nicht. Da mache ich nicht mit. Was ist das hier für eine Veranstaltung. Willst du mich fertig machen? Warum ich? Hast du keine anderen Jungs, die das gerne machen würden?"
„Keine Diskussionen. Ich weiß, dass du der Richtige dafür bist. Sie werden alles tun, was du von ihnen verlangst. Sei charmant, lass deine Augen sprechen. Du wirst sehr gut bezahlt von

mir. Aber vor allen Dingen solltest du an deine nette Hamburger Familie denken. Du möchtest doch nicht, dass deiner hübschen, kleinen Schwester etwas zustößt. Ich habe dir alles erklärt, jetzt bist du dran. Wir werden uns auf dich verlassen. Denk dran, ich behalte dich im Auge. Jetzt geh, Juri wartet vor dem Haus auf dich. Übrigens, ich war mehr als zufrieden mit dir. Du hast die Prüfung bestanden.
Wer weiß, vielleicht besuchst du mich mal wieder. Und jetzt mach deinen Job gut, Loverboy."
Und Jan begann diese Frau mit der unerträglichen Stimme zu hassen.

Der erste Montag im September
San Pedro

Es war der Nachmittag des verhängnisvollen Montags, an dem Lena morgens die tote Cristina am Strand von San Pedro gefunden hatte. Lena stand noch immer unter Schock. Dr. Lisa Ortiz hatte sich zwar unverzüglich um sie gekümmert, sie hatte eine Beruhigungsspritze bekommen, und einer der Polizisten hatte sie das kurze Stück bis zu ihrer Wohnung begleitet,
aber sie kam nicht zur Ruhe.
Sie wusste, dass man Cristina in das rechtsmedizinische Institut nach Santa Cruz zur endgültigen Obduktion gebracht hatte. Welch eine Tragik. Wie lange kannte sie die Familie Hernandez schon? Es war zwar Roberto, mit dem sie vorwiegend Kontakt

hatte, aber auch alle anderen Familienmitglieder waren ihr nicht unbekannt. Wie sollte sie sich verhalten, wie mit der ihr bekannten Familie umgehen?
Sie saß auf ihrer Terrasse, als sie wie aus weiter Entfernung ihre Türklingel hörte. Wer sollte sie jetzt belästigen. Sie wollte nicht gestört werden. Sie wollte allein sein mit ihrer Trauer.
Es klingelte ein zweites Mal. Lena kämpfte sich aus ihrem Stuhl hoch, ging zur Tür und öffnete.
Roberto sah erbärmlich aus. Wie er da vor ihrer Tür stand und mit Blicken um Hilfe bettelte. Sie konnte ihn so nicht draußen stehenlassen und zog ihn in ihre Wohnung. Er umklammerte sie, verzweifelnd weinend, Hilfe suchend.
„Bitte, lass mich bei dir bleiben. Ich kann nicht rauf fahren. Wie soll ich erklären, dass es meine Schuld war. Ich kann es nicht erklären. Bitte Lena, gib du mir die Zeit. Ich weiß nicht, wo ich sonst bleiben kann."
In Lena zog sich alles zusammen. Es war klar, dass sie ihn niemals abweisen würde.
„Natürlich kannst du bleiben. Nimm das Gästezimmer. Dort kannst du schlafen, und du musst jetzt schlafen. Versuch dich zu erholen. Aber ruf bitte vorher deine Eltern an, sie haben heute auch gelitten. Mach es sofort. Nicht, dass sie sich auch noch um dich Sorgen machen müssen."
Nachdem Roberto mit seiner Mutter telefoniert hatte, ließ er sich von Lena nach unten ins Gästezimmer begleiten. Er war kaum in der Lage seine Schuhe auszuziehen, das musste Lena erledigen. Er fiel ins Bett, und schlief auf der Stelle vor lauter Erschöpfung ein. Sein Schlaf sollte kurz und unruhig sein.
Durch irgendetwas Ungewohntes wurde Lena mitten in der

Nacht geweckt. Sie verspürte eine Schwere, eine Umklammerung hinter sich. Es dauerte einen Moment, bis sie erkannte, was ihren Schlaf gestört hatte. Da war Roberto, er lag hinter ihr in ihrem Bett als brauchte er ihre Wärme. Wahrscheinlich hatte er gar nicht bemerkt, dass er irgendwann ihre Nähe gesucht hatte. Sein Unterbewusstsein hatte ihn geleitet. Im Schlaf murmelte er für sie unbekannte spanische Worte.
Sie ließ es geschehen, wollte ihn beschützen, auch wenn er es nicht bemerkte. Allein, dass er den Weg in ihr Schlafzimmer, in ihr Bett, in ihre Nähe gefunden hatte, sagte ihr alles über seinen Gemütszustand aus. Er sollte sich erholen, auch wenn es nur für ein paar Stunden war.

Der erste Dienstag im September
San Pedro

Der Morgen kam, er war nicht aufzuhalten und auch für Roberto war die Nacht irgendwann zu Ende. Er erwachte in Lenas Bett und wusste überhaupt nicht, wie er dorthin gekommen war. Vorsichtig löste er sich von ihr, stand auf, schlich aus dem Schlafzimmer, schloss die Tür und suchte den Weg in die Küche. Es war seine Gewohnheit, er konnte nichts dagegen machen, aber er brauchte eine Tasse Kaffee. Kurz danach stand er auf Lenas Terrasse, die Tasse in der Hand und sah aufs Meer. Anders als in Vilaflor sah er hier die Lichter von San Pedro auf dem Wasser tanzen. Er musste das Meer nicht erahnen, hier

war es unmittelbar vor ihm. Er konnte es riechen und spüren. Die schlimmen Ereignisse des vergangenen Tages ließen sich aber nicht verdrängen. Sie waren in sein Bewusstsein eingeschweißt, und er musste irgendetwas tun. Aber nicht alleine. Er brauchte Hilfe. Lena würde ihm helfen. Im Haus in Vilaflor begann der Tag ebenfalls nicht wie gewohnt. Niemand hatte schlafen können. Don Pablo legte die Halskette, die er Cristina vor über einer Woche geschenkt hatte, nicht mehr aus der Hand. Doña Marta schien zu keiner Bewegung fähig zu sein und starrte nur wortlos vor sich hin.
Rosalia verließ ihre Wohnung gar nicht mehr, wollte nicht einmal den Kontakt zu ihren Eltern. Einzig Joana hatte noch etwas Leben in sich. Sie kochte Kaffee, bereitete Mahlzeiten zu, die niemand wollte und kümmerte sich vorwiegend um Marta. Und alle warteten auf neue Informationen.

*

Mit der langsam aufgehenden Sonne glitt auch Lena aus ihrem späten, tiefen Schlaf. Sie spürte an der fehlenden Wärme, dass Roberto schon aufgestanden war. Die körperliche Nähe hatte auch ihr gut getan. Es duftete nach Kaffee. Gut, er hatte sich in ihrer Küche zurechtgefunden. Lena erhob sich und ging auf die Suche nach ihm. Sie fand ihn in Gedanken versunken auf ihrer Terrasse, seinen Blick dorthin gerichtet, wo man die Stelle erahnen konnte, an der sie Cristina gefunden hatte.
„Hola, Roberto“ sie sprach in leise an, wollte ihn nicht erschrecken „hast du noch ein wenig Schlaf gefunden?“
„Ach, Lena, entschuldige mein aufdringliches Verhalten letzte

Nacht. Aber deine Nähe hat mir geholfen. Ich konnte tatsächlich noch einmal einschlafen. Hat es dich sehr gestört?"
„Ganz sicher nicht. Es war ein gegenseitiger Trost. Was hast du nun vor?"
„Erst einmal einen Kaffee für dich holen. Anschließend werde ich mich auf den Weg nach Vilaflor machen. Ich muss mich um meine Eltern kümmern, und das Weingut habe ich in den letzten Tagen auch vernachlässigt. Gut, dass wir Serge haben. Er weiß, was zu tun ist."
Lena nickte verständnisvoll. „Komm doch später, wenn du alles erledigt hast, wieder zurück.
Heute gegen Mittag werden Louisa und Leo Winkler ankommen. Ihr kennt euch doch ganz gut. Falls Rosalia es möchte, sie ist auch immer willkommen. Ihr solltet jetzt nicht alleine bleiben. Überleg es dir."
„Danke, Lena. Ich werde kommen. Was mit Rosalia ist, kann ich nicht sagen. Aber ich rede mit ihr."
Roberto drückte sie fest an sich. „Danke für deine Hilfe. Bis später." Kommissar Lopez Garcia hatte sich für diesen Tag einiges vorgenommen. Er musste heute unbedingt nach Santa Cruz fahren. Dr. Lisa Ortiz, die Rechtsmedizinerin hatte ihm mitgeteilt, dass sie den Obduktionsbericht fertig habe und gerne mit ihm reden würde.
Außerdem wollte er Elena und Miguel Hernandez beistehen, wenn sie die tote Cristina identifizieren würden. Selbstverständlich nur, wenn es von ihnen auch erwünscht war.
Die Eltern von Laura und Ana hatten die beiden Mädchen gestern schon nach Hause geholt. Er hatte keine Gelegenheit mehr gehabt, noch in Los Cristianos mit ihnen zu sprechen.

Auch das wollte er heute nachholen.
In der Dienststelle warteten einige Kollegen am Telefon auf eventuelle Hinweise aus der Bevölkerung. Irgendjemand muss doch etwas gesehen oder gehört haben. Niemand kann sich mehrere Tage lang unsichtbar machen. Sie wussten, wer der Täter war, sie wussten aber nicht, wo sie ihn finden konnten.
Bevor er nach Santa Cruz fuhr, wollte er noch einen Abstecher nach El Medano machen. Ruben Santoro war Surfer und häufig am Strand anzutreffen. Auch dort musste es Bekannte von ihm geben, die vielleicht Näheres über ihn wussten. Er würde die Kollegen dort vor Ort bitten, ihn zu begleiten.
Stadtbekannte Verstärkung war sicher sinnvoller, als wenn er alleine dort auftauchte. Es war tatsächlich so, dass einige der unermüdlichen Surfer häufig Kontakt mit Ruben hatten.
Übereinstimmend sagten sie aus, dass er ein angenehmer und ruhiger Sportskollege war, der vor allem bei den Mädchen unglaublich beliebt war. Aber über eine Beziehung zu einer der weiblichen Bewunderinnen konnte niemand eine Auskunft geben. Die Surfschule, in der er gearbeitet hatte, erklärte sich bereit, der Spurensicherung behilflich zu sein, aber sie machten Carlos keine großen Hoffnungen irgendwelche Spuren zu finden. Es gab einfach zu viele Leute, die dort täglich ein- und ausgingen. Immer wieder kam Carlos der Begriff „Phantom" in den Sinn. Es war frustrierend.
Nachdem Roberto sich verabschiedet hatte, setzte sich Lena an den kleinen Tisch in ihrer Küche und dachte darüber nach, wie viel Schreckliches innerhalb von vierundzwanzig Stunden geschehen konnte. Es war erst gestern, dass sie die tote Cristina gefunden hatte, aber es kam ihr schon wie eine halbe Ewigkeit

vor. Sie dachte an die Familie Hernandez Martin. Wer von ihnen hätte je damit gerechnet, dass sie wegen eines Grundstücks am Meer, welches bei irgendjemandem Begehrlichkeiten geweckt hatte, so leiden mussten. Und niemand konnte sagen, was noch auf sie zukommen würde.
Heute um die Mittagszeit sollten Louisa und Leo ankommen. Sie freute sich jedes Mal, wenn die beiden für einige Wochen nach San Pedro kamen. Sie richteten es auch immer so ein, dass Lena in dieser Zeit garantiert auf der Insel war.
Nur würde das Wiedersehen dieses Mal trauriger ausfallen.
Louisa und Leo Winkler reisten am liebsten auf den Kanarischen Inseln umher. Sie kannten sich auch in Italien, Spanien, Portugal und in Österreich aus, aber zu Fernreisen war Leo nicht zu bewegen. Die fünf Stunden Flugzeit, die er bis hierher erdulden musste, genügten ihm vollkommen.
Louisa war freie Journalistin, sie konnte eigentlich überall arbeiten, wenn sie Aufträge hatte. Ohne Notebook würde sie niemals verreisen. Sie war 42 Jahre alt und eine quirlige, schlanke, große Person mit naturroten, kurz geschnittenen Haaren, Sommersprossen und leuchtend grünen Augen, die einen immer lachenden Eindruck hinterließen. Meistens war sie auch unbekümmert und fröhlich.
Leo, ihr Mann, war zehn Jahre älter als sie, und man musste ihn schon gut kennen, um hinter seiner zurückhaltenden Art und seiner sparsamen Mimik den Humor zu entdecken, der am ehesten als britischer Humor einzuordnen war. Die beiden wohnten in der Nähe von Wiesbaden und bis vor ein paar Jahren war Leo dort als Bauingenieur in einer kleinen kommunalen Verwaltung tätig. Obwohl er schon ein wenig bürokratisch

wirkte, was aber tatsächlich nicht der Fall war, diese Art von Büroarbeit war ihm, freundlich ausgedrückt, unangenehm. Für ihn war es ein wahrer Glücksfall, dass er nach dem Tod seiner einzigen Tante, seine Eltern waren schon vor einigen Jahren verstorben, der Alleinerbe von mehreren Mietshäusern war. Er schmiss seinen Job in der Verwaltung hin, anfangs sehr zum Leidwesen seiner Frau, und kümmerte sich um die Verwaltung der ererbten Häuser.
Auch das war nicht immer nur mit Freude verbunden, es gab gute Mieter, aber auch einige, die man lieber loswerden wollte. Aber die Einnahmen waren trotz der Rücklagen die zu bilden waren, trotz der Steuer und der Versicherungen, die notwendig waren, recht ordentlich. Aber das Beste war, dass er seine Zeiteinteilung selbst gestalten konnte. Und jetzt waren sie mal wieder auf Teneriffa. Das Ehepaar Behringer wartete schon mit den Wohnungsschlüsseln, und es war wie immer. Mit dem Betreten der Wohnung fühlten sie sich wie zu Hause und Lena würde sich vermutlich auch bald sehen lassen. Na dann, bestimmt hatten sie wieder einen schönen Aufenthalt.

Der erste Dienstag im September.

Inzwischen war Roberto wieder in Vilaflor angekommen. Im Haus war alles still. Die Monitore für die Überwachungskameras zeigten nichts Ungewöhnliches. Aber er wusste, es war nicht vorbei. Warum sollten ihre unbekannten Widersacher

jetzt aufgeben. Ganz im Gegenteil, er glaubte, dass sich die Bedrohung noch steigern würde. Die wollten etwas von der Familie und dieses Ziel würden sie brutal weiter verfolgen.
Roberto klopfte an Rosalias Wohnungstür, aber sie öffnete nicht. Auch seine Eltern waren noch nicht ansprechbar. Nur mit Joana wechselte er ein paar belanglose Sätze. Also verließ er das Wohnhaus und machte sich auf den Weg zur Bodega. Der Sicherheitsdienst war seit fünf Tagen im Einsatz, ihm kam die Zeit inzwischen viel länger vor. Die Mitarbeiter konnten mit den Kameras nur das Gebäude und die nächste Umgebung im Auge behalten. Auf den Anbauflächen konnten sie die Situation nur durch persönlichen Einsatz kontrollieren. Sie arbeiteten ruhig und professionell, waren geduldig und aufmerksam, wechselten sich schichtweise ab, so dass jeder auch mal die Möglichkeit bekam, nach Hause zur Familie zu fahren. Es war ein äußerst kostspieliger Einsatz, aber es musste sein. Ohne den Sicherheitsdienst wäre hier oben mit Sicherheit schon einiges mehr passiert. Alle warteten auf die nächste Aktion ihrer Feinde oder auf positive Ermittlungsergebnisse der Polizei. Die Spurensicherung war inzwischen in El Medano eingetroffen und Carlos machte sich auf den Weg nach Santa Cruz. Es würde keine angenehme Aufgabe werden. Dr. Lisa Ortiz war im Institut, sie hatten verabredet, nach der Identifizierung durch Cristinas Eltern ihre Untersuchungsergebnisse zu besprechen.
Er hatte keine Ahnung, wie er mit Elena und Miguel umgehen sollte. Das musste er auf sich zukommen lassen. Als er am gerichtsmedizinischen Institut ankam, sah er, dass der Wagen von Miguel schon auf dem Parkplatz stand. Er beeilte sich, wollte versuchen zu verhindern, dass Elena die gesamte Abtei-

lung zum Schuldigen machte. Aber er hatte sich getäuscht. Er erlebte Miguel fassungslos weinend, Elena jedoch erschien ihm wie eine Marionette, ohne Gesichtsausdruck, ohne Regung, ohne Gefühl. Er spürte ihren Hass, als hätte er sich in seinem Magen eingenistet. Sie würde sich rächen, auch wenn sie im Moment noch nicht wusste wie, und an wem. Es würde ihr Lebensinhalt werden. Ihr Mann und ihr Sohn spielten für sie keine Rolle mehr. Niemand würde sie bremsen können. Er musste auf sie achten, sie möglichst nicht aus den Augen lassen. Aber diese Frau war unberechenbar, wie sollte er das alleine schaffen? Er hoffte, dass es in naher Zukunft auch für Elena keine Möglichkeiten gab, etwas zu unternehmen. Auch sie musste abwarten, Informationen sammeln, planen. Kaltblütig genug war sie. Es würde für sie nur darum gehen, sich zu rächen, egal, wie es für sie enden könnte. Carlos ging auf Elena und Miguel zu und hoffte, sie irgendwie zur Ruhe zu bringen. Aber Miguel redete nicht und Elena sah ihn nur hasserfüllt an.
„Sag du mir jetzt nicht, wie ich mich zu verhalten habe. Dort, in diesem schrecklichen Raum liegt meine tote Tochter in irgendeiner kalten Schublade. Ihr habt alle versagt, die Familie, die Polizei, ihre Freunde. Wenn ihr ihren Mörder nicht findet, dann versucht nicht, mich aufzuhalten. Ich werde ihn finden und ich werde ihn töten."
Sie drehte sich um und ging auf den Ausgang zu.
„Elena, warte, wir fahren zusammen."
„Mit dir fahre ich nirgends hin, nie wieder. Für mich bist du auch einer der Mörder. Also lass mich in Zukunft in Ruhe."
Miguel war schockiert. Er kannte seine Frau, wusste, wie unberechenbar sie sein konnte, aber es war doch ihre gemeinsame

Trauer. Sie konnte ihn doch nicht so alleine lassen. Als Carlos etwas sagen wollte, winkte er ab und ging, ohne sich zu verabschieden. Er wusste nicht, wie es weitergehen konnte.
Schweren Herzens suchte Carlos das Büro von Dr. Lisa Ortiz auf. Er klopfte an die Tür und wartete auf die Einladung eintreten zu dürfen. Dr. Ortiz war eine kleine, vollschlanke Person mit einer beachtlichen Oberweite und einem unerschütterlichen Humor. Anders kann man eine solche Arbeit auch wohl kaum ertragen, dachte Carlos. Für ihn wäre es jedenfalls das Grauen. Aber Dr. Ortiz liebte ihre Arbeit, vor allem, wenn sie keine Zweifel an ihren Untersuchungen haben musste.
„Hola, Carlos, que tal? Schlimme Sache mit diesem hübschen, jungen Mädchen. Du kanntest sie gut?"
„Lisa, buenos dias. Ja, ich kannte sie, aber nicht besonders gut. Sie ist die Nichte eines Freundes.
Ein Mord ist immer eine schlimme Sache, aber wenn man das Opfer oder die Familie kennt, ist es noch eine ganz andere Sache. Trotzdem müssen wir konzentriert bleiben und unsere Arbeit machen. Was kannst du mir sagen?"
Lisa nahm ihre schriftlichen Untersuchungsergebnisse, verschaffte sich noch rasch einen letzten Überblick und begann in knapper Form Carlos alles Wichtige mitzuteilen.
„Also, der Todeszeitpunkt war am Sonntag, etwa um fünf Uhr nachmittags. Da sie erst am Montagmorgen gefunden wurde, kann ich mich nicht ganz exakt festlegen, es könnte auch eine halbe Stunde früher oder später gewesen sein.
Die Todesursache ist eine Überdosis Heroin. Da sie sich die sicher nicht selbst gespritzt hat und sie sich auch nicht freiwillig hat spritzen lassen, gehe ich davon aus, dass sie zum Zeitpunkt

der Injektion nicht vollständig bei Bewusstsein war. Ich tippe auf KO-Tropfen. Die sind in einem Getränk leicht zu verabreichen, aber leider nur kurzfristig nachzuweisen."

„Hatte sie getrunken. Hast du noch Alkohol nachweisen können?"

„Nein, kein Alkohol. Aber es reicht ein kleiner Schluck Wein oder Champagner. Der ist nach über zwölf Stunden auch nicht mehr im Blut nachzuweisen."

„Ist sie vergewaltigt worden?"

Lisa sah ihn erstaunt an. „Wie ich erfahren habe, war sie schon seit Tagen mit dem Gesuchten unterwegs. Da würde ich eine Vergewaltigung eigentlich sowieso ausschließen. Aber man weiß ja nie.

Sie war erst 17 Jahre alt, aber ja, sie hatten Sex und ich vermute, nicht nur an einem Tag und nicht nur einmal. Alle Ergebnisse sagen mir, es war in gegenseitigem Einvernehmen. Keine typischen Zeichen von Gewalt. Ihre körperliche Verfassung war eigentlich perfekt, vom Einstich am Arm mal abgesehen. Bis zum Zeitpunkt ihres Todes muss sie sich ausgesprochen wohl gefühlt haben. Ich habe Spuren von Sperma gefunden, es muss aber noch mit vorhandenen Daten abgeglichen werden. Ich denke nicht, dass wir es einer Person zuordnen können. Der Täter wäre sonst vorsichtiger gewesen. Er hat jedenfalls keine Kondome benutzt. Wir müssen das international abfragen."

Es war zum Verzweifeln. Ohne Hinweise von Zeugen kamen sie nicht weiter. Selbst die nochmalige Befragung von Cristinas besten Freundinnen Laura und Ana im Haus der Eltern von Laura hatte nichts Neues ergeben. Die beiden wiederholten das, was sie auch beim ersten Mal gesagt hatten.

Mit Ruben Santoro hatte sie kaum mehr als eine flüchtige Bekanntschaft verbunden. Er war von Anfang an nur auf Cristina fixiert gewesen, und sie auf ihn. Viele kannten Santoro, aber niemand konnte etwas Brauchbares über ihn sagen. Gerade als Carlos wieder zurück in Richtung Süden fahren wollte, bekam er einen Anruf aus seiner Dienststelle. Endlich gab es einen Hinweis. Nach dem heutigen Aufruf der Polizei in allen Inselzeitungen, natürlich mit einem Bild von Cristina und der Erwähnung des Namens Ruben Santoro, meldete sich eine Autovermietung aus Playas de las Americas.
In der vergangenen Woche hatte ein junger Mann mit diesem Namen bei ihnen eine Limousine angemietet, die er erst zum Ende dieser Woche wieder zurückgeben musste. Er hatte sich als Tourist ausgegeben, der in einem der großen Hotels an der Costa Adeje Urlaub machen wollte, und er hatte mit seiner Kreditkarte bezahlt.
Bei einer Anfrage in dem von Santoro genannten Hotel bekam man jedoch die Auskunft, dass dieser junge Mann dort nie gewohnt hat. Die angemietete Limousine wurde durch ein internes Suchsystem der Autovermietung auf dem Parkplatz im Hafen von Santa Cruz geortet. Es war der Parkplatz, den viele Passagiere der Expressfähre nutzten, die eine Überfahrt nach Gran Canaria gebucht hatten.
Carlos machte sich unverzüglich auf den Weg zum Hafen. Als er ankam, hatten die Kollegen das Fahrzeug schon mit Absperrbändern für andere Personen unzugänglich gemacht, und waren bereits dabei, die kleinsten Details, ob Gewebefasern, Hautpartikel oder Haare, sicherzustellen. Irgendetwas würden sie finden, und dass das Fahrzeug hier am Hafen in Santa Cruz

stand, war mit Sicherheit ein Hinweis darauf, dass Santoro wahrscheinlich schon gestern mit der Fähre nach Gran Canaria entkommen war.
Endlich eine Spur. Jetzt war zu prüfen, ob er eine Fähre genommen hatte und wenn ja, um welche Uhrzeit, welches Konto zu seiner Kreditkarte gehörte, und ob es Passagiere gab, denen etwas aufgefallen war. Für so viel Kleinarbeit brauchte er seine Mitarbeiter, das war Teamarbeit. Er würde alles in die Wege leiten. Was er unbedingt benötigte, war eine kurze Auszeit. Heute Abend wollte er sich mit seinen Freunden und Bekannten in der Bar „Playa" in San Pedro treffen. Eigenartig, nicht nur die Mörder zog es an die Orte ihrer Verbrechen zurück, auch er als Polizist wollte den Abend dort in der Nähe verbringen, wo Lena die tote Cristina gefunden hatte.

*

Lena wollte mit Roberto kommen, die Winklers waren da und er würde seine Freundin Miriam abholen und mit ihr gemeinsam nach San Pedro fahren. Er freute sich auf einen, nach langer Zeit, entspannten Abend. Morgen würde er wieder umso konzentrierter an die mühsame Arbeit gehen können.
Die Dämmerung war schon angebrochen, als sich die sechs Freunde in der Bar, die direkt an der Promenade lag, trafen. Die normalerweise fröhliche Begrüßung viel diesmal aus, die schlimmen Ereignisse der letzten Tage und Stunden konnten nicht spurlos an ihnen vorübergehen. Trotz der bedrückenden Stimmung schoben sie zwei Tische zusammen und bestellten bei Andrea, der deutschen Besitzerin der Bar, Wein und eine

großzügige Auswahl von Tapas. Roberto sah immer noch unglaublich mitgenommen aus, aber alle hatten den Eindruck, dass Lenas Fürsorge im guttat.
Carlos durfte und wollte über den aktuellen Ermittlungsstand nichts sagen, obwohl er natürlich bemerkte, dass alle nur auf Informationen warteten.
„Was ich euch jetzt nur fragen möchte" er sah entschuldigend zu Roberto „kann jemand von euch irgendetwas mit der Stickerei auf der Decke anfangen, in die Cristina eingewickelt war? Wir haben selbstverständlich Fotos gemacht, ich kann sie euch morgen zeigen. Aber es war so außergewöhnlich, wer es schon einmal gesehen hat, wird sich wohl daran erinnern können. Eine goldene Stickerei auf einer weißen Decke. Sehr exklusiv. Es sind vier Sterne über einer Muschel. Die fünf sahen sich ratlos an und schüttelten mit dem Kopf.
„Noch nie gesehen" überlegte Miriam „die muss hier von der Insel kommen. Kaufen kann man so spezielle Sachen nicht. Das passt zu irgendeiner Familie, einem Hotel oder Club."
Alle überlegten, aber niemand hatte eine Idee. Plötzlich hob Roberto den Kopf, er hatte die ganze Zeit die Tischplatte angestarrt. „Natürlich, ich weiß, wo ich dieses Zeichen schon gesehen habe. Es war das Logo von einem Hotel. Genau, Hotel „La Concha". Zuletzt war es reichlich heruntergekommen.
Es wurde dann verkauft und nach Monaten wiedereröffnet. Und jetzt ist es das „Teide Plaza".
Carlos schlug sich mit der flachen Hand gegen die Stirn. „Ja, klar. Wie konnte ich nur so blind sein. Irgendwie müssen wir beweisen, dass alles, was bis jetzt geschehen ist, einen Zusammenhang hat. Wir benötigen die Eigentumsverhältnisse von

damals und von heute. Mein Bauch sagt mit, dass dort der Ansatz zu allem, was passiert ist und was noch passieren könnte, zu suchen ist.
Das Phantom wird sichtbarer."
Miriam sah ihn erstaunt an. „Du hast schon häufig von einem Phantom gesprochen, aber immer in Bezug auf das Drogenproblem hier auf der Insel. Vermutest du Zusammenhänge, weil alles so wenig durchschaubar ist?"
„Nein, eigentlich nicht. Ich glaube, wir haben es mit unterschiedlichen Beweggründen zu tun. Bei euch, Roberto, scheint es ausschließlich um euer Land hier an der Küste zu gehen. Das ist noch nicht zu Ende. Die Drogengeschäfte sind seit langer Zeit ein Dauerthema, nicht nur hier auf Teneriffa."
Lena wollte mit Rücksicht auf Roberto für heute endlich das Thema wechseln.
„Und, Miriam, wie sieht es in eurem eben angesprochenen Luxushotel aus? Habt ihr gut zu tun?"
„Ich habe mehr als genug zu tun, weil ich keine Hotelangestellte bin und auch externe Kunden nehmen kann. Aber wenn du mich schon so fragst, es ist eigenartig, aber ich habe das Gefühl, als wenn das Hotel nie ausgebucht ist. So wie ich es überblicken kann, würde ich schätzen, weniger als die Hälfte Auslastung. Dass das Hotel so überhaupt überleben kann, ist merkwürdig. Eigentlich denke ich jetzt erst richtig darüber nach." Sie schüttelte den Kopf über ihre eigene, plötzliche Erkenntnis.
Carlos war plötzlich wie elektrisiert. „Sag mal, warum haben wir noch nie darüber geredet? Es ist nicht normal, dass ein 5 Sterne Hotel an der Costa Adeje nur so spärlich ausgelastet ist. Das können die niemals so lange durchhalten. Weißt du, wer

der Eigentümer des Hotels ist?“
Miriam überlegte. „Der Eigentümer? Nein, keine Ahnung. Ich kann dir nur den Namen des Geschäftsführers sagen. Er heißt Jorge Gomez Costa und ist eigentlich ein recht netter und kompetenter Mann. Den musst du ansprechen, der wird dir Näheres sagen können.“
Leo Winkler hatte die ganze Zeit schweigend am Tisch gesessen. Jetzt meldete er sich zu Wort, allerdings eher so, als würde er zu sich selber reden. „Also, wenn ich über einen langen Zeitraum meine Wohnungen oder Ladenlokale gar nicht oder nur mit Verlust vermieten würde, hätte ich ein finanzielles Problem. Es sei denn, ich finde Mittel und Wege dem Finanzamt glaubhaft zu vermitteln, dass alles normal läuft und ich das vermeintlich eingenommene Geld ganz legal versteuere. Geldwäsche. Könnte doch sein?“
„Drogenhandel, Geldwäsche, Hotel. Das wäre zu schön, wenn wir an der Stelle ansetzen könnten. Wir werden morgen früh gleich mit den Ermittlungen beginnen.
Aber wir haben es hier mit gefährlichen Profis zu tun, egal ob wir mit dem Hotel richtig liegen oder nicht, es wird schwer, an die Verantwortlichen ran zu kommen.“
Es war schon recht spät, als die Freunde sich zögerlich auf den Heimweg machten. Miriam musste all ihre Überredungskünste anwenden um Carlos zu überzeugen, dass es besser sei, nach Hause zu fahren, um am nächsten Tag ausgeruht all die eventuellen, neuen Erkenntnisse mit Hilfe seines Teams zu prüfen.
Die Winklers waren eigentlich auch froh, den anstrengenden Anreisetag beenden zu können, so gern sie mit den anderen zusammensaßen und plauderten, für heute reichte es. Sie woll-

ten nur noch schlafen.
Lena und Roberto gingen mit ihnen in dieselbe Richtung, schließlich lagen die beiden Wohnungen in einem größeren, terrassenartig angelegten Gebäude. Louisa und Leo schlossen das erste Eingangstor auf, um zu ihrer gemieteten Wohnung zu gelangen, Lenas eigene Wohnung lag ein Stück höher hinter dem nächsten Tor.
Irgendwie war es selbstverständlich, dass Roberto Lena in ihre Wohnung begleitete. Sie hatte es auch nicht anders erwartet und musste zugeben, dass sie sich freute, ihn bei sich zu haben. Da waren plötzlich Gefühle, die sie so für ihn noch nicht empfunden hatte, obwohl sie sich schon einige Jahre kannten. Vielleicht war es die gemeinsame Trauer, vielleicht war es aber auch die tröstende, nicht geplante Nähe der letzten Nacht, die sie zueinander gebracht hatte. Lena spürte nur, dass es Roberto genauso erging. Diese Nacht brachte ihnen Halt und Wärme, aber auch eine leidenschaftliche Intimität, die sie beide dringend brauchten und während der sie ihre Liebe und Zuneigung füreinander entdeckten.

Der erste Mittwoch im September
San Pedro und Vilaflor

Der Mittwochmorgen brach an aber die Sonne ließ sich an diesem frühen Tag noch nicht blicken. Vielleicht würde der Himmel mit der zunehmenden Wärme wieder heller, aber es

machte eher den Eindruck, als sollten bald ein paar Regentropfen fallen. Gut, dass das auf den Inseln nur immer von kurzer Dauer war. Lena und Roberto lagen noch eng umschlungen in Lenas Bett und hatten so gar kein Verlangen danach, sich den Aufgaben des neuen Tages zu stellen. Viel lieber würden sie ihre neu entdeckte Zweisamkeit noch eine ganze Weile genießen. Aber es half nichts. Roberto hatte heute einiges zu erledigen und auch Lena wollte sich mit ihren Eltern in Verbindung setzen und sich für zwei oder drei Stunden um ihr Geschäft kümmern.
„Komm doch heute mit nach Vilaflor, vielleicht wäre es für meine Eltern ganz gut, etwas Abwechslung zu bekommen." bat er Lena.
„Roberto, nein. Es ist einfach noch zu früh. Nach all dem, was passiert ist, brauchen sie die Zeit, um das Schreckliche wenigstens ansatzweise verarbeiten zu können. Da gehöre ich einfach noch nicht hin. Etwas später gerne. Komm einfach heute Abend wieder. Das würde uns beiden auf jeden Fall gut tun."
„Wir werden später zusammen sein, ob hier oder in Vilaflor, das ist egal. Einen Kaffee bekomme ich aber noch, bevor ich fahre?"
„Na, dann muss ich jetzt ja wohl aufstehen. Es ist auch spät genug."
Robertos erster Weg führte ihn zu seinen Eltern. Sie hatten sich immer noch total zurückgezogen und Joana traf alle notwendigen Entscheidungen. Er war froh, dass sich Rosalia wieder einigermaßen gefangen hatte. Jedenfalls war sie heute das erste Mal wieder im Büro. Ein gutes Zeichen, fand Roberto.
Serge erwartete ihn schon.

„Hola Roberto, gut, dass du da bist. Es gibt einiges zu besprechen. Bis jetzt ist hier oben alles ruhig geblieben, aber ich denke nicht, dass es so bleiben wird. Die Unbekannten, die euch bedrohen, die selbst vor einem Mord nicht zurückschrecken, werden wohl kaum jetzt aufgeben. Die wollen ihr Ziel erreichen. Ich frage mich nur, was noch auf uns zukommt."
Roberto reagierte nicht. Er lenkte seine Gedanken ausschließlich auf das Weingut und die bevorstehende Lese.
„Serge, wann ist es soweit? Für welchen Tag soll ich die Erntehelfer ordern?"
Serge sah ihn besorgt an. „Heute ist Mittwoch. Es geht früher los, als ich dachte. Freitag wäre gut. Die Leute sollten Zeit haben, ihre Unterkünfte zu beziehen, wir müssen sie einweisen, ich denke, ab Sonntag können wir mit der Lese beginnen."
Roberto nickte zustimmend. „ Gut, ich werde Manolo unverzüglich anrufen. Er ist vorbereitet, und seine Leute auch. Das ist unser geringstes Problem. Auf Manolo können wir uns verlassen."

*

Elena tobte. In all ihrer Trauer um ihr Mädchen hatte sie kein Verständnis dafür, dass die Staatsanwaltschaft ihr die Beisetzung verweigerte. Erst sollten die Spuren, die die kriminaltechnische Untersuchung an Cristinas Körper gefunden hatte, einer Wohnung zuzuordnen werden können.
Elena hasste die Bestattungen, die normalerweise auf den Inseln üblich waren. Niemals würde sie erlauben, dass ihr Kind irgendwo eingemauert wurde. Sie wollte eine Feuerbestattung.

Aber die Freigabe bekam sie leider noch nicht.
Ihr Mann und ihr Sohn interessierten sie nicht mehr. Sie war nur noch auf Cristinas Mörder fixiert. Sie würde ihn suchen und finden. Und dann würde sie ihn töten.

Der erste Mittwoch im September
Adeje

In der großen, verhältnismäßig neuen Villa in Adeje am Camino de Cristobal Colon herrschte eine schlechte, äußerst aggressive Stimmung.
Außer Vitali war die gesamte Familie Wolkow-Trautmann heute versammelt. Offiziell war Andrej Wolkow immer noch das Oberhaupt der Familie, aber in den letzten Jahren war es zu einer schleichenden Veränderung der Zuständigkeiten gekommen. Andrejs Tochter Irina schien nun die Fäden fest in der Hand zu halten. Andrej Wolkow hatte wohl bemerkt, dass man ihm nach und nach fast sämtliche Kompetenzen genommen hatte, aber er war auch irgendwie müde geworden in den vergangenen Jahren, sodass es ihn eigentlich nicht sonderlich berührte.
Die vielen Jahre, die Andrej gekämpft hatte, um zu Reichtum und einer gewissen Macht zu kommen, machten sich nun körperlich bemerkbar.
Er legte die Verantwortung nur zu gerne in andere Hände, was nicht bedeutete, dass er mit allem einverstanden war, was sei-

ne beiden Kinder, Vitali und Irina, aus seinem Lebenswerk machten.

Moskau, viele Jahre vorher.

Andrej Wolkow kam von der Krim. Er kannte nur die Zeiten des Sowjetregimes. Als er alt genug war, eine Menge gelernt hatte und es trotz sozialistischer Staatsführung immer sein Ziel war, Chancen zu nutzen, die sich ergeben konnten, wenn er nur die richtigen Leute aus der Politik und vom Militär kennenlernen würde, war Moskau seine Richtung.
Als er 25 Jahre alt war, heiratete er die 18jährige, gutaussehende und sehr begabte Tänzerin Tatjana. Sie bekamen zwei Kinder, 1965 wurde Vitali geboren und zwei Jahre später seine Tochter Irina. Das war das Ende von Tatjanas Träumen, in Moskau am Bolschoi Theater Karriere als Balletttänzerin zu machen. Ständiger Begleiter von Andrej war sein etwas jüngerer Freund aus Jugendzeiten, Kolja Smirnoff. Sehr zum Leidwesen von Tatjana sah man die beiden ständig zusammen. So wunderte es auch niemanden, dass Kolja selbstverständlich mit dabei war, als die Familie Wolkow endgültig von Jalta nach Moskau übersiedelte. Im Nachhinein wusste niemand mehr, wie es Andrej tatsächlich geschafft hatte, bei Politikern der Sowjetregierung und bei maßgeblichen, hochrangigen Militärs anerkannt und geschätzt zu sein. Er war ein Opportunist, was er selbst auch gerne zugab. Dadurch bedingt erschlossen sich ihm

Möglichkeiten, die er sonst nicht hätte nutzen können. Er profitierte vom Wohlwollen der Mächtigen, dafür lieferte er ihnen Dinge, die man nur durch Beziehungen zum Westen organisieren konnte. Der Westen war für ihn in erster Linie die Bundesrepublik Deutschland.

Das war sein eigentliches Ziel. Sein Vermögen sollte jedoch in die Schweiz gebracht werden. Er handelt mit allem, was es zu organisieren gab und was in der Sowjetunion teuer verkauft werden konnte. Vorwiegend waren es Luxusgüter, die begehrt waren bei denen, die auch schon damals über die nötigen, finanziellen Mittel verfügten. Andrej war schon ein reicher Mann, als 1991 die Sowjetunion endgültig zerbrach. Nach der Ära Gorbatschow wurde er zu einem der namhaften Jelzin-Oligarchen. Wie er zu seinem Milliardenvermögen kam, wird heute kein Mensch mehr feststellen können. Zu der Zeit gab es vielfältige Möglichkeiten. Ob mit Energieversorgungsunternehmen, mit zwielichtigen Bankgeschäften oder mit billig erworbenen Grundstücken von Menschen in Geldnöten, die hinterher nicht mehr besaßen als vorher, die die Erwerber jedoch unglaublich reich machten.

Als sich Andrej 1975 mit seiner Familie und Kolja in Moskau niederließ, waren die Zeiten für seine Frau Tatjana, seinen Sohn Vitali und seine Tochter Irina schwierig. Die Kinder mussten eine neue Schule besuchen, neue Freunde finden, sich in ihrem jungen Leben schon umorientieren.

Tatjana hatte hohe Ansprüche, aber kaum Geld. Sie wollte mehr, sie wollte besser leben, und eines Tages war es soweit. Geld war reichlich vorhanden. Sie fragte nicht, woher es kam, sie nutzte ihre Gelegenheit, endlich so zu leben, wie es schon

immer ihre Vorstellung war.
Endlich konnte sie Vitali zum Ballettunterricht schicken, Irina konnte jedoch nur die staatliche Schule besuchen, um nach ihrem Abschluss dort wunschgemäß Volkswirtschaft an der Lomonossow Staatsuniversität in Moskau zu studieren und nebenher Deutsch zu lernen. Im Jahr 1990 machte sie ihren Abschluss.
Vitali war ein guter Tänzer, aber leider immer nur für die zweite Reihe. Berühmt konnte er dabei nicht werden. Er war frustriert und hatte zudem einen labilen Charakter. So geriet er durch dubiose Freundschaften erstmals an Kokain. Außerdem entdeckte er seine Vorliebe für das eigene Geschlecht. Lange Jahre musste er seine Neigungen verheimlichen. Homosexualität offen auszuleben war in der Sowjetunion nicht möglich. Selbst seine Eltern hätten kein Verständnis dafür gezeigt.
Aber Vitali war geduldig. Er lebte ein öffentliches Leben und ein Leben im Geheimen. Irgendwann würde auch seine Zeit für Freizügigkeit kommen.
Irina war ganz anders. Sie brauchte keine Freundschaften in Moskau. Der Ehrgeiz, immer mehr zu erreichen, brodelte in ihr. Und sie bemerkte eine Skrupellosigkeit in sich, der sie irgendwann freien Lauf lassen wollte. Sie hatte klare Ziele, für Sentimentalitäten blieb ihr keine Zeit.
Es gab nur eine Schwachstelle, und die hieß Juri Koldonow. Juri war seit Kindertagen in ihrer Heimat, der Krim, ihr einziger Vertrauter, ein Freund, auf den sie nie verzichten wollte. Zwischen ihnen gab es keine Leidenschaft, keine Liebe im herkömmlichen Sinn, aber eine unerschütterliche Zuneigung, ein Vertrauen, das für nichts und niemanden Platz ließ. Sie konn-

ten sich immer aufeinander verlassen und jeder fühlte sich ohne die Nähe des anderen verlassen, einsam und unvollständig. Auch in den Zeiten, in denen sie nicht zusammen sein konnten, wussten sie, dass jedes Zeichen des anderen sofort verstanden und sofort darauf reagiert wurde. Als Andrej Wolkow den Entschluss fasste, mit seiner Familie nach Moskau zu gehen, war Juri einfach noch zu jung um alleine seine Heimat zu verlassen. Er musste in Jalta ausharren, seine Schulpflicht zu Ende bringen und nebenher beim Weinanbau in einer staatlichen Sektkellerei mithelfen. Aber sobald er all das hinter sich gebracht hatte, konnten seine Eltern ihn nicht mehr festhalten. Er wollte zu Irina. Die Zeiten in Moskau waren hart für ihn. Er nahm jede noch so geringe Gelegenheit wahr, um Geld zu verdienen. Er lebte in kaum vorstellbaren Verhältnissen, aber er hielt durch. Schließlich war da noch Irina. Sie half ihm, wo es ihr auch nur irgendwie möglich war, und als es der Familie Wolkow dann finanziell endlich richtig gut ging, überredete sie ihren Vater, Juri irgendwo im Haus als Hilfe einzusetzen. Damit war die erste Hürde überwunden, dass die beiden Unzertrennlichen zusammen bleiben konnten.

Andrej Wolkow und sein Freund Kolja Smirnoff liebten es, in den späten Abendstunden durch das verschneite Moskau zu bummeln. Sie sahen die Lichter des Kremls, die sich in der Moskwa spiegelten, die schneebedeckten breiten Straßen auf denen nur wenige Fahrzeuge unterwegs waren.

Für eine so große Stadt herrschte um diese Zeit eine unglaubliche Ruhe. Sie kannten vereinzelte Berichte von großen Metropolen auf der ganzen Welt und schüttelten ihre Köpfe über die Hektik, die dort auch nachts normal war. In einer solchen Stadt

wollten sie nicht leben.
Andrej und Kolja führten während ihrer einsamen Wanderungen durch die nächtliche Stadt viele interessante Gespräche und Andrej vertraute seinem Freund, sodass auch häufig Dinge zur Sprache kamen, die er anderen Bekannten niemals erzählen würde. Aber auch Kolja durfte nur einen Teil von dem erfahren, was Andrej umtrieb und womit er sein Vermögen kontinuierlich vergrößerte.
Kolja ahnte es, aber niemals würde er den Freund drängen, mehr preiszugeben, als er freiwillig wollte. Dafür war ihm das Verhältnis zu Andrej zu kostbar. Es war eine eisige Dezembernacht im Jahr 1990, als die beiden mal wieder unterwegs waren. Gerade mal ein Jahr zuvor waren die sowjetischen Truppen aus Afghanistan abgezogen. Es war eines der vielen Themen, über die sie redeten. Sie führten Gespräche, zu denen tagsüber keine Zeit war, oder bei denen zu viele Ohren mithören würden.
Ihr Weg führte sie auch diesmal in Richtung Fluss mit seiner verhältnismäßig hellen Uferbeleuchtung. Kolja war niemals unbewaffnet, wenn sie zu dieser Zeit durch Moskau streiften. Er hielt die Stadt besonders nachts für gefährlich. Ihnen war glücklicherweise noch nie etwas passiert, aber er hatte ständig ein ungutes Gefühl. Es gab einfach zu viele Obdachlose, zu viele arbeitslose Kriegsveteranen, die keine Skrupel hatten zwei unbedarfte Männer im Schutz der Dunkelheit auszurauben, wenn nicht gar Schlimmeres mit ihnen anzustellen. Andrej hatte es zwar noch nie geäußert, aber er war Kolja für seine Vorsicht dankbar. Er selbst wollte nicht mit einer Waffe umgehen, empfand aber eine tiefe Beruhigung, dass sein Freund so vor-

ausschauend war.
Sie waren noch nicht lange unterwegs, als ihnen ein schwaches, flackerndes Licht auffiel, dass anscheinend von einem kleinen Feuer erzeugt wurde, das hinter einem der Brückenpfeiler einer Brücke der Moskwa entzündet worden war.
Ihre Neugier trieb sie hin zu diesem Lichtschein, sie näherten sich vorsichtig. Drei Männer standen um das Feuer herum und versuchten etwas von der abstrahlenden Wärme mitzubekommen. Trotzdem rieben sie sich zusätzlich die Hände und traten von einem Bein auf das andere um in Bewegung zu bleiben. Andrej und Kolja blieben kaum einen Moment unbemerkt von den Männern, die unverzüglich eine abwehrende Körperhaltung einnahmen und schon allein durch ihre Größe und ihr heruntergekommenes Äußeres einen gefährlichen Eindruck machten.
„Wer seid ihr und was wollt ihr hier?“ wurden sie von dem angeknurrt, der wohl der älteste dieses Misstrauen erregenden Trios war und der nun langsam mit einem Messer in der Hand auf Andrej und Kolja zukam.
Die beiden hoben beschwichtigend und beruhigend ihre Hände, als Zeichen, dass sie zufällig und in freundlicher Absicht gekommen seien.
Kolja übernahm die Verantwortung, indem er als erster sprach.
„Wir sind harmlose, nächtliche Spaziergänger und bemerkten zufällig das Feuer. Es kommt nicht oft vor, dass sich jemand traut, so auf sich aufmerksam zu machen.“
„Was geht es euch an, ob wir uns trauen ein Feuer zu machen. Ihr seht jedenfalls nicht so aus, als müsstet ihr den Winter im Freien verbringen. Wollt ihr jetzt die Miliz holen, damit die uns

abtransportieren können? Auf jeden Fall wäre es im Gefängnis wärmer."
„Wir werden niemanden holen, schon gar nicht die Miliz." antwortete Kolja ebenso aggressiv.
„Trotzdem interessiert es uns, warum ihr gerade hier übernachtet. Es gibt bestimmt angenehmere Plätze als diesen."
Der Mann lachte herablassend. „Du scheinst dich auszukennen. Dann zeig uns doch mal so einen angenehmen Platz von dem wir nicht nach kurzer Zeit vertrieben werden."
Kolja blickte ratlos zu Andrej, der sich bis jetzt noch nicht in die hitzige Diskussion eingeschaltet hatte. Er kam sich eher vor wie ein Beobachter einer grotesken Vorführung. Natürlich wusste er um die erbärmlichen Zustände der Arbeitslosen und Obdachlosen, aber er hatte noch nie welche getroffen. Davon zu hören, war eine Sache. Aber so etwas direkt zu sehen, war etwas ganz anderes.
Jetzt schaltete er sich in das aufgeheizte Gespräch ein.
„Ihr habt keine Arbeit und auch keinen Ort, an dem ihr wohnen könnt, ist das richtig? Wie ist es dazu gekommen?"
Der Wortführer wurde zusehends aggressiver und seine beiden Begleiter stellten sich nun herausfordernd neben ihn.
„Wie es dazu gekommen ist, willst du wissen? Schon mal was von Afghanistan gehört. Genau in dieser Hölle waren wir. Dort haben wir das Grauen überstanden, um es hier weiterzuleben. Raus aus der Armee, keine Arbeit, kein Geld. Den Rest kannst du dir doch wohl denken.
Habt ihr Wodka dabei?"
„Nein, haben wir nicht. Aber wenn ihr morgen Abend wieder hier seid, könnten wir welchen mitbringen." schlug Andrej vor,

der irgendwie an den drei Männern interessiert war. Er konnte nicht einmal sagen warum, es war einfach ein Bauchgefühl. Mit Sicherheit waren sie gefährlich und traumatisiert von ihren schlimmen Kriegserlebnissen. Aber er wollte erst einmal mehr erfahren, um dann für sich die Dinge auszuwerten und zu sehen, ob er irgendetwas damit anfangen konnte.
„Verschwindet jetzt. Und vergesst morgen nicht, den Wodka mitzubringen."
Die drei Obdachlosen drehten sich wieder dem Feuer zu. Es war, als hätten sie Andrej und Kolja nie gesehen. Am Abend darauf packten Andrej und Kolja zwei große Rucksäcke. Sie sorgten vor allem für eine ausreichende Anzahl an Wodkaflaschen, aber vergaßen auch nicht eine recht ordentliche Auswahl an Lebensmitteln und wärmenden Decken einzupacken. Es würde eine lange Nacht werden. Andrej hatte sich vorgenommen viele Fragen zu stellen, auszuloten, wie es um die Charaktereigenschaften der drei stand. Waren sie gewaltbereit, skrupellos, gefährlich? Er hatte schon viel über Kriegsveteranen aus dem Afghanistankrieg gehört und gelesen, aber noch keinen persönlich kennengelernt. Wer weiß, was sich für ihn daraus ergeben konnte.
Als sie an der Stelle ankamen, an der sie die drei gestern kennengelernt hatten, brannte wieder ein kleines Feuer und wieder versuchten die Männer ein wenig von der Wärme, die davon ausging, mitzubekommen.
Die Begrüßung heute war zwar nicht so aggressiv wie in der Nacht zuvor, aber Andrej und Kolja spürten immer noch eine große Zurückhaltung, eine Skepsis, ob es richtig war, sich mit Fremden zusammenzusetzen. Sie wussten schließlich nichts

über diese beiden Männer, die in der vergangenen Nacht plötzlich vor ihnen standen. Sie hatten sich abgesprochen. Sollten doch erst einmal die Fremden reden. Sie würden dann abwägen, wie sie sich zu verhalten hatten.
Der Inhalt der Rucksäcke half aber schon über das erste Misstrauen hinweg, und der Wodka wurde mit sichtlichem Wohlwollen angenommen. Nachdem die erste Flasche ein paar Mal die Runde gemacht hatte, Andrej nahm dabei immer nur einen winzigen Schluck zu sich, lösten sich die Zungen der drei Männer kontinuierlich.
Andrej fragte sie nach ihren Familien, ob sie verheiratet waren und Kinder hatten. Wo ihre Frauen jetzt waren. Warum sie nicht zusammenlebten. Die Jahre in Afghanistan hatten so tiefe seelische Wunden hinterlassen, dass sie darüber nur sehr zurückhaltend sprachen. Das wenige, was Andrej und Kolja erfuhren, war erschütternd und gleichzeitig gefährlich. Zwischen den Sätzen spürte man die Skrupellosigkeit, die menschenverachtende Brutalität, die diese drei Männer aus dem Kriegsgrauen mitgebracht hatten. Sie waren nie psychologisch betreut worden. Aber ihr seelischer Zustand war ihnen trotzdem bewusst. Sie waren jetzt zwar in der Heimat, aber in ihren Köpfen waren sie noch im Krieg. Alexej Kowaljow war mit 36 Jahren der älteste der drei Männer, Sergej Orlow war 35 Jahre alt. Beide waren verheiratet und hatten Kinder, aber nachdem sie aus dem Krieg zurückgekehrt waren und ihre Frauen die schlimmen Veränderungen an ihnen festgestellt hatten, wollten sie nicht mehr mit ihnen zusammenleben. Lieber keinen Mann, als einen, der bei der geringsten Kleinigkeit prügelte. Die Frauen ließen sich scheiden, irgendwie kamen sie ohne diese seelenlo-

sen und gefühlsarmen menschlichen Hüllen besser zurecht.
Der jüngste von ihnen, Michael Lebedow, war 24 Jahre alt und hatte keine Familie mehr. Seine Eltern waren beide während seines Kriegseinsatzes in Afghanistan gestorben. Als er nach Moskau zurückkehrte, stand er vor einer Wohnung, in der inzwischen andere Menschen lebten. Er hatte nichts mehr und wusste auch nicht, wohin er gehen sollte. Irgendwann trafen sich die drei Männer irgendwo in Moskau, wo sie versuchten zu überleben, und taten sich zusammen. Arbeit bekam keiner von ihnen. Seit über einem Jahr schlugen sie sich irgendwie durch. Ihrer seelischen Verfassung bekam das Leben auf der Straße überhaupt nicht. Sie verzweifelten nicht, nein, sie verspürten Hass. Nicht nur auf die verantwortlichen Politiker, die sie ihrer Meinung nach in diese ausweglose Situation gebracht hatten, sie hassten auch all die, von denen nicht die geringste Hilfe zu erwarten war. Und das war für sie fast jeder.
Andrej Wolkow schaffte es jedoch mit seiner ruhigen, beharrlichen Art, sich das Vertrauen der Männer zu erkämpfen. Und es war ein Kampf. Es dauerte einige Wochen, in denen Andrej und Kolja sich regelmäßig mit ihnen trafen, redeten, ihnen Essen und Trinken brachten, bis ein Verhältnis entstanden war, in dem bei beiden Seiten eine Art von Respekt entstand. Ein vorsichtiges, gegenseitiges Vertrauen, das gepflegt werden musste um nicht durch falsche Äußerungen zerstört zu werden.
Niemals in dieser Zeit hat Andrej den Männern Geld angeboten. Wahrscheinlich hätten sie es auch gar nicht angenommen. Ihr Stolz ließe es nicht zu. Jemanden zu bestehlen war für sie in Ordnung. Aber selbst nichts tun und Geld annehmen, wäre für sie wie ein Almosen gewesen und absolut inakzeptabel. Irgend-

wann, es war wohl schon im Februar, fragte Andrej die Männer, ob sie sich vorstellen könnten für ihn zu arbeiten. Es sollte kein großartiges Angebot werden, aber Botengänge, ein paar Dienstleistungen, vielleicht auch hin und wieder ein spezieller Personenschutz für die Familie Wolkow, das könne er ihnen anbieten. Auch die Bezahlung würde nur mäßig ausfallen, aber eine Unterkunft wollte er ihnen zur Verfügung stellen. Was er aber vor allen Dingen von ihnen erwartete, war uneingeschränkte Loyalität seiner Familie gegenüber. Sie sollten es sich überlegen und ihm am nächsten Tag ihre Entscheidung mitteilen. Alexej, Sergej und Michael schauten sich überrascht an.
Mit so einem Angebot hatten sie für den Rest ihres Lebens nicht mehr gerechnet. Im Grunde wussten sie, dass sie seelische Wracks waren. Gewaltbereit, aggressiv und für das normale Leben eigentlich vollkommen ungeeignet. Und nun lernten sie durch einen unglaublichen Zufall diese Männer kennen, die ihnen ohne Vorurteile ein anderes Leben anboten. Sie mussten nicht lange überlegen. Nach kurzem Blickkontakt und einem einvernehmlichen Nicken, übernahm Alexej wieder die Rolle des Wortführers.
„Nachdem wir Sie nun seit einigen Wochen kennen, Sie sich um uns gekümmert haben, mit uns redeten, ohne Angst, ohne Vorurteile, ohne uns für unsere seelische Verfassung zu verabscheuen, denken wir, dass Sie ein guter Mann sind, ein Ehrenmann. Wir würden gerne für Sie arbeiten.
Wir werden Ihnen und Ihrer Familie gegenüber loyal sein. Aber wir werden unsere Vergangenheit mitbringen und das könnte häufiger zu Problemen führen. Die Wunden, die der Krieg in unseren Köpfen hinterlassen hat, werden nie heilen, aber wir

werden zuverlässig sein. Ihnen gegenüber.
Ihrer Familie gegenüber. Aber niemand sonst hat uns irgendetwas vorzuschreiben. Können Sie so mit uns klarkommen? Wenn nicht, gehen Sie jetzt und lassen uns in Zukunft in Ruhe."
Andrej schmunzelte. Sie nannten ihn Ehrenmann. Wenn er eines nicht war, dann ein Ehrenmann.
Aber das würden die drei nicht erfahren. Er hatte sie besser unter Kontrolle, wenn sie ihn so sahen, wie er nie gewesen war. Andrej und Kolja tauschten einen kurzen Blick. Es war beschlossen. Ab heute hatte die Familie Wolkow drei Männer zur Verfügung, auf die sie achten musste, die aber im Laufe der Jahre unentbehrlich für sie wurden.
Irina Wolkowa befand sich 1988 noch mitten in ihrem Studium. Sie musste viel lernen und vor allem musste sie außergewöhnliche Leistungen bringen. Das befahl ihr der eigene Ehrgeiz, der sie ständig anzutreiben schien. Juri war inzwischen in der Familie Wolkow angekommen, arbeitete im Haus oder im Garten, brachte Irina zur Universität oder holte sie wieder ab. Eigentlich waren es nur Mutter und Tochter, um die sich Juri kümmern musste. So blieben ihm und Irina viel Zeit, die sie wie in Jugendzeiten miteinander verbrachten. Hin und wieder hatte er schon mal eine kurze Beziehung zu irgendeiner namenlosen jungen Frau, aber Irina lachte ihn jedes Mal aus.
„Deine wahre Freundin bin ich. Die anderen sind doch gar nicht gut genug für dich."
Er wusste das, aber auch er hatte seine speziellen Bedürfnisse, und dafür war Irina tabu. Es war kurz vor Weihnachten im Jahr 1988, als Irina mit ihren Eltern zu einem großen Fest anlässlich einer Geburtstagsfeier eines wichtigen Regierungsmitglieds in

das Luxushotel Metropol, nicht weit entfernt vom Roten Platz, eingeladen war. Es war eine glanzvolle Veranstaltung und ganz nach dem Geschmack von Irina und ihrer Mutter. Hier traf man die Moskauer Elite und es wurde an nichts gespart.
Selbst Abordnungen von westlichen Firmen, mit denen die Sowjetregierung Geschäfte machte, waren anwesend. So ergab es sich, dass Irina dem deutschen Immobilien- und Finanzberater Mario Trautmann vorgestellt wurde, der zusammen mit anderen Kollegen seiner Firma zu den geladenen Gästen gehörte. Trautmann kannte sich inzwischen in Moskau aus. Er war schon häufiger aus geschäftlichen Gründen in der Stadt, sprach aber nur mäßig Russisch. Von Irina war er vom ersten Moment an fasziniert. Ihr Gesicht, die langen mahagonifarbenen Locken, ihre hochgewachsene Gestalt und er konnte sich mit ihr in deutscher Sprache unterhalten.
Bei jeder seiner Geschäftsreisen versuchte er Zeit mit ihr zu verbringen. Sie lernten sich immer besser kennen und es blieb nicht nur bei Gesprächen an der Bar oder im Restaurant. Nach einigen Monaten war sein Hotelzimmer ihr bevorzugter Aufenthaltsort. Mario Trautmann war ein aufmerksamer Zuhörer, er bemerkte, dass es in Irina anders aussah, als sie es sich eigentlich anmerken lassen wollte. Er spürte ihren Ehrgeiz der mit einer nicht genau zu bestimmenden Skrupellosigkeit verbunden war. Es machte ihn nachdenklich, aber er war auch neugierig darauf, was es noch an ihr zu entdecken gab. Aber erst einmal machten beide die Entdeckung, dass Irina schwanger war. Die Freude hielt sich in Grenzen. Es war im Sommer 1990 und Irina stand kurz vor ihrem Abschluss an der Universität. Auf einmal fühlte sie sich hilflos. Erst als ihr Juri, die Person

die ihr neben ihrer Familie am nächsten stand, jede erdenkliche Unterstützung zusagte, waren ihre Bedenken wie weggeblasen. Er kannte und schätzte Trautmann, und war sich sicher, dass er zu Irina und dem Kind stehen würde. Mit neuem Elan stürzte sie sich in die anstehenden Prüfungen und machte ihren Abschluss. Sie heirateten, nachdem sie alle notwendigen Bescheinigungen und Formulare zusammen hatten und ihr Sohn Alexander wurde ungefähr zu dem Zeitpunkt geboren, als die Familie Wolkow zusätzlichen Zuwachs von drei, nicht unbedingt sympathisch wirkenden, fremden Männern erhielt.
Irina blieb mit ihrem Sohn Alexander, den aber alle nur Sascha nannten, erst einmal bei ihrer Familie und Juri. Ihr Mann wollte in Deutschland eine Wohnung oder ein Haus für die kleine Familie suchen, dann sollten Irina und das Baby nachkommen. Da sie nun mit einem Deutschen verheiratet war, machte die Einreise nach Deutschland kaum Probleme und sie bekam eine unbefristete Aufenthaltsgenehmigung.
Noch ahnte niemand, wie prägend das Jahr 1991 für das Land werden sollte, aber Andrej Wolkow streckte schon jetzt seine Fühler aus. Irgendwie würde er es schaffen, auch die anderen Mitglieder der Familie in den Westen zu bringen. Geld spielte keine Rolle und Beziehungen hatte er inzwischen reichlich. Er dachte an fruchtbare, gegenseitige Kooperationen. Es würde noch dauern, aber er hatte die richtigen Eingebungen. Nach und nach verkaufte er einen Großteil seiner Anteile, die er an russischen Versorgungsunternehmen besaß, und transferierte das Geld aus dem Verkauf mit Hilfe seines Schwiegersohns über Umwege auf ein entsprechendes Konto in der Schweiz. Ein erheblich kleinerer Teil wurde auf Irinas Namen in Deutsch-

land angelegt. Andrej würde es brauchen, um nachzuweisen, dass er nicht unvermögend einen Antrag auf unbegrenzten Aufenthalt und Familienzusammenführung in Deutschland stellen würde. Er ließ nur wenig von seinem Vermögen in Russland. Selbstverständlich behielt er auch sein Stadthaus in Moskau. Man konnte nie wissen, was die Zukunft bringen würde und ob er es nicht noch einmal dringend benötigte.

Der erste Mittwoch im September
Adeje

„Sag mal, bist du eigentlich noch bei Verstand. Wir wollen das Grundstück in San Pedro. Durch knallharte Verhandlungen, nicht durch den Mord an einer jungen Frau. Du hast das Enkelkind von Hernandez umbringen lassen.
Von irgendeinem Burschen, den du massiv unter Druck setzen konntest. Warum? Irina, sag uns warum das sein musste? Ich hätte die Sache geregelt, ohne dass du uns mit deiner Skrupellosigkeit ins Gefängnis bringst. Die Polizei wird die Verbindungen ziemlich schnell herausfinden. Im Laufe der Jahre habe ich deinen Charakter zur Genüge kennengelernt, aber jetzt muss ich erfahren, dass ich mit einem Monster verheiratet bin. Hast du Juri auch mit hineingezogen?“
Mario Trautmann war fassungslos. Er wusste, was Irina in der Vergangenheit in Deutschland schon alles getan hatte. Nicht unbedingt für Geld. Das hatten die Wolkows im Überfluss.

Sie wollte über Menschen bestimmen. Sie wollte andere leiden sehen, nur weil es sie amüsierte.
Irina schaffte Abhängigkeiten mit Drohungen, Drogen, Gewalt und Prostitution. Dabei blieb sie fast immer im Hintergrund. Sah wie durch eine verspiegelte Scheibe zu und genoss ihre Macht. Der Name Wolkow wurde mit ihren Aktivitäten nie in Verbindung gebracht und die ihn kannten, würden den Mund nicht aufmachen weil sie Angst vor den unheilvollen Auswirkungen hatten. Ihr Escort-Service in Frankfurt war jedenfalls ein voller Erfolg.
„Gar nichts wird die Polizei rausfinden. Das eine hat mit dem anderen nichts zu tun. Aber das weiß die Familie Hernandez nicht. Sie glaubt, dass alle Vorkommnisse zusammenhängen. Ich will auf sie Druck ausüben. Dann verkaufen sie umso schneller an dich. Du hast mit dem toten Mädchen gar nichts zu tun und man wird dir auch nie etwas nachweisen können. Aber glaub mir, nur mit Verhandlungen wird es nichts mit unserem Projekt. Wir müssen erreichen, dass die Hernandez sich so hilflos, deprimiert und schutzlos fühlen werden, um auf jedes Angebot einzugehen."
Irina versuchte ihren Mann zu überzeugen und erreichte genau das Gegenteil.
„Du versuchst einen Mord zu rechtfertigen, nur um an ein Grundstück zu gelangen, auf dem du ein Urlaubsressort bauen willst? Sascha, hast du von den kriminellen Absichten deiner Mutter gewusst?" Trautmann drehte sich zu seinem Sohn um und sah ihn finster an.
„Nein, natürlich habe ich davon nichts gewusst. Ich dachte, Santoro sollte sie für ein oder zwei Tage bei sich behalten. Die

beiden hätten Spaß miteinander und die Familie Hernandez Angst um das Mädchen, das danach wieder quicklebendig zu Hause aufgetaucht wäre.
Ich weiß nicht einmal, warum die Polizei hier war und sich so auffällig für mein Motorrad interessierte."
Mario Trautmann war kurz davor total die Kontrolle zu verlieren.
„Die Polizei war hier? Dann haben sie schon etwas gefunden, was sie mit uns in Verbindung bringen können. Irina, was hat das mit dem Motorrad zu bedeuten? Und du, Andrej, was hast du dazu zu sagen?"
„Ja klar, was hat Vater schon dazu zu sagen? Das Einzige wozu ich ihn noch gebrauchen konnte, war die Geldübergabe. Durch seine Manie, jeden Donnerstag auf den Teide zu fahren, konnte er wenigstens den Umschlag weitergeben, ohne aufzufallen. Die Menschen dort oben haben andere Dinge vor, als sich um einen alten Mann zu kümmern, mit dem sonst nichts mehr anzufangen ist. Der Motorradfahrer ist übrigens Michael. Er sollte lediglich alles in Vilaflor beobachten und es mir mitteilen."
Trautmann sah seine Schwiegereltern an. Sie saßen nebeneinander und schienen sich für die akuten Probleme, die die Familie hatte, überhaupt nicht zu interessieren. Tatjana fühlte sich in den letzten Jahren nur wohl, wenn sie wieder mal ihren Chirurgen aufsuchen konnte, der was auch immer an ihr verändern sollte, und Andrej war nur noch müde. Auch er hatte sich die Geschäftsübergabe an seine Kinder anders vorgestellt. Er selbst hatte die Jahrzehnte damit verbracht Geld anzuhäufen. Er war rücksichtslos vorgegangen. Das Elend anderer hatte ihn nie gekümmert, wenn er nur sein Vermögen vermehren konn-

te. Aber er war kein Mörder. Dazu war jetzt seine Tochter Irina geworden.
Sein Sohn Vitali war ein schwuler Drogenhändler, der aber wenigstens die Geschäfte auf der Insel im Griff hatte. Und davon profitierte sein Schwiegersohn in erster Linie. Andrej und Tatjana wollten zurück nach Baden Baden. Dort war seit vielen Jahren ihr Zuhause. Dort fühlten sie sich wohl. Sie hatten sich einen Freundeskreis aufgebaut, der vornehmlich aus wohlhabenden Russen bestand. Auf dieser Insel, die das Traumziel von Irina war, fühlten sie sich fremd. Andrej war es meistens zu warm, er verstand die Sprache nicht und er hatte hier keine Freunde.
Der Teide war sein Freund geworden. Wenn es nicht so mühsam wäre, nach dort oben zu gelangen, er wäre häufiger dort, in dieser angenehmen kühlen Luft, die an vielen Tagen durch starke Winde noch kühler wurde. Dort konnte er atmen, die Fernsicht genießen, wenn nicht gerade die Passatwolken alles in dichten Nebel hüllten, dort dachte er über sein Leben nach. Die Übergaben der Briefumschläge an den jungen Mann waren nur Bergepisoden, er dachte schon gar nicht mehr daran.
Genau wie er nicht an die andere Übergabe in Palm Playa denken wollte, als er und Tatjana von dem jungen Mann einen Umschlag bekamen, den sie unverzüglich wieder an Michael Lebedew auf seinem Motorrad weitergeben sollten. Diese Spielchen waren nichts mehr für Andrej. Aber er wollte Irina damit einen Gefallen tun. Nun dachte er darüber nach, wie falsch das alles war.
„Ist Juri auf der Insel? Hast du ihn auch in deine verbrecherischen Machenschaften hineingezogen? Ich weiß, dass er alles

für dich tut, aber bei Mord wird auch er nicht mitmachen. Wahrscheinlich warst du nie in der Lage zu erkennen, was für einen guten Freund du hast. Mit mir rechne nicht, wenn die Sache auffliegen sollte!"

Mario Trautmann schnappte sich seinen Autoschlüssel.

„Ich muss hier raus. Ich ertrage dich einfach nicht mehr."

„Übrigens, falls es dich doch noch interessiert. Juri ist auf der Insel, hat aber ganz andere Dinge zu erledigen. Du wirst ihn nicht finden."

Die Gedanken in Irinas Kopf überschlugen sich. Sie musste jetzt alles ganz präzise planen, sonst konnte sie sich von ihren Träumen verabschieden.

Der erste Mittwoch im September
Teneriffa

Kommissar Carlos Lopez Garcia hatte sein Büro im Polizeirevier der Guardia Civil in Los Cristianos zur Einsatzzentrale für die Sonderkommission im Mordfall Cristina Hernandez umfunktioniert.

Hier liefen alle Informationen zusammen, von hier wurden alle Einsätze koordiniert, hier sollten alle eventuellen Hinweise aus der Bevölkerung eingehen. Die Telefonnummern der Zentrale wurden täglich in allen Medien bekanntgegeben. Von der Staatsanwaltschaft hatte er uneingeschränkte Rückendeckung bekommen. Ein so spektakulärer Mord war katastrophal für

die Insel. Die Politiker und die Staatsanwaltschaft saßen ihm schon im Nacken. Nun hoffte Carlos auf dringend benötigte Hinweise, die ihn und seine Kollegen weiterbringen konnten. Für heute hatte er sich einiges vorgenommen.
Zuerst wollte er nach Vilaflor fahren, nach der Familie Hernandez sehen und anschließend noch einmal mit den jungen Fußballspielern sprechen. Er hatte die Aufnahme dabei, die mit der Stimme Sascha Trautmanns aufgenommen worden war. Aber er glaubte nicht daran, dass es so einfach werden würde. Trotzdem musste er es versuchen.
Danach würde er nach Santa Cruz fahren und mit den Leuten der KTU reden, die den grauen Mietwagen, den sie im Hafen sichergestellt hatten und von dem sie wussten, dass er von Ruben Santoro angemietet worden war, untersuchten. Die Ergebnisse sollten eigentlich schon vorliegen. Eigenartig, dass ihn noch niemand verständigt hatte.
Wenn er wieder zurück in Los Cristianos war, stand noch einmal eine Befragung von Juan, dem Bruder von Laura an. Aber das war nicht so dringend. Mit dem Hotel „Teide Plaza“, in dem Juan arbeitete, würde er sich ohnehin später beschäftigen. Er musste feststellen, ob sich sein vager Verdacht, dass dort eventuell Drogengelder gewaschen wurden, bestätigen könnte.

*

Carlos war noch auf dem Weg zu seinem Fahrzeug, als sich sein Mobiltelefon meldete.
„Was gibt's? Ist es wichtig? Ich bin schon auf dem Weg nach Vilaflor.“

Er war nervös, weil sie bis jetzt noch nicht viel weiter gekommen waren. Die Ermittlungen entwickelten sich nur schleppend. Sie brauchten unbedingt weitere Hinweise.
„Wer hat angerufen? Ein Mann, der in Palm Playa Urlaub macht? Und der könnte uns wichtige Hinweise geben? Gib mir die Adresse, dann fahre ich zuerst dort hin. Ja, danke. Hoffentlich können wir endlich mal etwas mehr damit anfangen."
Auf Palm Playa wäre Carlos niemals gekommen. Niemand redete von Palm Playa, es war ein Ort, den es eigentlich gar nicht so richtig gab. Und zuerst war er noch skeptisch. Die meisten Hinweise, die aus der Bevölkerung kamen, waren ohnehin wertlos. Aber er musste mit den holländischen Touristen sprechen, die angeblich von ihrem Balkon aus an zwei Tagen etwas beobachten hatten, was zur Lösung des Falles beitragen konnte. Als er die breit angelegte Straße in diesem eigenartigen, kaum mit Leben gefüllten Ort entlangfuhr, änderte er seine Meinung. Genau hier konnte man sich verstecken,
ohne Gefahr zu laufen, von anderen Menschen beobachtet zu werden. Bald würde er erfahren, ob sie hier einen Schritt weiter kamen, oder sich wieder einmal Touristen wichtigmachen wollten. Als er an der Adresse ankam, die ihm die Kollegin in der Zentrale mitgeteilt hatte, sah er auf dem Gehweg schon einen Mann und eine Frau von beachtlicher Größe stehen. Er schätzte sie beide ungefähr auf 60 bis 65 Jahre und war wieder Mal erstaunt, dass es viele ungewöhnlich große und kräftige Holländer gab. Er selbst war nicht so klein wie viele seiner Landsleute, aber neben den beiden würde er zierlich wirken.
Da er mit einem Dienstwagen der Guardia Civil gekommen war, winkten ihm die zwei schon zu, als er noch ein Stück weit

von ihnen entfernt war. Hoffentlich klappte es mit der Verständigung. Es stellte sich aber schnell heraus, dass das holländische Ehepaar, als solches stellten sie sich vor, einigermaßen gut Deutsch sprach und seine Kenntnisse der Sprache auch ausreichten, um den Sachverhalt zu besprechen.
Sie erzählten, dass sie bewusst Palm Playa als Urlaubsort gewählt hatten, eben weil hier so wenig Touristen waren und sie hier ein paar ruhige Wochen verbringen konnten. Ihre Wohnung befand sich in einem mehrstöckigen, fast unbewohnten Gebäude, welches gegenüber eines Terrassenhauses lag, bei dem sich die Tiefgaragenzufahrt genau im Blickfeld der zwei Holländer befand, wenn diese, was oft der Fall war, auf ihrem Balkon saßen. Und das war in der letzten Woche täglich. Darum beobachteten sie auch an zwei Tagen, dass ein älterer, roter Kleinwagen eben diese Zufahrt ansteuerte und in der Garage verschwand.
Das wäre weiter nicht auffällig gewesen, nun gab es im Ort ja hier und da auch andere Touristen, wenn sie nicht genau erkannt hätten, dass der Wagen von einem blonden, jungen Mann gefahren worden war, neben dem ein augenscheinlich sehr junges, dunkelhaariges Mädchen gesessen hat.
Nach dem Aufruf zur Mithilfe und nachdem sie das Bild des Mädchens in einer Inselzeitung gesehen hatten, waren sie sich ziemlich sicher, dass es sich um die Gesuchten handelte.
Leider konnten sie die Polizei erst heute benachrichtigen, weil sie erst heute einen Blick in die Zeitung geworfen hatten. Aber sie waren sich so sicher, dass sie unverzüglich die Polizei benachrichtigen mussten. Je länger Carlos den Ausführungen der Holländer zuhörte, umso ungeduldiger wurde er. Sein Instinkt

sagte ihm, dass sie einen Volltreffer gelandet hatten.
Unverzüglich benachrichtigte er seine engsten Mitarbeiter und die Spurensicherung. Sie sollten sofort nach Palm Playa zu der entsprechenden Adresse kommen.
„Wissen Sie zufällig, ob es für die Wohnanlage einen Hausmeister gibt?“ fragte er das holländische Ehepaar.
„Wir haben dort noch nie jemanden gesehen, der eventuell zuständig sein könnte. Aber rufen Sie doch das Immobilienbüro an, das die Wohnungen verkauft oder vermietet. Das Werbeschild hängt an fast jedem Balkon.“
„Stimmt, die müssten eigentlich Näheres wissen. Vielen Dank für Ihre Hilfe. Hier wird es gleich erheblich lebhafter, wenn meine Kollegen ankommen, aber zum Glück sind ja nicht viele Neugierige zu befürchten.“ Carlos war froh darüber, dass die Untersuchungen wahrscheinlich in aller Ruhe und Präzision durchgeführt werden konnten.
„MT-Immobilien Vermietungen und Verkauf“ meldete sich eine Frauenstimme, nachdem Carlos die Nummer gewählt hatte, die auf den Schildern angegeben war.
„Hier ist Kommissar Carlos Lopez Garcia von der Guardia Civil in Los Cristianos. Sie vermarkten ein Objekt in Palm Playa. Wir benötigen dringend jemanden, der Zugang zu dem Gebäude hat.
Die Vermutung liegt nahe, dass wir es hier mit einem Tatort zu tun haben. Bitte schicken sie umgehend einen ihrer Mitarbeiter zu der folgenden Adresse.“
Carlos nannte den Straßenamen, aber die Mitarbeiterin kannte das Objekt selbstverständlich, gab sich aber anfangs nicht sonderlich kooperativ.

„Ich kann Ihnen auch einen Durchsuchungsbeschluss von der Staatsanwaltschaft vorlegen, aber wollen Sie es uns so schwer machen?“ Carlos wurde ungeduldig. Er hörte, wie die Frau mit einem anderen Mitarbeiter sprach.
„Zeigen Sie uns den Durchsuchungsbeschluss und sie bekommen die Schlüssel zu allen Wohnungen im Gebäude, das müsste für Sie wohl machbar sein. Einer unserer Mitarbeiter wird in einer Stunde vor Ort sein. Sehen Sie zu, dass Sie bis dahin alle Formalitäten geregelt haben.“
Carlos war stinksauer, konnte aber nichts daran ändern. Er versuchte telefonisch alles so schnell wie möglich in die Wege zu leiten. Es war sein Glück, dass der Mord an Cristina auch bei der Staatsanwaltschaft absolute Priorität hatte. Er hatte von dieser Seite keine Schwierigkeiten zu befürchten.
Carlos konnte nun beim Warten auf seine Leute und auf den Mitarbeiter des Immobilienbüros sein Geduldspotential testen. Das holländische Ehepaar wich ihm nicht von der Seite. Miteinander sprachen sie Holländisch, für ihn eine Sprache, die sein Gehör und sein Gehirn so gar nicht verarbeiten wollte. Er wurde sichtlich nervöser und entschied sich dafür, den beiden nahezulegen, wieder in ihre Wohnung zu gehen. Selbstverständlich bedankte er sich bei ihnen für ihre aufmerksame Mithilfe und er würde sich später noch einmal bei ihnen melden.
Carlos merkte den beiden an, dass sie lieber im Zentrum des Geschehens ausharren wollten, aber letztendlich traten sie zögerlich den Heimweg an. Von ihrem Balkon aus würden sie bestimmt auch noch genug zu sehen bekommen.
Er schaute auf seine Armbanduhr und wusste, dass es noch dauern würde, bis alle Mitarbeiter, die für die Ermittlungen ge-

braucht wurden, in Palm Playa eintreffen würden. Schließlich musste die zuständige Staatsanwaltschaft auch noch tätig werden. Also zwang er sich dazu, in Ruhe abzuwarten.
Ein Spaziergang zum Meer und über die fertig gebaute Promenade war wahrscheinlich das Beste für seine angespannten Nerven. Carlos ging das kurze Stück bis zur Promenade und war erstaunt, dass er diesem Ort noch nie Aufmerksamkeit geschenkt hatte. Es waren fast keine Urlauber zu sehen obwohl alles gut und ziemlich neu ausgebaut worden war. Aber als er den Strand sah, wusste er, warum hier kaum jemand seinen Urlaub verbringen wollte. Der Strand war eine einzige unzumutbare Katastrophe. Er war eher eine Hundetoilette und auf den zweiten Blick hielt auch die Promenade nicht das, was er in einem Ort, der eigentlich die Touristen anlocken sollte, erwarten würde.
Wunderbar war aber die Aussicht auf die entfernt liegende Südküste. Man sah den Hafen von Los Cristianos, die ein- und ausfahrenden Boote, man konnte die Ankunft der Expressfähre von La Gomera beobachten. Zwischen dem herrlich blauen Himmel und dem Meer mit seinen Gischtkronen auf den Wellen entdeckte er mehrere Paraglider, die von den ziemlich hohen Bergen im Hinterland gestartet sein mussten und in gemächlichen Kreisen ihren Landeplatz ansteuerten. Heute schien der Wind günstig zum Gleiten zu sein.
Sein Mobiltelefon holte ihn unsanft aus seinen Tagträumen. Gerade hatte er mit kritischem Blick ein, mit einem hohen, schon angerostetem Zaun umgebenes Baugrundstück betrachtet. Hier ist wieder einmal jemandem vor Baubeginn das Geld ausgegangen und Anleger sind um ihre Einlagen gebracht wor-

den, dachte er und starrte angeekelt auf den Müll, der sich im Laufe der Zeit auf dem Grundstück angesammelt hatte. Leider sind solche Missstände auf seiner Insel immer noch keine Ausnahme. Wenn sich nicht doch noch ein zahlungskräftiger Investor finden ließe, würde dieser Schandfleck hier ewig so bleiben. Carlos zog sein Telefon aus seiner Jackentasche. Auf dem Display erkannte er die Nummer der Kollegen von der KTU aus Santa Cruz.
„Hola Felipe, wie geht es dir. Ich habe schon auf deinen Anruf gewartet. Was kannst du mir Neues sagen?"
„Buenos Dias Carlos. Wir haben das Fahrzeug jetzt vollständig untersucht. Es ist eindeutig klar, dass die tote Cristina damit transportiert worden ist. Im Kofferraum haben wir Spuren der Wolldecke gefunden, sowie einige Haare des Mädchens. Im Innenraum waren jede Menge Fingerabdrücke, schließlich ist es ja ein Mietwagen. Wir konnten die Abdrücke aber leider keiner schon registrierten Person zuordnen. Du musst herausbekommen, in welcher Wohnung der Mord passiert ist. Wir benötigen einfach zusätzliche Spuren. Interessant dürfte für dich sein, dass wir die Passagierliste und die Aufnahmen der Videoüberwachung der Fähre bekommen und schon mal grob ausgewertet haben. Da könnte was für eure Ermittlungen dabei sein. Ich lasse dir alle Berichte, Bilder und das Video schnellstens zukommen. Ruf an, wenn du mehr Anhaltspunkte hast."
Carlos war über alles froh, was sie eventuell ein Stück weiterbringen würde.
„Vielleicht kann ich dir schon heute mehr liefern. Wünsch uns Erfolg. Es ist möglich, dass wir die Wohnung gefunden haben. Danke, erst einmal. Ich melde mich unverzüglich wenn wir

euch brauchen."
Die Zeit, die ihm bis zum Eintreffen seiner Kollegen, der Spurensicherung und dem Mitarbeiter des Immobilienbüros blieb, nutzte er, um sich noch ein wenig in diesem eigenartigen Ort umzusehen. Es gab hier gute Ansätze, das Gesamtkonzept schien aber nur wenig Erfolg zu versprechen.
Carlos kam gerade wieder an dem terrassenförmigen Gebäude an, als auch die zivilen Einsatzfahrzeuge der Guardia Civil und der Spurensicherung eintrafen. Die kurze Zeit der Muße war für ihn vorüber. Einer seiner jungen Kolleginnen überreichte ihm eine Kopie des Beschlusses der Staatsanwaltschaft, das Original würde einige Zeit später vorliegen. Aber fürs Erste würde die Kopie ausreichen.
Nun warteten alle nur noch auf den Mitarbeiter des Immobilienbüros, um die Schlüssel für die Wohnungen zu bekommen.
Sie mussten nicht lange warten. Ein großer, schwarzer SUV eines bekannten, hochpreisigen deutschen Automobilherstellers steuerte mit gemäßigter Geschwindigkeit auf ihrem Treffpunkt zu. Nachdem er vor dem Terrassenhaus angehalten hatte, ließ er sich bewusst oder unbewusst reichlich Zeit seine Unterlagen zu ordnen, ohne das Aufgebot der Polizei auch nur eines Blickes zu würdigen.

*

Carlos Ungeduld ließ es nicht zu, so offensichtlich ignoriert zu werden. Er konnte es nicht ändern, aber der Drang, diesen Mann aus seinem Fahrzeug zu zerren, war so groß, dass er zumindest an die Scheibe der Fahrertür klopfte, um noch einmal

bewusst auf sich aufmerksam zu machen.
Der Mann sah kurz zur Seite und machte eine beschwichtigende Kopfbewegung bevor er endlich ausstieg.
„Guten Morgen, ich vermute, Sie sind Kommissar Lopez Garcia? Entschuldigen Sie, aber ich musste noch ein paar Unterlagen und die Wohnungsschlüssel sortieren, stehe aber jetzt ganz zu Ihrer Verfügung. Mein Name ist Mario Trautmann, von der Immobilienfirma MT-Immobilien. Wie kann ich Ihnen weiterhelfen?“
„Buenos Dias Señor Trautmann. Vermute ich richtig, Sie sind der Chef der Firma?“
„In der Tat habe ich die Firma schon vor einigen Jahren gegründet. Sie haben noch nie etwas von mir gehört?“ fragte Mario und zog erstaunt seine Augenbrauen in die Höhe,
„eigentlich ungewöhnlich, wir arbeiten ziemlich erfolgreich auf Teneriffa.“
Carlos sah ihn länger als gewöhnlich an.
„Das mag wohl so sein, jedenfalls haben Sie mit diesem Objekt nicht unbedingt einen Glücksgriff getan. Fast alle Wohnungen stehen leer“.
„Sie haben Recht, nicht immer trifft man ins Schwarze. Aber ich habe Geduld. Es wird schon werden.“
„Sagen Sie, Señor Trautmann, ich hatte am Sonntagabend das Vergnügen einen jungen Mann in Adeje kennenzulernen, einen Sascha Trautmann. Ist es Zufall, oder stehen Sie in einer familiären Verbindung zu diesem jungen Mann?“ Carlos redete bewusst ein wenig gestelzter, um mit Mario Trautmann verbal auf Augenhöhe zu bleiben.
„Sascha ist mein Sohn. Ich habe schon erfahren, dass die Poli-

zei mitten in der Nacht in unserem Haus war. Wenn Sie mir jetzt noch sagen, was mein Sohn verbrochen haben soll, dass Sie sich die Mühe machen mussten, Ihn so spät noch aufzusuchen, wäre ich Ihnen dankbar."
Carlos gab sich erstaunt. „Hat Ihnen Ihr Sohn nicht gesagt, dass es sich um eine Vermisstenmeldung handelte? Das Schlimme ist, dass es zu dem Zeitpunkt schon ein Mordfall war, ohne dass wir davon wussten. Sie werden doch wohl aus den Medien erfahren haben, dass ein junges Mädchen, die Enkelin einer bekannten Weinbaufamilie auf der Insel, ermordet wurde. Zu dem Zeitpunkt, als wir Ihren Sohn aufsuchten, sind wir allerdings noch nicht von einem Verbrechen ausgegangen. Das Mädchen wurde nur schon seit Stunden vermisst, und Ihr Sohn gehörte zu der Clique, die dieses Mädchen gekannt hat. Aber leider konnte er auch keine konkreteren Angaben machen. Darüber haben Sie nicht gesprochen? Sehr eigenartig."
Trautmann wurde sichtlich nervöser.
„Was hat denn nun diese leerstehende Wohnanlage damit zu tun? Das ermordete Mädchen wurde doch bereits gefunden."
„Ah, Sie haben doch schon davon erfahren" Carlos nickte zufrieden. „Wir haben durch Zeugenaussagen Anlass zu der Annahme, dass sich die Ermordete an mehreren Tagen in einer Wohnung in diesem Haus mit ihrem Mörder aufgehalten hat. Wie unsere Rechtsmedizin festgestellt hat, ist sie schon am Sonntag getötet worden, leider haben wir noch keine Spur von dem Täter. Wir hoffen nun, mit Ihrer Hilfe ein Stück weiter zu kommen. Ich würde sagen, wir fangen mit der Tiefgarage an, und sie geben uns dann die Gelegenheit, die Wohnung zu untersuchen, die anscheinend als Einzige hier im Haus bewohnt

war. Sind noch alle Wohnungen in Ihrem Eigentum, oder haben Sie schon eine Wohnung verkaufen können?“
„Bis auf die Penthouse Wohnung sind noch alle anderen im Eigentum der Firma. Die Wohnung, die bewohnt war, befindet sich im Eigentum meiner Frau. Sie war das ganze Jahr an einen jungen Mann aus Dänemark vermietet. Ich kann Ihnen aber nicht sagen, ob der Mietvertrag beendet ist. Das haben meine Frau und mein Sohn geregelt. Ich hatte damit nichts mehr zu tun.“ Carlos sah Trautmann erstaunt an. „Die Wohnung gehört Ihrer Frau? Was es doch für seltsame Zufälle gibt. Aber lassen Sie uns jetzt nachsehen, was wir so finden werden in der vermieteten Wohnung Ihrer Frau. Vamos, Señor.“
Trautmann hatte einen Garagenöffner, mit dem er das elektrisch gesteuerte Tor öffnete, damit die Truppe von der Spurensicherung als erste hineingehen konnte. Carlos und seine Kollegen mussten sich noch weiterhin gedulden.
„Carlos, kommt rein, wir haben hier den beschriebenen Kleinwagen gefunden. Es scheint tatsächlich der richtige Hinweis gewesen zu sein.“
„Wenn wir schon den Wagen gefunden haben, bin ich ganz sicher, dass uns auch die Wohnung einiges verraten wird. Volltreffer. Endlich. Ich frage jetzt erst einmal den Fahrzeughalter ab. Eventuell kommen wir auch damit ein Stück weiter.“
Carlos war in euphorischer Stimmung. Das hier war ein Riesenfortschritt.
„Pepe, zwei deiner Leute sollen sich um das Fahrzeug kümmern, wir nehmen uns jetzt die Wohnung vor. Señor Trautmann, Sie zeigen uns den Weg?“
Die Nachfrage bei der zuständigen Stelle ergab, dass der rote

Kleinwagen vor ungefähr drei Monaten auf den Namen Ruben Santoro zugelassen wurde, seine gemeldete Adresse aber nicht diese Wohnung in Palm Playa war. Angeblich wohnte er in einem Hotel an der Costa Adeje. Carlos wusste aber schon, dass auch dort kein Gast unter diesem Namen gemeldet war.

Mario Trautmann fühlte sich alles andere als wohl. Wenn die Polizei und besonders dieser Spürhund Garcia Lopez schon soweit mit ihren Ermittlungen waren, würde es nicht mehr lange dauern, bis er die ganze Familie Wolkow im Visier hatte. Mario traute Irina eine Menge zu. Bestimmt hatte sie an alle Möglichkeiten gedacht.

Wer so skrupellos war wie seine Frau, musste auf alles vorbereitet sein. Aber auch sie konnte Fehler machen. Ihre kriminelle Energie war in den letzten Jahren ungehemmt zum Vorschein gekommen. Er konnte sie einfach nicht verstehen. Warum machte sie das nur. Welche kranken Gedanken steckten in ihrem Kopf. Seine Schwiegereltern waren inzwischen alt, sie konnten gegen ihre Tochter gar nichts ausrichten. Manchmal glaubte er, Irina sei psychisch gestört. Irgendein Gendefekt musste dafür verantwortlich sein. Ihr Bruder Vitali war auch nicht zu unterschätzen. Sein Handel mit Drogen aller Art war bisher noch unentdeckt geblieben. Er musste äußerst verlässliche Hintermänner haben. Aber Vitali würde niemals einen Mord nur aus Vergnügen begehen oder in Auftrag geben. Im Grunde genommen war er ein Schöngeist. Sein Gefühl für seine Art von Anstand könnte so etwas nie zulassen. Und für ihn selbst war Vitali ein gewinnbringender Geschäftspartner. Sie hatten schon so manche Sache erfolgreich und unbehelligt durchgezogen und eine Menge Schwarzgeld „legal“ wieder in

den rechtmäßigen Finanzmarkt einfließen lassen.
„Bien, Señor Trautmann, dann wollen wir uns mal um die Wohnung ihrer Frau kümmern. Lassen Sie uns gehen.“ Carlos war schon auf dem Weg zum Treppenhaus, als Trautmann ihn stoppte.
„Es ist die Penthaus Wohnung, die erreichen wir besser mit dem Fahrstuhl. Die Wohnungstür lässt sich außerdem nur mit einem Code öffnen. Ich hoffe, dass der zwischenzeitlich nicht geändert wurde.“
Als sie in der von außen kaum erkennbaren 6. Etage ankamen, war Carlos doch sichtlich beeindruckt. Wie konnte sich ein Surflehrer, der nur wenige Monate auf der Insel arbeitete, so etwas leisten? Trautmann gab die ihm bekannte Codierung ein und die Wohnungstür öffnete sich mit einem leisen, surrenden Geräusch. Zuerst durften nur die entsprechend gekleideten Mitarbeiter der Spurensicherung die Wohnung betreten. Carlos hielt sich zurück und erklärte Trautmann, warum dieser erst einmal gar nicht mit hinein durfte. Er merkte, dass das dem Immobilienmakler überhaupt nicht passte, vielleicht meinte er, noch irgendetwas Belastendes finden und verschwinden lassen zu können. Auch Carlos warf erst nur einen Blick in die großzügig angelegte und wie er es von außen beurteilen konnte, äußerst luxuriös eingerichtete Wohnung.
Es würde dauern, bis die Spurensicherung hier alles geprüft hatte.
„Señor Trautmann, das wird hier noch dauern. Ich mache Ihnen den Vorschlag, wir fahren wieder nach unten, Sie geben mir den Code für die Wohnungstür, die Fernbedienung der Tiefgarage und sämtliche Schlüssel zu den anderen Wohnun-

gen. Selbstverständlich erhalten Sie alles zu gegebener Zeit zurück. Außerdem möchte ich mich mit Ihrer Frau unterhalten. Und zwar morgen in meinem Büro. Sagen wir um elf Uhr am Vormittag. Entweder Sie sorgen dafür, dass sie pünktlich erscheint, oder ich lasse sie durch meine Kollegen abholen. Ich vermute, sie wohnt auch in Adeje in dem Haus am Camino Cristobal Colon? Gut, Sie und Ihre gesamte Familie sollten Adeje und schon gar nicht die Insel verlassen, bis wir Sie eventuell entlasten können. Richten Sie das bitte Ihrer Familie aus. Ihren Sohn werde ich später auch noch einmal befragen müssen. Für Sie war das erst einmal alles. Wir sehen uns später noch. Adios, Señor Trautmann."
Carlos atmete tief durch. Trautmann hatte versucht, sich unbeeindruckt zu geben, aber so ganz war es ihm nicht gelungen. Er war beunruhigt. Das war gut. Vielleicht würde er etwas Unbedachtes tun. Carlos war überzeugt, dass der Schlüssel zu allem in der Familie Wolkow-Trautmann zu suchen war. Es dauerte nicht so lange wie Carlos es sich vorgestellt hatte, als erste Erfolge von Pepe Dominguez, dem Chef der Spurensicherung gemeldet wurden.
„Das ist schon interessant, wir haben hier in einem Wandschrank einige von diesen Wolldecken gefunden, die das Muschelzeichen vom ehemaligen Hotel „La Concha" aufgestickt haben. Wie kommen diese Decken in diese Wohnung? Außerdem haben wir noch lange, schwarze Haare gefunden, Hautpartikel, zwei benutzte Zahnbürsten, zwei Champagnergläser, nicht gespült. Na ja, wir müssen alles präzise auswerten, aber ich denke, du kannst davon ausgehen, dass wir die Wohnung gefunden haben. Eigenartig ist nur, dass der Täter gar nichts

unternommen hat, um seine Spuren zu beseitigen. Er hat ja nicht einmal Kondome benutzt. Aber es ist schließlich eure Aufgabe, das alles miteinander in Verbindung zu bringen. Wenn du willst, kannst du dich jetzt anderen Dingen widmen, den genauen Bericht hast du spätestens morgen auf deinem Schreibtisch."

Carlos ging noch einmal mit langsamen Schritten zur Promenade. Es war inzwischen früher Nachmittag und er wollte noch einmal den warmen Seewind spüren, bevor er zuerst ins Büro fahren würde und später dann nach Vilaflor. Am späteren Abend wollten sich die sechs Freunde wieder in der Bar „Playa" an der Strandpromenade in San Pedro treffen. Viel erzählen durfte er nicht, aber als moralische Unterstützung konnte er die anderen immer gut gebrauchen.

Der erste Mittwoch im September
Agadir, Marokko

Für Michael Westkamp war es heute der zweite volle Tag, den er in dem kleinen Hotel in der dritten Reihe zum breiten Sandstrand von Agadir verbrachte. Und es war der dritte Tag, nachdem er einen Mord begangen hatte.

Sein Aussehen hatte er schon grundlegend verändert, als er noch an Bord der Motoryacht „Heidelberg" war. Die Yacht war verhältnismäßig gemächlich über den Atlantik von Teneriffa nach Agadir unterwegs. Er hatte massenhaft Zeit, alles so vor-

zubereiten, dass es mit den neuen Papieren, die ihm ein Spezialist in Marokko ausstellen sollte, möglichst zügig voran ging. Seine äußerliche Veränderung war schnell gemacht. An Deck rasierte eines der Crewmitglieder seine verhältnismäßig langen, dunklen Haare raspelkurz. Der zum Teil kräftige Atlantikwind wehte jedes einzelne Haar in alle Himmelsrichtungen. Auf dem Schiff würde nichts mehr davon zu finden zu finden sein. Die nächsten Tage wollte er sich nicht mehr rasieren, um dann mit einem gepflegten 3tage Bart sein verändertes Aussehen zu vervollständigen.
Eine Brille, fiel ihm ein, er brauchte noch eine Brille mit nicht geschliffenen Gläsern, einfaches Glas, nur für Ausnahmesituationen. Niemand würde ihn mit dem surfenden Goldjungen von Teneriffa in Verbindung bringen. Nur seine Augenfarbe konnte er nicht verändern, aber da hatte ihm seine Sonnenbrille schon immer gute Dienste geleistet. Während der Zeit der Überfahrt hielt er sich vorwiegend an Deck und nachts in einer der Gästekabinen auf. Er war wieder mit einem Overall aus Microfaser bekleidet und trug ständig dünne Handschuhe.
Falls die Polizei darauf kam, die Yacht der Familie Wolkow zu überprüfen, war es wichtig, hier keinerlei Spuren zu hinterlassen, die nicht durch das Reinigungsteam beseitigt werden konnten. An keinem Glas, keinem Teller, keiner Gabel durfte irgendetwas von ihm nachzuweisen sein, was in Verbindung gebracht werden konnte mit den Spuren, die er so großzügig auf der Insel hinterlassen hatte.
Bis jetzt hatte er immer Glück gehabt. Er war noch nie polizeilich aufgefallen. Es konnten keine Verbindungen zu seiner Person hergestellt werden. Auch wenn er den Boss abgrundtief

hasste, wusste er doch, dass er es nur ihr zu verdanken hatte, dass bis jetzt alles für ihn gut gegangen war.
Vitali Wolkow war während der Überfahrt mit an Bord. Michael wusste, dass Vitali seine lukrativsten Geschäfte mit Drogenhandel machte. Alles floss in das Familienvermögen. Wie solche Geschäfte möglich waren, würde für ihn immer rätselhaft bleiben. Eigentlich interessierte es ihn auch nicht. In den letzten Jahren hatte er jedenfalls einen schönen Anteil davon mitbekommen. Der lag jetzt für ihn sicher auf einem Bankkonto in der Schweiz. Und genau dahin würde er sich in den nächsten Tagen absetzen. Jedenfalls schien Agadir einer der Orte zu sein, in denen Vitali seine Geschäfte machen konnte.
Er war jetzt frei. Der Boss hatte es ihm zugesagt und bis jetzt hatte er sich immer darauf verlassen können. Er würde ein ganz neues Leben anfangen, wo genau, das wollte er erst entscheiden, wenn er in der Schweiz angekommen war.
Auch in Agadir war schon alles für ihn vorbereitet. Er sollte zu einer bestimmten Adresse gehen. Für Reisepass, Personalausweis und Führerschein mussten nur noch biometrische Passbilder angefertigt werden, alle anderen Informationen lagen dem Fälscher bereits vor. Er selbst wusste schon genau, wie seine neue Identität sein würde, aber der Name war zweitrangig. Inzwischen hatte er schon verschiedene Namen für sich genutzt, es kam auf einen weiteren nicht mehr an. Aber die Brille, die musste er sich noch umgehend besorgen. Er wollte jegliche Ähnlichkeit mit seinen vorherigen Identitäten vermeiden.
Knapp vier Tage musste er noch in Marokko ausharren, hatte also ausreichend Zeit, sich Agadir und die nähere Umgebung anzusehen. Ein Ticket für den Flug zurück aufs europäische

Festland, er hatte sich Zürich ausgesucht, hatte ihm der alte Mann schon zusammen mit dem Geld am vergangenen Donnerstag oben am Teide übergeben.
Geld hatte er reichlich. Er konnte dem alten Mann vom Teide danken. Noch einmal würde er unter seinem richtigen Namen Jan Osthoff reisen, dann konnte er diese Identität vernichten.
Ein kurzer Telefonanruf auf sein Prepaid-Telefon sagte ihm die Fertigstellung seiner neuesten Papiere für Freitag zu. Er würde am Samstag mit einer Maschine der Royal Air Maroc von Agadir nach Zürich fliegen, allerdings nicht ohne Zwischenstopp in Casablanca. Das war zwar eine ärgerliche Verzögerung, aber eben nicht zu ändern. Ein paar Tage noch und er hatte endlich seine Freiheit zurück.
Die Yacht „Heidelberg" der Familie Wolkow war schon am Montagabend wieder in Richtung Kanarische Inseln aus dem Hafen von Agadir ausgelaufen. Vitali Wolkow hatte seine Geschäftspartner getroffen, die neue Ladung war mit den normalen Lebensmittellieferungen an Bord gebracht worden und weder im Hafen von Las Palmas auf Gran Canaria, noch in Santa Cruz auf Teneriffa würde es irgendjemanden auffallen, was der zu entsorgende Müll, der von der Yacht auf kleinen Transportfahrzeugen abtransportiert wurde, an zusätzlicher, wertvoller Fracht enthielt.
Nur Vitali wusste, wo diese Fahrzeuge erwartet wurden und wer für alle weiteren Schritte zuständig war. Sein Schwager Mario hatte sich nur um den Gewinn zu kümmern. Auch dieses Geld war nach kurzer Zeit und einigen finanziellen Transaktionen, bei denen Vitalis Hotel „Teide Plaza" der Ort der Geldwäsche war, wieder blütenweiß und konnte dem Vermögen der

Wolkows problemlos zugeführt werden. Dass Kommissar Carlos Lopez Garcia schon seit geraumer Zeit Zweifel daran hegte, mit der Geschäftsführung des Hotels „Teide Plaza“ sei alles in Ordnung, wussten zu diesem Zeitpunkt weder Vitali, noch Mario Trautmann und auch nicht der Geschäftsführer des Hotels, Jorge Gomez Costa.

Der erste Mittwoch im September
Vilaflor, Teneriffa

Eigentlich hatte Carlos sich vorgenommen, alle zur Verfügung stehenden Ermittlungsergebnisse, die sich mittlerweile in seinem Büro befanden, mit den Kollegen zusammen durchzugehen und aus dem Blickwinkel kriminalpolizeilicher Erkenntnisse auszuwerten. Nach kurzem Überlegen hielt er es aber für wichtiger, erst einmal nach Vilaflor zu fahren, um sich endlich wieder einmal um die Familie Hernandez zu kümmern, und wenn möglich, den jungen Fußballspielern die Sprachaufnahme von Sascha Trautmann vorzuspielen. Er rief seine Kollegen an und bat sie, schon einmal ohne ihn zu beginnen, er würde in ungefähr zwei Stunden zurück sein. Außerdem sollte Juan, der Bruder von Cristinas Freundin Laura, noch einmal vorgeladen werden, um sich die Videoaufnahme der Fähre anzusehen. Vielleicht würde er die gesuchte Person wiedererkennen.
Obwohl die Straße nach Vilaflor kurvenreich war, und er für die eigentlich wenigen Kilometer doch jedes Mal mindestens eine

halbe Stunde brauchte, genoss er die Fahrt in Richtung Nationalpark immer wieder. In den Wintermonaten wurde der Ort häufig in feucht-kalte Passatwolken gehüllt, aber jetzt, Anfang September, war die Luft klar und Sicht hinauf in die Berge als auch hinunter zum Meer einfach unbeschreiblich. Es schien alles weit entfernt, aber er empfand keine Weite. Der Himmel mit seinen weißen Wolkengebilden schien hier näher, als an jedem anderen Ort auf der Welt, den er kannte.
Leider war der Anlass für diesen Besuch überhaupt nicht erfreulich. Er war auf dem Weg in ein trauerndes Haus und hoffte trotz allem, dass sich dieser Zustand der absoluten Lähmung langsam auflösen könnte. Roberto hatte ihm berichtet, dass Rosalia wieder im Büro war. Sorgen machte er sich vor allem um seine Eltern. Doña Marta gab sich die Schuld, dass dieses große Unglück überhaupt passieren konnte. Sie hätten das Grundstück längst verkaufen sollen, Cristina wäre dann noch am Leben. Bis jetzt konnte Carlos jedoch noch keinen eindeutigen Zusammenhang zwischen den Kaufabsichten der Immobilienfirma und der Ermordung Cristinas nachweisen. Noch waren es zwei voneinander völlig unabhängige Geschehnisse.
Als er im Ort ankam, steuerte er seinen Wagen zuerst auf den Parkplatz vor der Sporthalle, die an die örtliche Schule angegliedert war, und hoffte, dass er einige der Jungs beim Training auf dem angrenzenden Sportplatz erwischte. Er hatte Glück, an den Ball zu treten, schien hier die Lieblingsbeschäftigung der männlichen Jugend zu sein. Als Carlos sich dem Spielfeld näherte, wurde schon der eine oder andere Blick in seine Richtung geworfen. Die Jungs, die seinerzeit dabei waren, als der Umschlag mit der Halskette in den Briefkasten der Familie Her-

nandez geworfen wurde, erkannten ihn sofort und kamen, wenn auch zögerlich, auf ihn zu.
„Hallo Herr Kommissar, wir haben Sie sofort erkannt. Müssen wir nochmal aussagen, was wir vor ein paar Tagen am Weingut gemacht haben?“ wollte einer der Jungs ein wenig ängstlich von Carlos wissen. Er konnte sich gut vorstellen, dass die Beteiligten immer noch Angst hatten, dafür bestraft zu werden.
„Nein, Jungs. Ich wollte euch um einen kleinen Gefallen bitten. Könnt ihr euch noch an die Stimme erinnern, die der Motorradfahrer hatte. Der Mann hat euch auch Geld gegeben, ihr müsst eigentlich etwas länger mit ihm geredet haben. Ich habe hier die Aufzeichnung einer Männerstimme, hört sie euch doch einmal aufmerksam an. Vielleicht erkennt ihr sie wieder.“
Carlos startete das Aufnahmegerät und die Jungs lauschten mit geschlossenen Augen. Sie hörten die Stimme von Sascha Trautmann und wussten schon nach ganz kurzer Zeit, dass dieses nicht die Stimme des Motorradfahrers war.
„Nein,“ sagte der Junge, der Carlos als erster begrüßt hatte, „nein, das ist die Stimme garantiert nicht. Was meint ihr?“
Auch die anderen Jungs schüttelten den Kopf.
„Der Mann, der uns angesprochen hat, redete mit einem ganz eigenartigen Ton in der Stimme,“ sagte ein zweiter Junge „so ein komisches Spanisch haben wir noch nie gehört. Der kommt nicht von hier. Diese Stimme war es wirklich nicht.“
„Danke, Jungs. Ihr habt mir wirklich weitergeholfen. Ich komme wieder, wenn ich euch nochmal was fragen muss. Trainiert weiter. Hasta luego.“
Carlos war ein wenig enttäuscht. Er hatte nicht wirklich daran geglaubt, dass Sascha Trautmann der unbekannte Motorrad-

fahrer war. Aber ein wenig Hoffnung durfte er schließlich haben. Nun gut, er würde weitersuchen, und er würde den Mann finden. Zuerst wollte er nun zum Weingut fahren, mal sehen, wen er dort antreffen würde. Anschließend war ein Besuch bei Pablo und Marta vorgesehen. Er wusste, dass dieser Besuch nicht lange dauern konnte. Die beiden redeten im Moment kaum. Sie hatten sich in eine andere Welt zurückgezogen. Gut dass sie von Joana so aufmerksam betreut wurden.
„Hallo Carlos," wurde er in der Bodega von Roberto begrüßt, „du hast Glück, ich sollte eigentlich schon gar nicht mehr hier sein. Rosalia ist noch länger im Büro. Sie freut sich bestimmt über deinen Besuch. Serge ist auch da. Wir sehen uns später in San Pedro. Bis dann."
Und schon war er weg.
Rosalia schien sich wirklich über seinen Besuch zu freuen. Sie war schon immer eine eher scheue Frau, und was die Familie jetzt erleben musste, hatte bei ihr Spuren hinterlassen. Sie war dünn, blass und noch zurückhaltender als sonst. Aber Carlos war froh, dass sie wenigstens wieder aus dem Haus ging.
„Ab Freitag wird es hier lebhafter zugehen. Dann kommen unsere Erntehelfer. Serge meint, dass wir am Samstag oder Sonntag mit der Lese beginnen können. Gott sei Dank, es gab keine beunruhigenden Zwischenfälle in den letzten Stunden. Serge ist gelassener geworden und der Sicherheitsdienst macht seine Arbeit gut. Wer auch immer uns schaden will, hier vor Ort wird es schwierig sein."
Carlos sah sie skeptisch an. „Ich will euch nicht ängstigen, aber ich glaube immer noch, dass der Kaufinteressent nicht aufgeben wird. Er wird euch weiterhin bedrängen. Ob der Mord an

Cristina damit zusammenhängt, wissen wir auch noch nicht. Es kann ein ganz fataler Zufall sein."
„Ach, Carlos. Es ist in den letzten Tagen so viel Schlimmes passiert. Aber wir müssen doch irgendwie weitermachen. Wir werden trotz allem unsere Arbeit erledigen so wie du deine ebenso erledigst. Wir werden es schaffen und du wirst Cristinas Mörder finden. Es gibt immer einen Weg."
„Meinst du, es ist sinnvoll zu deinen Eltern zu fahren. Ich würde sie gerne besuchen?"
„Später, Carlos. Gib ihnen Zeit sich wiederzufinden. Es wird dauern."
Während seiner Rückfahrt nach Los Cristianos, er wollte Miriam wieder aus dem Hotel abholen, damit sie auch heute zusammen nach San Pedro fahren konnten, dachte Carlos über Rosalia nach. Erst jetzt war ihm aufgefallen, welch eine Stärke in ihr steckte. Sie hatte schon einiges im Leben wegstecken müssen, aber letztendlich gab sie nie auf. Sie tat es für ihren Sohn, der ohne Vater aufwuchs, für ihre Familie aber sicherlich auch unbewusst für sich selbst. Sie würde diese dunkle Zeit überwinden, genauso wie Roberto. Am nächsten Tag wollte er zu Elena und Miguel fahren. Er hatte Miguel sein Kommen schon angekündigt. Sie waren die beiden am schlimmsten Betroffenen. Er musste sich um sie kümmern und ihnen sagen, dass sie morgen ihr Kind holen durften. Die Untersuchung in der Rechtsmedizin war abgeschlossen. Miriam Böger, die Freundin von Kommissar Carlos Lopez Garcia, wartete schon vor dem Hotel „Teide Plaza", in dem sie als selbstständige Physiotherapeutin arbeitete und ständig gut zu tun hatte, obwohl sie beobachten konnte, dass das teure Hotel eigentlich nie aus-

gebucht war. Sie hatte Glück, sie durfte auch externe Patienten annehmen.
Als Carlos vor dem Hoteleingang hielt, fing es am Himmel schon zu dämmern an. Die Sonne hatte sich am noch blauen Himmel in einen rot flimmernden Ball verwandelt. Bald würde sie im Westen hinter den Bergen verschwunden sein.
Der Donnerstag sollte ein sonniger, warmer Tag werden. Der September war ein perfekter Monat auf den Inseln.
„Hola, Carlos. Du bist ja heute super pünktlich. Musst du nicht mehr ins Büro?“
„Eigentlich schon, aber morgen sitze ich sowieso die meiste Zeit am Schreibtisch, dann erledige ich das, was heute liegengeblieben ist. Außerdem habe ich hervorragende Mitarbeiter. Irgendwann muss ich morgen nach Santa Cruz. Miguel Hernandez weiß, dass ich komme. Er soll Elena schon mal vorbereiten. Es wird eine schwere Aufgabe. Für uns beide.“
Miriam nickte verständnisvoll. „Ich glaube auch, es gibt kaum etwas Schlimmeres, als auf diese grausame Weise ein Kind zu verlieren. Wahrscheinlich hätte ich Rachegedanken. So wie ich Elena kenne, wird sie das alles nicht so einfach hinnehmen. Ihr müsst auf sie aufpassen.“
Carlos schüttelte skeptisch den Kopf. „So wie ich Elena am Montag erlebt habe, wird sie unberechenbar sein. Man kann nicht auf sie aufpassen. Ich hoffe, sie wird ein wenig ruhiger in den nächsten Tagen, jetzt, da sie ihre Cristina beerdigen kann. Die kriminaltechnische Untersuchung hat bestätigt, dass das Mädchen in der Wohnung in Palm Playa war. Die zu vergleichenden Spuren sind eindeutig. Wir müssen uns jetzt, nachdem das klar ist, voll und ganz auf den Täter konzentrieren.

Die Hinweise, die wir bis jetzt bekommen haben, machen mir Hoffnung. Wir müssen unbedingt an die vorhandene Spur anknüpfen. Ich hoffe dabei auf die Hilfe von Cristinas Freundinnen Laura und Ana und auf Lauras Bruder Juan. Du kennst ihn auch, er arbeitet auch im „Teide Plaza“.
„Ja, ich weiß. Juan ist ein netter Kerl und immer zur Stelle, wenn er eine Sonderschicht einlegen soll. Meiner Ansicht nach nutzt unser Hotelmanager in hemmungslos aus, aber Juan hat Angst, diesen für ihn recht guten Job zu verlieren, wenn er ablehnt. Obwohl Gomez Costa eigentlich fair und kompetent ist. Es wird wohl der Hoteleigentümer sein, der die Forderungen stellt.“
„Kennst du den Eigentümer des Hotels eigentlich?“ fragte Carlos.
„Keine Ahnung, ich habe den Eigentümer noch nie gesehen. Soll ich mich mal umhören?“
„Nein“ überlegte Carlos, „das machen wir ganz offiziell. Den Eigentümer werde ich sowieso in Kürze vorladen. Es hat nichts mit dem Mord zu tun. Aber ich möchte doch wissen, wie dieses Hotel ohne komplette Ausbuchung bestehen kann. Das ist eigentlich nicht mein Bereich, aber ich habe so ein Bauchgefühl hinsichtlich des Drogenproblems hier auf der Insel. Die Kollegen, die dafür zuständig sind muss ich selbstverständlich einbeziehen. Dann sollen die sich darum kümmern.
Lass uns jetzt an etwas anderes denken. Es ist gut, wenn wir uns heute noch einmal mit Roberto, Lena und den Winklers zusammensetzen. Ich werde ganz unabhängige Ansichten hören. Das hilft wahrscheinlich besser bei den Ermittlungen, als wenn nur alles streng nach polizeilichen Vorschriften abläuft.“

Als die beiden in der Bar „Playa“ ankamen, waren Lena, Roberto und die Winklers schon da und hatten auch bereits einen der wenigen Tische in Beschlag genommen.
„Hallo, ihr zwei. Schön, dass ihr schon so früh kommen konntet. Dann bleibt uns heute mehr Zeit, um noch mal alles gründlich zu durchleuchten. Vielleicht kommen wir dabei zu neuen Erkenntnissen.“
Roberto sah noch immer ziemlich mitgenommen aus, aber das Verbrechen lag schließlich erst vier Tage zurück. Er hatte einfach noch nicht realisiert, dass es Cristina nicht mehr gab, er glaubte, sie würde demnächst wieder mit ihm im Auto sitzen und gute Laune verbreiten, weil sie sich darauf freute, ihre Freunde am Strand zu treffen. Aber das würde es nie wieder geben und mit dieser Endgültigkeit wollte er sich einfach noch nicht abfinden. Seit siebzehn Jahren war sie ein Bestandteil seines Lebens, es war einfach zu früh für ihn sie jetzt schon loszulassen. Lena sah ihn an und konnte sich gut vorstellen, wie es in ihm aussah. Auch sie musste begreifen, dass der sonst so fröhliche Roberto sich erst einmal selber wiederfinden musste. Sie konnte ihm und seiner Familie zur Seite stehen, den Schmerz konnte sie ihnen nicht nehmen.
„Leonard und ich waren heute an der Costa Adeje unterwegs. Wir haben im Hotel „Teide Plaza“ eine Kaffeepause eingelegt und uns mal ein wenig umgeschaut. Das ist hier das Schöne, dass man einfach in jedes Hotel hereinspazieren kann, um vielleicht an der Bar etwas zu trinken, oder lediglich um sich zu informieren, ob dieses Hotel für den nächsten Aufenthalt in Frage kommen könnte. Die Mitarbeiter waren sehr freundlich und hilfsbereit. Aber ich muss zugeben, allzu viel hatten sie auch

nicht zu tun. Miriam, du hast das schon gut beobachtet. Das Hotel ist höchstens zu fünfzig Prozent ausgebucht. Wie sich das in dieser Hotelkategorie rentieren soll, wissen wir nicht. Die Verantwortlichen müssen eine andere Möglichkeit der Finanzierung haben. Carlos, da solltest du wirklich mal nachhaken. Allerdings hat das mit dem Mord nichts zu tun. Seid ihr mit den Ermittlungen weitergekommen?"
Carlos zuckte mit den Schultern. „Wir machen Fortschritte und morgen wird ein entscheidender Tag für uns, aber ihr wisst ja Bescheid. Es sind laufende Ermittlungen, ich kann euch noch nichts dazu sagen. Bald werden wir mehr wissen."
Lena wechselte das Thema. „Gut, dann lasst uns etwas essen und ein Glas Wein trinken. Versuchen wir, uns ein wenig zu entspannen."
„Bei uns im Weingut läuft es auch wieder einigermaßen normal. Freitag kommen die Erntehelfer und ab Samstag werden wir rund um die Uhr arbeiten müssen." Auch Roberto wollte sich durch ein anderes Thema ablenken.
„Habt ihr den Sicherheitsdienst noch vor Ort oder meint ihr, schon darauf verzichten zu können?" wollte Leonard, der sich eigentlich nur zu Wort meldete, wenn es um praktische Dinge ging, nun von Roberto wissen.
„Auf keinen Fall. Es ist zwar eine enorme finanzielle Belastung, aber solange die Situation so unklar ist wie im Augenblick, brauchen wir die Truppe unbedingt noch für einige Zeit.
Ich glaube tatsächlich, dass wir noch ein weiteres Kaufangebot bekommen werden und wir wissen schließlich nicht, welche Bedrohung damit verbunden sein könnte. Aber lassen wir das jetzt. Lena hat Recht. Wir sollten zusehen, dass unsere Köpfe

wieder etwas freier werden. So wie ich das sehe, hat jeder von uns für morgen einiges geplant. Übrigens muss ich die nächsten Tage in Vilaflor bleiben, es gibt dort viel zu tun."
Er sah Lena lächelnd an. „Aber die Nacht darf ich doch noch hierbleiben, ich verspreche, auch nicht zu stören."

Der erste Donnerstag im September
Los Cristianos

Carlos war schon früh in seinem Büro. Die Nacht hatte er schlecht oder gar nicht geschlafen. Miriam war dadurch auch ständig wach geworden, deshalb wollte sie auch noch etwas länger liegenbleiben. Sie musste erst um neun Uhr in ihrer Praxis für Physiotherapie im Hotel sein. Dann kamen die ersten Gäste nach dem Frühstück zur Behandlung.
Da ein Großteil der Polizeibeamten rund um die Uhr abwechselnd im Dienst war, herrschte im Gebäude der Polizei eigentlich ein ständiges Kommen und Gehen. Einige beendeten ihren Dienst, andere kamen zum Dienst oder von einem Einsatz, für Carlos war die Uhrzeit eigentlich unwichtig, Ruhe hatte er in seinem Büro nie. Jedes Mal, wenn er schon so früh von Adeje nach Los Cristianos fuhr, machte er einen Umweg, um im Hafen einigen Fischern beim Entladen ihres Fanges zuzusehen. Zu dieser Zeit war noch nicht ein Tourist hier zu sehen, die schöne Zeit des frühen Morgens verschliefen die meisten. Die Luft war noch kühl, die Sonne gerade erst am Horizont aufgestiegen

und es war ruhig. Selbst das Beladen der Fähre nach La Gomera störte ihn morgens nicht. Zwei Stunden später war man dann mitten im Touristentrubel. Dann liefen auch die ersten Boote zum äußerst umstrittenen "Whale Watching“ aus dem Hafen aus, um einigen seefesten Urlaubern ein außergewöhnliches Abenteuer zu bieten.
Carlos war ein erklärter Gegner dieser verhältnismäßig teuren Spektakel. Er meinte, man soll den Tieren ihre Ruhe lassen.
Es war ungefähr halb acht, als er im Büro ankam. Eine Menge Arbeit wartete auf ihn und seine Kollegen. Inzwischen lagen alle Ermittlungsergebnisse, die sie bis jetzt zusammengetragen hatten, auf seinem Schreibtisch.
Lisa Ortiz, die Gerichtsmedizinerin aus Santa Cruz, hatte ihren Bericht per E-Mail geschickt, alles was von der Spurensicherung zusammengetragen worden war, hatte die Abteilung für kriminaltechnische Untersuchungen ausgewertet, die Passagierliste der Fähre mit den Aufnahmen der Überwachungskameras lag vor. Sie konnten anfangen.
Carlos wusste schon aus den Telefongesprächen, die er mit den entsprechenden Stellen geführt hatte, dass Zeitpunkt, Ort und wie Cristina ermordet wurde, zweifelsfrei feststanden. Nur vom Täter gab es nicht die geringste Spur. Nun wollte er mit Hilfe von Cristinas Freunden versuchen, etwas aus den Passagierlisten und den Videoaufnahmen herauszubekommen.
Juan war pünktlich um neun Uhr in Carlos Büro angekommen und die beiden Mädchen wurden mit einem zivilen Polizeiwagen aus Santa Cruz abgeholt. Sie betraten nur unwesentlich später den Raum. Carlos lächelte die drei aufmunternd an. Er konnte sich gut vorstellen, mit welch unangenehmen Gefühlen

sie gekommen waren. Aber hier ging es um die Aufklärung des Mordes an ihrer besten Freundin.
„Lasst uns gleich anfangen. Dann habt ihr es auch schnell hinter euch gebracht. Ich zeige euch jetzt ein Video der Überwachungskameras von der Expressfähre, vielleicht erkennt ihr ja irgendeine Person. Achtet bitte auf jede Kleinigkeit, alles könnte wichtig sein."
Er gab einer Kollegin mit Handzeichen Bescheid, den Film jetzt abzuspielen. Die drei jungen Leute waren angespannt, aber konzentriert. Sie starrten auf den Bildschirm. Man merkte ihnen an, dass sie unbedingt mithelfen wollte, den ihnen bekannten Ruben zu identifizieren.
Der Film lief noch nicht lange, man sah dass die ersten Passagiere an Bord gingen, als Juan spontan „Stopp!" rief.
„Können Sie ein wenig zurücklaufen lassen. Ich glaube, mir kam irgendetwas bekannt vor. Da war ein junger Mann, der könnte es gewesen sein. Er war einer der ersten, der die Gangway raufgegangen ist. Genau, da ist er wieder. Mensch, Laura, Ana nun seht euch den doch mal an. Die Figur, die Größe, die Haltung, alles passt. Der auf dem Video hat nur dunkle Haare, trägt ein Basecap und blaue Kleidung, aber er könnte es sein. Vor allen Dingen, weil er nicht erkannt werden will, muss er sich verändern. Haare färben geht schnell. Kleidung ist kein Problem. Nur nicht auffallen. Ich kann mir vorstellen, dass er so gedacht hat."
Laura nickte. „Du könntest Recht haben. Ich meine, wir haben ihn nie lange gesehen. Er hat sich jedes Mal Cristina geschnappt und ehe wir richtig nachdenken konnten, waren die beiden schon wieder verschwunden. Aber wenn ich mir den

ansehe, er könnte dieser Ruben sein. Ana, was meinst du?"
„Stimmt, bis auf die Haarfarbe und die Kleidung, er kann es wirklich sein. Haben Sie auch eine Namensliste? Als Ruben Santoro wird er wohl nicht reisen, aber vielleicht kann man einige durch die Angaben im Pass aussortieren. Ich weiß gar nicht, welche Daten gespeichert werden, wenn man mit der Fähre abreist. Aber das Geburtsdatum wäre schon gut."
„Ihr habt gut aufgepasst, aber wir wollen uns doch lieber alles ansehen. Euer Verdacht kann Zufall sein. Wir wollen alle Möglichkeiten ausnutzen. Konzentriert euch noch einmal."
Nachdem sie die Videoaufnahme zweimal angesehen hatten, waren sie sich einig, dass ihr erster Verdacht richtig war. Wenn Ruben mit dieser Fähre die Insel verlassen hat, dann war es derjenige, den die drei von Anfang an erkannt zu haben glaubten. Mit der Passagierliste war es schon etwas schwieriger. Es waren mit Sicherheit mehr als 200 Personen an diesem Montag auf der Fähre. Es kamen mehrere davon in Frage. Jetzt mussten Carlos Kollegen ran und die entsprechenden Personen ausfindig machen. Das konnte auch wieder längere Zeit dauern. Carlos musste geduldiger werden, es blieb ihm nichts weiter übrig. Trotzdem, die drei jungen Leute hatten ihm schon erheblich weiter geholfen.
Er merkte ihnen an, wie unwohl sie sich fühlten. Auch sie würden Cristinas Tod lange Zeit nicht überwinden und dann mussten sie auch noch bei der Polizei aussagen, es war eine schwierige Zeit für die drei und deshalb wollte er sie auch so schnell wie möglich nach draußen entlassen.
„Das war schon mal eine riesengroße Hilfe. Ihr habt gut mitgearbeitet. Macht euch jetzt noch einen schönen Tag. Ana, deine

Eltern holen dich später ab? Gut, dann müsst ihr ja nicht noch einmal mit Polizeischutz fahren. Macht es gut und bis bald, irgendwann."
Carlos hatte nun noch genügend Zeit, sich auf die Begegnung mit Irina Wolkowa-Trautmann vorzubereiten. Sie war für elf Uhr zur Befragung vorgeladen. Es war noch nicht die vereinbarte Uhrzeit, als sich die Tür öffnete und eine Frau das Büro von Carlos betrat, es auf Anhieb zu beherrschen schien und die vom ersten Moment an einen beeindruckenden, bleibenden Eindruck bei ihm hinterließ.
Sie war groß und schlank mit langen mahagonifarbenen Locken. Ihr Gesicht war glatt, kein einziges Fältchen war zu sehen, ihr Busen unter ihrem enganliegenden, knallroten kurzen Kleid war üppig. Durch die Schuhe mit den irrsinnig hohen Absätzen wirkten ihre Beine noch länger, als sie es ohnehin schon waren. Es war pure Dominanz, die sie zu verbreiten versuchte.
„Guter Auftritt, gutes Timing, guter Arzt." dachte Carlos und beabsichtigte, sich davon nicht beeinflussen zu lassen.
„Señora Wolkowa-Trautmann, ich gehe jetzt davon aus, dass Sie das sind. So viel ungewohnte Pünktlichkeit wirft mein Frauenbild fast über den Haufen. Sie beeindrucken mich."
„Comisario Lopez Garcia? Ich denke, es gäbe noch einige Dinge mehr, mit denen ich Sie beeindrucken könnte. Aber deshalb bin ich mit Sicherheit nicht hier, habe ich Recht?"
Irina sprach Deutsch. Sie musste sich auf diese Begegnung vorbereitet haben, wenn sie wusste, dass er diese Sprache recht gut sprach und verstand.
„Sie haben Recht. Ihr Mann wird Ihnen mit Sicherheit mitgeteilt haben, worum es in dieser Befragung gehen soll. Wir ha-

ben einen Mordfall aufzuklären und ihr Name wird mit einem Tatort in Verbindung gebracht. Sie sind Eigentümerin der Penthouse-Wohnung in Palm Playa, die wir untersuchen mussten, und in der zweifelsfrei die Ermordung von Cristina Hernandez stattgefunden hat. Was können Sie zur Aufklärung dieses Gewaltverbrechens beitragen?
Aber ich bin unhöflich, bitte nehmen Sie erst einmal Platz. Wir wollen uns doch auf Augenhöhe unterhalten. Möchten Sie einen Kaffee oder irgendetwas anderes trinken?"
„Oh, ich wusste gar nicht, dass man bei der Polizei so zuvorkommend behandelt wird, aber ja, ein kühles Mineralwasser wäre jetzt gut. Auf Champagner werde ich wohl nicht hoffen dürfen?" Carlos verzog seinen Mund zu einem angedeuteten Lächeln, nahm den Telefonhörer, sagte ein paar Worte und legte wieder auf.
„Sie werden sich denken können, dass wir Sie nicht zu uns eingeladen haben, um eine Party zu feiern, was Ihnen, so wie ich sie einschätze, mit Sicherheit angenehmer gewesen wäre. Aber lassen wir das Geplänkel. Heute geht es darum, dass Sie hier eine Aussage machen sollen."
Die Tür öffnete sich und Carlos jüngere, sehr gut aussehende Kollegin betrat mit einer Wasserflasche und einem Glas das Büro, bot Irina mit einer Handbewegung an, sich zu bedienen und setzte sich an Carlos Seite auf einen weiteren freien Stuhl. Er hatte diese Kollegin ganz bewusst ausgesucht, sie war ein gleichwertiger, optischer Gegenpol zu Irina, die das sofort registriert hatte, was ein leichtes Zucken ihrer Augenlider verriet.
„Sie können weiterhin Deutsch mit uns sprechen. Meine äußerst ambitionierte Kollegin spricht diese Sprache ausgezeich-

net. Sie verstehen, die vielen deutschen Touristen benötigen häufig Polizeibeistand, der sie auch sprachlich versteht. Aber lassen Sie uns einfach anfangen. Ich hoffe, Sie können uns weiterhelfen."

„Señor Lopez Garcia, ich werde mir alle Mühe geben. Bitte, fragen Sie?" Auch Irinas Stimme hatte nun ihren geschäftsmäßigen Klang angenommen.

„Sehr schön, Señora Wolkowa-Trautmann, dann erzählen Sie uns doch mal, seit wann die Wohnung in Ihrem Eigentum ist, ob Sie selber schon einmal dort gewohnt haben, und vor allen Dingen, an wen Sie die Wohnung in den letzten Monaten vermietet haben?" Carlos sah sie ruhig an und lehnte sich bequem in seinem Stuhl zurück. Seine Hände lagen scheinbar entspannt auf seinem Arbeitstisch. Er wartete auf Antworten.

Er wusste, dass es in Irina anders aussah, als sie es ihn anmerken lassen wollte.

„Mein Mann hat nach Erstellung des Neubaus in Erwartung eines Kaufbooms sämtliche Wohnungen aufgekauft. Als er mir die oberste Wohnung zeigte, war ich auf Anhieb begeistert und habe sie ohne Nachzudenken gekauft. Sie ist also fast seit Anfang an in meinem Eigentum. Ich selbst habe nie dort gewohnt. Ich habe die Wohnung eingerichtet, man weiß ja nie, was noch alles passieren kann. Vielleicht überlege ich es mir noch.

Jedenfalls habe ich ausschließlich in unserem Haus in Adeje gewohnt. Genau wie mein Mann, mein Sohn, mein Bruder und unsere Eltern. Aber das wissen Sie ja bereits. Schließlich kennen Sie das Haus, Sie haben uns ja schon einen nächtlichen Besuch abgestattet. Die Wohnung in Palm Playa ist seit Januar an einen jungen Dänen vermietet. Ich werde Ihnen den Namen

geben, Sie können ihn befragen. Er sollte dort noch wohnen, mir liegt keine Kündigung vor und die Miete wurde pünktlich überwiesen."
„Wie heißt dieser dänische Mieter?"
„Ole Sörensen, er ist für die Wohnung gemeldet und arbeitet in El Medano in der Surfschule am Strandhotel."
Carlos schwieg eine Weile, griff erneut zum Telefon und gab kurze Anweisungen in spanischer Sprache. Dann erst sah er wieder zu Irina.
„Wie kann sich ein Mitarbeiter einer Surfschule eine so teure und luxuriöse Wohnung leisten"
Carlos blickte auf seine Unterlagen mit den Notizen, die er sich in regelmäßigen Abständen machte, „die Miete muss eigentlich extrem hoch sein."
„Nein, der Mietpreis ist bewusst niedrig gehalten, die Hauptsache ist, die Wohnung steht nicht zu lange leer."
„Aber wenn Sie einen Mietvertrag mit einem Ole Sörensen gemacht haben, wie ist es dann möglich, dass ihre Wohnung seit ungefähr drei Monaten von einem Ruben Santoro bewohnt wurde, der nach dem Mord an Cristina Hernandez, die sich nachweislich auch einige Zeit mit Santoro in der Wohnung aufgehalten hat, nicht auffindbar ist?"
Irina sah Carlos nun sehr direkt in die Augen. „Comisario, das höre ich jetzt zum ersten Mal. Der Mieterwechsel wurde nicht mit mir abgesprochen. Das müssen die jungen Männer untereinander geregelt haben. Die Miete wurde weiterhin pünktlich von Ole Sörensen überwiesen. Woher sollte ich erfahren, dass dort eine ganz andere Person gewohnt hat?"
„Sie haben sich nicht besonders gut um ihre Wohnung geküm-

mert.“ stellte Carlos emotionslos fest.
„Nein, das war auch nicht nötig, das macht die Verwaltung meines Mannes. Es gab aber nichts, worum man sich kümmern musste, es war immer alles in Ordnung.“
„Eine letzte Frage habe ich noch“ Carlos` Aufmerksamkeit richtete sich noch einmal intensiv auf Irina,
„wie kommen die weißen Wolldecken mit dem Logo des ehemaligen Hotels „La Concha“ in Ihre Wohnung? Wir fanden das tote Mädchen eingewickelt in solch eine Decke am Strand von San Pedro.“ Carlos bemerkte eine ungewöhnliche Anspannung in Irinas Gesicht und entließ sie nicht aus seinem Blick. Er spürte, dass sie etwas länger als gewöhnlich nach einer Antwort suchen musste.
„Ah, ja. Die Wolldecken. Mein Mann hat seinerzeit das heruntergewirtschaftete Hotel erworben und später an meinen Bruder weiterverkauft. Die Decken stammen wohl noch aus alten Hotelbeständen. In der Wohnung habe ich dann einige davon aufgehoben.
Ich mochte sie eben. War es das jetzt?
Konnte ich alles zu Ihrer Zufriedenheit klären? Gut, dann möchte ich mich verabschieden. Sie wissen, wo Sie mich gegebenenfalls erreichen können. Aber ich hoffe, wir haben nicht noch einmal das Vergnügen miteinander. Machen Sie es gut Comisario.“
Irina Wolkowa-Trautmann hatte ihr Selbstvertrauen in kürzester Zeit zurückgewonnen und verließ mit hoch erhobenem Kopf und ohne sich noch einmal umzudrehen das Büro.

*

„Warum hast du sie jetzt gehen lassen. Wir hätten noch mehr über die Eigentumsverhältnisse des jetzigen Hotels erfahren können." fragte seine junge Kollegin verständnislos.
„Das hat keine Eile. Sie soll sich erst einmal beruhigen und absolut sicher fühlen. Wir werden dieser Familie noch einige Fragen stellen. Alles zu seiner Zeit."
Carlos musste die innere Erregung, die ihn erfasste, als Irina von den Besitzverhältnissen des Hotels erzählte, mühsam unterdrücken. Damit hatte er nicht gerechnet. Niemals hätte er einen Zusammenhang vermutet zwischen dem Hotel „Teide Plaza", dem früheren Hotel „La Concha", und dem Tatort des Mordes. Er trommelte sein komplettes Team zu einer dringenden Besprechung zusammen.
„Eigentlich hatte ich die Überprüfung des Hotels „Teide Plaza" hinten angestellt. Ihr wisst schon, dass ich so ein Gefühl habe, dass wir dort etwas mehr über den ständig zunehmenden Drogenhandel auf der Insel erfahren. Ich vermute ebenfalls, dass das Geld daraus seinen Weg durch das Hotel findet, um wieder sauber zu werden.
Wir werden mit den Drogenfahndern zusammen arbeiten müssen. Außerdem sollte die Buchhaltung des Hotels geprüft werden. Zuerst findet bitte heraus, wer der aktuelle Eigentümer des Hotels ist. Was ist mit diesem Mieter der Wohnung in Palm Playa, Ole Sörensen?"
Der Kollege, der das überprüft hatte, zuckte mit den Schultern.
„Es stimmt, was Señora Wolkowa-Trautmann ausgesagt hat. Sörensen mietete die Wohnung im Januar an. Vor knapp drei Monaten ist er aber wieder zurück nach Kopenhagen geflogen. In der Surfschule in Medano bekamen wir die gleiche Auskunft.

Angeblich haben sich die beiden Männer geeinigt. Da müsste man tatsächlich noch den Sörensen befragen, was die ganze Geschichte zu bedeuten hat. Das konnten die in Medano auch nicht sagen. Es wird immer verworrener."
Carlos stand schon in der Bürotür.
„Okay, ihr macht hier weiter wie besprochen, ich fahre jetzt nach Santa Cruz zur Familie Hernandez. Das wird ein schwieriger Job. Ich kenne die ganze Familie zu gut. Aber gerade deshalb sehe ich das als meine Aufgabe an. Bis später."

Der erste Donnerstag im September
Vilaflor

Auch Roberto Hernandez war an diesem Morgen schon früh unterwegs. Er fuhr die kurvenreiche Strecke über Granadilla nach Vilaflor. Fast sein ganzes Leben hatte er auf dieser Insel verbracht und trotzdem erstaunte es ihn immer wieder, wie verbunden er sich mit seiner unvergleichlichen Heimat fühlte. Das war nicht selbstverständlich. Es gab viele junge Leute, die ihre Zukunft nicht mit dieser Insel verbinden wollten. Das europäische Festland lockte vor allen Dingen hochqualifizierte Ärzte an, die in der medizinischen Fakultät von La Laguna ihren Abschluss gemacht hatten.
Roberto jedoch wollte niemals für längere Zeit den Blick auf den Atlantik zur einen Seite und den auf die Berge zur anderen Seite missen. Er liebte sein Dorf, seine terrassenförmig ange-

legten Weinberge, die Bodega und die Menschen, die ebenfalls damit verbunden waren. Lena verstand ihn, sie drängte ihn zu nichts, nahm ihn so, wie er war. Wieso hatte er das nicht schon viel eher erkannt. Mirja war ein Wirbelwind, sie war nur glücklich, wenn sie in der Welt umherfliegen konnte. Die kurzen Zwischenspiele auf der Insel mit ihm nahm sie gerne mit, aber eigentlich wollte sie keine Verpflichtungen eingehen.
Lena war wie er bodenständig. Ob es in ihrer Heimat in Deutschland war, oder hier auf Teneriffa, wo sie immer mehr Zeit verbrachte. Und nun war er intensiv in ihr Leben getreten. Sie war nicht nur eine vorübergehende Ablenkung in schlimmen Zeiten, nein, da war mehr. Ein Gefühl der Zusammengehörigkeit, ohne den anderen vollkommen zu vereinnahmen. Respekt, Gefühl und die ersten Anzeichen von Liebe, die von Tag zu Tag mehr Raum einnahm und langsam und behutsam wuchs. Wenn er bei ihr war, wollte er eigentlich nicht gehen und wenn er nicht bei ihr war, sehnte er den Zeitpunkt herbei, sie endlich wiederzusehen.
In der nächsten Zeit würde es schwierig sein, Lena regelmäßig zu sehen. Die Weinlese brauchte seine volle Aufmerksamkeit. Sein Vater war in diesen Tagen nicht in der Lage Verantwortung zu übernehmen. Diese Aufgabe hatte nun Roberto. Mit Serge an seiner Seite würde alles so gut ablaufen, wie in den Jahren vorher. Voraussetzung dafür war jedoch, dass kein Fremder etwas Böses gegen die Familie und das Weingut plante. Er war für die Sicherheit verantwortlich, trotz der Leute von der Security, er war jetzt derjenige, der alles im Blick haben musste. Sein erster Weg führte ihn zum Haus der Familie. Seine Eltern, Joana und Rosalia saßen zusammen am Küchen-

tisch. Seit Tagen hatte er dieses friedliche Beisammensein nicht mehr miterleben können. Aber endlich war der erste Schock nach dem schlimmen Verbrechen überwunden, der Kummer und die Wut würden noch lange Zeit das Leben der Familie bestimmen, aber seine Eltern nahmen so langsam wieder am Tagesablauf teil.
Für das Weingut war sein Vater noch nicht bereit, es war auch besser, wenn er noch einige Zeit im Haus blieb. Er sollte sich ohne Aufregung erholen können.
„Roberto, schön, dass du da bist. Rosalia hat extra auf dich gewartet. Sie wollte nicht alleine losgehen. Nun könnt ihr zusammen fahren. Es würde mich beruhigen."
Seine Mutter war eine feine, sensible Frau. Sie war schmal geworden in diesen letzten Tagen, aber niemals würde sie es zulassen, ihr Leben und das ihrer Familie vom Schicksal bestimmen zu lassen. Als Roberto und Rosalia am Weingut ankamen, stand Serge schon am großen Eingangstor, so als würde er sie bereits erwarten.
„Hola, Serge, sag jetzt nicht, dass schon wieder etwas Unangenehmes passiert ist."
Roberto spürte eine ihm unbekannte Panik in sich aufsteigen.
Serge schüttelte bedächtig, so wie es seit je her seine Art war, den Kopf.
„Nein, in den letzten Tagen war hier alles wie es sein soll. Der Sicherheitsdienst leistet hilfreiche Arbeit und die Installation der Kameras war ebenfalls erfolgreich. Es hat niemand mehr gewagt, uns ungebeten einen Besuch abzustatten. Trotzdem will sich mein Bauch einfach nicht beruhigen.
Meine Ahnungen plagen mich, es ist noch nicht vorbei."

„Morgen früh werden die Erntehelfer hier eintreffen, lass dir nichts anmerken. Ich möchte verhindern, dass die Frauen und Männer mit Angstgefühlen in die Weinberge gehen.
Alles, was für die Lese notwendig ist, hast du vorbereitet. Um die Verpflegung wird sich Joana kümmern und Rosalia übernimmt den Lebensmitteltransport. Eigentlich ist es wie in jedem Jahr, und doch hat sich alles verändert."
Tatsächlich war alles anders als in den Jahren vorher. Wenn Roberto gewusst hätte, dass ein in schwarzes Leder gekleideter Motorradfahrer mit seiner ebenfalls schwarzen Kawasaki unermüdlich auf der durch den Ort führenden Durchgangsstraße unterwegs war, hin und wieder an der Abfahrt zum Weingut anhielt, alles beobachtete, was außerhalb des Sichtbereichs der Kameras lag und vermeintlich wichtige Informationen per Mobiltelefon weitergab, er wäre wieder einmal über alle Maßen beunruhigt gewesen.

Der erste Donnerstag im September
Santa Cruz, später Nachmittag

Kommissar Carlos Lopez Garcia war zwischenzeitlich in dem Außenbezirk von Santa Cruz angekommen, in dem Miguel und Elena vor Jahren eine elegante Penthouse Wohnung in einem der gepflegt aussehenden, mehrstöckigen Gebäuden erworben hatten. Hier fand man auch immer einen Parkplatz, was im Zentrum der Stadt schlicht unmöglich war. Man musste entwe-

der weit außerhalb bleiben oder eines der vielen Parkhäuser nutzen, in denen das Parken, bedingt durch die unglaublich engen Stellplätze, jedes Mal zum Abenteuer wurde.
Er kannte die Familie Hernandez Martin nun schon so viele Jahre. Aber dass er sie einmal wegen des Mordes an ihrer Tochter aufsuchen musste, daran hätte er niemals auch nur im Traum gedacht. Miguel wusste Bescheid, sie hatten am Morgen zusammen telefoniert. Mit ihm konnte er reden, wie es mit Elena sein würde, wusste er nicht. Sie war unberechenbar. Bei ihr war alles denkbar, vom beharrlichen Schweigen bis zum lauten, hysterischen Anfall. Er wollte auf jede Möglichkeit vorbereitet sein. Miguel erwartete ihn schon an der Wohnungstür, nachdem er den Aufzug, der ihn in die oberste Etage brachte, verlassen hatte.
„Hola, Carlos. Es wäre besser, wenn du heute nicht kommen müsstest. Wir hatten schon bessere Zeiten, um einen Besuch zu machen.“ Miguel sah mitgenommen aus. Er war blass und hatte tiefe, dunkle Ringe unter den Augen.
Carlos betrachtete ihn mitfühlend. Er war heute in erster Linie als Polizist hier, aber Miguel und Elena waren gleichzeitig gute Freunde. Das machte diesen Besuch besonders schwer.
„Ich sehe, es geht dir schlecht. Was ist mit Elena? Wie erträgt sie die Situation?“
„Für die nächste Zeit habe ich mir unbefristet freigenommen um bei ihr sein zu können. Aber sie redet nicht mit mir. Sie hat sich in Cristinas Zimmer zurückgezogen und scheint in einer anderen Welt zu leben. Ich höre sie manchmal sprechen, weiß aber nicht, ob sie telefoniert oder nur Selbstgespräche führt. Sie verlässt das Zimmer nur, wenn sie ganz sicher ist, mir nicht

zu begegnen. Für David ist es richtig schlimm.
Ich bin froh, dass er wenigstens mit Diego zusammen sein kann. Die beiden sind heute Nachmittag ins Kino gegangen. Sie müssen einfach häufig hier raus. Ich versuche, mich um sie zu kümmern, aber ich kann David die Mutter nicht langfristig ersetzen."
Carlos wusste zwar, dass die Situation für die Familie fast unerträglich war, aber wie es in jedem einzelnen Familienmitglied aussah, konnte er nicht ahnen.
„Miguel, es tut mir Leid, aber ich muss mit euch beiden reden. Wir sollten versuchen, Elena aus ihrem Zimmer zu holen. Ich verspreche dir, dass ich es kurz machen werde. Ich hätte jemanden schicken können, aber als euer langjähriger Bekannter ist es meine Aufgabe, euch zu informieren. Bitte, hol sie jetzt."
Es war eher ein gebeugtes Schleichen als ein aufrechter Gang, als Miguel mit einem resignierten Seufzer in die Richtung ging, in der die Schlafräume der Familie lagen.
Carlos hörte, dass er an die Tür zu Cristinas Zimmer klopfte und irgendetwas sagte, was Carlos nicht verstehen konnte. Es dauerte mehrere Minuten, bis sich die Tür langsam einen Spalt weit öffnete und Elenas schmale Gestalt heraustrat.
Sie hielt den Kopf gesenkt und es schien, als wollte sie ihren Mann bewusst nicht ansehen. In dieser Haltung stand sie dann schließlich vor Carlos. Kein Wort kam über ihre Lippen.
Carlos informierte die beiden knapp über den Ermittlungsstand. Es schien Elena nicht zu interessieren. Erst als Carlos ihr mitteilte, dass sie ihr Kind nun zurückbekam und die Beisetzung stattfinden konnte, hob sie kurz ihren Kopf, nickte und verschwand wieder in Cristinas Zimmer.

Carlos und Miguel unterhielten sich noch ausführlicher über die aktuellsten Erkenntnisse, dabei bemerkten sie nicht, dass die Tür, hinter der Elena verschwunden war, einen kleinen Spalt geöffnet blieb. Elena hörte genau hin, über was die beiden Männer sprachen. Sie benötigte jeden Hinweis, den sie an den privaten Ermittler weitergeben konnte. Sie kannte nur seinen Nachnamen und seine Telefonnummer. Er nannte sich Blomberg und wollte auch so angesprochen werden. Seit einigen Jahren lebte er auf Teneriffa und wenn nötig in Frankfurt. Den Tipp hatte sie von einem alten Bekannten aus Schulzeiten, von dem sie wusste, dass er in einem Milieu arbeitete, in dem ein guter Detektiv unter Umständen von Nutzen sein konnte. Blomberg hatte in diesen Kreisen einen guten Ruf und war in den meisten Fällen erfolgreich. Bis jetzt war alles telefonisch geregelt worden. Niemand wusste von ihren Aktivitäten. Blomberg war teuer. Ihr kleines, elterliches Erbe würde kaum ausreichen, sie würde noch ihre andere Geldquelle anzapfen müssen. Während ihrer Ehe hatte sie, von Miguel unbemerkt, eine recht ansehnliche Summe für sich abgezweigt. Wahrscheinlich würde sie auch dieses Geld für ihre Pläne benötigen. Aber das war alles unwichtig. Die erste Rate war von ihrem Konto auf Blombergs Konto überwiesen worden. Es blieb ihr nichts anderes übrig, sie musste dem Mann vertrauen. Er sollte den Mörder finden, alles was danach kam, lag in ihren Händen. Der Polizei vertraute sie jedenfalls nicht. Aber zuerst würde sie ihr Kind heimholen, damit es endlich seine frühe, ewige Ruhe bekam.

Fünf Jahre zuvor

Auf der Autobahn A5 zwischen Heidelberg und Frankfurt.

Er hatte das Gefühl, als würde sein Kopf zerplatzen. Jan, Michael, Jan, Michael. Jan, Michael. Fast wusste er selbst nicht mehr, wer er war. Diese Person hatte ihn erpresst. Sie hatte ihm klar und deutlich zu verstehen gegeben, was sie von ihm erwartete. Falls er sich weigerte zu tun, was sie wollte, war seine Familie in akuter Gefahr. Auch wenn er seine Eltern verachtete, er wünschte sich, dass es ihnen gutging. Aber es war seine kleine Schwester Nina, um die er sich die größten Sorgen machte. Ihretwegen musste er das tun, was der Boss von ihm verlangte. Juri sah ihn immer wieder von der Seite an.
„Ist dein Nachmittag beim Boss nicht gut gelaufen? Du siehst ziemlich verstört aus. Was ist passiert?"
Es dauerte einige Zeit, bis Jan oder jetzt Michael sprechen konnte.
„Wie gut kennst du eigentlich den Boss?" wollte er von Juri wissen.
„Es geht dich eigentlich nichts an, aber wir sind zusammen aufgewachsen."
Jan schüttelte den Kopf. „Und du magst sie? Sie ist berechnend und skrupellos. Warum arbeitest du für sie?"
„Kennst du die Bedeutung von „Treue" und „Dankbarkeit"? Ohne den Boss wäre ich jetzt nicht hier. Sie hat mir immer zur Seite gestanden. In unserer Jugend auf der Krim, später in Moskau und dann hier in Deutschland. Sie hat dafür gesorgt, dass ich problemlos ausreisen konnte. Mehr werde ich dir über mein Verhältnis zum Boss nicht erzählen.

Ich mache meinen Job in der „Inselbar". Die gehört ihrem Mann. Ich mache nichts Illegales oder Kriminelles, ich bin der Geschäftsführer einer ganz normalen Bar. Es kommen normale Gäste, es tanzen ein paar hübsche Mädchen auf Tischen, es gibt gute Getränke. Wir sind erfolgreich.
Was nebenher abläuft, interessiert mich nicht. Das haben Trautmann und sein Schwager zu verantworten. Der Boss hält mir in dieser Beziehung den Rücken frei. Mehr will ich nicht wissen und mehr kann ich nicht sagen. Was wollte der Boss von dir? Vielleicht kann ich dir helfen!"
Jan oder Michael war niedergeschlagen.
„Der Boss zwingt mich dazu, junge Schülerinnen anzusprechen, sie zu verführen, sie drogenabhängig zu machen, damit sie dann an alte, geile Kerle für Geld vermietet werden können. Die ganz jungen Mädchen sind begehrt, sagt der Boss. Das ist doch krank. Ich weiß nicht, wie ich so etwas machen kann. Die Mädchen gehen noch zur Schule, je jünger umso besser. Die haben Eltern, die irgendwann dahinter kommen, dass mit ihren Töchtern etwas nicht in Ordnung ist. Wie kann ich das machen. Ich werde zu einem Kriminellen. Und ich komme aus der Sache nicht raus, ohne meine Familie zu gefährden. Sie sagte, ich sei jetzt ein „Loverboy". Ich will aber nicht. Bitte, Juri. Hilf mir."
Juri schwieg lange. „Okay, ich werde noch einmal mit dem Boss reden. Mach dir aber keine großen Hoffnungen. Was das Geschäft angeht, ist sie kompromisslos. Sie macht es einfach zu ihrem Vergnügen. Sie ließ schon immer gerne andere Menschen leiden. Das ist ihre Art zu genießen."
Er kannte sie zu gut. Wenn sie sich etwas in ihren Kopf gesetzt hatte, würde sie es durchziehen. Sie wollte manipulieren, be-

herrschen, andere durch Erpressung von sich abhängig machen. Juri fragte sich, wie es soweit hatte kommen können und wie lange er noch untätig zusehen würde.
Ja, sie waren von Kindheit an vertraut miteinander. Ihre Neigungen hatte er aber schon vor Jahren erkannt. Warum hatte er nicht viel früher etwas unternommen? Warum konnte Trautmann nicht eingreifen? Mag sein, dass er über ihre Aktivitäten gar nichts wusste. Eigentlich lebten die beiden nur noch aneinander vorbei. Trautmann blieb des Geldes wegen in der Familie, und ihr war es egal, was er machte. Wenn sie einen Mann wollte, suchte sie sich einen, aber Juri wusste auch, dass sie die ganz jungen Männer bevorzugte. Jan beziehungsweise Michael war für sie genau der Richtige. Für einen Nachmittag. Danach hatte sie andere Aufgaben für ihn.
Und nun sollte auch er in ihrer Gruppe von jungen Männern mitmachen. Bei seinem Aussehen würde er erfolgreich sein bei den jungen Schülerinnen. Ein paar Komplimente, kleine Geschenke heute, noch mehr Geschenke in den nächsten Tagen. Kleidung, Kosmetik, Discobesuche, Restaurants, und schon war es ganz einfach die Mädchen in eine der bereitstehenden, kleinen Wohnungen zu locken.
Die sexuelle Verführung war der nächste Schritt. Mit Hilfe einiger Muntermacher, zum Relaxen ein paar Partydrogen wie Ecstasy, später dann Kokain in Verbindung mit Alkohol und die Mädchen waren mitten drin im Teufelskreis.
Die Eltern nahmen wohl wahr, dass sich ihre Töchter verändert hatten. Aber der Schulstress war enorm, daran musste es wohl liegen. Und die Mädchen hielten dicht. Sie wollten auf keinen Fall ihren großzügigen Freund verlieren. Dafür konnte man

dem Traummann auch schon mal einen Gefallen tun und mit seinem besten Freund ins Bett gehen. Es blieb fast nie bei dem besten Freund. Es kamen andere Männer, ältere Männer, sie kamen nach und nach mit harten Drogen in Kontakt und schon schloss sich der Kreis von Abhängigkeit, Drogensucht und Prostitution. Es gab immer Mädchen, die früh genug den Absprung schafften, aber aus Scham, dass ihnen so etwas passiert war, und aus Angst vor den Verführern, waren sie nicht bereit irgendeinen Namen preiszugeben. An den Mädchen, die es nicht schafften auszusteigen, verdiente jemand wie der Boss einige Jahre lang viel Geld. Sie waren für die Partys der reichen alten Männer vorgesehen und die Drogen wurden ebenfalls für viel Geld gleich mitgeliefert.

Nach wenigen Jahren waren diese Mädchen nicht mehr gefragt. Mit zwanzig waren sie zu alt. Es kamen jüngere.

Was mit den ausgemusterten Mädchen geschah, das interessierte den Boss nicht mehr.

Juri wusste alles darüber, meinte aber immer noch, dass er sich raushalten sollte. Sein schlechtes Gewissen nagte an ihm, aber er fühlte sich der Familie einfach zu sehr verbunden um etwas dagegen zu unternehmen. Und in diesem Fall war der Boss die Familie. Er war auch über den Escort Service informiert. Der Boss hatte dieses Unternehmen ganz offiziell vor ein paar Jahren in Frankfurt gegründet. Juri fand auch nichts dabei, wenn sich junge, gutaussehende Frauen zwischen 20 und 30 Jahren einen lukrativen Nebenjob suchten. Sie hatten gepflegte Kunden, meistens Geschäftsleute, die sich für kurze Zeit in der Stadt aufhielten und eine angemessene Begleitung für den Abend suchten. Sie bezahlten viel dafür. Einen Teil des Geldes

behielten die jungen Damen, der Rest floss in die Kasse vom Boss. Für weitergehende „Dienstleistungen“ waren diese Damen selbst verantwortlich. Das Unternehmen behielt dadurch seinen ausgezeichneten Ruf und konnte über die Jahre hinweg den Umsatz kontinuierlich steigern.
Dafür sorgte zusätzlich eine geschmackvoll eingerichtete Agentur mit einer kompetenten, gepflegt wirkenden und sehr hübschen Geschäftsführerin. Jan Osthoff, der sich nun Michael Westkamp nannte, hatte große Probleme mit seinem neuen, ihm aufgezwungenen Job klarzukommen. Juri hatte ihm nicht helfen können, der Boss war unerbittlich und machte Michael häufig genug auf seine kleine Schwester aufmerksam. Die Angst um das Leben von Nina war so groß, dass er nach und nach für sich eine Routine entwickelte, die seinen Kopf und seine Empfindungen völlig ausschaltete. Er war nicht der einzige „Loverboy“, der für den Boss im Einsatz war. Er traf sich häufig mit den anderen und merkte bald, dass es einige wie ihn gab, die unglaubliche Schwierigkeiten mit diesem Job hatten und wieder andere, die das Ganze als großen, lukrativen Spaß ansahen. Auch er stumpfte mehr und mehr ab, konnte aber diese leise Stimme in seinem Kopf nicht ausblenden, die ihm einredete, dass das alles bald ein Ende haben musste.
Bis jetzt hatte er unglaubliches Glück gehabt, noch nicht aufgeflogen zu sein. Er hatte die ganzen letzten Jahre nicht einmal Kontakt mit der Polizei gehabt. Manchmal konnte er gar nicht glauben, dass gerade er so ein Glückspilz war. Tamara, die Barfrau aus der „Inselbar“ war ohnehin davon überzeugt, dass seine Augen gleichzeitig sein Talisman waren.
„Wer solch eine Augenfarbe hat, dem kann nichts passieren!“

Es war ihre unerschütterliche Überzeugung und sie schien eigenartigerweise Recht zu behalten. Er war gespannt darauf, wie lange es mit seinem jetzigen Leben noch gut ging.

Fünf Jahre später, Jahr des Mordes
Teneriffa

Es vergingen einige Jahre, die er am liebsten ungeschehen machen wollte, als Juri ihm mitteilte, dass der Boss eine neue Aufgabe für ihn hatte. Sie mussten dieses Mal nicht nach Heidelberg fahren.
Der Boss, so erfuhr er von Juri, hielt sich seit geraumer Zeit auf Teneriffa auf. Und genau dorthin sollte ihn auch seine neue Aufgabe führen. Es war Ende Mai, als Michael zusammen mit Juri den Flieger betrat, der sie beide auf die Insel bringen sollte.
„Was hat sie sich jetzt wieder für eine abscheuliche Arbeit für mich überlegt? Es wird mit Sicherheit wieder schlimm und ich habe keine Möglichkeit meine Schwester zu schützen, wenn ich nicht mitmache." Michael war wieder einmal extrem nervös. Juri verhielt sich zunächst genauso schweigsam, wie es schon immer seine Art war. Als müsste er ganz genau darüber nachdenken, was er sagen sollte.
„Ich kann dir nicht genau sagen, was letztlich deine Aufgabe sein wird. Aber der Boss braucht einen gutaussehenden jungen Mann, der hervorragend surfen kann und einige wichtige Kon-

takte knüpfen soll.
Aber eines kann ich dir jetzt schon versprechen. Es wird dein letzter Auftrag sein, den du für den Boss erledigen musst. Danach bist du frei und wirst eine Menge Geld auf einem Schweizer Konto haben."
Michael sah Juri ungläubig an. „An der Sache ist doch ein Haken. Wofür sollte sie mir viel Geld bezahlen? Dafür will sie auch eine entsprechende Gegenleistung von mir. Welche verbrecherische Schweinerei soll ich jetzt wieder für sie erledigen?"
„Näheres weiß ich nicht. Es scheint um Immobilien zu gehen. Warte einfach ab. Eine tolle Wohnung wird dir jedenfalls zur Verfügung gestellt."
„Und wo wirst du wohnen?" Michaels Tonfall wurde aggressiver.
„Das kann ich dir nicht sagen. Wir zwei werden uns nicht mehr wiedersehen, nachdem ich dich an deinem Aufenthaltsort abgesetzt habe. Du wirst mich auch telefonisch nicht mehr erreichen können. Alles ist bestens vorbereitet. Die entscheidenden Anweisungen wirst du vom Boss selbst bekommen. Sie wird sich bei dir melden."
„Du willst mir nicht mehr helfen, wenn es schwierig wird? Was soll ich ohne dich machen? Ich werde ihr vollkommen ausgeliefert sein." Er sah bittend in Juris Gesicht. Aber der schüttelte nur den Kopf.
„Ich habe viel zu lange zugesehen. Es war einfach nur Feigheit, oder Freundschaft und Loyalität zur Familie. Nach Frankfurt in die „Inselbar" werde ich auch nicht zurückkehren. Trautmann weiß Bescheid und niemand ist so wichtig, dass er nicht von einer anderen Person ersetzt werden könnte. Sie weiß es noch

nicht. Es wird noch einen harten Kampf geben. Aber ich habe mich endlich dazu entschlossen, etwas zu unternehmen. Hier habe ich sie im Blick, vielleicht kann ich noch etwas tun."
Nachdem Juri Michael verhältnismäßig schweigsam in die Wohnung in Palm Playa gebracht hatte, stieg er wieder in seinen Mietwagen und verschwand für immer aus dem Leben des jungen Mannes. Michael saß in einer ihm fremden, perfekt ausgestatteten Wohnung einsam auf dem Designersofa und konnte die Tränen nicht zurückhalten. Nichts hatte er aus seinem Leben gemacht, er war irgendwie in die Kriminalität abgerutscht. So hatte er es sich nicht vorgestellt, als er vor knapp sieben Jahren sein Elternhaus verlassen hatte.
Damals lockte ihn die Freiheit, weit ab von seinen für ihn unerträglichen Eltern. Jetzt meldete sich immer häufiger eine leise Stimme in seinem Kopf, die wünschte, seine Eltern hätten seinerzeit nach ihm gesucht. Aber sie hatten ihn fallengelassen.
Jetzt saß er hier und wartete darauf, dass sein Telefon klingelte und die unerträgliche Stimme ihm einen letzten Auftrag erteilen würde.

Der erste Donnerstag im September, später Abend
San Isidro

Blomberg saß schon seit einiger Zeit regungslos an seinem Schreibtisch in dem kleinen Büro in San Isidro, das er einige Jahre zuvor neben seiner Wohnung in einer kleinen Seitenstra-

ße angemietet hatte. Für ihn war diese kleine Stadt der ideale Standort zur Arbeit an seinen Aufträgen. Sie lag direkt an der Autobahn von Adeje nach Santa Cruz, und der Flughafen Teneriffa-Süd war nur eine Abfahrt entfernt. Die Stadt war den meisten Touristen unbekannt, aber seine Auftraggeber kamen in den wenigsten Fällen aus der Touristenszene. Seinen Namen hatte er sich bei Einheimischen und Residenten gemacht.
Er war diskret, hatte inselweit Kontakte zu für ihn wichtigen Leuten, kam gut mit den Einheimischen und der Polizei klar und sprach perfekt die Sprache der Canarios. Die Tagessätze und die Spesen, die er forderte waren außergewöhnlich hoch, aber häufig bekam er nur die richtigen Auskünfte, wenn auch er gut dafür zahlte. Jeder, der in kontaktierte, wusste worauf er sich finanziell einließ. Dafür war seine Erfolgsquote in der Nähe von einhundert Prozent.
Und nun war Elena Jimenez Hernandez seine Klientin. Bei ihr durfte er sich keine Fehler erlauben.
Sie wollte Ergebnisse und er würde sie ihr liefern. Er war wie ein Bluthund, wenn er erst einmal eine Spur aufgenommen hatte. Das verband ihn mit Kommissar Lopez Garcia. Sie kannten sich und sie achteten sich. Lopez Garcia war ebenso beharrlich wie er, hatte leider das Problem mit der Bürokratie. Blomberg konnte überall rumschnüffeln, keine unterschiedlichen Zuständigkeiten machten ihm das Arbeiten schwer.
Der Kommissar musste ständig die notwendigen Dienstwege einhalten. Dadurch wurde er permanent ausgebremst und kam nur erheblich schleppender voran.
Diese Einschränkungen hatte er nicht. Er konnte überall ermitteln, und er hatte kein Team, auf das er sich einstellen musste.

Blomberg arbeitete grundsätzlich alleine. Kein Gerede, keine Mitwisser, keine Sorgen, dass unbedacht etwas nach außen dringen konnte, und er ermittelte an Orten, an die die Polizei überhaupt nicht dachte. Er versuchte immer, sich in die entsprechende Person, die gesucht wurde, hineinzuversetzen. Wie würde diese in einer bestimmten Situation vorgehen? Blomberg ging nie den geraden Weg, sondern suchte auch rechts und links des Weges und sein Erfolg gab ihm Recht.
Elena hatte ihm alles mitgeteilt, was auch der Polizei bekannt war. Die Spur des Täters verlor sich im Hafengewühl von Agaete auf Gran Canaria. Genau dort würde er ansetzen. Seine Klientin war großzügig, er konnte sich finanziell frei bewegen. Das war schon einmal eine gute Voraussetzung.
Morgen wollte er auf Gran Canaria mit der Suche beginnen und er wusste auch schon ganz genau, wie er vorzugehen hatte. Blomberg wollte dort anfangen, wo die Polizei und Kommissar Lopez Garcia zuletzt ermitteln würden. Er wusste, dass der Flughafen von Gran Canaria und der Fährhafen in Las Palmas die ersten Stationen der Polizei sein würden. Nicht für ihn, er hatte effektivere Kontakte, aber die waren teuer. Ihm war es gleichgültig, was es kostete, das mussten die Auftraggeber bezahlen. Er war nur für den Erfolg zuständig.

Der erste Freitag im September
Vilaflor

Die Zeit der Weinlese war angebrochen. Roberto, Rosalia und Serge mit seinen Mitarbeitern standen in der Morgendämmerung, die ihr rosa Licht langsam über die Terrassen mit den Weinstöcken gleiten ließ. Der leichte Dunst war noch nicht ganz von der aufgehenden Sonne geschluckt worden, als die Fahrzeuge mit den angeforderten Erntehelfern den Weg zum Weingut der Familie Hernandez fanden und vor der großen Schiebetür am Haupteingang hielten.
Der größte Teil der Frauen und Männer, die gerne bei der Familie Hernandez arbeiteten, war den Wartenden bekannt. Es war ein eingespieltes Team, zu dem nur selten Fremde Zugang fanden. Wer hier einmal gewissenhaft und zuverlässig gearbeitet hatte, konnte sich darauf verlassen, wieder angefordert zu werden. Es kam selten vor, dass ein neuer Mitarbeiter Zugang zu dieser Gemeinschaft bekam, aber in diesem Jahr fiel ein großer, muskulöser Mann ins Auge.
Er überragte die anderen Mitarbeiter um fast eine Kopfhöhe, hatte kurzgeschnittene, schwarze Haare, einen kleinen Ring in jedem Ohr und eine eigentümliche Tätowierung schlängelte sich oberhalb des Ausschnitts seines T-Shirts in Richtung seines linken Ohres.
Da Roberto alle anderen Helfer kannte, lag sein Augenmerk auf diesem ungewöhnlich aussehenden Mann. So war es selbstverständlich, dass er ihn ansprach, nachdem die anderen zu Rosalia ins Büro gegangen waren, um die Formalitäten zu klären.
„Buenos Dias, Señor. Sie sind neu bei uns. Ich habe Sie jeden-

falls noch nicht kennengelernt. Manolo Perez hat sie unserer Gruppe zugeteilt?“

„So ist es, Señor Hernandez. Er hat mich eingeteilt, weil ich seit vielen Jahren mit Wein arbeite. Mein Name ist Juri Koldonow. Ich komme von der Krim, heute Teil der Ukraine. Der Krimsekt ist weltweit bekannt, das muss ich Ihnen sicher nicht erzählen. In den letzten Jahren habe ich in Deutschland gelebt und bei verschiedenen Winzern im Rheingau gearbeitet. Meine Arbeitszeugnisse sind dementsprechend gut. Ich werde sie im Büro vorlegen. Sie werden mit mir zufrieden sein. Mit der Verständigung sollte es auch klappen. Mein Spanisch ist miserabel, aber ich spreche wie Sie gut Deutsch. Ich glaube, es wird eine gute Zusammenarbeit.“

Roberto war erstaunt über so viel Selbstvertrauen, aber erfahrene Mitarbeiter waren wichtig für ihn. Sie würden es also zusammen versuchen.

„Gut, Juri. Ich darf Sie doch so nennen. Ich bin übrigens Roberto. Meine Schwester Rosalia leitet das Büro. Sie wird sich um alles kümmern. Geben Sie ihr einfach Ihre Papiere. Das Finanzielle regelt dann Manolo mit Ihnen. Ich wünsche Ihnen einen guten Start. Bis später.“

Juri machte sich auf in die Richtung, aus der seine Kollegen kamen, mit denen er in der nächsten Zeit zusammenarbeiten würde. Dort musste sich das Büro befinden. Die letzten verließen gerade den Raum, sodass er eintreten konnte. Er sah sich unauffällig um, bevor sein Blick auf die zierliche, dunkelhaarige Frau hinter dem Schreibtisch fiel, die mit gesenktem Kopf die abgegebenen Unterlagen sortierte. Als sie von ihrer Arbeit aufblickte und ihn abwartend ansah, weiteten sich ihre Augen. Sie

konnte sich nicht von dem Anblick auf diesen imponierenden Mann trennen. Ihr Atem schien auszusetzen, sie fühlte sich wie hypnotisiert. Juri erging es ähnlich. Er war völlig überrumpelt von dieser zarten, hübschen Frau. Beide sahen sich an, die Zeit wurde angehalten. Niemand von ihnen hatte damit gerechnet, dass es noch einmal geschehen konnte, auf Anhieb Zuneigung zu einer anderen Person zu empfinden, obwohl sie sich vorher noch nie begegnet waren. Rosalia fand als Erste ihre Stimme wieder. Sie sprach leise, so wie es immer schon ihre Art war.
„Hola Señor. Was kann ich für Sie tun?"
Juri war immer noch nicht in der Lage, sich angemessen zu äußern. Er war einfach nur fasziniert von dieser Frau und ihrer angenehmen Stimme, die das Gegenteil von der Stimme war, die er jahrelang im Ohr hatte. Rosalia wirkte auf ihn filigran und schutzbedürftig. Er hatte sich in der ersten Sekunde, nachdem er sie erblickt hatte, in sie verliebt. Seine Stimme hatte einen für ihn ungewohnten Klang, als er versuchte zu sprechen.
„Mein Name ist Juri Koldonow. Ich möchte Ihnen bei der Weinlese helfen. Hier sind meine Papiere."
Er wirkte unbeholfen, so als wäre er mit den Gedanken ganz woanders. Auch Rosalia benahm sich nicht so, wie bei den anderen Erntehelfern. Sie bot Juri einen Stuhl an. Er möge sich doch setzen. Normalerweise nahm sie die Unterlagen entgegen und die Helfer verabschiedeten sich. Dieser Mann brachte sie aus dem Konzept.
„Manolo hat Sie uns empfohlen? Er weiß, dass wir nur erfahrene Leute nehmen. Also werden Sie wohl alle Voraussetzungen mitbringen. Wir fangen morgen mit der Lese an. Die Unter-

künfte stehen bereit. Auf eine gute Zusammenarbeit, wir werden uns jetzt häufiger sehen."
„Darauf freue ich mich. Hoffentlich dauert die Weinlese entsprechend lange. Bis bald. Rosalia."
Er machte einige Schritte rückwärts in Richtung Bürotür, weil er ihren Anblick noch ein wenig länger mitnehmen wollte. Dann drehte er sich um und verließ den Raum. Rosalia blieb regungslos sitzen. Eine angenehme Wärme breitete sich in ihr aus. Sie kannte diesen Mann nicht und doch fühlte sie sich von Anfang an zu ihm hingezogen. Sie würde es so einrichten, dass sie ihn bald wiedersah. Juri saß in seiner Unterkunft, die er mit noch einem anderen Erntehelfer teilte, auf seinem Bett und war nicht in der Lage, klar und rational zu denken. So etwas war ihm noch nie passiert. Er hatte nur noch Rosalias Gesicht vor seinen Augen. Die ganze Nacht lag nun vor ihm, dann würde er sie morgen wiedersehen. Er glaubte nicht daran, ausreichenden Schlaf zu bekommen, seine Gedanken drehten sich schon jetzt nur darum, wie er ihr näher kommen könnte. Juri hatte bemerkt, dass auch Rosalia ähnliche Empfindungen verspürte. Er musste sie einfach näher kennenlernen. Sein Gefühl sagte ihm, dass es sich bei dieser Frau lohnte, geduldig zu sein.
Sein ganzes Leben hatte er mit und für Irina verbracht. Zweifel, ob es richtig war, niemals bremsend eingegriffen zu haben, wenn sie seiner Meinung nach wieder einmal über die Strenge schlug, hatte er beständig ignoriert. Er wusste um ihre ausgeprägte kriminelle Energie, die sie stets mit Hilfe anderer Menschen auslebte. Immer wieder hatte er sie in Schutz genommen und die Schuld an den Verbrechen eher ihren zum größten Teil unfreiwilligen Handlangern zugeschrieben. Warum lie-

ßen sie sich von ihr beherrschen? Sollten sie sich doch selbst dagegen wehren.
Michael war der Erste, an dem ihm etwas lag. Er musste sich von dem Jungen lösen, wollte einfach nicht mehr wissen, was Irina sich diesmal wieder ausgedacht hatte, um einen Menschen zu demütigen. Michael war inzwischen alt genug, um zu entscheiden, ob er sich weiterhin von ihr erpressen lassen wollte. Sie hatte Juri zugesagt, dass es für Michael der letzte Auftrag sein würde, aber so recht konnte er nicht daran glauben. Ihn hatte sie gebeten, auf dem Weingut der Familie Hernandez bei der Lese zu helfen, um ihr ständig mitteilen zu können, was dort gerade passierte. Aber Juri war nicht länger bereit Irinas Intrigen zu unterstützen. Er war froh darüber, selbst nie in irgendeine Art von Kriminalität abgerutscht zu sein.
Juri hatte sich jedoch vorzuwerfen, sie nie gestoppt zu haben. Dadurch war er mitschuldig geworden.
Aber das hatte jetzt ein Ende. Sein Entschluss, sich von Irina zu lösen, war schon vor geraumer Zeit gewachsen. Auch die „Inselbar" von Mario Trautmann wollte er nie wieder betreten. Die Arbeit mussten jetzt andere erledigen. Er war fest entschlossen, sein Leben grundsätzlich zu ändern.
Und jetzt hatte er Rosalia kennengelernt. Dadurch war alles noch einmal verändert worden. Er wollte unbedingt versuchen, seine Chancen zu nutzen. Ohne Irina, vielleicht mit Rosalia.

Der erste Freitag im September
Los Cristianos, Guardia Civil

Wieder einmal war Carlos der Erste der Sonderkommission, der an diesem Morgen an seinem Schreibtisch saß. Er bekam nachts kaum Schlaf. Obwohl Miriam wie zur Beruhigung neben ihm lag, seine Gedanken kreisten unablässig um den Mord an Cristina, um die Möglichkeiten ihren Mörder zu finden, an die Vorkommnisse im Weingut und am Wohnhaus der Familie Hernandez, und neuerdings vor allem um Irina Wolkowa-Trautmann und die restlichen Mitglieder dieser verdächtigen Familie. Für heute Vormittag hatte er den Finanz- und Immobilienmakler Mario Trautmann, den Ehemann von Irina Wolkowa, vorgeladen. Er sollte um zehn Uhr erscheinen, somit blieb dem Team noch ausreichend Zeit, sich auf die Befragung vorzubereiten. Diesmal würde einer seiner aggressiveren Kollegen zugegen sein. Sie wollten Trautmann nicht zu viel Zeit zum Nachdenken lassen und ihn abwechselnd befragen. Ihr Vorgehen stand also fest, jetzt mussten sie Trautmann nur noch aus der Reserve locken. Von seiner Frau wird er wahrscheinlich schon einiges erfahren haben und Carlos´ Meinung nach auf alles vorbereitet sein. Sie würden ihn überraschen.
Trautmann war nicht so pünktlich wie seine Frau. Er erschien mit zwanzig Minuten Verspätung, entschuldigte sich mehrfach und nannte als Grund ein wichtiges, geschäftliches Telefonat, welches nicht warten konnte. Carlos blieb gelassen, mit solchen Ausreden hatte er es ständig zu tun.
Seiner Ansicht nach wollte Trautmann damit nur bekunden, wie unwichtig die Aufforderung der Polizei für ihn war. Aber sie

würden ihm schon klarmachen, wer hier die Richtung bestimmte.
Die Befragung fand genau wie die von Irina Wolkowa-Trautmann in Carlos` Büro statt. Er hatte sich ganz bewusst gegen den Befragungsraum entschieden, um Trautmann nicht von Anfang an zu verärgern. Das Büro erzeugte beim Befragten eine normalere Atmosphäre als ein verspiegelter Raum mit Kamera und Mikro. Fast immer war Carlos mit dieser Methode erfolgreich. Sein Kollege fing mit der Befragung an. „Señor Trautmann, wir wollen hier und heute Fakten von Ihnen hören. Keine Spielchen, keine Ausflüchte und vor allen Dingen, keine Lügen. Erzählen Sie uns genau, welche Position Sie in der Familie Wolkow einnehmen. Was Sie hier auf der Insel machen.
Welche Geschäfte Sie abwickeln. Am besten Sie nennen uns Beispiele, die überprüfbar sind."
Tatsächlich machte Trautmann einen überraschten Eindruck. Mit so einer Einleitung hatte er nicht gerechnet. Er war auf Kommissar Lopez Garcia vorbereitet, der seiner Meinung nach zurückhaltend und eher zu beeinflussen war. Das war ein Fehler, wie er verärgert feststellen musste. Er gab sich bewusst erstaunt und wandte sich an Carlos.
„Comisario, ich glaubte, diese Dinge schon mit Ihnen besprochen zu haben. Außerdem werden Sie sich doch schon eingehend über mich und meine Firma informiert haben?"
Carlos nahm sich Zeit mit seiner Antwort. Er wollte wieder Ruhe in das Gespräch bringen. Sein Kollege würde die Situation sicherlich wieder verändern.
„Señor Trautmann, selbstverständlich haben wir uns informiert. Das tut hier und jetzt aber nichts zur Sache. Wir möch-

ten alles Wichtige von Ihnen persönlich erfahren. Lassen Sie uns mit Ihrer Immobilienfirma anfangen. Arbeiten Sie nur auf Teneriffa oder auch inselübergreifend? Gibt es direkte Verbindungen zu Ihrem Büro in Baden Baden und Ihrer Bar in Frankfurt. Und wie steht es mit den geschäftlichen Verbindungen zu Ihrem Schwager Vitali Wolkow?"
Trautmann war sichtlich verunsichert.
„Woher haben Sie Kenntnis von meinem Büro in Baden Baden und der Bar in Frankfurt. Das hat mit den Ereignissen hier auf der Insel nichts zu tun."
„Überlassen Sie es doch bitte uns, zu entscheiden, was für die Ermittlungen wichtig ist und was nicht."
Carlos` Kollege wurde merklich aggressiver. „Außerdem kann man Ihre Briefkastenfirma in Baden Baden wohl kaum als Büro bezeichnen. Übrigens, Sie können sich doch bestimmt vorstellen, dass unsere Möglichkeiten weit über die Küsten dieser Insel reichen. In Baden Baden teilen sie sich ein Büro mit anderen Scheinfirmen, das war nicht besonders kompliziert herauszufinden. Die deutschen Kollegen sind bisweilen sehr kooperativ. Es dauerte nicht lange, um zu erfahren, dass Sie Inhaber dieser Firma sind. Wo steckt eigentlich ihr Mitarbeiter, dieser Bernd Wolters, der die „Drohbriefe" an die Familie Hernandez geschrieben hat? Wir konnten ihn auch mit Hilfe der deutschen Kollegen nicht ausfindig machen. Da die Briefe auf Teneriffa aufgegeben wurden, vermuten wir, dass es diesen Herrn gar nicht gibt, und sie selbst alles organisiert haben."
Mario Trautmann wurde immer unsicherer und sah hilfesuchend Lopez Garcia an, als könnte der ihm in dieser Situation behilflich sein. Aber auch Carlos war nicht gewillt, ihm irgend-

welche Ausreden durchgehen zu lassen. „Señor Trautmann, es hilft Ihnen doch nichts, hier irgendetwas Fadenscheiniges zu erfinden. Sagen Sie uns einfach wie es war. Übrigens, Ihre Bar in Frankfurt interessiert uns hier auf Teneriffa überhaupt nicht. Das müssen wir selbstverständlich unseren deutschen Kollegen überlassen. Erzählen Sie uns jetzt erst einmal von den Angeboten, die Sie der Familie Hernandez gemacht haben, und in welchem Zusammenhang diese zu dem Mord an Cristina Hernandez stehen."

„Na gut. Die Angebote hat mein Büro der Familie gemacht, weil ich das Land an der Küste als ideal für ein Tourismusbauvorhaben ansehe. Als Drohbriefe kann man diese Angebote nun wahrhaftig nicht bezeichnen. Ich war jederzeit bereit, mit der Familie Verhandlungen aufzunehmen. Nachdem ich das erste Mal mit Pablo Hernandez schriftlich Kontakt aufgenommen hatte, bekam ich sofort eine telefonische Absage von ihm. Ich habe es dann noch zweimal versucht, ohne eine weitere Antwort zu erhalten. Es sollte nun eigentlich ein wenig Zeit vergehen, bevor ich es noch einmal versuchen wollte.

Bedauerlicherweise kam es dann zu der Ermordung der Enkelin. Das tut mir unendlich leid, aber damit habe ich überhaupt nichts zu tun. Zu allem Unglück geschah dieser Mord auch noch in der Wohnung meiner Frau in Palm Playa. Glauben Sie mir, das Ganze ist ein unfassbarer Zufall. Unsere Familie hat nichts damit zu tun."

Carlos ließ sich Zeit mit weiteren Fragen und machte sich erst einmal ausführliche Notizen, bevor er Trautmann wieder eindringlich ansah.

„Wissen Sie, wer für die offensichtliche Bedrohung des Wein-

gutes verantwortlich ist? Irgendeine Person ist in die Bodega eingedrungen, ohne dass wir wissen, aus welchem Grund. Außerdem wurde ein Sack mit getöteten Katzen an das Tor zur Zufahrt des Wohnhauses gehängt. Als drittes wurde die wertvolle Halskette der Ermordeten in den Briefkasten der Familie geworfen. Durch die installierten Überwachungskameras konnten wir feststellen, dass eine Jugendfußballgruppe aus Vilaflor die Postboten waren. Nach deren Befragung wussten wir dann, dass sie von einem Motorradfahrer einhundert Euro für diese Aktion bekommen haben. Wie Sie wahrscheinlich wissen werden, haben wir ihren Sohn schon deswegen vernommen. Er besitzt ein Motorrad und war mit dem mutmaßlichen Mörder bekannt. Wir vermuten auch in diesen drei Fällen einen unmittelbaren Zusammenhang zu Ihren Angeboten. Als Zeichen dafür, wie ernst Sie es meinen und zur Einschüchterung der Familie."
Trautmann war inzwischen noch blasser geworden, man sah ihm seine Erschütterung an. Er hielt nun den Kopf gesenkt und flüsterte nur ein paar Worte. „Ich habe keine Ahnung. Ich war es nicht."
Carlos` Kollege übernahm die vorläufige Schlussoffensive.
„Gut, Señor Trautmann. Sie können vorerst gehen. Verlassen Sie die Insel in nächster Zeit nicht. Wir werden Sie noch einmal befragen müssen. Es geht um das Hotel „Teide Plaza", das Ihrem Schwager gehört. Wo können wir den erreichen. In Ihrem Haus in Adeje hält er sich zurzeit jedenfalls nicht auf. Er sollte sich schnellsten bei uns melden, wenn er auf der Insel ist. Wir werden Sie im Auge behalten. Hasta luego, Señor."
Carlos war schweigsam, nachdem Trautmann das Büro verlassen hatte.

„Wir haben ihn am Haken. Er wird jetzt Fehler machen." Sein Kollege war äußerst zufrieden mit der Befragung.
„Ich glaube, er hat die Wahrheit gesagt. Mit der Ermordung Cristinas und den Bedrohungen in Vilaflor hat er nichts zu tun. Wir haben es hier mit verschiedenen, parallel laufenden Aktionen zu tun. Und wir haben die Verantwortung, die Dinge aufzuklären. Es wird noch schwierig werden. Ich fahre jetzt zum Hotel „Teide Plaza" und sehe mich dort ein wenig um. Es kann länger dauern."
Er hatte vor, dem Geschäftsführer ein wenig auf die Finger zu klopfen.

Der erste Freitag im September
Las Palmas, Gran Canaria

Nach achtzig Minuten Fahrt mit der Expressfähre, die um halb neun Uhr vormittags von Santa Cruz auf Teneriffa nach Agaete auf Gran Canaria fuhr, konnte Blomberg seinen Wagen vom Transportdeck über die ausklappbaren Rampen in den Hafen von Agaete steuern. Er hatte nicht vor sich länger in dieser kleinen Hafenstadt aufzuhalten. Alle, die mit der Fähre hier ankamen, wollten möglichst schnell nach Las Palmas oder zum Flughafen weiterfahren.
Genauso wird es der von ihm Gesuchte auch gemacht haben. Da Santoro, oder wie er sich jetzt nannte, Michael Westkamp, kein Auto mitgenommen hatte, wird er mit dem Shuttlebus

weitergereist sein. Blombergs Suche sollte in Las Palmas weitergehen. Da er von Elena Hernandez über alles informiert worden war, was die Polizei schon ermittelt hatte, wusste er auch, dass er am Flughafen und im großen Fährhafen von Las Palmas nicht zu suchen brauchte. Der Gesuchte war dort nicht gesehen oder identifiziert worden.

Nun kam es Blomberg zugute, dass er sich in seinen Anfängen als Privatermittler selten zu schade dafür war, anderen auch mal ohne Bezahlung oder eine andere Gegenleistung zu helfen. Nach und nach hatte er sich so ein Netzwerk von Informanten auf den verschiedenen Inseln, sowie auch in Frankfurt und Umgebung aufgebaut. Man wusste nie, wann die Gelegenheit kam, darauf zurückzugreifen. Jetzt war mal wieder so ein Zeitpunkt gekommen, nur dass er die entsprechenden Helfer heute für ihre Auskünfte bezahlen würde. Elena Hernandez machte es möglich, großzügig zu sein.

Sein Weg führte ihn erst einmal in ein hafennahes Parkhaus. Das was er vorhatte, konnte er am besten zu Fuß erledigen. Aus dem über dem Parkhaus liegenden Centro Comercial schlenderte er langsam in den Bereich des Hafens, in dem die großen Privatyachten und Segelboote anlegen konnten.

Blomberg kannte einen der Mitarbeiter der Hafenverwaltung, den wollte er jetzt aufsuchen. Mal sehen, was der ihm sagen konnte.

„Nein, tut mir leid, aber der Kollege hat heute keinen Dienst. Rufen Sie ihn am besten zu Hause an."

Einer der anderen schüttelte entschuldigend den Kopf.

Das verzögerte das Ganze zwar, war aber nicht weiter tragisch. Er hatte Zeit und gleichzeitig Glück.

Sein Bekannter war tatsächlich zu Hause. Sie verabredeten, sich in einer Stunde in einer Cafeteria seitlich vom Catalinapark zu treffen. Da der Weg dorthin ziemlich kurz war, hatte er noch Zeit mal wieder ein wenig Hafenluft zu schnuppern. In den frühen Morgenstunden hatten einige Kreuzfahrtschiffe angelegt und es war ein ständiges Kommen und Gehen von Passagieren zu beobachten. Für eine komplette Inselfahrt war die Zeit, die ihnen zur Verfügung stand, reichlich kurz bemessen, sodass die meisten sich mit einer Stadtrundfahrt in einem der roten Rundfahrtbusse zufrieden gaben.
Wenn Blomberg in Las Palmas war und seine Zeit es zuließ, liebte er es, den kompletten Fußweg, der ihn immer am Meer entlangführte, bis zur Altstadt von Las Palmas zu laufen.
Heute hatte er diese Zeit nicht. Früher konnte man an den meist schneeweißen Kreuzfahrtschiffen entlanglaufen und die Größe dieser schwimmenden Hotels abschätzen. Das war leider nicht mehr möglich. Aus Sicherheitsgründen war der gesamte Anlegebereich abgesperrt. Man kam nur zu den Schiffen, wenn man sich als Passagier ausweisen konnte.
Blomberg schaute auf die Uhr und befand, dass es an der Zeit war, sich ohne Hast zum ausgemachten Treffpunkt aufzumachen.
„Hola Blomberg, mi amigo! Wir haben uns lange nicht gesehen. Was treibt dich auf die Nachbarinsel?“ rief ihm sein Informant und langjähriger Bekannter schon aus Entfernung zu.
„Ich grüße dich. Stimmt, wir haben schon lange nicht mehr zusammengesessen. Nutzen wir die Gelegenheit und verbinden das Angenehme mit dem für mich Wichtigen.“
„Ich habe mir schon gedacht, dass du nicht nur meinetwegen

hier bist. Aber setz dich erstmal.
Cafe con leche. Richtig?"
Blomberg lachte. „Ist ja nicht so schwierig, sich das zu merken."
„Dann erzähl mal, wie kann ich dir behilflich sein?"
Sein Bekannter war offenkundig neugierig.
Blomberg nahm erst einmal einen Schluck aus seiner Tasse und verdrehte entzückt die Augen.
„Mein erster Kaffee heute. Auf der Fähre traue ich mich nicht, du weißt ja, sobald es kräftiger schaukelt, werde ich krank. Auch ohne Kaffee im Bauch. Kommen wir gleich zur Sache. Sag, hattest du am Montag Dienst. Ich brauche Auskünfte über Privatyachten oder Segler, die am Sonntag oder Montag angelegt und am Montag auch wieder abgelegt haben, und welche Route sie nehmen wollten."
„Montag hatte ich Dienst. Wenn ich mich richtig erinnere, war an dem Tag nicht viel Betrieb im Hafen. Aber genau kann ich es dir morgen erst sagen. Heute habe ich keine Möglichkeit mehr, den Computer zu checken, das wäre zu auffällig. Bleib über Nacht hier und wir reden morgen Mittag noch mal. Wir treffen uns am Strand zum Essen, da werden wir nicht von Kollegen gestört."
Blomberg überlegte kurz. „Okay, ich suche mir ein Zimmer und wir telefonieren morgen Vormittag noch einmal. Dann habe ich heute doch noch Gelegenheit meinen obligatorischen Spaziergang Richtung Altstadt zu machen. Hatte gar nicht mehr damit gerechnet. Ja, das passt doch ganz gut in meinen Zeitplan. Diesmal habe ich es nicht so eilig."
Die beiden verabschiedeten sich voneinander und Blomberg

freute sich schon auf einen entspannenden Nachmittag. Aber zuerst wollte er sich ein Hotelzimmer suchen. An der Promenade, kann diesmal ruhig etwas teurer sein. Sein Spesenkonto war gut gefüllt.

Der erste Freitag im September
Vilaflor

Lena Hainthaler war nun doch auf der kurvenreichen Straße nach Vilaflor unterwegs.
Eigentlich hatte sie nicht vorgehabt der Familie Hernandez schon jetzt einen Besuch abzustatten. Aber sie wollte unbedingt Roberto sehen und bei der Gelegenheit natürlich auch bei Pablo und Marta vorbeischauen. Auch Rosalia hatte sie ewig lange nicht gesehen. Kurz bevor sie im Ort ankam, musste sie noch einmal nachdenken, an welcher Straße sie rechts abbiegen musste, um das Wohnhaus der Familie zu erreichen. Lena wusste gar nicht mehr, wann sie das letzte Mal hier war. Roberto war bis vor wenigen Tagen immer nur der gute Freund gewesen, der sie ein oder zwei Mal zu einer Weinprobe eingeladen hatte und jedes Mal waren auch andere Bekannte anwesend. So hatte sie auch seine Eltern und seine Geschwister kennengelernt, aber ein engerer Kontakt war nie daraus entstanden. Lena war gespannt, ob das Haus immer noch so außergewöhnlich auf sie wirkte, wie sie es in Erinnerung hatte. Am Weingut war einiges verändert worden, das hatte Roberto ihr

erzählt. Um konkurrenzfähig zu bleiben, musste er modernisieren. Aber das mussten alle Winzer auf der Insel.
Die Billigweine aus Übersee machten ihnen Probleme. Sie konnten also nur mit Qualität überzeugen und das bedurfte eines teuren Umdenkens bei der Herstellung. Sie hatte doch nicht vergessen, an welcher Straße sie abbiegen musste. Genau in dem Moment, als sie nach rechts fahren wollte, kam ihr aus der Gegenrichtung ein Motorradfahrer entgegen. Er fuhr zwar mit gemäßigtem Tempo durch den Ort, aber dadurch, dass er permanent nach links sah, war er ziemlich weit über den Mittelstreifen der Durchgangsstraße in die Gegenspur geraten und sah erst im letzten Moment, dass ihm ein anderes Fahrzeug entgegenkam. Lena sowie auch der Motorradfahrer mussten so stark bremsen, dass der in schwarzes Leder gekleidete Fahrer nicht in seine Fahrspur zurückfand und quer vor Lenas Fahrzeug zum Halten kam. Der Schreck war auf beiden Seiten erkennbar. Lena war schon dabei, die Fahrertür zu öffnen um mit dem Mann zu reden, als dieser nach nur wenigen Sekunden wieder Gas gab, einen Bogen um Lenas Wagen fuhr und ohne Gruß oder Handzeichen mit ziemlich hohem Tempo in Richtung Granadilla verschwand.
Lena stieg aus und sah ihm noch nach, im Nachhinein hätte sie aber nicht sagen können, was für ein Motorrad der Mann fuhr oder welches Kennzeichen es hatte.
Ein wenig verstört und mit noch etwas zitternden Händen hielt sie vor der Bodega auf einem der markierten Parkplätze an. Sie blieb noch eine Weile hinter ihrem Lenkrad sitzen, weil sie erstaunt beobachtete, dass hier ein so geschäftiges Treiben herrschte, wie sie es bei ihren vorhergegangenen Besuchen

nicht erlebt hatte.
Aber klar, die Lese stand an. Morgen würden all diejenigen, die heute noch hier am Gebäude herumliefen, in den Weinbergen sein. Aber jetzt schienen erst einmal alle Erntehelfer ihre Unterkünfte für die Zeit der Weinlese zu beziehen.
Mitten im Gewusel erkannte sie den dunklen Lockenkopf von Roberto und sofort stellte sich das ihr schon bekannte Gefühl ein. Es war ein warmes Kribbeln, das ihren gesamten Körper durchströmte.
Sie musste sich beherrschen um nicht gleich aus dem Auto zu springen und zu ihm hinzurennen. Aber sie würden heute bestimmt noch die Gelegenheit bekommen, sich zu umarmen, einander zu spüren, die so unerwartet entstandene Zuneigung zu genießen. Also ließ sie sich Zeit. Sie beobachtete aus der Entfernung und erkannte Serge, der wie immer, wenn sie ihm begegnet war, eine unerschütterliche Ruhe ausstrahlte, obwohl die Ereignisse der letzten Zeit auch an ihm nicht spurlos vorübergegangen waren. Und dann entdeckte sie Rosalia. Sie stand mit einem ungewöhnlich aussehenden, sehr großen, dunkelhaarigen Mann zusammen und hatte einen nicht zu beschreibenden Ausdruck im Gesicht. Ein Strahlen ging von ihr aus, das Lena noch nie an dieser zurückhaltenden Frau beobachtet hatte. Auch der Mann war augenscheinlich nicht in der Lage, den Blickkontakt mit Rosalia zu unterbrechen.
Sie schienen sich leise zu unterhalten, wobei die Verständigung anscheinend ein paar Probleme bereitete. Aber es sah so aus, als würden die zwei es gar nicht bemerken. Was sie sich zu sagen hatten, verstanden sie wohl auch ohne viele Worte. Sie standen mitten zwischen den anderen, aber man hatte den

Eindruck, als seien sie nur füreinander da.
Lena war so mit den Eindrücken beschäftigt, die sich ihr heute hier boten, dass sie merklich zusammenzuckte, als sie ein Klopfen an der Scheibe ihrer Fahrertür aus ihren Gedanken riss.
Als sie zur Seite sah, blickte sie in die erfreuten Augen von Roberto. Er öffnete schwungvoll die Tür, zog sie förmlich von ihrem Sitz und nahm sie mit seinem ganzen Körper in Beschlag.
„Schön, dass du es dir noch anders überlegt hast. Ich freue mich über deinen Besuch."
Er sprach leise und nahm dabei ihr Gesicht zwischen seine Hände, um mit den Daumen über ihre Wangen zu streicheln und ihre Lippen leicht mit seinem Mund zu berühren.
„War die Fahrt hierher angenehm, oder waren viele Touristen unterwegs?"
„Die Fahrt war wie immer, wenn ich in die Berge fahre. An die vielen Kurven muss ich mich jedes Mal wieder gewöhnen, aber es ging heute ziemlich gut. Nur kurz bevor ich in die Straße einbiegen wollte, die zu eurem Wohnhaus und zum Weingut führt, bin ich fast mit einem Motorradfahrer zusammengestoßen. Er schien zwar langsam zu fahren, war aber durch irgendetwas abgelenkt, was ungefähr in eurer Richtung liegt. Er schaute jedenfalls ununterbrochen nach links, das konnte ich während des Bremsens noch erkennen. Jedenfalls ist er ohne jede Entschuldigung mit hoher Geschwindigkeit in Richtung Granadilla gefahren. Es gibt ganz schön viele Rüpel auf den Straßen hier."
„Stimmt, Motorradfahrer gibt es hier viele. Aber die wenigstens sind Rüpel. Die haben Spaß an den vielen Kurven im Gebirge. Carlos sucht auch immer noch nach dem Fahrer, der den

jungen Fußballern Geld dafür gegeben hat, den Briefumschlag mit Cristinas Kette in unseren Briefkasten zu werfen. Aber die konnten sich nicht einigen, wie das Motorrad, beziehungsweise der Fahrer ausgesehen haben. Hast du etwas beobachten können? Du sagtest, der Fahrer hat unentwegt in unsere Richtung gesehen. Wer weiß, wie lange und von wem wir schon beobachtet werden?"
Lena überdachte noch einmal die Situation von eben, aber schüttelte nur den Kopf.
„Ganz spontan würde ich sagen, es war ein schwarzes Motorrad, aber frag mich nicht nach der Marke. Der Fahrer war auf jeden Fall schwarz gekleidet, er trug auch einen schwarzen Helm. Auf das Kennzeichen habe ich nach dem Schreck überhaupt nicht geachtet. Ich bin froh, dass nichts passiert ist."
Er nahm sie wieder fest in die Arme, als wollte er ihr dadurch das Gefühl von Sicherheit geben.
„Ich werde noch einmal mit Carlos über den Motorradfahrer sprechen. Es ist ja tatsächlich möglich, dass wir beobachtet werden. Motorräder sind hier unauffälliger, als wenn hier ständig dasselbe Auto irgendwo parken würde. Es wäre hilfreich, wenn Carlos für ein paar Stunden die Strecke überwachen lassen könnte. Vielleicht haben wir Glück und entdecken einen Fahrer, der auffällig häufig hier durchfährt. Aber Schluss jetzt damit. Bleibst du bis morgen? Meine Eltern werden sich freuen, dich nach so langer Zeit wiederzusehen. Rosalia kann auch Abwechslung gebrauchen. Ihr Sohn ist immer noch in Santa Cruz. Sie vermisst ihn. So schön ist es für ihn dort auch nicht. Elena kümmert sich gar nicht mehr um die Familie. Aber wir meinen, dort ist es sicherer für ihn."

„Übrigens, jetzt da du Rosalia angesprochen hast. Ist dir gar nichts aufgefallen?“
Roberto sah sie fragend an und zog nichts ahnend die Schultern hoch.
„Typisch Mann. Sieh mal, mit wem sie im Hof steht. Sie hat einen Gesichtsausdruck, den ich gar nicht von ihr kenne. Und dem großen Mann scheint es nicht viel anders zu gehen.“
Roberto schüttelte den Kopf. „Ich habe bis jetzt nichts gemerkt. Aber du hast Recht. Zwischen den beiden scheint sich etwas anzubahnen.“
„Wer ist dieser ungewöhnliche Mann?“
„Er kommt ursprünglich aus der Ukraine, genauer gesagt von der Krim. Hat aber jahrelang in Deutschland gelebt und kennt sich hervorragend im Weinanbau aus. Manolo hat ihn empfohlen, und du weißt, dass ich Manolo blind vertrauen kann, wenn es um Mitarbeiter geht.“
„Komisch, mit wie vielen Russen, oder in diesem Fall Ukrainern wir es in letzter Zeit hier auf der Insel zu tu haben. Teneriffa scheint sie anzuziehen.“ Lena wurde zunehmend nachdenklicher.
„Vielleicht stellt Rosalia ihn mir noch vor. Mal sehen, was für einen Eindruck er macht. Wollen wir jetzt deine Eltern besuchen? Ich bleibe dann bei ihnen, und du kommst nach deiner Arbeit dazu. Mit Rosalia. Ich bin nämlich neugierig.“
Mit einem unguten Gefühl, ja sogar mit etwas Angst, die sich in einem kleinen Eckchen seines Gehirns eingenistet hatte, fuhr der schwarzgekleidete Motorradfahrer auf der kurvenreichen Straße von Vilaflor nach Granadilla. Er hatte nicht aufgepasst. Er war durch seine Unaufmerksamkeit aufgefallen. Obwohl ihr

der Schreck des Fastunfalls deutlich anzusehen war, hatte die blonde Autofahrerin ihn intensiv betrachtet. Es war ihr zwar nicht möglich, ihn zu identifizieren, aber es könnte sein, dass sie sich das Kennzeichen gemerkt hatte. Er musste nun unbedingt sein Motorrad verschwinden lassen. Schade, die schwarze Kawasaki war ihm am liebsten. Nicht zu ändern, er würde nun eben wieder die rot-weiße Honda nutzen.
Viel wichtiger war es, dass der Boss nichts von seinem Missgeschick erfuhr. Er würde Riesenprobleme bekommen. Vor dem Städtchen Granadilla, hinter dem Montaña Colorada, bog er nach links in einen unbefestigten Weg ab, um nach vielleicht zwei Kilometern ein altes, verlassenes Gehöft zu erreichen, das sie als vorübergehenden Unterschlupf nutzten, um näher am Weingut der Hernandez leben zu können. In der näheren Umgebung wohnte sonst niemand, das war wichtig für sie. Unerwarteten Besuch konnten sie nicht gebrauchen. Allzu lange würden sie hier auch nicht mehr bleiben, sie mussten nur noch den nächsten Auftrag ausführen. Danach durften sie wieder zurück nach Deutschland fliegen. Ihre Arbeit war hier in Kürze getan. Sie mussten nur den richtigen Zeitpunkt abwarten. Seit der Sicherheitsdienst rund um die Uhr das Weingut bewachte und die Überwachungskameras jede fremde Aktion aufzeichneten, war es schwieriger geworden, den Auftrag auszuführen. Sie mussten Geduld haben. Leider konnte der Boss diese Geduld nicht aufbringen. Die Familie Hernandez Martin sollte demoralisiert werden. Kein weiterer Mord, aber es gab noch andere effektive Möglichkeiten, um ans Ziel zu kommen. Das Ziel war die Unterschrift von Doña Marta Hernandez Martin auf dem Kaufvertrag für das Grundstück in San Pedro. Und nie-

mand würde feststellen können, wer hinter diesem Erfolg stehen würde. In diesem Fall konnte Trautmann eine weiße Weste behalten. Man würde ihm nichts nachweisen können.

Der erste Freitag im September
Costa Adeje

Kommissar Carlos Lopez Garcia betrat am späten Nachmittag das luxuriöse 5* Hotel „Teide Plaza“ an der Costa Adeje. Er hatte sich mit dem Geschäftsführer des Hotels, Jorge Gomez Costa verabredet. Carlos hoffte, von ihm einige interne Auskünfte zu bekommen. Von seiner Lebensgefährtin Miriam wusste er, dass sie Gomez Costa als kompetent, erfahren und freundlich einschätzte. Sie kannte ihn schon einige Zeit, weil auch sie in diesem Hotel arbeitete. Nun wollte er sich ein eigenes Urteil bilden. An der Rezeption wurde er von Juan, dem Bruder von Cristinas Freundin Laura begrüßt. Juan war glücklich, diesen Job bekommen zu haben, obwohl die Bezahlung nicht gerade üppig war. Die Arbeitslosigkeit speziell bei jungen Leuten war auf der Insel besorgniserregend hoch. Um seine Arbeit behalten zu können, war Juan auch jederzeit bereit, die eine oder andere Sonderschicht zu übernehmen. Heute war er schon seit den frühen Morgenstunden im Dienst, hatte aber noch nichts von der ihm eigenen Freundlichkeit eingebüßt.
„Hallo, Comisario. Kann ich etwas für Sie tun? Wollen Sie zu Miriam? Ich habe sie eben noch gesehen. Sie wollte eine kleine

Pause machen, bevor ihr nächster Kunde kommt. Bestimmt werden Sie sie in der Cafeteria am Pool finden. Da hat sie einen Lieblingsplatz."
„Hola Juan, geht es Ihnen nach den schlimmen Ereignissen wieder etwas besser? Ich kann mir vorstellen, dass Sie noch Zeit brauchen, um das alles zu verstehen. Cristina war schließlich eine Freundin von Ihnen. Was machen die beiden Mädchen, Laura und Ana?"
Das Lächeln war aus Juans Gesicht verschwunden.
„Den Mädchen geht es genauso wie mir. Wir müssen ständig daran denken und verstehen nicht warum das passieren musste. Ich kannte Ruben nicht besonders gut. Aber der Gedanke, dass er zu so einer Tat fähig ist, wäre mir nie gekommen. Er machte so einen sympathischen Eindruck."
Carlos sah, dass Juan sich wegdrehte, damit niemand sehen konnte, dass er Tränen in den Augen hatte.
„Wird schon wieder, Juan. Grüß die Mädchen von mir. Wo finde ich euren Hotelmanager, zu dem wollte ich nämlich, nicht zu Miriam. Die nehme ich erst später mit nach Hause."
„Kommen Sie, Comisario, ich bringe Sie zum Büro von Señor Gomez Costa."
Jorge Gomez Costa erhob sich von seinem Bürostuhl, als Carlos den Raum betrat. Er ging auf den Kommissar zu und reichte ihm die Hand zur Begrüßung.
„Ich habe Sie schon erwartet, setzen Sie sich bitte. Wie kann ich Ihnen helfen?"
„Señor Gomez Costa, wie Sie vielleicht wissen, ermitteln wir in einem Mordfall. Das wird mit Sicherheit schon bis zu diesem Hotel durchgedrungen sein. Nun ist es so, dass der Eigentümer

des Hotels Vitali Wolkow ist, der Bruder der Frau, in deren vermieteter Wohnung dieser Mord geschah.
Gleichzeitig ist sein Neffe ein Bekannter des mutmaßlichen Mörders, den wir bedauerlicherweise noch nicht festnehmen konnten. Er hat sich von der Insel abgesetzt und auch seinen Verbleib konnten wir noch nicht feststellen. Aber die Ermittlungen gehen ohne Unterbrechung weiter.
Ein weiteres Problem für uns ist der massiv angewachsene Drogenhandel auf der Insel. Interessant ist, dass dieser Anstieg zur gleichen Zeit begann, als Señor Wolkow dieses Hotel in Betrieb genommen hat. Glauben Sie mir, unsere Ermittler sind in der Lage, solche Dinge genauestens zu überprüfen. Die Zeitangaben passen genau zusammen. Von verschiedenen Personen, die schon Gast in diesem Haus waren, haben wir außerdem erfahren, dass ihr Luxushotel noch nie ausgebucht war. Ich frage Sie, wie kann so ein Hotel mit so wenig Auslastung überleben, wenn nicht Geld aus einer ganz anderen Quelle einfließt?"
Die freundliche Selbstsicherheit des Hotelmanagers war ihm vergangen. Sein Gesicht zeigte einen sorgenvollen Ausdruck.
„Ich kann Ihnen da nicht weiterhelfen. Mir wird das Geld, das ich benötige um den Hotelbetrieb aufrecht zu erhalten, vom Eigentümer zur Verfügung gestellt. Die Buchführung wird extern durchgeführt. Ich bin für das Personal, für die notwendigen Einkäufe, für Instandsetzungen und Ähnliches zuständig. Auf diesen Konten ist immer ausreichend Geld vorhanden. Die Einnahmen fließen auf andere Konten.
Ich habe mir auch schon meine Gedanken gemacht, aber Señor Wolkow hat mich beruhigt, als er mir sagte, dass die sehr hohen Preise, die hier von den Gästen gezahlt werden, die Unkos-

ten allemal abdecken."
Carlos sah ihn gespannt an.
„Aber Sie als erfahrener Manager glauben ihm nicht?"
„Ehrlich gesagt? Nein. So wie es läuft, kann so ein Hotel nicht über einen so langen Zeitraum überleben. Ich habe ihm schon vorgeschlagen, Angebotswochen einzuführen. In den Monaten April bis Juni ist es besonders ruhig. Bei günstigeren Preisen würden wir wahrscheinlich mehr Buchungen bekommen. Aber er hat abgelehnt. Er will sich nicht selbst den Standard kaputtmachen, indem er Gäste nehmen soll, die nicht seinen finanziellen Ansprüchen entsprechen. Er möchte hier nur äußerst wohlhabende Gäste im Haus haben. Was soll ich machen?"
„Wo ist Vitali Wolkow zurzeit?"
Gomez Costa zuckte die Schultern.
„Ich weiß es nicht. Er kommt und geht, ohne mich zu informieren. Ich glaube, die meiste Zeit ist er geschäftlich mit der Yacht seiner Familie unterwegs. Er hat zusätzlich noch einen Import-Export-Handel. Wie ich erfahren habe, handelt er mit Luxusartikeln. Teppiche, Schmuck, Pelze. Viele seiner Geschäfte führen ihn wohl nach Marokko. Er hat vorwiegend reiche russische Kunden."
Carlos war schockiert. Eine Privatyacht. Warum wusste er nichts davon. Das herauszufinden, hatte jetzt absoluten Vorrang. Dem Hotelmanager gegenüber ließ er sich nichts anmerken.
„Ich danke Ihnen, dass Sie mir so offen Auskunft gegeben haben, Señor Gomez Costa. Sobald Vitali Wolkow das nächste Mal hier auftaucht, geben Sie ihm bitte meine Karte. Er soll mich unverzüglich anrufen."

Nachdem er sich verabschiedet hatte, rief er im Büro an und veranlasste, dass sofort überprüft werden sollte, wo sich die Yacht der Wolkows derzeit aufhielt. Er konnte den Kollegen keine weiteren Hinweise geben, aber das war auch nicht notwendig. Sie wussten, was zu tun war. Eigentlich wollte er Miriam abholen und mit ihr nach Hause fahren. Aber das hatte sich erledigt. Er musste zurück in seine Dienststelle. Es war zwar schon spät, aber die Ermittlungen hatten absoluten Vorrang. Inzwischen hatte Miriam Verständnis dafür.

„Warum ist uns entgangen, dass diese Familie eine Privatyacht besitzt. So alt bin ich doch nicht, dass ich so etwas Wichtiges überhaupt nicht in Betracht gezogen habe. Wahrscheinlich haben die auch noch einen Privatflieger zur Verfügung. Überprüft alles."

Carlos war sauer auf sich selbst.

Seine hübsche Kollegin, die schon bei der Befragung von Irina Wolkowa zugegen war, kam lachend und mit einem Ausdruck in der Hand in sein Büro.

„Wir haben es herausgefunden. War über die Hafenverwaltung in Santa Cruz ganz schnell gemacht. Die Yacht trägt den Namen „Heidelberg" und muss schon ein Superteil sein.

Der Mitarbeiter wusste, dass sie häufig hier anlegt. Aber auch Las Palmas ist ein bevorzugter Hafen. Dort soll sie noch öfter sein."

„Wenn Wolkow häufig in Marokko ist, um dort Geschäfte zu machen, sind unsere Inseln schließlich der ideale Ausgangspunkt. Ich will ihn so schnell wie möglich befragen. Im Hotel habe ich schon Bescheid gesagt. Da laufen Geschäfte, die wir unbedingt unter die Lupe nehmen müssen. Und ich bin davon

überzeugt, dass auch Trautmann damit zu tun hat."
Sein Phantom hatte mehrere Gesichter bekommen.

Der erste Freitag im September
Abends in Vilaflor

Lena fuhr durch das offene Tor in die Zufahrt zum Haus der Familie Hernandez Martin und parkte ihren Wagen vor dem Haupteingang des Wohnhauses. Bevor Lena die Treppe zur Haustür hochgehen konnte, öffnete sich die schwere, dunkle Holztür und Joana hieß Lena willkommen.
„Roberto hat eben angerufen und schon angekündigt, dass du kommst. Wir freuen uns, dich endlich mal wieder hier bei uns zu sehen, du warst lange nicht mehr in Vilaflor. Komm rein. Pablo und Marta erwarten dich schon."
Lena lächelte. Es war schön, wenn man in einer schweren Zeit so freundlich empfangen wurde.
„Ja, es stimmt. Die Zeit, seit ich das letzte Mal hier oben war, liegt schon länger zurück. Aber nun hat sich so viel verändert, ich hielt es für richtig und angebracht, zu euch zu kommen. Roberto hat mir den Vorschlag gemacht. Ich war mir erst nicht sicher, aber jetzt bin ich froh, dass ich gekommen bin."
Joana begleitete Lena in das geräumige Wohnzimmer von Pablo und Marta. Als Lena die beiden sah, fühlte sie Mitleid in sich aufsteigen. Sie sahen blass und mitgenommen aus. Roberto hatte ihr erzählt, dass sich Marta die Schuld an Cristinas Er-

mordung gab, weil sie dem Landverkauf nie zustimmen wollte. Alle Beteuerungen, dass das nicht der Grund war, halfen nichts, Marta fühlte sich schuldig. Trotzdem empfand Lena ein warmes Gefühl, als sie die beiden alten Leute begrüßte, die sie heute so freundlich aufnahmen. Sicherlich hatte Roberto ihnen schon erzählt, dass sich das Verhältnis zwischen ihnen beiden von Freundschaft über Zuneigung in Liebe verwandelt hatte, und Pablo und Marta hofften schon lange darauf, dass Roberto endlich die richtige Frau fand. Und Lena hatte schon immer das Gefühl, dass seine Eltern sie schon vor einigen Jahren gern zusammen gesehen hätten.

So saßen sie längere Zeit zusammen, unterhielten sich über die Dinge, die vor kurzer Zeit geschehen waren und die von den drei alten Leuten nicht so schnell bewältigt werden konnten. Es würde noch eine lange Zeit dauern, bis eine gewisse Normalität in dieses Haus einziehen würde.

Es war schon fast neun Uhr abends, als sie hörten, dass ein weiteres Fahrzeug vor dem Haus hielt. Es dauerte auch nur einen kurzen Moment und Rosalia und Roberto standen im Wohnzimmer.

Rosalia ging sofort auf Lena zu und umarmte sie wie eine Freundin, die lange nicht mehr da war und Roberto zog sie an sich und küsste sie wieder ganz leicht auf die Stirn, alles andere wollte er sich für später aufbewahren.

„Rosalia, ist es nicht schön, dass Lena jetzt zu uns gehört. Wir mochten sie schon immer, aber es war wohl noch nicht an der Zeit für die beiden, sich zu finden." Marta schien wenigstens für diesen Abend ihre Trauer zu vergessen.

Nachdem sie miteinander zu Abend gegessen hatten, stand Ro-

berto auf und wollte sich zusammen mit Lena verabschieden.
„Roberto, warte. Ich würde gern noch kurz mit Rosalia sprechen, wir haben uns so lange nicht gesehen. Es dauert nicht lange. Rosalia, hast du einen Moment Zeit für mich?"
„Natürlich, komm wir gehen zu mir. Nein, Roberto, du nicht. Frauengespräch!"
„Na toll. Zwei Frauen zusammen und schon hat man als Mann keine Chance. Mach es kurz Lena. Ich warte nicht allzu lange."
Er grinste und verabschiedete sich in seine Wohnung.
„Rosalia, ich komme gleich zur Sache. Ich bin einfach nur neugierig. Als ich vorhin am Weingut war, sah ich dich mit einem großen, außergewöhnlichen Mann zusammenstehen. Du hattest einen Gesichtsausdruck, den ich von dir nicht kenne und dieser Mann hatte auch nur Augen für dich. Wer ist es? Wie heißt er? Woher kommt er? Wie ist euer Verhältnis?"
„Du bist wirklich neugierig und es geht dich eigentlich gar nichts an. Aber gut, ich weiß zwar nicht, was ich dir erzählen soll, ich kenne ihn erst seit gestern Morgen und ich weiß auch nicht, ob daraus etwas entstehen kann, aber wir fühlten uns von der ersten Sekunde zueinander hingezogen. Mach dir deine eigenen Gedanken darüber und geh jetzt zu Roberto. Der wartet sicher schon auf dich. Ich mache mir inzwischen Gedanken darüber, ob es richtig ist, am liebsten sofort mit einem fremden Mann ins Bett zu gehen."
Lena musste laut lachen. „So was habe ich von der zurückhaltenden Rosalia nie erwartet. Es scheint eine ernste Sache zu werden. Schlaf gut. Bis morgen."
Lena hatte immer noch ein Schmunzeln im Gesicht, als sie Robertos Wohnung betrat. Sie wurde schon ungeduldig erwartet.

Der erste Freitag im September,
Ein altes, leerstehendes Gebäude, abseits von Granadilla.

Alexej Kowaljow und Sergej Orlow warteten schon ungeduldig auf Michael Lebedew, der schon seit längerer Zeit wieder zurück sein sollte. Die drei waren in schlimmen Zeiten, als sie nach dem Ende ihres Afghanistaneinsatzes in Moskau auf der Straße leben mussten, von Andrej Wolkow aufgenommen und somit gerettet worden. Das war lange her und inzwischen hatte Andrejs Tochter Irina die Familiengeschäfte übernommen, was bedeutete, dass die Männer nun das tun mussten, was diese Frau ihnen vorschrieb. Damals hatten sie geschworen, sich immer loyal zur Familie Wolkow zu verhalten, egal um welches Familienmitglied es sich handeln würde. Und daran wollten sie sich halten. Jetzt hatte ihnen Irina einen Auftrag erteilt und sie duldete keine Schlamperei.

Irina schätzte die absolute Skrupellosigkeit und Gefühlskälte der drei Männer. Die Fähigkeit, Gefühle zu haben, ist ihnen ganz offensichtlich seinerzeit Afghanistan vollständig verloren gegangen.

Die Männer würden auch weiterhin lieber für Andrej arbeiten, aber er war alt geworden, hatte nicht mehr die Kraft, die Geschicke der Familie zu leiten. Er und seine Frau Tatjana lebten zurzeit auch in dem Haus in Adeje, aber ihre wirkliche Heimat war inzwischen der Ort Baden Baden in der Bundesrepublik Deutschland geworden.

Dahin wollten sie möglichst schnell zurückkehren. Die Art, wie

ihre Kinder die Geschäfte übernommen hatten, gefiel Sergej überhaupt nicht, er konnte sich aber gegen die jungen Leute nicht mehr durchsetzen. Er war einfach nur noch müde.
Es war schon dunkel, als Alexej und Sergej das ständig lauter werdende Geräusch eines Motors hörten. Endlich, Michael war zurück. Nachdem es draußen still geworden war, dauerte es nicht lange, und der Jüngste der drei Männer stürmte in den ungemütlichen Wohnraum des Gehöfts und machte einen ungewohnt verstörten Eindruck.
„Kommt schnell mit raus. Wir müssen die Kawasaki verschwinden lassen."
Untereinander sprachen sie Russisch, wie immer, wenn sie alleine waren.
„Ich bin fast mit dem Wagen einer blonden Frau zusammengestoßen, die auf die Straße zum Weingut abbiegen wollte. Wahrscheinlich kann sie keine näheren Angaben machen, aber sicher ist sicher.
Ich nehme morgen erst mal wieder die Honda."
„Bist du wahnsinnig geworden? Musstest du derart unaufmerksam sein? Wie konnte das passieren?"
Alexej, der Älteste von ihnen, war wütend.
„So etwas darf einfach nicht vorkommen und sie darf es gar nicht erfahren, dann gibt es richtigen Ärger."
„Das Beobachten ist schwierig geworden, seit alles rund um die Uhr überwacht wird. Ich bin einfach langsam gefahren und habe versucht, irgendetwas rauszubekommen. Ich habe zu lange nach links gesehen, auf einmal stand das Auto vor mir. Aber ich glaube, es ist noch einmal gutgegangen."
„Wenn nicht, können wir uns auf was gefasst machen. Gut, es

hilft nichts, wir bringen jetzt erst mal das Motorrad in den Stall und warten ab. Normalerweise kann die Frau nicht mal etwas vermuten.
Kein Mensch weiß, dass wir hier sind und was unser Auftrag ist."
Ihr Plan stand fest, nur den Zeitpunkt ihrer Aktion kannten sie noch nicht. Es musste sich zufällig ergeben. Dass dieser Zeitpunkt schneller als erwartet kommen würde, konnten Sie heute noch nicht wissen. Etwa zwei Kilometer weiter bergauf duckte sich eine flache Behausung zwischen kanarische Kiefern in das knorrige, grünblättrige Gestrüpp, das hier überall sporadisch am Rand der Montaña Colorada wuchs. Diese einfache Hütte war von dort, wo die drei Männer vorübergehend hausten, nicht zu sehen. Dem schon älteren Mann jedoch, der sich mit ein paar Ziegen dorthin zurückgezogen hatte, um alleine zu sein und sein einfaches Leben fernab von anderen Menschen zu verbringen, war der schwache Lichtschein, der von dem weiter unten liegenden Gehöft abstrahlte, schon vor einigen Tagen aufgefallen. Ein Telefon hatte er nicht, aber ein kleines Radiogerät, für Nachrichten weltweit, aber auch für die von der Insel. Er wollte informiert sein in seiner Einsamkeit.
„Noch jemand, der alleine sein will." Er murmelte es vor sich hin. Nur die Motorengeräusche eines Motorrades und hin und wieder die eines klapperigen Transporters machten ihn noch neugieriger.
Er würde die Sache im Auge behalten. Gut, dass er sein Fernglas immer dabei hatte, hin und wieder mussten schließlich die Ziegen wieder eingefangen werden. Der Mann wollte zwar alleine sein, kannte jedoch das Motorengeräusch, weil auch er

nicht auf sein uraltes Motorrad verzichten wollte. Einige Besorgungen musste er nun doch hin und wieder machen.

Der erste Samstag im September
Las Palmas, Gran Canaria

Blomberg hatte ausgezeichnet geschlafen. Nun saß er im Speiseraum des komfortablen Hotels, das direkt an der Promenade zum Canteras Strand lag, und genoss ein ausgedehntes, reichhaltiges Frühstück. Diesen Luxus leistete er sich nur selten. Seine Auftraggeber waren nicht oft so wohlhabend wie seine derzeitige Klientin. Warum sollte er das nicht auch mal für sich nutzen. Es war schon ziemlich spät an diesem Morgen, die meisten Gäste hatten schon gefrühstückt und das Hotel inzwischen verlassen. Hier in Las Palmas war die Zahl der Touristen, die sich nicht für den überlaufenen Süden der Insel entschieden, ständig angewachsen. Leider konnte man hier im Nordosten der Insel nicht immer mit sonnigem Wetter rechnen. Es war wolkiger und ab und zu gab es auch mal einen Regenschauer. Aber deshalb war der Norden der Insel auch üppig grün, im Gegensatz zum eher kargen Süden. Hier auf der Insel bekam jeder das, was er bevorzugte.
Blomberg mochte Gran Canaria. Nach Teneriffa wäre diese Insel seine zweite Wahl gewesen. Aber er hatte sich entschieden und er war zufrieden mit dieser Entscheidung.
Einige Zeit später spazierte er die Promenade entlang, beob-

achtete die Badegäste am Strand und die unermüdlichen Wellenreiter etwas abseits in der Brandung. Er wartete auf den Telefonanruf seines Bekannten von der Hafenverwaltung. Sie wollten sich zu einem verspäteten Mittagessen hier an der Promenade treffen. Blomberg war gespannt, ob der Mann etwas herausgefunden hatte. Er rechnete auch mit dem Unwahrscheinlichen und war Kommissar Lopez Garcia zweifelsfrei immer einen Schritt voraus. Blomberg war ganz sicher, seiner Klientin den Mörder ihrer Tochter als Erster präsentieren zu können. Was sie dann mit den Informationen, die er ihr geben würde anfing, das war im gleichgültig.
Blomberg und sein Bekannter verabredeten sich zu zwei Uhr im Restaurant „La Ola“, einem gutbesuchten Fischlokal an der Parallelstraße zur Promenade. Dort war es ruhiger als in der ersten Reihe zum Strand und das Restaurant war auch kein Tummelplatz für Touristen. Das Essen war gut und nicht zu teuer und man konnte sich in den hinteren Bereich zurückziehen.
Das war genau das, was sie beide wollten.
„Hola, mein Freund. Wie hast du auf dieser fremden Insel geschlafen? Du weißt doch, Las Palmas soll die Stadt mit dem besten Klima der Welt sein. Das muss man doch auch im Schlaf merken!“
Blomberg lachte. „Klar, habe ich es gemerkt. Aber das Hotel hat auch dabei geholfen. Was hast du rausgefunden?“
Blomberg war ein wenig ungeduldig. Nachdem er schon die Nacht hier geblieben war, wollte er möglichst schnell Ergebnisse bekommen.
„Langsam, Amigo! Lass uns erst bestellen. Darf ich, oder hast du eigene Vorstellungen?“

„Nein, ist schon okay. Du kennst dich hier aus. Also überlasse ich dir die Auswahl."
Nachdem sein Bekannter mit dem Kellner einig geworden war und Blomberg den ersten Schluck Wein getrunken hatte, war auch sein Informant bereit, ihm das zu sagen, was er herausbekommen hatte.
„Wie ich dir schon gestern sagte, war am Montag nicht allzu viel los in dem Hafenbereich, in dem die privaten Yachten anlegen." Er nahm sich erst einmal ein Stück Brot, brach umständlich ein Stück davon ab, und fing an zu kauen. Blomberg konnte sich nur mit Mühe zurückhalten.
„Und, weiter?"
„Wir hatten zwei Dreimastsegler, die erst am Dienstag abgelegt haben und eine große Privatyacht. Die hatte es eilig. Ist am Montag im Morgengrauen eingelaufen und legte schon gegen zehn Uhr vormittags wieder ab. Mit Kurs Agadir. Und jetzt rate mal, wer Eigner dieser Yacht ist? Sie heißt übrigens „Heidelberg."
„Du zahlst, wenn ich Unrecht habe. Ich sage mal: Familie Wolkow?"
Sein Bekannter grinste.
„Bingo. Ich denke, du wirst noch nach Agadir fliegen müssen. Nun mach was draus."
Blomberg war sichtlich zufrieden. Also auf nach Agadir. Ihm war von vornherein klar, dass dieser Auftrag mit Ortswechseln verbunden war. Hauptsache, er wurde auch weiterhin gut bezahlt.

Der erste Samstag im September
Agadir

Der unauffällig elegant gekleidete junge Mann stand vor dem Abfertigungsschalter der Royal Air Maroc und wartete darauf, seine ziemlich neu aussehende Reisetasche endlich aufgeben zu können. Er trug eine dunkelblaue Jeans und ein seidig fallendes Poloshirt, eine graue Leinenjacke hatte er sich über die Schulter geworfen, um die Hände frei zu haben, die seinen Rucksack und seinen Reisepass hielten. Wer ihn anschaute, bemerkte keine Ähnlichkeit mehr mit dem goldhaarigen Surfer aus El Medano auf Teneriffa.
Dieser gutaussehende Mann trug kurz geschnittene dunkle Haare, einen gepflegten 3Tage Bart und eine modische, nicht zu kleine Brille mit einem schmalen, dunklen Rand. Er reiste ein letztes Mal unter seinem echten Namen, Jan Osthoff.
Mit diesem Namen war er auch in dem kleinen Hotel im hinteren Bereich der touristischen Zone von Agadir gemeldet. Und unter diesem Namen war er dann auch im Hafen von Agadir mit einem gültigen Rückflugticket für diesen Samstag eingetroffen. Hier sollte weder ein Ruben Santoro, noch ein Michael Westkamp aufzufinden sein. Diese persönlichen Unterlagen existierten seit dem vergangenen Montag ohnehin nicht mehr. Ruben Santoro war schon auf Teneriffa verschollen und Michael Westkamp während der Fahrt mit der Yacht über den Atlantik in Richtung Marokko.
Sobald er in Zürich ankam, würde es auch Jan Osthoff endgültig nicht mehr geben. Nachdem er sein weniges Gepäck abge-

geben hatte und sich nach einer eingehenden Personen-und Handgepäckkontrolle endlich im Abflugbereich des Flughafens Agadir befand, hieß es für Ihn nur noch darauf zu warten, dass sein Flug endlich aufgerufen wurde.
Es war ärgerlich, dass es keinen None-Stop-Flug nach Zürich gab, aber er würde die Zeit schon herumkriegen. Eine gute Stunde Flug bis nach Casablanca, dann zwei Stunden Aufenthalt im Transitbereich und nochmal etwas mehr als vier Stunden bis er in Zürich ankam. In der Freiheit.
Bis jetzt hatte der Boss perfekt für alles gesorgt. Sein Flugticket lag auf der Yacht bereit und seine neuen Papiere - Reisepass, Personalausweis und Führerschein, er hieß jetzt Daniel Kamphoff, hatte er am Freitag bei einem älteren Marokkaner in einer Seitenstraße der Altstadt von Agadir abholen können. Bis jetzt war alles gut gegangen, aber dieses eigenartige Gefühl, das sich hinter seinem Magen ausgebreitet hatte, wollte nicht verschwinden. Die größten Probleme bereiteten ihm jedoch die Bilder von Cristina, die sich unauslöschlich in sein Bewusstsein eingegraben hatten. Er hätte sie lieben sollen, stattdessen musste er sie töten.
Egal, wozu er sich entschieden hätte, eines der beiden siebzehnjährigen Mädchen wäre jetzt ohnehin nicht mehr am Leben. Er war froh, als sein Flug endlich aufgerufen wurde. Er reihte sich in die Schlange der anderen Passagiere ein, vermied den direkten Blickkontakt zu Passagieren und Flugbegleitern und nahm seinen Platz am Fenster ein. Die Sonne schien durch die kleine Fensterscheibe ins Innere der Maschine und bot ihm die Möglichkeit, sich mit seiner Sonnenbrille zu tarnen. Er konnte sich mit seiner äußeren Veränderung noch so viel

Mühe geben, seine außergewöhnliche Augenfarbe könnte ihn jederzeit verraten.
Noch knapp acht Stunden und er war am Ziel. Er wusste noch nicht, was genau er danach machen sollte. Vielleicht blieb er erst einmal eine gewisse Zeit in der Schweiz. Er hatte keine Berufserfahrung, er konnte nur Dinge, die so unbeschreiblich widerlich waren, dass er nicht daran denken wollte. So hatte er sich sein Leben nicht vorgestellt, als er vor gut sieben Jahren sein verhasstes Elternhaus verlassen hatte. Cristina, der Gedanke an sie reichte aus, um ihn zum Weinen zu bringen. Ihr Leben gegen das Leben seiner Schwester Nina, die das einzige Familienmitglied war, an dem ihm etwas lag. Auch wenn inzwischen viel Zeit vergangen war, er wollte versuchen mit Nina Kontakt aufzunehmen und hoffte insgeheim, dass er sie wiedersehen würde.

Der erste Samstag im September
Las Palmas, Gran Canaria

Blomberg war unzufrieden. Er wäre lieber nach Teneriffa zurückgekehrt. Aber das war nicht sinnvoll. Er musste so schnell wie möglich nach Agadir. Die Unterkunft des Gesuchten dort zu finden war geradezu unmöglich. Es gab einfach zu viele Möglichkeiten, dort in irgendeinem Hotel unterzutauchen. Blomberg war davon überzeugt, dass er nicht gerade in einem der großen Hotels zu finden war, aber auch die kleineren, unbedeutenderen Hotels waren schwer zu überprüfen. Er musste seine Beziehungen nutzen und das bedeutete für ihn, mehrere Telefongespräche zu führen. Er kannte jede Menge Leute, die ihm einen Gefallen tun würden. Jetzt war der Zeitpunkt gekommen, diese Beziehungen zu nutzen.

Er hatte mit seiner Auftraggeberin gesprochen. Sie war mit allem einverstanden, was er machte, Hauptsache, er war erfolgreich. Geld spielte wohl wirklich keine Rolle für sie.

Blomberg hatte seinen Aufenthalt im Hotel um eine Nacht verlängert, und den Flug für morgen Vormittag von Gran Canaria nach Agadir gebucht. Er wusste noch nicht genau, wo er dort mit seinen Ermittlungen ansetzen sollte, aber schließlich würde er vorher auch noch einige Telefongespräche führen und er hoffte, dadurch etwas mehr zu erfahren.

Von Elena Hernandez hatte er schon einige Informationen erhalten. Er kannte inzwischen die Namen einiger Personen, die eventuell mit dem Mord in Verbindung standen. Da war der mutmaßliche Mörder, Ruben Santoro, der sich aber auch Michael Westkamp nennen konnte. Die Polizei auf Teneriffa, insbesondere Kommissar Carlos Lopez Garcia, hatte die gesamte Familie Wolkow schon längst im Visier.

Dann war da noch der Schwiegersohn des russischen Familienoberhauptes, Mario Trautmann, der in Frankfurt und auf Teneriffa Immobilien- und Finanzbüros besaß.

Blomberg hatte vor, sich zuerst um diesen Trautmann zu kümmern. Dazu benötigte er aber Unterstützung und die würde er bekommen. Es gab in Frankfurt einige gute Bekannte in entsprechenden Positionen des öffentlichen Dienstes und auch jemanden bei der Polizei, die er nun endlich um Mithilfe bitten konnte. Selbstverständlich absolut diskret, aber wirkungsvoll. Er würde sich erkenntlich zeigen, wenn er wieder mal in Deutschland war. Er verbrachte den Nachmittag in seinem Hotelzimmer, von wo er diverse Telefongespräche führte und die infrage kommenden Informanten überredete, noch heute tätig zu werden. Er war den ganzen Tag erreichbar.

Blomberg wusste, dass er sich auf diese Personen verlassen konnte. Jetzt zahlte es sich aus, dass auch er sich in vergangenen Zeiten für den einen oder anderen intensiv eingesetzt hatte. Es waren keine guten Freunde, die gab es für ihn ohnehin nicht, aber es gab gute, langjährige Bekannte, denen vertraute er und sie vertrauten ihm.

Er musste jetzt nur geduldig bleiben. Es würde einige Stunden dauern, bis er vielleicht erste, wichtige Informationen bekam.

Blomberg legte sich entspannt aufs Bett, schaltete sich durch die vorhandenen Fernsehprogramme und ließ sich aus der Hotelküche sein Abendessen kommen. Es war ziemlich spät, als ihn der erste Anruf erreichte.

„Hallo, mein Lieber. Warst du erfolgreich?“ Blomberg sah auf seine Uhr. Er wusste, dass es in Deutschland schon eine Stunde weiter war.

„Ich habe jedenfalls versucht, so viel wie mir möglich war herauszufinden. Dabei habe ich mich ausschließlich auf Mario Trautmann und seine Unternehmungen konzentrieren können. Du weißt inzwischen ja schon, dass dieser Mann Unternehmen in Frankfurt und Baden Baden hat. Da ist erst einmal ein Immobilienbüro, „Areal-Hotel-Bau Baden Baden“. Leider besteht es nur aus einer Briefkastenfirma. Dort teilen sich mehrere Scheinfirmen ein Büro und eine Mitarbeiterin, die für den

Schriftverkehr dieser Firmen zuständig ist. Ein angeblicher Geschäftsführer von Trautmann ist nicht aufzufinden, wahrscheinlich gibt es den ohnehin nicht und der Name wird nur zu bestimmten Zwecken eingesetzt. Dazu kann ich dir aber nicht mehr sagen. Interessanter dagegen ist sein Lokal, es heißt „Inselbar“, im Frankfurter Bahnhofsviertel.
Diese Bar macht nach außen einen soliden Eindruck. Gepflegte Atmosphäre, gutes Publikum. Ein paar gutaussehende, sparsam bekleidete junge Frauen, die für entsprechende Tanzeinlagen zuständig sind, aber nicht den Eindruck hinterlassen, käuflich zu sein.
Ein paar Angestellte, die schon seit Jahren dort arbeiten. Die Barfrau, Tamara, ist bei den Gästen beliebt. Der Geschäftsführer, ein Ukrainer, Juri Koldonow, macht den Job von Anfang an. Er ist nur für den reibungslosen Ablauf in der Bar zuständig und hat eine absolut weiße Weste, obwohl er zusammen mit der Familie Wolkow vor Jahren nach Deutschland gekommen ist.
Mit der Vergangenheit der Wolkows möchte ich mich jetzt auch nicht auseinandersetzen. Sie ist für deinen Auftrag wahrscheinlich im Moment nicht wichtig.
Am Interessantesten sollte für dich aber ein junger Mann sein, der vor ungefähr sieben Jahren Mitarbeiter der „Inselbar“ war. Zuerst hat er sich um die Logistik gekümmert, wenig später wurde er äußerst erfolgreich als Bedienung in der Bar eingesetzt. Freundlich, gut aussehend und vor allen Dingen bei den weiblichen Gästen beliebt. Sein Name ist Jan Osthoff. Zwei Jahre später schien er wie vom Erdboden verschwunden zu sein.
Ich habe meinen Möglichkeiten entsprechend nachgeforscht. Der einzige Jan Osthoff, den ich ermitteln konnte und der vom

Alter her infrage kommt, stammt aus Hamburg-Harburg, und ist seit sieben Jahren verschwunden. Die Eltern haben unglücklicherweise keine Vermisstenmeldung aufgegeben, weil das Verhältnis zu ihrem Sohn ohnehin zerrüttet war. Er hat noch eine Schwester die ihm nahe stand, aber die ist erst siebzehn Jahr alt, und ihre Möglichkeiten, den Bruder zu finden, sind gleich Null". Blomberg überlegte einen Augenblick. Es war eine ganze Menge, was sein Informant ihm mitgeteilt hatte. Er musste versuchen, daraus eine für ihn erfolgversprechende Spur zu finden.
„Okay, dieser Osthoff hat vor sieben Jahren für zwei Jahre in der Bar gearbeitet. Wo ist er in den nachfolgenden fünf Jahren geblieben?"
„Ich habe keine Ahnung. Nur eins konnte ich noch rausfinden. Seit Mai dieses Jahres ist Koldonow nicht mehr in der Bar aufgetaucht. Außerdem gab es einen anderen jungen Mann, der sich sporadisch dort sehen ließ, weil er ein Freund von Koldonow war. Aber dieser Mann heißt Michael Westkamp. Tut mir Leid, Blomberg, aber mehr kann ich dir nicht bieten. Die Möglichkeiten sind begrenzt. Mach das Beste daraus. Ich hoffe, wir sehen uns demnächst in Frankfurt."
Blomberg war wie elektrisiert, als er den Namen Michael Westkamp hörte. Das war genau der Name, den seine Auftraggeberin ihm genannt hatte. Theoretisch konnten diese beiden Namen zu ein und demselben Mann gehören.
Nun musste er unbedingt mit seiner alten Liebe von der Lufthansa in Frankfurt sprechen. Wenn er morgen nach Agadir flog, wollte er irgendeine Möglichkeit nutzen, um an die Passagierlisten der letzten Flüge zu kommen. Er kannte nur diese

eine Person, die ihm diesbezüglich einen Tipp geben konnte. Aber Blomberg konnte sein Glück kaum fassen, die Dame kam ihm zuvor. Zwar war ihr Vorschlag ziemlich vage, aber er musste es einfach versuchen. Sie kannte eine Touristenbetreuerin, die vorwiegend Dienst auf dem Flughafen in Agadir machte, um den deutschen An- und Abreisenden bei Problemen zur Seite zu stehen. Das war die einzige Möglichkeit, um an die Listen heranzukommen. Und schließlich hatte er zwei Namen zur Auswahl.

Wenn er dort nichts herausfand, konnte er wieder von vorne anfangen. Trotzdem war er zuversichtlich. Erst einmal wollte er noch diese eine Nacht im Hotel genießen, morgen würde er dann mit der Inselfluglinie nach Agadir fliegen. Endlich hatte er einmal einen aufregenden Job, und er wollte unbedingt erfolgreich sein. Seine Auftraggeberin hatte ihm jede finanzielle Unterstützung zugesagt und die würde wahrscheinlich auch nötig sein. Falls er in Agadir eine Spur finden konnte, wollte er von dort aus sofort sein nächstes Ziel ansteuern. Wo das sein konnte, wusste er heute noch nicht. Er war immer auf alles vorbereitet. Wenn er Teneriffa verließ, hatte er immer seinen Notfallkoffer dabei. Er brauchte nicht viel und was ihm fehlte, konnte er sich jederzeit unterwegs besorgen.

Am Sonntagmorgen ließ er sich mit dem Taxi zum dem Parkhaus bringen, in dem er seinen Wagen geparkt hatte und machte sich rechtzeitig auf den Weg zum Flughafen von Gran Canaria. Er hatte ausreichend Zeit. Außerdem war sonntags die Autobahn verhältnismäßig leer. Blomberg parkte auf einer der Parkflächen für Langzeitparker. Sein Online-Ticket und sein Reisepass steckten in der Brusttasche seines Hemdes. Eine leichte

Jacke hatte er um den Griff seines kleinen Trolleys gelegt, er wollte sie im Flugzeug anziehen, falls die Klimaanlage wieder einmal nicht zu regulieren war.
Er war bereit, es konnte weitergehen.

Der zweite Sonntag im September
Santa Cruz

Die kleine Kirche etwas außerhalb von Santa Cruz, die Elena anlässlich der Trauerfeier für ihr Kind ohne Absprache mit Miguel ausgesucht hatte, war bis auf den letzten Platz besetzt.
Elena saß einsam in der ersten Reihe auf der linken Seite neben dem Mittelgang und starrte regungslos auf den weißen Sarg, den sie mit weißen, unterschiedlichen Blumen hat schmücken lassen. Miguel hatte nichts dazu zu sagen. Er wurde von ihr nicht mehr mit einbezogen.
Er saß mit seinem Sohn David, seinem Neffen Diego, mit seinen Eltern Pablo und Marta, seinem Bruder Roberto und mit Joana ebenfalls in der ersten Reihe, jedoch auf der rechten Seite.
Dahinter saßen Carlos und Miriam sowie Louisa und Leonard Winkler. Juan, Laura und Ana, Cristinas Freunde, waren mit ihren Eltern erschienen und durch den Rest der mit Cristina befreundeten Schulkameraden und deren Lehrer, war die kleine, pompös ausgestattete Kirche schon voll besetzt.
Elena hatte bestimmt, dass der Pfarrer nur ein kurzes Gebet im Anschluss an Cristinas Lieblingsgedicht sprechen durfte. Keine

Predigt, keine Kirchenlieder, kein Gesang. Aus dem Hintergrund waren nur leise einige von Cristinas Lieblingsmusikstücken zu hören.
Die Stimmung war eigenartig, traurig und beklemmend. Marta weinte leise vor sich hin und klammerte sich an ihren Mann. Von Elena war kein Laut zu hören. Für ihr Kind würde es später eine Feuerbestattung geben, die normale kanarische Beisetzung lehnte sie ab. Sie wollte auch ihren Mann nicht bei der Beisetzung neben sich haben, aber letztlich würde sie seine und Davids Anwesenheit nicht verhindern können.

Der zweite Sonntag im September
Vilaflor

Rosalia war zu Hause geblieben. Einer aus der Familie sollte bei der Weinlese anwesend sein. Ihr wäre die Teilnahme an dieser Trauerfeier auch unglaublich schwer gefallen. Morgen würde sie Elena besuchen. Wenn diese es zuließ. Rosalia war skeptisch. Elena schien mit der ganzen Familie gebrochen zu haben. Aber sie wollte unbedingt versuchen, mit ihr zu sprechen. Diego würde heute mit ihren Eltern und Roberto zurückkommen, die Schule begann in zwei Tagen und sie wollte ihn unbedingt wieder bei sich haben.
Auch Lena blieb in diesen Tagen in Vilaflor. An der Trauerfeier teilzunehmen erschien ihr nicht passend, aber hier konnte sie Rosalia ein wenig zur Hand gehen.

Da Joana auch in Santa Cruz war, würde sie zumindest die Verpflegung der Truppe in den Weinbergen übernehmen. Sie konnte zwar nicht für so viele Personen kochen, aber Brot, Schinken, Käse, Obst und Getränke konnte auch sie vorbereiten.
„Wenn die Leute zum Abend aus den Weinbergen kommen, sollen sie aber etwas Warmes auf den Tisch bekommen.“ Rosalia überlegte. „Was meinst du, machen wir einen Spaziergang zum Restaurant oben an der Hauptstraße und bestellen dort etwas? Die liefern auch ins Haus. Ich denke, acht Uhr ist eine passende Zeit. Wer weiß, wann die Familie aus Santa Cruz zurück ist. Auf jeden Fall kann Joana dann nicht mehr kochen. Außerdem bin ich es leid, mich ständig zu verstecken, ich muss einfach mal raus. Mir reicht doch schon ein kleiner Spaziergang.“
Lena war skeptisch. „Hältst du es für eine gute Idee, dass wir uns so weit vom Haus entfernen? Hier haben wir Schutz, im Ort nicht.“
„Heute ist Sonntag. Um diese Zeit ist es immer ruhig hier oben. Selbst die Einheimischen sind am Strand oder im Gebirge. Ich habe keine Bedenken. Außerdem sind wir bald wieder zurück. Ich werde nur schnell Serge und Juri Bescheid sagen, dann können wir gehen.“
Lena konnte nicht verstehen, über was Rosalia und Serge diskutierten, aber sie konnte sich denken, dass auch er nicht damit einverstanden war, dass Rosalia unbedingt das sichere Grundstück verlassen wollte. Sie sah nur, dass er permanent den Kopf schüttelte, Rosalia aber letztendlich das Gespräch energisch beendete und wieder auf sie zukam.

„Wir gehen. Niemand weiß, was wir vorhaben. Was soll schon passieren?“
Leider wusste auch niemand, dass an einem der Terrassentische in dem Ausflugslokal, das direkt an der Gabelung der Hauptstraßen nach Arona, nach Granadilla und zum Teide lag, ein Mann in Motorradkleidung saß und die kleine Seitenstraße beobachtete, die zum Weingut der Familie Hernandez führte. Seine rot-weiße Honda stand zwischen zwei Autos auf einem der Parkplätze die zu dem Lokal gehörten, und war auf den ersten Blick, oder für diejenigen, die sich nicht dafür interessierten, kaum sichtbar. Rosalia und Lena würden sich sicher nicht um das Motorrad kümmern.

Der zweite Sonntag im September
Santa Cruz

Elena erhob sich von der Kirchenbank, sofort nachdem das letzte, von ihr ausgesuchte Musikstück verklungen war und ging ohne irgendjemanden eines Blickes zu würdigen mit raschen Schritten auf den Seitenausgang neben dem Altar zu. Ganz kurz verharrte sie vor dem Sarg mit ihrer toten Tochter.
Es war nur ein flüchtiger Augenblick, so als wollte sie unbedingt vermeiden, von anderen Trauernden angesprochen zu werden. Ihr Abschied von Cristina sah ohnehin ganz anders aus und dabei hatte keine weitere Person etwas zu suchen. Sie hatte sich in Cristinas Zimmer zurückgezogen, verweigerte ihrem

Mann und ihrem Sohn den Zutritt, und jedes Mal, wenn sie die Wohnung verließ, wurde der Raum sorgfältig verschlossen. Wenn alles vorüber war und sie eine andere Wohnung gefunden hatte, würde sie Cristinas Sachen mitnehmen. Niemand sonst hatte ein Anrecht darauf. Aber erst einmal standen ganz andere Pläne im Vordergrund. Sie hatte keine Eile, konnte warten. Irgendwann kam der ersehnte Anruf und sie würde etwas tun. Da war sie sich sicher. Elena hatte Blomberg engagiert, er war der Beste. Er würde ihr helfen.
Nachdem sie aus der Kirche ins Freie getreten war, atmete sie erst einmal tief die klare, warme Septemberluft ein. Die Verabschiedung vom Pfarrer hatte sie sich erspart. Das konnte der Rest der Familie erledigen. Sie wollte alleine sein und das konnte sie heute, am Sonntag, nur auf der heruntergekommenen Bananenplantage ihrer Familie. Sie hatte sich vorab ein Taxi bestellt, das sie dort hinbringen sollte. Dort konnte sie ungestört nachdenken, ihre nächsten Schritte planen.
Es würde noch dauern, bis Blomberg seinen Erfolg meldete und bis dahin gab es für sie noch einiges zu tun. Die Familie Hernandez stand noch mit dem Pfarrer der kleinen Kirche zusammen und bedankte sich für dessen Feinfühligkeit, diese Trauerfeier auf Wunsch der Mutter der toten Cristina in einer etwas anderen Art und Weise abgehalten zu haben. Man merkte ihm zwar an, dass er damit nicht einverstanden war, aber in Anbetracht der schrecklichen Umstände des Todes von Cristina, diese Ausnahme doch für angebracht halten konnte.
Die bedrückende Stimmung war nicht nur bei der Familie zu bemerken, auch die Freunde und Schulkameraden von Cristina waren völlig verstört. Sie würden noch einige Zeit brauchen um

die tragischen Umstände, die zum Tod ihrer Mitschülerin geführt hatten, begreifen und verarbeiten zu können.
Roberto und seine Eltern hatten beschlossen, sich mit den engsten Bekannten noch irgendwo zusammenzusetzen und Zeit im Gedenken an Cristina zu verbringen. Miguel und David hatten verständlicherweise abgesagt, sie wollten den restlichen Tag alleine bleiben.
Es war dann aber doch eine größere Gesellschaft, die sich am Nachmittag noch in einem Restaurant in Santa Cruz einfand. Da war die Familie, Carlos und Miriam und Juan, Laura und Ana mit ihren Eltern. Roberto bestellte Essen und Getränke, aber obwohl es schon verhältnismäßig spät war, die Lust etwas zu essen stellte sich bei keinem der Anwesenden ein. Sie unterhielten sich und immer wieder flossen bei dem einen oder anderen die Tränen, aber letztendlich tat es gut, noch einmal in aller Ruhe über alles zu reden.

Der zweite Sonntag im September
Flughafen Agadir

Blomberg war mit etwas Verspätung vom Flughafen Gran Canaria mit einer Propellermaschine der bekannten grün-weißen Inselfluggesellschaft nach Agadir geflogen. Nach eineinhalb Stunden Flug war er wieder mal sicher am Boden angekommen. Er wusste noch nicht so genau, was er als Nächstes tun sollte, also setzte er sich erst einmal in der Cafeteria an die Bar,

bestellte sich einen Espresso und überlegte sich seine nächsten Schritte. Er hatte festgestellt, dass zu lange im Voraus zu planen nicht viel brachte. Sich der jeweiligen Situation möglichst schnell anpassen zu können, das war seine Spezialität.
Also würde er zuerst feststellen, ob die Kundenbetreuerin des Reiseunternehmens heute Dienst hatte. Wenn nicht, musste er ihre Adresse ausfindig machen. Zum Glück hatte ihn seine Bekannte aus Frankfurt schon angekündigt.
Bei diesem Auftrag hatte er wirklich Glück. Es kam nicht oft vor, dass die Dinge sich für ihn so gut entwickelten. Bis jetzt jedenfalls. Am Schalter des Reiseunternehmens lag schon eine Mitteilung für ihn, wo die Freundin seiner Bekannten zu erreichen war, wenn sie keinen Dienst auf dem Flughafen hatte. Nun gut, also auf zu dem angegebenen Hotel einer großen, in Deutschland viel gebuchten Hotelkette. Nach vierzig Minuten Fahrzeit erreichte sein Taxi das Hotel in der touristischen Strandzone von Agadir. Bevor er das Hotel betrat, ging er erst einmal zum Strand. Er war noch nie in Agadir, aber er roch das Meer, er wollte sehen, wie die Wellen über den Sand rollten, wie viele Menschen sich hier von der Sonne verwöhnen ließen, und er war angenehm überrascht. Es war nicht die Wildheit, mit der man es meistens an den Stränden der Kanaren zu tun hatte. Es waren leichte Wellen, die den breiten, flachen, sehr hellen Sandstrand mit ihren sanften Schaumkronen eroberten. Das Schwimmen schien hier ein Kinderspiel zu sein im Gegensatz zu den Naturstränden auf Teneriffa. Es waren auch nicht übermäßig viele Urlauber zu sehen. Aber er wusste aus Erfahrung, dass die meisten die gepflegte Poolatmosphäre bevorzugten, besonders diejenigen, die für alle Leistungen schon

vorab bezahlt hatten. Jeder so, wie er es möchte, dachte Blomberg, aber er würde sich diesen Strand nicht nehmen lassen.
Langsam schlenderte er zurück zum Hotel und betrat endlich die große Hotelhalle mit den riesigen Glasfronten, die den Blick auf die Poollandschaft freigaben. „Imposant", dachte er, „aber nichts für mich". Blomberg bevorzugte im Normalfall kleinere und günstigere Häuser. Es sei denn, er konnte dann und wann ein paar Nächte als Spesen berechnen. An dem langgezogenen Tresen der Rezeption erkundigte er sich nach der von ihm gesuchten Person, der man telefonisch mitteilte, dass sie in der Hotelhalle von einem Gast erwartet wurde.
Blomberg war gespannt, mit wem er es zu tun hatte und war angenehm überrascht. Eine sympathisch lächelnde, freundlich blickende Blondine, er schätzte sie auf Mitte Dreißig, kam auf ihn zu und streckte ihm ihre Hand entgegen. „Sie sind bestimmt Blomberg. Unsere gemeinsame Freundin hat Sie gut beschrieben. Aber setzen wir uns doch. Wie kann ich Ihnen helfen?"
„Ich hoffe, dass Sie mir helfen können. Meine Klientin möchte, dass ich unabhängig von der Polizei im Mordfall an ihrer Tochter ermittle. Ich vermute, dass der mutmaßliche Mörder von Agadir aufs europäische Festland geflogen ist. Leider weiß ich nicht wann und wohin er verschwunden ist."
Die Urlaubsbetreuerin sah in skeptisch an.
„Das sind ja äußerst vage Informationen. Ich kenne zwar einen Mitarbeiter am Flughafen, der eventuell an Daten herankommen könnte, aber dafür benötige ich doch ein wenig mehr. Und verstehen Sie mich jetzt nicht falsch. Wenn ich diesen Mitarbeiter dazu bewegen kann, mir Auskünfte zu geben, immer

vorausgesetzt, es ist möglich, so ganz ohne Gegenleistung wird er es nicht machen. Ich will nichts dafür haben. Auf diese Ebene begebe ich mich nicht. Aber wir sind hier in einer anderen Kultur, wenn ich es mal ganz vorsichtig ausdrücken darf."
Blomberg nickte. „Das verstehe ich und das sollte auch kein Problem sein. Wichtig ist für mich, überhaupt etwas Brauchbares zu bekommen. Ich bin von meiner Theorie überzeugt, falls es nicht so sein sollte, fange ich wieder ganz von vorne an."
„Was können Sie mir denn noch als Anhaltspunkte anbieten?"
Blomberg sah sie intensiv an, so als müsste er sich noch einmal vergewissern, ob er ihr vertrauen konnte. „Ich habe zwei Namen auf die ich mich konzentriere. Jan Osthoff und Michael Westkamp. Wenn einer dieser beiden Namen auf einer Passagierliste, sagen wir mal, der letzten drei Tage auftaucht, dann bin ich schon ganz nah dran."
Sie lächelte. „Na, dann wollen wir mal sehen, was wir so rausfinden können. Wo kann ich Sie erreichen?"
„Keine Ahnung. Ich bin vom Flughafen gleich hierhergekommen. Können Sie mir einen Tipp geben?"
Blomberg merkte, wie er so langsam entspannte.
Sie reichte ihm einen Notizzettel.
„Es ist nicht weit von hier. Nächste Straße rechts, dann ungefähr zweihundert Meter. Auf der rechten Seite. Es ist gut. Ich wohne auch dort. Wir sehen uns. Bis bald."
Sie stand auf, winkte ihm noch einmal zu und verschwand wieder in einem der Büros hinter der Rezeption.
Für Blomberg hieß es jetzt abwarten.

Der zweite Sonntag im September

Vilaflor

Plötzlich zuckte der Motorradfahrer, der immer noch in dem Ausflugslokal saß, zusammen, so dass er an den Tisch stieß und seine Kaffeetasse fast umkippte. Weit hinten in der Seitenstraße, die zum Weingut und zum Wohnhaus der Familie Hernandez führte, sah er zwei Frauen, die langsam näherkamen, während sie sich selbstvergessen miteinander unterhielten. Er konnte sie noch nicht ganz genau erkennen, aber eines war schon sichtbar. Die eine war blond, die andere dunkelhaarig.
Er hatte den Reißverschluss seiner Lederkombination weit geöffnet, es war ihm hier in der Sonne ziemlich heiß geworden, so konnte er problemlos in eine Innentasche fassen und die Fotografie einer Frau herausziehen und eingehend betrachten. Das war sie. Das war die Tochter von Hernandez. Sie war zwar noch etwas zu weit entfernt, aber er war sich sicher. Das war Rosalia Hernandez. Er griff zu seinem Mobiltelefon und wählte. „Seht zu, dass ihr so schnell wie möglich hier in Vilaflor auftaucht. Wahrscheinlich kriegen wir sie. Nein, hier ist nichts los, alles ruhig. Es muss nur schnell gehen. Sie hat noch eine andere Frau dabei und ich weiß nicht was die vorhaben und wie lange sie im Ort bleiben. Also beeilt euch. Ich bleibe hier sitzen und halte Kontakt zu euch. Bis gleich."
Er war nervös. Hoffentlich ging nichts schief. Mit dem Boss war dann nicht mehr zu spaßen. Es war eine äußerst heikle Aufgabe. Nun kam der unscheinbare, alte Lieferwagen zum Einsatz, der extra zu diesem Zweck gekauft worden war. Bisher war er niemandem aufgefallen, sie hatten ihn seitlich vom Gehöft ver-

steckt, aber so platziert, dass er jederzeit einsatzbereit war.
Sie hatten schon viel für den Boss und die Familie Wolkow erledigt. Aber warum sie nach all dem, was bisher auf dieser Insel passiert war, auch noch diesen Auftrag ausführen sollten, war ihnen nicht klar. Die Familie war schon im Visier der Polizei, warum noch dieses Risiko eingehen?
Wahrscheinlich als Demonstration der Macht gegenüber der Polizei. Hauptsache, sie kamen mit heiler Haut davon. Er hatte jedenfalls Angst. Seine beiden Kumpel waren noch abgestumpfter als er, sie taten immer alles, was ihnen gesagt wurde. Seit jenen kalten Nächten in Moskau vor so vielen Jahren.
Die zwei Frauen kamen näher und hatten schon fast die Gabelung der Straßen erreicht. Jetzt war er sich ganz sicher, dass es die richtige Person war. Auch die blonde Frau kannte er. Es war die, mit der er fast zusammengestoßen wäre. Gut, dass er das Motorrad gewechselt hatte.
Jetzt gingen die beiden die Straße weiter in Richtung Nationalpark Teide, um nach ungefähr einhundertfünfzig Metern die Eingangsstufen zu dem Restaurant auf der linken Seite hochzusteigen und das Lokal zu betreten. Was die hier um diese Zeit wohl machten. Im Ort war es so ruhig wie jeden Sonntag um diese Zeit. Die Restaurants bereiteten sich jetzt erst auf die Gäste vor, die erheblich später zum Abendessen einkehren würden. Der alte Lieferwagen war zwar noch einige Kurven weiter unterhalb des Ortes, aber das Motorengeräusch erkannte er genau. Sie mussten näherkommen und wenden. Wenn die beiden Frauen wieder aus dem Lokal kamen und die Straße entlanggingen, musste alles ganz schnell gehen.
Der Wagen hatte kein Nummernschild und war so schmutzig,

dass er kaum zu identifizieren sein würde. Jetzt kam er um die letzte Kurve aus Richtung Granadilla. Er machte ihnen ein Zeichen weiterzufahren und zu drehen. Dann hielten sie am Straßenrand an und warteten.
Es dauerte nicht allzu lange und die beiden Frauen erschienen wieder in der Eingangstür des Restaurants. Es schien, als scherzten sie noch mit dem einen oder anderen Mitarbeiter, winkten dann Richtung Innenraum und gingen die Treppenstufen runter zur Straße. Sie lachten immer noch, es war wohl ein angenehmer, kurzer Aufenthalt, und machten sich auf den Weg die Hauptstraße hinunter, um wieder auf die Seitenstraße zu gelangen, die zum Weingut führte.
Sie achteten überhaupt nicht auf das alte, schmutzige Fahrzeug am Straßenrand, das mit laufendem Motor dort stand und auf sie wartete. Als Rosalia und Lena in Höhe der hinteren Tür waren, wurde diese von innen geöffnet, starke Arme griffen nach der dunkelhaarigen Frau, zogen sie auf die hintere Sitzbank und schon schoss der Wagen die gleiche Straße bergab, auf der er kurze Zeit vorher hinaufgekommen war. Das alles ging so schnell, dass Lena überhaupt nicht reagieren konnte. Als sie begriff, was sich da vor wenigen Sekunden vor ihren Augen und in ihrer Gegenwart abgespielt hatte, fing sie an zu schreien. Sie rannte los. Da war das Ausflugslokal. Es saßen einige wenige Wanderer dort. Ein Motorradfahrer genoss die Nachmittagssonne, der Kellner erschien gerade in der Eingangstür.
„Verdammt nochmal. Hat keiner von euch gesehen, dass meine Freundin gerade entführt wurde. Der Wagen ist diese Straße runter gefahren. Tut doch endlich was. Sie da, Sie haben doch ein Motorrad, Sie sind doch schnell. Fahren Sie endlich

hinterher."
Lena war am Schreien, am Weinen, sie wusste nicht was sie tun sollte. Der Motorradfahrer hatte inzwischen sein Motorrad gestartet und war hinter dem Wagen hergefahren. Der Kellner telefonierte. „Ich habe die Polizei angerufen. Die kommen gleich."
Lenas Gehirn nahm langsam wieder seine Tätigkeit auf. Sie musste Serge verständigen. Sie musste die Familie und Carlos erreichen. Es dauerte nicht lange bis die Polizei am Ort des Geschehens eintraf. Auch Serge und Juri waren in kürzester Zeit da. Juri sprang aus dem Auto. „Was ist passiert? Wo ist Rosalia?"
Lena bekam wieder einen Weinkrampf. „Ich weiß es nicht. Es ging alles so schnell. Da war dieser Wagen. Auf einmal ging die Tür auf und Rosalia war verschwunden. Und der Wagen auch. Nach da."
Sie zeigte auf die Straße nach Granadilla. „Der Motorradfahrer ist hinterhergefahren. Der müsste sie doch einholen."
„Welcher Motorradfahrer?"
„Der draußen auf der Terrasse vom Lokal saß."
Die Polizei drängte Juri zur Seite. „Lassen Sie uns jetzt mal mit der Frau reden. Wissen Sie, was das für ein Fahrzeug war?"
Lena schüttelte den Kopf. „Wir haben doch gar nicht darauf geachtet, dass hier ein Auto parkt. Auf einmal war Rosalia nicht mehr da und das Auto fuhr ziemlich schnell weg. Mehr weiß ich nicht.
Juri schüttelte Lena. „Warum habt ihr nicht auf uns gehört. Ihr hättet nicht gehen sollen. Die können überall hingefahren sein. Das war geplant." Er lief auf und ab und verfluchte sich, nicht

besser achtgegeben zu haben.
Die Polizei hatte sofort nach ihrem Eintreffen die Entführung an alle anderen Polizeistationen der Umgebung weitergeleitet, konnte jedoch keine Angaben zum Fahrzeug der Entführer machen. Die kleine Wandergruppe war sich ebenfalls nicht einig, weil sie mit ganz anderen Dingen beschäftigt war, als sie die Schreie von Lena hörte. Einer der Männer meinte nur, aus den Augenwinkeln einen ziemlich schmutzigen Wagen gesehen zu haben, aber ganz sicher war er sich auch nicht.
„Sie fahren jetzt erst einmal nach Hause. Wie es aussieht, können Sie hier keine weiteren Angaben machen. Wir werden uns in der näheren Umgebung umhören. Vielleicht hat noch jemand etwas bemerkt." Der Polizist drängte Lena, Juri und Serge zu dessen Auto. Es blieb ihnen auch schließlich nichts anderes übrig, als nach Hause zu fahren, auf die Familie und Carlos zu warten und zu hoffen, dass sie bald ein Lebenszeichen von Rosalia bekamen. Die Trauergesellschaft, die sich in dem Restaurant in Santa Cruz leise und melancholisch unterhielt, wurde durch den unerwarteten Anruf von Serge unerbittlich aus ihrer stillen Zusammenkunft gerissen. Roberto, der diesen Anruf entgegennahm, konnte nicht fassen, was er da von Serge zu hören bekam. Nicht schon wieder eine niederschmetternde Nachricht, die die Familie in einen zerstörerischen Strudel riss. Er musste es den anderen mitteilen, sie mussten unverzüglich nach Hause fahren. Der Irrsinn schien nicht zu enden. Und alles nur wegen eines Grundstücks am Meer?
Carlos war hier, er war im Moment die Schlüsselfigur, er kannte die Vorgeschichte. Was sollte die Polizei vor Ort schon unternehmen. Sie kannte die Gründe nicht, kannte nicht die

eventuellen Drahtzieher. Diego und seine Eltern, sie würden nicht noch mehr verkraften.
Die Abfahrt aus Santa Cruz ging allen Betroffenen nicht schnell genug. Jeder hatte das Gefühl, am Ort sein zu müssen, falls etwas Grundlegendes geschehen würde. Diego war nicht in der Lage zu begreifen, was kurz zuvor geschehen war, seine Großmutter übernahm die Verantwortung für ihn. Er sollte möglichst nicht zu viel mitbekommen. Aber es war seine Mutter, die nun das Opfer war. Wie sollte er geschützt werden?
Als die Familie, Carlos und Miriam am Weingut ankamen, wurden sie schon von Lena, Serge und einem großen, fremden, dunkelhaarigen und äußerst besorgt aussehenden Mann in Empfang genommen. Lena rannte sofort weinend auf Roberto zu.
„Es ist meine Schuld. Ich hätte sie davon abhalten sollen, in den Ort zu gehen. Aber sie wollte es unbedingt. Sie sagte, es sei ungefährlich, weil heute Sonntag ist. Sonntags kann nichts passieren. Rosalia wollte mir so viel erzählen. Weil sie unbedingt mit einer Frau reden wollte.
Wegen Juri. Serge und Juri haben es auch nicht geschafft, sie davon abzubringen.
Wir wollten dann noch das Abendessen im Restaurant bestellen. Es wusste doch niemand davon. Außerdem war ich dabei, aber ich habe auch gar nichts bemerkt. Es ging alles viel zu schnell.“
Roberto nahm sie in die Arme. „Mach dir keine Vorwürfe. Du hättest nichts daran ändern können. Rosalia hatte schon immer ihren eigenen Kopf. Und dass wir so intensiv beobachtet werden, konnte auch niemand ahnen. Das ist von langer Hand

geplant worden. Carlos wird wissen, wo er anzusetzen hat. Sofern wir ein Lebenszeichen von Rosalia bekommen, werden wir mit den Entführern verhandeln. Sie sollen das Land bekommen. Im Austausch gegen Rosalia."
„Moment, Roberto." Carlos griff in den Dialog ein. „Du kannst nicht davon ausgehen, dass die Entführung im Zusammenhang mit dem Kaufangebot von Trautmann steht. Überleg mal, der wäre doch ziemlich naiv, jetzt so radikal vorzugehen. Er ist doch der Erste, den wir verdächtigen würden. Das weiß der doch. Nein, hier läuft noch etwas anderes ab. Hier werden Machtspiele gespielt.
Aber ich habe überhaupt keine Ahnung, wer was damit bezwecken will."
„Die Polizei hat umgehend die ganze Gegend in Richtung Granadilla abgesucht. Der Wagen der Entführer war nicht mehr aufzufinden." Lena sah verzweifelt Roberto an. „Wo ist dieser Motorradfahrer abgeblieben. Ich habe ihn angeschrien, dem Wagen zu folgen. Das hat er getan. Aber er ist nicht zurückgekommen. Warum nicht? Ich fange langsam an, eine Motorradphobie zu entwickeln. Der Kerl muss doch irgendwo sein?"
„Im Moment können wir nichts tun. Ihr versucht, die Familie ruhig zu halten. Das bedeutet auch, dass ihr diesen großen Kerl dort mit einbezieht. Der scheint ja eine besondere Beziehung zu Rosalia zu haben. Wir kümmern uns um Trautmann, die Wolkows und ihren ganzen Anhang. Mal sehen, was wir aus der Richtung erfahren können. Versucht erst einmal zur Ruhe zu kommen. Falls sich die Entführer melden, fragt genau nach, was sie wollen. Wir können versuchen, eine Fangschaltung einzurichten, aber was wir bis jetzt feststellen konnten, war, dass

Prepaids, öffentliche Telefonzellen und das Festnetz der Wolkows benutzt wurden. Die Gespräche waren immer nur kurz, die Mobiltelefone wurden sofort ausgeschaltet. Da war nichts zu holen. Das wird sich auch nicht ändern. Vielleicht hat doch jemand etwas beobachtet."

Der ältere Mann, der in seiner flachen, kleinen Hütte weiter oberhalb der Behausung der drei Männer lebte, hatte wohl mitbekommen, dass es zu kurzfristigen, außergewöhnlichen Aktivitäten gekommen war. Das Motorrad war schon vor langer Zeit über den holprigen Weg zur Hauptstraße verschwunden. Vor einer guten Stunde war dann auch der schmutzige Lieferwagen losgefahren.

Beide Fahrzeuge waren aber vor kurzem zurückgekommen. Seit dem war wieder Ruhe eingekehrt. Keine Ruhe herrschte jedoch auf der Hauptstraße von Granadilla nach Vilaflor. Bis zu ihm hinauf drangen die schrillen Sirenen der Polizeifahrzeuge, die anscheinend großflächig die Gegend absuchten.

Was auch immer passiert war, er würde es bei seinem anstehenden Einkauf im Ort, morgen oder übermorgen, erfahren.

Der zweite Sonntag im September
Vilaflor

Im Haus der Familie Hernandez ging alles drunter und drüber. In den letzten Tagen waren keine Hinweise zu erkennen gewesen, dass wieder ein Gewaltverbrechen geschehen könnte. Der

Sicherheitsdienst hatte gute Arbeit geleistet und die Überwachungskameras zeigten keine ungewöhnlichen Ereignisse. Aber das alles nutzte außerhalb der überwachten Grundstücke gar nichts. Rosalia und Lena hatten sich nicht an die Regeln gehalten und es gab da draußen Menschen, die nur auf so eine Gelegenheit gewartet hatten. Diego ließ sich überhaupt nicht mehr beruhigen. Seine Cousine war ermordet worden und nun hatten irgendwelche Verbrecher seine Mama entführt. Er klammerte sich an seine Großmutter, Lena, die sich so unglaublich schuldig fühlte, an Roberto. Beide hörten nicht auf zu weinen. Und dann stand da dieser große, dunkelhaarige und irgendwie furchteinflößende Mann und starrte aus dem Fenster. Er redete leise vor sich hin. Manchmal in einer Sprache, die niemand im Raum einordnen konnte, dann wieder in einem eigenartigen Deutsch, das Lena noch am besten verstand.
„Wer ist dieser Mann?“ Pablo sah verständnislos zu Roberto. „Was hat er hier zu suchen?“
„Papa, er und Rosalia, sie haben sich kennengelernt und, na ja, es waren sofort Gefühle zwischen ihnen da. Lena hat es sofort bemerkt und Rosalia war plötzlich so verändert und so glücklich. Glaub mir, er macht sich auch große Sorgen. Er wird uns helfen und zur Seite stehen. Übrigens heißt er Juri und ist ein erfahrener Mann für den Weinbau und bei der Lese.
Du kannst dich mit ihm auf Deutsch unterhalten.“
Sie blieben Stunde um Stunde beisammen. Von den Entführern hörten sie nichts.
Nur Carlos rief an. Aber auch er konnte nichts Positives melden. Danach verließ Juri das Haus der Familie und entfernte sich in Richtung der Unterkünfte, holte sein Telefon aus der Ja-

ckentasche und wählte eine Nummer. Als sich der Gesprächspartner meldete, sagte er nur einen Satz. „Was soll das?"
„Du wirst es früh genug erfahren." Es war die einzige Antwort die er bekam. Danach wurde aufgelegt.

Der zweite Sonntag im September
Ein altes Gehöft abseits von Granadilla.

Es war, als würde sie schweben. Rosalia kam nur langsam und mit großer Mühe zu sich. Keine klaren Gedanken fügten sich in ihrem Kopf zusammen. Obwohl sie das Gefühl hatte zu liegen, schwankte ihr Körper hin und her. Nein, das bildete sie sich nur ein. Je mehr ihr Bewusstsein zu ihr zurückfand, umso intensiver spürte sie unangenehme Empfindungen. Sie öffnete die Augen, konnte aber nichts erkennen. Um sie herum war es stockdunkel. Zu diesem wattigen Gefühl in ihrem Kopf gesellte sich nach und nach ein zunehmender Schmerz. Ihr ganzer Körper schmerzte. Sie musste sich bewegen, versuchte sich aufzurichten. Es gelang ihr nicht. Ihre Arme waren über ihren Kopf nach hinten gestreckt und irgendwo festgebunden. Wo war sie und wie war sie hierhergekommen? Sie konnte ihre Gedanken immer noch nicht ordnen. Langsam realisierte sie, dass irgendetwas absolut nicht in Ordnung war. Es roch unangenehm. Feucht, verschimmelt. Das, worauf sie lag, war unbequem. Der Kopfschmerz wurde stärker. Wenigstens konnte sie ihre Beine bewegen, aber es half ihr nichts. Sobald sie sich hinsetzen wollte, wurde sie durch die Handfesseln daran gehindert. Sie konnte sich ein wenig seitlich drehen, aber das verstärkte den Schmerz in den Armen um ein Vielfaches. Rosalia fing an zu schreien. Irgendjemand hatte sie hierher gebracht. Es kamen vage Erinnerungen.

Lena und sie auf der Straße. Dann ein Zerren an ihrem Körper, ein übler Geruch. Mehr wusste sie nicht. Die Tür öffnete sich und ein dünner Lichtstrahl drang in den kargen Raum.

Ein großer Mann stand plötzlich an ihrer Seite. Er sprach eigenartig Spanisch, sie verstand ihn kaum.

„Du bist wach, dann halt die Klappe. Wir können dein Geschrei nicht gebrauchen."

Rosalia schrie wieder. Man solle sie loslassen. Danach wurde es um sie herum wieder dunkel.

„Ich musste sie noch einmal schlafen legen. Sie war zu laut. Morgen werden wir uns intensiv um sie bemühen. Der Boss hat gesagt, wir sollen sie am Leben lassen und sie ein wenig verwöhnen. Sie wird ihren Spaß noch bekommen. Soll sie sich vorher noch ausruhen. Für drei starke Männer braucht sie Kraft."

Er und Sergej lachten laut. Michael Lebedow, dem jüngsten der drei Entführer war das Gerede von Alexej unangenehm. Er war nie zimperlich, wenn er es mit Frauen zu tun hatte, aber das hier ging ihm eindeutig zu weit. So verroht war selbst er noch nicht.

„Oh, der Kleine zickt rum. Du wirst morgen dabei sein. Keine Widerrede. Wir haben Anweisungen."

Er lachte nicht mehr, sein Ton klang für Michael fast wie eine Drohung.

Der zweite Sonntag im September
Polizeirevier Los Cristianos

Carlos und sein Team arbeiteten konzentriert und versuchten Hektik zu vermeiden.
Sie wollten auf keinen Fall irgendwelche folgenschweren Fehler machen. Die ersten Verdächtigen standen für sie fest. Mario Trautmann und seine Frau Irina Wolkowa.
Beide wollten unbedingt das Land der Familie Hernandez in San Pedro. Er konnte sich jedoch nicht vorstellen, dass sie in der jetzigen Situation so unvorsichtig sein würden, ein Familienmitglied entführen zu lassen. Sie konnten sich doch denken, dass der Verdacht zuerst auf sie fallen würde. Aber auch jemanden zu beauftragen war heikel. Wenn nur ein Einziger etwas ausplauderte, dann waren die beiden dran. Und das wussten sie auch.
Seine Überlegungen drehten sich im Kreis. Welche Möglichkeiten gab es?
Einschüchterung der Familie bis diese nachgab. Oder ein Tausch. Land gegen Leben. Alles Blödsinn. Carlos hatte keine Idee, weshalb diese Entführung sinnvoll sein sollte. Trautmann und Wolkowa würden sich keine Blöße geben. Vielleicht Trittbrettfahrer? Das war denkbar. Über die Ermordung Cristinas haben sämtliche Medien berichtet.
Lösegeldforderungen in diesem Zusammenhang. Wäre möglich. Bei der Familie Hernandez lagen die Nerven blank. Sie würden allem zustimmen, nur um diesem Wahnsinn ein Ende zu machen und Rosalia zurückzubekommen. Trotzdem drehten

sich seine Gedanken immer wieder um Trautmann-Wolkowa. Er hatte wieder dieses spezielle Ziehen hinter seinem Magen. Er sprang auf und rief nach seiner attraktiven Kollegin.
„Wir fahren nach Adeje und statten der Familie Wolkow einen Besuch ab. Eigentlich halte ich die für zu clever, aber wer weiß? Trautmann war bei der letzten Befragung schon sichtbar nervös. Mal sehen, wie er heute reagiert. Aber kein Wort über ihre Yacht oder über den Bruder seiner Frau. Das ist eine andere Sache."
Als sie am Haus der Wolkows ankamen und vor dem großen Tor anhielten, wurde dieses schon durch Bewegungsmelder erleuchtet. Carlos musste nur seinen Dienstausweis in die Kamera halten und das Tor öffnete sich wieder einmal leise surrend, sodass er unverzüglich in die Hofeinfahrt einbiegen konnte. An der Haustür wurden sie wie beim ersten Mal von dem großen Mann, der, wenn er nicht schon verhältnismäßig alt wäre, ein Bodyguard sein könnte, empfangen.
„Guten Abend, Comisario. Wen möchten Sie heute sprechen?"
Der Mann sprach Deutsch. Spanisch schien hier nicht gebräuchlich zu sein. Aber auch dieser Mann wusste, dass Carlos recht gut mit der deutschen Sprache zurechtkam.
„Buenas Noches, Señor. Wir müssen dringend mit Señor Trautmann und seiner Frau sprechen. Sind die beiden anwesend?"
„Selbstverständlich. Kommen Sie. Ich bringe Sie zu ihnen."
Er führte Carlos und seine Kollegin durch einen großen Eingangsbereich mit geschwungener, offener Treppe zum hinteren Bereich des großen Hauses und ließ sie in einen salonähnlichen Wohnbereich eintreten, der den Blick auf einen beleuchteten Poolbereich freigab, der mit Liegen und Sitzmöbeln groß-

zügig ausgestattet war. Dort hielt sich das Ehepaar Trautmann-Wolkowa auf. Bei näherem Hinsehen konnte man erahnen, dass die Stimmung zwischen den beiden nicht die Beste war. Sie bemühten sich aber, den Kommissar nichts merken zu lassen. Sie kannten aber Carlos und vor allen Dingen sein Bauchgefühl nicht gut genug.
„Comisario, was für eine späte Überraschung. Können wir irgendetwas für Sie tun? Nehmen Sie doch bitte Platz. Darf ich Ihnen etwas anbieten?" Trautmann war äußerst zuvorkommend. Carlos entging nicht die kleinste Kleinigkeit. Er war hier, um die Reaktionen des Ehepaares zu beobachten.
„Nein danke. Wir sind nicht zum Plaudern gekommen, wie Sie sich denken können. Was können Sie uns zu der Entführung von Rosalia Hernandez sagen. Es ist heute kurz nach Mittag in Vilaflor passiert. Wir haben noch keine Nachricht von den Entführern."

*

Er hatte sich ganz bewusst vorgenommen, mit der Tür in Haus zu fallen, um den beiden keine Zeit zum Überlegen zu geben. So bekam man in den meisten Fällen die echtesten Reaktionen. Trautmann verschluckte sich an seinem Getränk, das er nicht aus der Hand gelassen hatte, und Irina zog nur irritiert die Augenbrauen hoch.
„Woher sollen wir wissen, dass Rosalia Hernandez entführt wurde?" Trautmann wirkte nervös und verstört. „Und was haben wir damit zu tun. Seit Sie wissen, dass wir uns für das Grundstück interessieren, sind wir wohl für alles verantwort-

lich, was dieser Familie zustößt. Ja, ich will dieses Land. Aber ich will dafür bezahlen, ganz normal, mit Gesprächen, mit Vertrag, mit Notar. Nicht mit Mord und Entführung. Mehr kann ich Ihnen nicht dazu sagen."

„Und Sie, Señora? Haben Sie eine Idee?" Carlos wandte sich Irina zu.

„Ich? Wieso ich. Ich kenne diese Frau nicht einmal. Warum sollte ich mit ihrer Entführung etwas zu tun haben. Mir tut das ganze leid, ich hoffe, sie können der Familie helfen. Es ist in letzter Zeit zu viel, was sie durchmachen müssen. Es tut mir auch leid, dass kuriose Zufälle in der Vergangenheit Sie auch jetzt wieder zu uns führen. Aber wir können Ihnen nicht weiterhelfen. Außerdem, halten Sie uns wirklich für so dumm, so etwas zu tun, wo wir für Sie schon als verdächtig gelten? Das tun Sie doch nicht wirklich, Comisario? Sie entschuldigen uns jetzt. Kolja, begleitest du den Kommissar und seine reizende Begleitung zum Ausgang? Ich hoffe, Wir sehen uns sobald nicht wieder."

Carlos musste sich zusammenreißen, ihm passte die arrogante Art von Irina überhaupt nicht.

„Wo ist ihr Sohn, können wir mit ihm reden?"

„Unser Sohn ist schon wieder in Heidelberg. Sein Semester hat begonnen. Sie gehen jetzt wohl besser!"

Nachdem Carlos und seine Kollegin das Haus verlassen hatten, sah Trautmann seine Frau lange und nachdenklich an. „Du warst es. Gib es zu. Du hast deine Legion losgeschickt und dir wird wieder mal nichts nachzuweisen sein.

Du brauchst dringend professionelle Hilfe, du bist krank, Irina. Wenn du wieder in Deutschland bist, wirst du etwas unterneh-

men. Das bist du deiner Familie schuldig. Deine Eltern und du, ihr fliegt so schnell wie möglich, Vitali und ich bleiben hier. Wir haben noch einiges zu erledigen. Ich bespreche eure Abreise mit dem Kommissar, wenn der einverstanden ist, steht unser Flugzeug bereit. Außerdem ertrage ich deinen Anblick nicht mehr. Mein Gott, was bist du für ein Ungeheuer.
Die nächste Zeit werde ich im Hotel verbringen, falls der Kommissar nochmal mit mir sprechen will."
Irina starrte ihn an. „Verschwinde und kümmere dich um deine Angelegenheiten."
„Wahrscheinlich haben sie mit der Entführung nichts zu tun, aber aufgeschreckt haben wir sie allemal."
Noch konnte Carlos sich nicht mit dem Gedanken anfreunden, die Entführer in der Familie Wolkow zu suchen, obwohl alles irgendwie danach schrie. Er spürte es. Aber er konnte nichts beweisen. Trautmann würde auch keine Ruhe geben. Zu gegebener Zeit legte er ein neues Kaufangebot vor.
Irina Wolkowa würde ihm schon klarmachen, was er zu tun hatte. Sie fühlte sich absolut sicher. Und bis jetzt war ihr tatsächlich nichts nachzuweisen. Auch seine deutschen Kollegen hatten alles genau überprüft. Sie hatten nichts gegen diese Familie in der Hand.
„Wir werden jetzt erst einmal nach Hause fahren und wechseln uns heute Nacht mit den Kollegen ab. Ich bin immer erreichbar, falls wir noch irgendwelche Hinweise bekommen sollten. Aber etwas Ruhe wird uns allen gut tun."

Der zweite Montag im September
Agadir

Blomberg wurde am späten Montagmorgen durch sein Mobiltelefon unsanft aus tiefem Schlaf hochgescheucht. Es war am Abend vorher ungewöhnlich spät geworden. Normalerweise hielt er sich mit Alkohol zurück, wenn er für einen Auftraggeber tätig war. Aber nach einem Spaziergang hatte er sich noch an die Bar eines der großen Touristenhotels gesetzt, er wollte nur einen Kaffee trinken, als er die beiden hübschen französischen Urlauberinnen kennengelernt hatte. Danach wurde doch noch der eine oder andere Cocktail getrunken und die Stunden vergingen recht angenehm.
Das rächte sich nun. Aber es half nichts, er musste aufstehen. Seine Informantin hatte angerufen. Sie erwartete ihn am Flughafen. Er war gespannt, ob sie ihm etwas Brauchbares liefern konnte. Sein Taxi stand vor schon vor der Tür und ein Umschlag mit der ausgemachten Summe für den Flughafenmitarbeiter steckte in der Innentasche seiner dünnen Jacke.
Am Flughafen ging er gleich zum Schalter der Reisegesellschaft, bei der die sympathische, blonde Betreuerin arbeitete. Er erkannte sie schon von weitem und winkte ihr zu. Blomberg sah, wie sie sich umdrehte und irgendetwas in den hinteren Raum rief, aufstand und mit zügigem Schritt auf ihn zukam. Sie gab ihm ein Zeichen, ihr zu einem Tisch in der Cafeteria zu folgen.
„Hallo, meine Liebe. Haben Sie tatsächlich schon etwas für mich herausgefunden?"
Sie lachte. „Nein. Tut mir leid. Ich nicht. Ich wüsste nicht einmal, wo ich anfangen sollte, zu suchen. Aber dafür gibt es ja

andere Mitarbeiter, die einem gegebenenfalls gerne behilflich sind. Sie wissen ja noch, was wir ausgemacht haben. Ich habe es für meine Freundin in Frankfurt getan. Mein Bekannter hier möchte natürlich etwas anderes dafür. Aber das wissen Sie ja. Ich hoffe, Sie sind verlässlich."
Blomberg klopfte mit der Hand auf seine Jackentasche. „Genau wie abgesprochen. Aber jetzt möchte ich erst einmal was von Ihnen hören."
„Also", sie sprach unwillkürlich leiser als normal, „es war gut, dass Sie uns Namen nennen konnten. Sein Computer hat tatsächlich einen der Namen gefunden.
Flug am Samstag mit der Royal Air Maroc nach Zürich. Zwischenstopp in Casablanca. Der Name ist Jan Osthoff. Mit mir haben Sie nie darüber gesprochen. Wir kennen uns nur durch unsere gemeinsame Freundin. Jetzt sind sie dran, mir etwas zu geben." Sie machte eine leichte Bewegung mit der Hand und Blomberg schob den Umschlag über den Tisch. Sie griff sofort danach und ließ ihn in ihre große Umhängetasche gleiten.
Blomberg sah sie noch einmal verständnislos an. „Und Sie wollen gar nichts für Ihre Mühe?"
„Doch, will ich. Ich habe jetzt Pause. Spendieren Sie mir einen Kaffee. Dann wäre ich schon wunschlos glücklich. Und vielleicht laufen wir uns ja mal wieder über den Weg. Ich werde immer mal wieder versetzt. Die nächste Station könnte Teneriffa sein."
Eine halbe Stunde später war sie wieder an ihrem Infoschalter und Blomberg kümmerte sich um einen Flug nach Frankfurt. Er musste überlegen, was jetzt zu tun war. Als erstes wollte er mit seiner Auftraggeberin telefonieren. Er hatte zugesagt, sie auf

dem Laufenden zu halten. Sie zahlte, er arbeitete und informierte sie. So war der Job.
„Jan Osthoff. Sieh an. Der Junge wird nachlässig." Blomberg redete vor sich hin. Jetzt war er davon überzeugt, den Mörder zu finden. Mehr musste er nicht tun. Nur den Mörder finden und seiner Auftraggeberin seinen Aufenthaltsort mitteilen. Für diese Arbeit hatte er schon viel Geld bekommen und es würde noch mehr werden. Ja, das war diesmal ein richtig guter Job.
Nach Zürich zu fliegen war seiner Ansicht nach überflüssig. Dort würde er die Nadel im Heuhaufen suchen. Außerdem war in ganz Zürich mit Sicherheit kein Jan Osthoff zu finden. Dass er den Flug mit seinen echten Papieren gebucht hatte erstaunte Blomberg schon außerordentlich. Diesen Namen würde er ganz sicher nicht wieder benutzen. Genau wie er seine anderen falschen Identitäten vernichten musste. Die Namen Ruben Santoro und Michael Westkamp standen mit Sicherheit inzwischen auf den europäischen Fahndungslisten.
Den Namen Jan Osthoff hatte er offiziell noch nicht im Zusammenhang mit dem Mord an Cristina gehört, obwohl Lopez Garcia Verbindungen nach Deutschland hat. Eigenartig, dass da noch nicht tiefer gegraben wurde. Der Gesuchte schien das auch zu wissen. Mit wem stand er in Kontakt, um solche Informationen zu bekommen? Blombergs Gedanken überschlugen sich.
Mario Trautmann.
Die „Inselbar" in Frankfurt.
Jan Osthoff.
Juri Koldonow.
Michael Westkamp.

Die in Deutschland lebende Familie Wolkow.
Trautmann war der Schwiegersohn. Immobilien- und Finanzgeschäfte in Frankfurt, Baden Baden und auf Teneriffa.
Vitali Wolkow und die Luxusyacht „Heidelberg“.
Jan Osthoffs Familie in Hamburg. Seit sieben Jahren keinen Kontakt. Liebte aber seine „kleine“ Schwester.
Blomberg war sich sicher, jetzt würde Osthoff versuchen, Kontakt zu ihr aufzunehmen, und jetzt wusste Blomberg auch, was er als nächstes tun würde. Zuerst nach Frankfurt, dann nach Hamburg.

Der zweite Montag im September
Zürich

Auch wenn er diese Frau hasste, wie keinen anderen Menschen, den er kannte, er konnte sich auf sie verlassen. Daniel Kamphoff war seit Samstagabend in Zürich und finanziell war alles für ihn geregelt.
Er hatte genügend Geld auf einem Nummernkonto bei einer Schweizer Bank, das mit seinem neuen Namen verbunden war. Bargeld war noch reichlich in seiner Brieftasche vorhanden und Reisepass, Personalausweis und Führerschein mit seinen neuen, persönlichen Daten waren ihm in Agadir übergeben worden. Noch einmal war er als Jan Osthoff gereist. Ein letztes Mal mit diesem Namen aus einer Stadt abgereist und ein letztes Mal mit diesem Namen in einer anderen Stadt angekommen.

Seit dem Moment, in dem er den Züricher Flughafen verlassen hatte, gab es niemanden mehr mit diesem Namen. Jetzt konnte er als Daniel Kamphoff entscheiden, was er aus seinem Leben machen wollte. Er hatte lange überlegt, ob Zürich die richtige Stadt für ihn war, hatte sich dann aber doch dagegen entschieden. Er würde nach Deutschland zurückkehren. Konstanz am Bodensee. Er glaubte, das war eine gute Wahl. Dicht an der Schweizer Grenze und an seinem Geld. Nahe an den Bergen und direkt am See. Mal sehen, was es dort für ihn zu tun gab.
In der Bar in Frankfurt hatte er sich wohlgefühlt. Vielleicht gab es in Konstanz etwas Ähnliches. Der Verdienst war ihm ziemlich gleichgültig. Geld hatte er genug. Aber er brauchte einen Job, sonst wäre er nach kürzester Zeit unzufrieden. Vor allen Dingen sollte es seriös sein. Das was er die letzten Jahre getan hatte, wollte er nie wieder tun. Er wollte sich nie wieder von anderen Menschen benutzen lassen. Und er wollte nie wieder zum Verbrecher werden.
Seit er in Zürich war, überlegte er, wie er es schaffen konnte, Kontakt zu seiner Schwester Nina herzustellen, ohne dass seine Eltern davon etwas mitbekamen. Mit Sicherheit wohnten sie noch in demselben Haus in Hamburg-Harburg, das er vor gut sieben Jahren ohne ein Abschiedswort verlassen hatte. Auch Nina wohnte bestimmt noch zu Hause. Sie hatte die Schule schließlich noch nicht beendet. Bald würde sie achtzehn Jahre alt. Wie Cristina, dachte er, und fühlte sofort wieder diese heftige Traurigkeit in sich aufsteigen. Du hast sie umgebracht. Du bist ihr Mörder. Du bist für den Kummer der Familie verantwortlich. Dafür lebt Nina.
Ein Leben gegen ein anderes.

Er musste Nina erreichen, sie sehen, mit ihr reden. Vielleicht konnte er damit ein wenig sein Gewissen erleichtern.
Nina war gerettet, dafür hatte er Cristina töten müssen.
Er hatte Angst weil er wusste, dass ihm irgendwann die Rechnung präsentiert werden würde. Das Schlimmste für ihn war die Erkenntnis, dass Cristinas Tod vollkommen unsinnig war. Diese gefühllose Frau meinte, damit etwas erreichen zu können. Welch ein Irrsinn. Gar nichts hatte sie erreicht. Aber er wusste auch, dass ihr die ganze Aktion einen unglaublichen Spaß bereitet hatte.

Der zweite Montag im September
Ein altes Gehöft, abseits von Granadilla.

Zum zweiten Mal tauchte Rosalia langsam, mit schmerzendem Kopf und gefühllosen Armen aus einer ihr endlos erscheinenden Bewusstlosigkeit auf. Es dauerte auch diesmal wieder lange, bis sie sich in ihre körperliche Situation hineindenken konnte. Wieder versuchte sie, sich irgendwie zu bewegen aber ihre Arme waren wie beim ersten bewussten Erkennen ihrer Lage über ihrem Kopf an irgendeinen Gegenstand gefesselt. Ihre Beine waren frei, die konnte sie bewegen, alles andere bereitete ihr Schmerzen. Dazu kam, dass sie den starken Drang verspürte, unbedingt eine Toilette aufsuchen zu wollen. Sie öffnete ihren Mund um sich bemerkbar zu machen, bekam aber nur ein leises Röcheln zustande. Ihre Lippen, die Zunge, der gesam-

te Mund, alles war wie ausgetrocknet, sie hatte seit ewigen Zeiten nichts getrunken. Sie versuchte mit Zunge und Gaumen ein wenig Feuchtigkeit in den Mund zu bekommen, nur so viel, um lauter rufen zu können.
Endlich öffnete sich die Tür. Sie sah, dass ein unglaublich großer Mann im Türrahmen erschien. Er drehte sich in den hinter ihm liegenden, beleuchteten Raum um und sagte unangenehm lachend auf Deutsch zu einer oder mehreren anderen Personen „Unser hübscher Gast ist wieder wach. Wurde auch langsam Zeit. Sich hier auszuruhen. Die ganze Zeit zu verschlafen. Dabei haben wir doch noch so viel mit ihr vor.“
„Binden Sie meine Hände los, ich muss dringend mal zur Toilette.“ Rosalia musste ihren ganzen Mut zusammen nehmen, um überhaupt ein paar Worte über die Lippen zu bringen. Sie hatte panische Angst vor diesem groben Kerl. Und sie wusste nicht, wer sich noch im Nebenraum aufhielt.
„Ach, die Dame möchte zur Toilette. So etwas haben wir hier nicht. Sergej, bring einen Eimer. Hier ist es nicht so komfortabel wie in deiner hübschen Wohnung.“
Ein zweiter Riese betrat den muffig riechenden kleinen Raum, in dem sie gefangen gehalten wurde und warf seinem Kumpel den Eimer zu.
„Hier, die Toilette. Man muss auch mal mit weniger klarkommen.“
„Bitte, machen Sie meine Hände los. So geht es nicht. Und lassen sie mich einen Moment alleine.“
Die beiden lachten. „Sie will alleine sein. Stell dich nicht so an. Mach oder mach nicht. Wir bleiben.“
Rosalia hatte sich noch nie in ihrem Leben so gedemütigt ge-

fühlt, aber ihr blieb keine Wahl. Sie musste einfach zu dringend. Endlich konnte sie auch die Arme ein wenig bewegen, aber als das Blut zu zirkulieren anfing, war der Schmerz fast schlimmer als vorher die Gefühllosigkeit. Sie kniff die Augen zusammen. Wenn die Kerle ihr schon zusahen, wollte sie die beiden wenigsten nicht ansehen müssen. Letztlich war die Erleichterung größer als die Scham.
Als sie fertig war, wurde sie von dem Älteren der beiden wieder auf die unbequeme Liege gestoßen und gefesselt.
„Warum bin ich hier. Was wollen Sie von mir?
„Halt den Mund. Oder sollen wir ihn dir zukleben. Schreien könntest du hier so viel wie du willst. Hier hört dich keiner. Aber geh uns nicht auf die Nerven. Warum du hier bist, erfährt deine Familie noch früh genug und was wir von dir wollen, werden wir dir gleich schon zeigen." Wieder musste sich Rosalia das anzügliche Lachen der beiden widerlichen Kerle anhören und ihre Angst wurde immer größer.
„Kann ich etwas Wasser bekommen?"
„Wasser oder Wodka. Wodka wäre besser für dich. Du könntest dich entspannen und hättest mehr Spaß."
Rosalia wurde ganz übel von dem Erkennen, was hier passieren sollte.
„Welcher Tag ist heute und wie spät ist es?"
„Für das was wir jetzt mit dir vorhaben, spielen Tag und Uhrzeit keine Rolle." Er grinste sie an und schob ihr ein Glas an die Lippen. Sie spürte, wie eine brennende Flüssigkeit über ihre Zunge lief und sich im Mund ausbreitete. Sie musste schlucken und gleichzeitig husten. Die Männer hatten ihren Spaß. „Ist doch besser als Wasser. So, und jetzt mal runter mit dem hüb-

schen dünnen Kleidchen. Wir wollen sehen, was du zu bieten hast."
Mit seiner großen Pranke fasste Alexej in Rosalias Ausschnitt und mit einem Ruck und dem typischen Geräusch von reißendem Stoff hatte er ihr Kleid von oben bis unten geöffnet.
Rosalia schrie vor Entsetzen, war den Männern aber total ausgeliefert.
„Verdammt nochmal, Michael. Komm endlich und halt dem Weibsbild den Mund zu. Die kann einen mit ihrem Gezeter ja zum Wahnsinn treiben." Ein dritter, etwas jüngerer Mann kam zögernd in den Raum. Alexej, der Älteste, zerrte schon an Rosalias Unterwäsche, war aber zu ungeduldig, also genügte ein kurzes Zerren, um auch dieses störende Kleidungsstück loszuwerden.
Er war schon dabei seine Hose zu öffnen, als Rosalia immer noch laut schrie.
„Halt ihr jetzt endlich dem Mund zu. Ich halte nichts von zu laut schreienden Frauen. Und du Sergej, halt sie passend fest, umso schneller kommst du dran."
Rosalia versuchte sich zu wehren, aber gegen drei große, überaus starke Männer kam die gefesselte Frau nicht an.
Alexej kniete sich zwischen ihre Oberschenkel und schob sich brutal und mit einem lauten, grunzenden Geräusch in sie hinein. Rosalia konnte nicht einmal mehr schreien. Michael, der jüngste, hielt ihr mit seiner großen Pranke den Mund zu, drehte aber gleichzeitig seinen Kopf zur Seite, so als wollte er diese Grausamkeit nicht mit ansehen.
Aus Rosalias geschlossenen Augen liefen ihr die Tränen über die Wangen und aus ihrem Mund war nur ein leises Wimmern

zu hören. Als Alexej fertig war, Rosalias Körper war inzwischen ganz schlaff geworden, so als hätte sie den Kampf aufgegeben, musste sie die gleiche Prozedur noch einmal erdulden. Diesmal war es Sergej, der sich an ihr verging. Und er ließ sich Zeit, es war als würde er eine lang aufgestaute Wut an Rosalia auslassen. Als es nach ewig scheinender Zeit ein Ende hatte, war Rosalia wieder halb bewusstlos.
„Was ist, Michael. Du bist dran." Michael schüttelte aber nur den Kopf und verließ angewidert den Raum.
„Na gut, dann nicht. Morgen ist wieder ein neuer Tag. Wollen wir ihr noch etwas mehr Schlaf gönnen." Diesmal flößten sie ihr ein wasserartiges Getränk ein.
„Das reicht bis morgen. Sie wird eine ruhige Nacht und einen entspannten Tag haben. Wir werden morgen eine willige Frau vorfinden."
Der Tag war schon fast vorbei. Draußen war es inzwischen dunkel geworden. Michael Lebedew, der jüngste der drei russischen Entführer, brauchte dringend frische Luft.
Er war noch sehr jung, als er die Grauen des Krieges in Afghanistan miterleben musste. Davon wurde er geprägt. Mitgefühl oder gar Mitleid kannte er seit diesen Jahren nicht mehr. Trotzdem hatte er sich in den letzten Jahren verändert, ganz im Gegenteil zu seinen beiden Gefährten. Er verdankte diese Veränderung in erster Linie Andrej Wolkow und würde ihm sein Leben lang dafür dankbar sein.
Auch Sergej und Alexej waren dankbar, dass Andrej sie aufgenommen hatte, ihre Verrohung war aber die gleiche geblieben, wie in der Zeit nach dem Krieg. Sie wurden ein wenig aufgefangen durch das Leben und die Arbeit bei der Familie Wolkow,

aber jetzt war Andrej Wolkow alt, und seine Tochter führte die Familiengeschäfte. Seitdem waren für Michael die Zeiten nicht besser geworden. Irina war keine Arbeitgeberin, sie war eine Herrscherin. Nur die, die das machten, was sie wollte, konnten in ihrem System überleben.
Es gab nur eine Ausnahme. Juri Koldonow.
Michael hatte Angst vor den nächsten Tagen. Er wusste nicht, wie dieses miese Spiel enden sollte. Die beiden betrunkenen Männer im Haus schliefen inzwischen, aber er wusste, dass sie morgen weitermachen würden. Er hatte die bewusstlose Frau mit einer kratzigen Wolldecke zugedeckt und ihr ein wenig frisches Wasser eingeflößt. Sie hatte nichts davon bemerkt. Die Frau durfte nicht sterben. Er würde tun, was er konnte. Viel war das nicht, aber diese Frau musste wieder zu ihrer Familie zurückkehren. Lebend. Morgen würden sie die Lösegeldforderung stellen. Alles war nur wieder ein Ablenkungsmanöver.
Es ging hier nicht um Lösegeld, es ging um etwas ganz anderes.

Der zweite Montag im September
Vilaflor

Die Familie Hernandez Martin saß eine Woche nachdem sie die Nachricht von Cristinas Tod erhalten hatte, wieder zusammen im großen Wohnzimmer von Pablo und Marta.
Wieder waren ihre Verzweiflung, ihre Angst und eine große Verunsicherung, was noch alles auf sie zukommen würde,

greifbar. Auch Juri hatte sich ohne zu fragen und ohne zu reden wieder zu ihnen gesellt. Er war durch den Garten gegangen und über die Terrasse in den Raum gekommen. Es schien niemanden zu stören, dass ein für sie alle vollkommen Fremder hier mit ihnen zusammen saß und auf neue Informationen wartete. Eine Lösegeldforderung. Ein paar Worte von Rosalia. Einige Hinweise von Carlos.
Aber nichts geschah.
Sie saßen und warteten und verzweifelten.
Roberto und Lena brauchten Luft. Sie mussten ein paar Schritte gehen. Als sie auf dem Weg vom Haus zum Grundstückstor unterwegs waren, bog gerade der Wagen von Carlos auf das Grundstück ein.
Er hatte Miriam mitgebracht, das bedeutete, er war nicht offiziell hier. Das war sicher kein gutes Zeichen. Als die beiden ausstiegen, sah er Roberto an und schüttelte den Kopf.
„Wir haben die ganze Gegend entlang der Hauptstraße abgesucht. Weiter sind wir noch nicht gekommen. Es braucht Zeit und es gibt einfach zu viele Möglichkeiten um sich kurzfristig zu verstecken. Außerdem können wir in der Dunkelheit auch nicht einfach losrennen."
„Carlos, es ist schon die zweite Nacht. Wenn Rosalia noch am Leben ist, dann wird sie leiden. Wir müssen sie so schnell wie möglich finden."
„Glaub mir Roberto, wir tun im Moment nichts anderes. Wir suchen Rosalia und versuchen Zeugen zu finden. Du weißt doch, der geringste Hinweis kann wichtig sein. Wir werden sie finden."
Lena schob Miriam in Richtung Haustür.

„Kommt erst mal mit ins Haus. Ihr habt jetzt auch eine Pause nötig."
Sie saßen schon einige Zeit mit der Familie zusammen, es war verhältnismäßig spät geworden und eigentlich für Carlos und Miriam an der Zeit aufzubrechen, als sich das Mobiltelefon von Carlos meldete. Sofort waren alle hellwach.
Er meldete sich, dann sah er auf, schüttelte den Kopf und verließ das Wohnzimmer, um ungestört reden zu können.
Als er nach kurzer Zeit wieder erschien, sahen ihn alle Anwesenden erwartungsvoll an.
Er seufzte. „Das war Mario Trautmann. Er wollte mir nur mitteilen, dass seine Schwiegereltern morgen nach Deutschland zurückfliegen. Seine Frau will ihre Eltern begleiten. Ihrem Vater geht es nicht gut."
„Und? Das lässt du zu. Gehört sie nicht mehr zu den Verdächtigen?" Roberto war aufgebracht.
„Tut mir Leid, Roberto. Wir haben nichts, was sie belasten würde. Es war Zufall, dass der Mord in ihrer Wohnung passierte. Es war ebenso Zufall, dass ihr Sohn den Mörder kannte. Du kannst fast jeden Surfer in Medano fragen, fast alle kannten Santoro. Außerdem hat Ole Sörensen, der junge Däne bestätigt, sich mit Santoro über die Miete für die Wohnung geeinigt zu haben. Das war zwar nicht ganz korrekt, aber die Miete ist pünktlich überwiesen worden. Ich finde keinen Grund, Irina Wolkowa-Trautmann hier festzuhalten. Ihr Mann bleibt selbstverständlich auf der Insel. Da ist noch einiges zu klären. Jedenfalls fliegen die Wolkows morgen früh mit ihrer Privatmaschine zurück nach Deutschland. Übrigens, falls es irgendwelche Anhaltspunkte für eine Beteiligung von Irina Wolkowa an den

Vorkommnissen hier auf der Insel geben sollte, werden die Kollegen in Deutschland schon alles Nötige unternehmen."
Die Familie Hernandez tat Carlos unendlich leid. Er hatte in letzter Zeit tatsächlich nur negative Nachrichten überbracht. Er brauchte unbedingt einen Erfolg. Die Familie musste wieder hoffen können. Jetzt fuhren er und Miriam erst einmal zurück nach Adeje. Auch sie benötigten immer wieder dringend Ruhe, die letzte Zeit war außergewöhnlich schwierig. Auch morgen würde wieder ein aufreibender Tag werden. Der zweite Dienstag im September, früh am Morgen, abseits von Granadilla.

*

Der ältere Mann, der in der flachen Hütte in seiner Abgeschiedenheit am Berg lebte, brauchte nicht mehr viel Schlaf. Jeder Tag begann für ihn, wenn draußen noch absolute Dunkelheit herrschte und die ersten Anzeichen des beginnenden Morgens noch lange Zeit auf sich warten ließen.
Dann bereitete er sich seinen ersten Kaffee des Tages und schaltete sein Radio an. Der Empfang hier in der Wildnis machte zuweilen Schwierigkeiten, aber auf einen der Inselsender war immer Verlass. So erfuhr der ältere Mann schon immer sehr früh, was sich in der Welt und auf seiner Insel ereignet hatte. Als er den Aufruf der Polizei von Los Cristianos hörte, in dem sie die Bevölkerung um Mithilfe bei der Aufklärung einer Entführung bat, die sich am Sonntag in Vilaflor ereignet hatte, war er schlagartig alarmiert.
Die Hinweise waren dürftig, aber einen alten, schmutzigen Lieferwagen und eventuell einen Motorradfahrer, der in die Sa-

che verwickelt sein könnte, hatte er beobachtet. Es konnte Zufall sein, aber auch wenn es ein falscher Alarm war, er musste sofort das nächste Polizeirevier informieren und das war in Granadilla. Ohne weiter zu überlegen, stellte er seine Kaffeetasse auf dem grob gezimmerten Holztisch ab, lief von der Hütte in den kleinen Holzverhau, in dem sein altes Motorrad stand, vergaß seinen Helm aufzusetzen, startete die kleine beigefarbene Maschine und fuhr für seine Verhältnisse viel zu schnell über den holprigen Weg, der entlang des Berges bis zur Hauptstraße nach Granadilla verlief.
Ihm, der sonst alles mit einer unerschütterlichen Ruhe erledigte, konnte es heute nicht schnell genug gehen. Eine Entführung. Jetzt ergab es für ihn auch Sinn, dass die verfallene Behausung weit unterhalb von seiner Hütte seit kurzer Zeit bewohnt war. Nur jemand, der sich unbedingt verstecken wollte, wählte so eine Unterkunft. Und dort konnte man auch ein Entführungsopfer tagelang unterbringen, kaum jemand kannte dieses alte Gemäuer.
Die Strecke kam ihm heute endlos vor. Noch eine Kurve, dann war er am Ortsrand, dann war es nicht mehr weit bis zur Polizei von Granadilla. Schon aus Entfernung sah er, dass das Gebäude hell erleuchtet war. Normalerweise gab es hier nachts nur eine Notfallbesetzung. Heute schienen alle im Einsatz zu sein. Er parkte sein Motorrad vor dem Gebäude und eilte so schnell er konnte auf die Eingangstür zu.
Drinnen herrschte angespannte Betriebsamkeit. Im ersten Moment kam er sich wie ein Störenfried vor, aber er wollte seine Beobachtungen so schnell wie möglich weitergeben. Nachdem er eine Weile abgewartet hatte, ohne von einem der Polizeibe-

amten beachtet zu werden, verkündete er mit lauter Stimme und dringendem Tonfall „Ich kann Ihnen Hinweise zu dem Entführungsfall geben. Ich habe den Aufruf vorhin im Radio gehört. Wahrscheinlich weiß ich, wo sich die Entführer und ihr Opfer aufhalten."
Plötzlich wurden die Räume für einen Moment durch absolute Ruhe und eine Art von Stillstand beherrscht, doch dieser Zustand wich Sekunden später einer erregten Hektik. Der Chef des Polizeireviers kam auf den älteren Mann aus dem Berg zu und fing an, ihn leicht zu schütteln.
„Was haben Sie so früh am Morgen gehört. Woher kommen Sie um diese Zeit und was wissen Sie genau über die Entführung?"
„Ich kann Ihnen nicht garantieren, dass das stimmt was ich denke, aber ich bin davon überzeugt, dass die Entführer sich seit ein paar Tagen in einem verlassenen Gehöft weit unterhalb von meiner Hütte eingenistet haben. Ich bemerkte einen entfernten Lichtschimmer, der vorher nicht dort zu sehen war und ein wenig konnte ich mit dem Fernglas erkennen. Am Sonntag hörte ich dann die Sirenen der Polizeiautos und kurz vorher rumpelte ein alter, schmutziger Lieferwagen den schlechten Weg hin zu dem Gebäude, wenig später folgte dann noch ein Motorradfahrer. Wenn man so wie ich alleine in dieser einsamen Gegend wohnt, dann wird man neugierig, wenn auf einmal Nachbarn auftauchen, auch wenn die bestimmt zwei Kilometer entfernt und weiter unterhalb am Berg wohnen."
Der ältere Mann bemerkte, wie aufgeregt zwei der anwesenden Polizisten am Telefonieren waren.

„Wieso wurden Sie von den neuen Bewohnern nicht ebenfalls bemerkt?“ wollte der Chef von ihm wissen. „Die hätten Sie doch ebenso sehen müssen!“
„Ich wohne höher, wie auf einem kleinen Plateau. Außerdem nehme ich einen anderen Zufahrtsweg. Machen Sie endlich was. Wahrscheinlich geht es dem Entführungsopfer nicht besonders gut, wenn es denn noch lebt.“
„Wir haben schon Comisario Lopez Garcia verständigt, er ist zuständig für den Fall und wird so schnell wie möglich mit seiner Mannschaft hier sein. Es ist noch sehr früh, vielleicht können wir unbemerkt in die Nähe dieses Gehöfts gelangen. Sie fahren mit, und zeigen uns den Weg dorthin. Auf ein Sonderkommando können wir nicht warten. Wir müssen jetzt schnell reagieren. Wenn das stimmt, was Sie uns erzählt haben, kommen wir hoffentlich noch rechtzeitig. Kommen Sie. Los, zwei Fahrzeuge, sechs Leute. Einer bleibt an der Hauptstraße zurück, damit Lopez Garcia und seine Mannschaft wissen, wo sie hinfahren müssen. Zieht eure Westen an, wir wissen nicht, was wir antreffen werden. Wahrscheinlich sind die Entführer bewaffnet. Sie fahren mit mir. Los geht’s.“
Es ging plötzlich alles rasend schnell. Erst jetzt kam der ältere Mann aus der Berghütte richtig zum Nachdenken. Er war überzeugt davon, dass er Recht hatte. Sein Handeln war spontan, seit er den Aufruf in den Inselnachrichten gehört hatte. Es war kein langes Überlegen notwendig gewesen, er war seinem Instinkt gefolgt und jetzt war er mitten drin in einer riskanten Polizeiaktion.
Nein, er war nicht ängstlich, er wollte nur keinen Fehler machen. Schließlich wusste er nicht, wie er sich in dieser Situation

verhalten musste. Aber den Weg zum Gehöft kannte er, soweit konnte er der Polizei wenigstens behilflich sein.
In der Dunkelheit musste er sich konzentrieren, damit er die schlecht zu erkennende, lang ansteigende Zufahrt zu dem Gemäuer nicht verpasste. Er wusste nur, dass sie irgendwo vorher anhalten mussten, die Scheinwerfer der Einsatzwagen würden sonst von den Entführern bemerkt werden. Aber so gut kannte er den Weg in der Dunkelheit auch nicht.
„Fahren Sie nicht so schnell. Es muss gleich irgendwo nach rechts abgehen. Der Weg ist schlecht zu erkennen und sehr holprig. Das letzte Stück müssen Sie sowieso zu Fuß gehen. Sonst sind die Männer schon vorher gewarnt."
Der Chef der Polizei von Granadilla nickte. „Stimmt. Wie weit können wir fahren?"
„Vielleicht zwei Kilometer, ich weiß es nicht genau. Aber weiter auf keinen Fall."
„Gut, wir werden langsam weiterfahren. Schauen Sie sich die Gegend genau an. Es kann ja sein, dass Sie eine Stelle erkennen, die sich gut eignet, um die Fahrzeuge dort stehen zu lassen und die trotzdem nicht zu weit vom Gebäude entfernt ist."
„Ich versuche es, aber passen Sie auf, das verfallene Gebäude hat keinen Strom. Es wird irgendwo vor Ihnen auftauchen, wenn die Entführer nicht irgendein anderes Licht angezündet haben."
Nach gefühlt viel zu langer Zeit kamen sie an eine Ausbuchtung am Weg.
„Halten Sie hier, Sie müssen versuchen in der Dunkelheit den Weg zu finden. Trotzdem wäre es sinnvoll eine Taschenlampe mitzunehmen."

„Es ist zum Glück noch sehr früh. Dem Himmel sei Dank, dass Sie so ein Frühaufsteher sind. Jetzt wollen wir hoffen, dass Sie Recht hatten mit Ihrer Vermutung, dass sich die Entführer hier versteckt halten. Wir warten hier auf den Kommissar, er ist der Chef, er soll die Aktion leiten."
Der ältere Mann nickte und sah auf seine Armbanduhr. „Das wird das Beste sein. Jetzt ist es halb sieben, wir haben noch eine halbe Stunde, dann wird es hell. Er soll sich beeilen."
Der Polizist legte dem älteren Mann seine Hand auf die Schulter. „Danke, dass Sie alles so gut beobachtet haben. Aber warum haben Sie dieses abgelegene Stück Insel gewählt, um hier zu leben. Das muss doch unendlich einsam sein?"
Der ältere Mann antwortete nicht gleich. Er sah zum dunklen Himmel hinauf, es waren um diese Zeit keine Sterne mehr zu sehen.
„Ich habe viel zu lange an einem Ort gelebt, der nur durch Hektik geprägt wurde. Ich war mitten drin in dieser Hektik. Sie tat mir nicht gut. Hier habe ich meine Ziegen, ich mag sie einfach lieber als die Menschen. Sie müssen es nicht verstehen."
„Nein, das muss ich nicht. So könnte ich auch nicht leben. Aber wenn ich darüber nachdenke, was hier wahrscheinlich im Moment von Menschen getan wird, dann versuche ich, Sie ein wenig zu verstehen. Ich glaube, es ist soweit. Wir bekommen Verstärkung. Die Zeit wird langsam knapp. Gut, dass die Mannschaft von Lopez Garcia endlich hier ist."
Sie sahen die näher kommenden Lichter der Einsatzfahrzeuge aus Los Cristianos hinter sich aufleuchten.
Carlos war verständigt worden, als er noch in seinem Haus in Adeje war. Er war auf alles vorbereitet. An einen tiefen Schlaf

war zurzeit ohnehin nicht zu denken, also hatte er es sich mit seiner Kleidung auf der Couch im Wohnzimmer so bequem gemacht, wie es eben möglich war. Außerdem wollte er Miriam nicht stören. Sie brauchte ihre Ruhe genauso.
Die Kollegen im Gebäude der Polizei in Los Cristianos warteten nur auf ihn und auf seine engste Mitarbeiterin, schließlich musste unbedingt eine Frau vor Ort dabei sein. Sie hatten alles vorbereitet und konnten sofort zum vereinbarten Treffpunkt aufbrechen. Carlos war ebenfalls der Meinung, dass die Anforderung eines Sonderkommandos zu viel Zeit in Anspruch nehmen würde. Er hatte ausreichend Leute zusammen. Wenn sich die Entführer mit ihrem Opfer tatsächlich in dem besagten Gebäude aufhielten, würden sie versuchen, die Aktion so schnell und so erfolgreich wie möglich zu Ende zu bringen. Hoffentlich war es noch rechtzeitig genug für Rosalia.
An der Hauptstraße zwischen Granadilla und Vilaflor wurden sie von dem wartenden Kollegen angewiesen, so dass sie die kaum sichtbare Zufahrt zu dem holprigen Weg nicht verpassten und zehn Minuten später parkten sie mit ausgeschalteten Scheinwerfern hinter den Fahrzeugen der Kollegen aus Granadilla. Nach einer kurzen Besprechung machten sie sich bereit für den Fußweg zum Unterschlupf der mutmaßlichen Entführer. Sie trugen alle ihre Schutzwesten, der ältere Mann aus dem Berg sollte aber mit einem Kollegen von der Polizei aus Granadilla aus Sicherheitsgründen bei den Fahrzeugen bleiben. Sie kamen nur langsam in der Dunkelheit voran, obwohl man erahnen konnte, dass sich bald das Tageslicht von Osten her bis zu ihnen ausbreiten würde. Bis dahin wollte Carlos den Einsatz erfolgreich beendet haben.

Es blieb ihnen nichts anderes übrig, hin und wieder musste das Licht der Taschenlampen helfen, um weiterhin auf dem Weg zu bleiben. Und dann sahen sie im ersten, ganz schwachen Tageslicht das Gehöft vor sich auftauchen. Alles war still. Keine noch so winzige Lampe konnte die Bewohner auf sich aufmerksam machen. Langsam und leise näherte sich Carlos` Mannschaft dem Gebäude. Im Haus regte sich nichts. Mehrere der erfahrenen Polizisten befanden sich bereits direkt an der Eingangstür. Die anderen sicherten das Gebäude von den anderen Seiten. Jeder von ihnen hielt eine Schusswaffe in der Hand. Sie erkannten einen Schuppen, in dem ein Lieferwagen und zwei Motorräder standen.

Jetzt war sich auch Carlos sicher, dass sie am richtigen Ort waren. Auf einmal ging alles ganz schnell. Mit einem gezielten Tritt flog die Eingangstür auf. Mit lauten, kommandoartigen Befehlen und einem blitzartigen Eindringen in den niedrigen, übel riechenden Raum schreckten sie die drei Männer, die sich hier für einige Zeit eingerichtet hatten, aus einem komaähnlichen Alkoholschlaf auf. Keiner der drei hatte damit gerechnet, dass ihr Versteck in dieser Einöde auffliegen könnte. Sie waren dermaßen überrascht von dem Einsatz, dass sie fast keinen Widerstand leisteten.

„Wo ist Rosalia. Verdammt, sucht die Frau. Sie wird unbedingt Hilfe nötig haben.“ Carlos sah sich in der Hütte um. „Da ist noch eine Tür.“ Er gab seiner Kollegin ein Zeichen. Sie sollte als erste den angrenzenden Raum betreten. Es war ein erschütterndes Bild, das sich der jungen Polizistin bot. Sie hatten Rosalia gefunden. Sie lebte. Aber noch konnten sie nicht feststellen, in welchem Zustand sie sich befand. Sie schien bewusstlos zu sein, aber sie atmete. Ganz vorsichtig berührte die junge Kollegin Rosalia, während Carlos die Fesseln an ihren Händen löste und ihre Arme langsam nach vorne bewegte. Er konnte sich vorstellen, welch eine Qual es für die Frau gewesen sein musste, stundenlang in dieser Position ausharren zu müssen. Rosalias Gesicht sah verquollen aus, einer der Männer hatte ziemlich kräftig zugeschlagen. Sie bewegte sich ein wenig, konnte ihre Augen aber höchstens einen Millimeter öffnen.

Als sie die zwei Personen neben sich stehen sah, fing sie leise an zu wimmern. Wahrscheinlich hätte sie geschrien, aber das ließ ihre ausgedörrte Kehle nicht zu.

Die junge Kollegin nahm Rosalia vorsichtig in die Arme. „Ruhig, Rosalia. Es ist alles gut. Die Männer sind nicht mehr hier. Wir sind von der Polizei. Es ist Carlos. Du kennst ihn. Dir tut niemand mehr etwas. Holt endlich Wasser. Sie ist völlig dehydriert. Wir brauchen dringend einen Krankenwagen. Schon benachrichtigt? Gut."

Rosalia hatte sich immer noch nicht beruhigt. Tropfen für Tropfen flößten sie ihr Wasser ein. Sie war so schwach, dass sie kaum schlucken konnte. Wieder fiel sie in eine tiefe Bewusstlosigkeit, aber sie lebte.

Carlos wählte als erstes Robertos Telefonnummer. Als der sich meldete, sagte er nur die erlösenden Worte. „Hola, Roberto. Ich bin es, Carlos. Wir haben Rosalia gefunden. Sie lebt."

Der zweite Dienstag im September
Von Agadir nach Frankfurt

Blomberg wartete darauf, dass sein Condorflug nach Frankfurt endlich aufgerufen wurde. Erfreulich, dass er so problemlos noch einen Platz in der Maschine bekommen hatte.
Normalerweise waren in dieser Jahreszeit die Flüge aus den Urlaubsregionen am Atlantik zurück nach Deutschland ausgebucht. Am Wochenende hätte es mit Sicherheit nicht so schnell geklappt. Der Flug nach Frankfurt dauerte knapp fünf Stunden, wenn alles normal ablief, konnte er nachmittags schon in irgendeinem Hotel in der Stadt sein. Nachdem die Maschine in Frankfurt gelandet war, Blomberg seinen kleinen Koffer vom Gepäckband abgeholt hatte und durch die Passkontrolle geschleust worden war, versuchte er als erstes, ein Hotelzimmer in der Innenstadt zu bekommen. Das wollte er vom Flughafen aus erledigen, dann konnte er dem Taxifahrer gleich die exakte Adresse angeben und musste selbst nicht mehr auf die Suche gehen. Ein Hotel in Bahnhofsnähe noch ein Zimmer frei.
Er wollte unbedingt im Zentrum wohnen, damit er all das, was er sich vorgenommen hatte, zu Fuß erledigen konnte.
Schon als er das Flugzeug verlassen hatte, bemerkte er den Klimawechsel. Hier in Deutschland hatte er ständig das Gefühl erdrückt zu werden. Die Luft war schwer und diesig, der Himmel weit entfernt und obwohl es erst September war, konnte man meinen, dass der Herbst nur darauf wartete, die noch schönen Tage abzulösen, indem er Regen und kühlere Temperaturen schickte. Der kurze Sommer war noch in den Köpfen der Menschen, aber schon wurde es morgens später hell und abends

früher dunkel. Dort, wo man in den Parkanlagen vor kurzer Zeit noch barfuß über die Rasenflächen laufen konnte, sammelte sich nun über Nacht die Feuchtigkeit auf den Grashalmen. Bei schönem Wetter wurde den Parkbesuchern in der Mittagszeit der Sommer noch vorgegaukelt, der sich am späten Nachmittag aber wieder verabschiedete, um der zurückkehrenden Nässe den Vorrang zu lassen.

Blomberg vermisste auf Anhieb die Leichtigkeit des kanarischen Klimas. Die Seeluft, der leichte Wind um diese Jahreszeit, die Sonne, die nicht mehr so brutal auf der Haut brannte wie im Juli. Aber vor allen Dingen dieses Gefühl des Wachsens, als ob man an einer dünnen Schnur leicht schwebend nach oben gezogen wurde. Hier war das Gegenteil der Fall. Er meinte, hier immer kleiner zu werden, eine Spur im Asphalt zu hinterlassen, die Luft zum Atmen nicht ausreichend nutzen zu können.

Für sich hatte er die richtige Wahl getroffen. Er würde nur noch nach Deutschland zurückkehren, wenn sein Job es zwingend erforderlich machte. So wie in diesem Fall. Ohne diese Ermittlungen in Deutschland konnte er seiner Klientin nicht helfen. Das alles hatte Vorrang vor seinen Befindlichkeiten, aber er würde sich bemühen, seinen Aufenthalt hier so kurz wie möglich gestalten.

Er wusste noch nicht ganz genau, wie lange er in Frankfurt bleiben musste. Eine, maximal zwei Nächte. Danach wollte er nach Hamburg weiterreisen. Wahrscheinlich mit der Bahn. Er wollte alles kurzfristig entscheiden. Flüge von Frankfurt nach Hamburg gab es mehrmals täglich. Mit dem Zug war er jedoch flexibler, und er ersparte sich auch dieses nervende Warten auf den Abflug. Das war auf Kurzstrecken verlorene Zeit und er

hatte nicht vor, auch nur eine Stunde zu vergeuden.
Als Erstes verabredete er sich mit seinem Informanten von der Frankfurter Polizei. Von Ihm hatte er die entscheidenden Hinweise erhalten, er wollte sich mit einer entsprechenden Einladung zum Abendessen revanchieren. Ohne diesen alten Bekannten hätte er niemals eine Verbindung zwischen den beiden Namen Jan Osthoff und Michael Westkamp herstellen können. Und er hätte niemals erfahren, woher dieser Osthoff kommt und wo seine Familie heute noch lebt.
Sie trafen sich am frühen Abend in einem namhaften Restaurant in der Frankfurter Innenstadt, das durch seine französisch-mediterrane Küche bekannt war.
Es war eine freundschaftliche Begrüßung, sie hatten sich seit einigen Jahren nicht mehr gesehen, lediglich ein paar Mal miteinander telefoniert. Während des guten Essens plätscherte ihre Unterhaltung zwanglos dahin. Sie redeten über Ereignisse aus ihrer häufig gemeinsam verbrachten Vergangenheit und über alte Bekannte und ehemalige Frauenbekanntschaften. Sie hielten sich an ihre eigenen Regeln. Nur keine übereilten Fragen stellen. Alles würde sich schon irgendwann ergeben. Beim abschließenden Espresso war dann auch der Zeitpunkt gekommen, über die Dinge zu reden, die sie heute hier zusammengebracht hatten. Aus dem Geplänkel wurde nun ein ernstes Gespräch.
Blombergs Informant äußerte sich zuerst. „Ich vermute doch richtig? Du konntest mit den Informationen etwas anfangen. Vertraulich, das ist dir doch klar?"
„Seit wann kennen wir uns? Hattest du jemals Grund mir nicht zu vertrauen? Du hast mir geholfen. Das Gleiche würde ich für

dich tun."
Blomberg nahm einen Schluck von seinem Kaffee und sah seinen alten Bekannten eindringlich an.
„Wie wirst du denn weiter vorgehen? Hast du schon Pläne gemacht?" fragte dieser.
„Mein Aufenthalt in Deutschland wird wohl ein wenig länger dauern, als ich gedacht habe. Eigentlich hatte ich mir vorgenommen, morgen einen Blick in diese ominöse „Inselbar" zu werfen. Ich kann mir nicht vorstellen, dass der Laden restlos sauber ist.
Trautmann ist der Eigentümer, das ist nicht nur einfach eine gepflegte, kleine Bar. Irgendetwas läuft dort. Euch ist noch nie etwas Auffälliges zu Ohren gekommen?"
Blomberg starrte in seine leere Tasse. Wenn er die Namen Trautmann und Wolkow hörte, klingelten bei ihm gleich die Alarmglöckchen. Es war allerdings die Aufgabe der Polizei dort nachzuforschen, wenn es denn etwas Ungewöhnliches geben sollte. Ihn interessierte nur die von ihm gesuchte Person. Nur dafür wurde er bezahlt. Aber die Bar war seine erste Anlaufstation. Sein Bekannter zuckte mit den Schultern.
„Dazu kann ich dir wirklich nichts sagen. Von unserer Seite gab es dort noch keinen Einsatz. Es scheint tatsächlich alles sauber zu sein. Das Einzige, was ich dir noch sagen kann, ist die Adresse der Eltern von Jan Osthoff in Hamburg.
Ich nehme an, dass du noch nach Hamburg fahren wirst? Übrigens, die Schwester von Osthoff, sie heißt Nina, hat am Freitag Geburtstag. Sie wird 18 Jahre alt."
Blomberg sah seinen Bekannten erstaunt an. „Dann ist sie nur unwesentlich älter als das Mädchen, das Osthoff mutmaßlich

getötet hat. Es gibt immer wieder Zufälle. Ich muss unbedingt wissen, ob er sich mit seiner Schwester in Verbindung setzen wird. Nur durch sie komme ich an ihn heran. Allein deshalb werde ich wahrscheinlich schon übermorgen nach Hamburg fahren. Ich muss das Mädchen beobachten. Wenn er zu ihr Kontakt aufnimmt, dann mit Sicherheit ohne Wissen der Eltern. Ich frage mich nur, warum unser Inselkommissar diese Informationen noch nicht hat. Ich weiß, dass er Mitarbeiter des LKA in Wiesbaden kennt und normalerweise bleibt er hartnäckig, wenn er eine Spur verfolgt. Leider wissen wir alle nicht, wo und unter welchem Namen unser Mann in Zukunft leben wird. Aber ich schwöre dir, ich werde es herausfinden."
Die beiden Männer verabschiedeten sich am späten Abend genauso freundschaftlich, wie sie sich Stunden zuvor begrüßt hatten. Wie es in so einem Fall wohl üblich ist, versprachen sie sich, diesmal nicht so viel Zeit bis zum nächsten Wiedersehen verstreichen zu lassen. Aber beide wussten auch, dass es wohl eher wieder der Zufall sein würde, der sie auch das nächste Mal zusammenbringen musste. Wahrscheinlich würde es wieder Jahre dauern. Am nächsten Morgen versuchte Blomberg seine frühere Freundin von der Lufthansa telefonisch zu erreichen, mit ihr wollte er am Abend die „Inselbar" besuchen. Aber dieses Mal hatte er kein Glück. Ihm wurde mitgeteilt, dass die Kollegin seit heute im Urlaub sei. Nun gut, dachte Blomberg, dann eben ohne Begleitung. Er würde sich nicht lange in der Bar aufhalten. Aber neugierig war er schon, was es für ihn dort zu beobachten gab.

Der zweite Dienstag im September
Konstanz am Bodensee

Jan Osthoff, oder wie er sich jetzt nannte, Daniel Kamphoff, war eben mit dem Zug aus Zürich in Konstanz angekommen. Sein neuer Name war schon die vierte Identität, die er in den letzten sieben Jahren angenommen hatte. Aber es sollte auch seine letzte sein. Er wollte endlich raus aus dieser Endlosschleife, die bei ihm seit langer Zeit aus Kriminalität, Illegalität, Verstecken und Flucht bestand. Sein künftiges Leben wollte er so normal wie möglich gestalten. In dieser Stadt sollte sein Neuanfang stattfinden, mit Arbeit, Wohnung und sozialen Kontakten. Zuerst würde er sich nach einer hübschen, kleinen Wohnung umsehen. Sie musste nicht unbedingt im Zentrum liegen, er nahm das, was er bekommen konnte und was ihm einigermaßen gefiel. Trotzdem war es unumgänglich, für die ersten Nächte eine kleine Pension zu suchen, in der er vorübergehend untertauchen konnte. Es war schwierig. Um diese Jahreszeit hielten sich reichlich Kurzzeiturlauber am Bodensee auf. Der September brachte hier im Südwesten Deutschlands häufig noch viele sonnige Tage, das nutzten diejenigen, die noch ein paar Tage Resturlaub hatten gerne aus.
Aber nach einigen Absagen fand er doch noch ein kleines Zimmerchen in einem Gasthaus in der historischen Altstadt und er griff sofort zu. Zwei Dinge wollte er heute unbedingt noch erledigen. Zuerst würde er einen Immobilienmakler aufsuchen, um möglichst schnell die von ihm ersehnte Wohnung zu bekommen und dann wollte er versuchen, den Kontakt zu seiner Schwester herzustellen. Das sollte bestimmt die größere

Schwierigkeit werden. Er konnte sie nur zu Hause erreichen, aber dort waren auch seine Eltern. Da er ihre Mobilnummer nicht kannte, musste er es so oft versuchen, bis er irgendwann mit Nina sprechen würde. Er musste vorsichtig sein, sie nicht erschrecken. Auf keinen Fall durfte sie sich den Eltern gegenüber etwas anmerken lassen. Freitag war ihr Geburtstag. Dann war sie volljährig. Er hatte es nicht vergessen. Vielleicht konnte er sie überreden, einen Ausflug nach Konstanz zu machen. Falls sie einverstanden war, mussten sie sich einen plausiblen Grund für diese Reise ausdenken. Er wusste nicht, wie sehr Nina von den Eltern beeinflusst wurde und ob sie selbst überhaupt bereit war, ihn zu sehen. Wenn das Fall war, würde ihnen sicher etwas einfallen. Nachdem er sein Zimmer bezogen, und die Formalitäten an der Rezeption erledigt hatte, machte er sich auf den Weg, um einen Makler zu finden, der ihm beim Suchen nach einer Wohnung behilflich sein konnte.
Es dauerte, er musste einige Maklerbüros in der Innenstadt aufsuchen, bis er etwas gefunden hatte, was ihm zusagte. Jedes Mal erwähnte er, dass der Preis nicht die entscheidende Rolle spielte. Er wollte eine möblierte Wohnung, in die er sofort einziehen konnte. Es war wohl das fünfte oder sechste Immobilienbüro, das ihm das Gesuchte anzubieten hatte, eine hübsche Wohnung in Konstanz-Allmannsdorf, nicht weit entfernt vom See. Er konnte am nächsten Tag einziehen. Es war nicht der Atlantik, es war nicht die Insel, die ihn in seinen Träumen verfolgte und auf der sich bei ihm für kurze Zeit ein Glücksgefühl eingestellt hatte. So hätte es bleiben sollen, aber das wurde durch diese entsetzliche Frau verhindert. Seine Gedanken schweiften ab. Einen Mord hatte er schon auf dem Ge-

wissen, er würde einen zweiten begehen, wenn es der an dieser Frau wäre. Er musste sich zusammenreißen, durfte solche Gedanken nicht mehr zulassen. Jetzt war er hier und wollte noch einmal neu beginnen. Seine Schwester Nina sollte die erste Person in seinem neuen Leben sein. Er hoffte so sehr, sie wiederzusehen, es war, als würde alles Weitere nur von der Begegnung mit Nina abhängen.

Am frühen Abend machte er den ersten Versuch, sie am Telefon zu erreichen. Er hatte sich eins der wenigen noch vorhandenen öffentlichen Telefone in der Nähe vom Bahnhof ausgesucht. Keine Telefonnummer sollte Rückschlüsse zulassen, wo er sich befand, falls sein Vater oder seine Mutter das Gespräch entgegennahmen. Erst wenn er zufällig Nina erreichte, wollte er sich melden.

Hoffentlich blieb sie ruhig. Hoffentlich ließ sie mit sich reden.

Nachdem er mehrmals die altbekannte Nummer gewählt hatte und sich jedes Mal eine Männerstimme mit „Osthoff“ meldete, gab er es für die nächste Stunde auf. Er musste geduldig sein. Irgendwann erreichte er Nina. Nachdem er in irgendeiner Imbissstube eine Kleinigkeit gegessen hatte, versuchte er es noch einmal. Zuerst meldete sich niemand. Nach seinem dritten Versuch hatte er Glück und eine jugendliche, weibliche Stimme meldete sich „Nina Osthoff!“

Er hatte plötzlich einen trockenen Mund und sein Hals fühlte sich an, als hätte er Watte geschluckt.

„Hallo, wer ist dort?“ fragte die Stimme ein wenig ungehalten.

Jetzt musste er sich melden, er wollte nicht, dass sie auflegte.

„Hallo Nina, hier ist Jan.“ Er merkte, dass es nicht seine normale Stimme war. Es war mehr ein krächzendes Flüstern. So wür-

de seine Schwester ihn niemals erkennen. Er hustete und sagte noch einmal „Nina, ich bin es, Jan."
Er spürte die entstandene Stille wie einen Schmerz, er wollte schon aufgeben und das Gespräch beenden, als er plötzlich einen leisen Schrei und ein anschließendes Wimmern vernahm.
„Das kann nicht sein. Jan, du bist es nicht, oder doch? Du lebst! Wo bist du, ich dachte, du bist tot."
Ihre Stimme wurde nun immer lauter.
„Nina, bitte. Nicht so laut. Unsere Eltern sollen nichts mitbekommen."
„Papa und Mama sind nicht hier. Ich bin alleine. Bist du es wirklich. Sag mir endlich, wo du bist. Hier in Hamburg?"
„Nein, ich bin nicht in Hamburg. Aber können wir uns trotzdem sehen? Kannst du zu mir kommen?"
„Es ist so lange her. Wo warst du die ganzen Jahre. Ich habe am Anfang versucht, dich zu finden, aber da war ich noch zu jung, um etwas zu unternehmen. Deinen Namen durfte ich hier nicht mehr erwähnen. Sie würden niemals zulassen, dass ich dich treffe."
„Sie dürfen es auch nicht erfahren. Du wirst in ein paar Tagen achtzehn, dann bist du volljährig und du kannst endlich auch einmal eine eigene Entscheidung treffen. Ich bin in Konstanz. Setz dich am Samstag in den Zug und komm hierher. Denk dir irgendwas aus, aber erwähne mich nicht. Das Geld für die Fahrt bekommst du von mir zurück. Ich werde am Bahnhof sein, wenn du den Mut hast zu kommen. Heute ist Dienstag, ich rufe Freitagabend nochmal an. Dann sagst du mir, wie du dich entschieden hast. Ich melde mich nur, wenn du am Telefon bist.

Nina, ich brauche dich. Ich brauche dringend deine Hilfe. Bis Freitag."

Der zweite Dienstag im September
Vilaflor

Nachdem Carlos die Familie Hernandez kurz informiert hatte, merkte man, wie die Anspannung von allen Wartenden nach und nach abfiel. Nun stellten sie sich die bange Frage, was mit Rosalia passiert war, was sie durchgemacht hatte und wie ihr Gesundheitszustand im Moment war.
Roberto hatte das Telefon noch nicht aus der Hand gelegt, sah ratlos in die anderen Gesichter und sah dann Juri auf sich zukommen. Der große Mann packte ihn unsanft an den Schultern und schrie ihn fast an. „Sag endlich, was ist mit Rosalia, wo ist sie? Ich will zu ihr."
Roberto befreite sich aus Juris Griff. „Ich weiß es nicht. Carlos hatte keine Zeit. Aber sie lebt. Ich muss ihn noch mal anrufen. Wir müssen doch wissen, wohin sie gebracht wurde!"
„Worauf wartest du. Ruf den Polizisten endlich an. Ich fahre dann sofort hinterher."
„Warum du? Es wäre besser, wenn Diego und Lena fahren."
„Sie will mich sehen. Das weiß ich. Keine Diskussionen mehr. Nur Diego und ich. Ruf an."
Roberto zögerte, wählte dann aber doch Carlos Nummer.
„Si, Lopez Garcia, Policia Los Cristianos." Carlos´ Stimme klang

ungeduldig, es war wohl ein ungünstiger Zeitpunkt.
„Carlos, hier ist Roberto. Du hast mir nicht gesagt, wohin ihr Rosalia gebracht habt. Das ist wichtig, Juri will unbedingt zu ihr. Sicher hast du im Moment andere Dinge im Kopf. Darüber müssen wir später nochmal dringend reden. Aber jetzt interessiert uns nur Rosalia. Wo ist sie?"
„Entschuldige Roberto. Selbstverständlich ist das für euch das Wichtigste. Ich wollte euch nur kurz benachrichtigen, hätte mich aber unverzüglich wieder gemeldet. Sie haben Rosalia ins Hospiten Sur nach Los Cristianos gebracht. Santa Cruz hätte zu lange gedauert. Sie brauchte schnelle Hilfe. Fahrt dorthin. Sie wird es schaffen. Sie ist stark genug. Ich habe es eilig. Bis später."
„Hospiten Sur in Los Cristianos." Roberto sah Juri an und warf ihm den Autoschlüssel zu.
„Diego, beeil dich. Wir fahren zu deiner Mutter." Juris Ungeduld trieb Rosalias Sohn an. Diego wusste immer noch nicht genau, was geschehen war, nur, dass er unbedingt zu seiner Mama wollte. Er rannte hinter Juri her und schon hörte man das sich entfernende Motorengeräusch von Robertos Auto.
Juri hatte nicht mehr bemerkt, dass Lena Roberto kaum merklich zunickte. Sie ließen den großen, für sie immer noch fremden Mann mit Diego fahren. Aber sie würden den beiden folgen. Rosalia brauchte eine Frau an ihrer Seite. Sie wussten zwar nicht, was Rosalia in der Zeit ihrer Gefangenschaft durchgemacht hatte, aber sie rechneten mit dem Schlimmsten. Wer auch immer der oder die Entführer waren, sie konnten niemandem mehr schaden. Die Polizei hatte sie verhaftet. Die genauen Zusammenhänge mussten sie mit Carlos besprechen.

Nach einiger Zeit stiegen sie in Lenas Auto und machten sich ebenfalls auf den Weg ins Krankenhaus. Lena fuhr, sie machte einen etwas gelasseneren Eindruck als der aufgeregte Roberto.
„Was hältst du eigentlich von diesem Juri." Roberto starrte auf die vorbeifliegende Straße.
„Niemand kennt ihn. Manolo hat mir versichert, dass er ein guter, erfahrener Mann ist. Er soll mit dem Weinanbau groß geworden sein. Das glaube ich ihm auch. Aber wieso taucht er so plötzlich hier auf der Insel auf. Du sagst, bei Rosalia und ihm war es spontane Zuneigung?"
Normalerweise genoss Roberto auch nach so vielen Jahren immer noch die kurvenreiche Fahrt hinunter zur Küste oder wieder hinauf in seinen Heimatort, heute hatte er dafür jedoch keinen Blick übrig.
„Als wir am Sonntag den Spaziergang zum Restaurant machten, der dann so schrecklich endete, hat sie mir erzählt, was sie empfindet. Roberto, ich habe sie lange nicht mehr so glücklich erlebt. Für mich war sie immer die stille, zurückhaltende Rosalia, die nur sehr zögernd andere Menschen an sich heranlässt. Ihr Glück und ihre Fröhlichkeit waren ansteckend, sie war regelrecht euphorisch. Außerdem habe ich beobachtet, wie auch Juri sie ansah. Da war genauso viel Zuneigung in seinem Blick zu erkennen. Das war ehrlich. Die zwei scheinen sich gefunden zu haben. Hoffentlich haben diese Verbrecher nicht all das zerstört." Lena hatte keine Ahnung, was mit Rosalia geschehen war, aber sie rechnete mit dem Schlimmsten.
Als sie am Hospital ankamen, sahen sie Robertos Wagen direkt vor dem Eingang auf einem Parkplatz für Notfallpatienten parken. Sie hatten es eilig, zur Information zu kommen, um so

schnell wie möglich zu erfahren, was mit Rosalia geschehen war.
„Mein Name ist Roberto Hernandez. Meine Schwester ist vor kurzer Zeit mit dem Notarztwagen eingeliefert worden. Wir möchten zu ihr."
„Buenos Dias Señor Hernandez. Ihre Schwester wird im Moment untersucht. Es wird noch einige Zeit dauern, bis Sie zu ihr können. Ihr Sohn und ein Bekannter ihrer Schwester sind auch schon eingetroffen. Sie und ihr Neffe können irgendwann zu ihr. Das kann aber noch längere Zeit dauern. Der andere Mann und ihre Begleitung sind wahrscheinlich keine Familienmitglieder. Tut mir Leid, aber ohne Zustimmung ihrer Schwester dürfen sie nicht zu ihr. Sie können sich solange im Wartebereich aufhalten. Die behandelnde Ärztin wird sie informieren."
Roberto und Lena eilten in den Wartebereich und trafen dort auf Juri und den weinenden Diego. Lena nahm sich sofort des Jungen an. Als Psychologin war sie im Moment die geeignetste Person, um Diego zu beruhigen. Auch er hatte die Nacht nicht geschlafen und nachdem Lena einige Zeit leise mit ihm geredet hatte, wurde er ruhiger und schlief in ihrem Arm ein. Das war gut so. Er brauchte diese Ruhephase jetzt.
Die Minuten und Stunden vergingen, inzwischen war es schon Nachmittag geworden und sie hatten immer noch keine Information. Immer wieder liefen sie auf und ab, tranken Kaffee und starrten jedes Mal auf die große Schiebetür, hinter der die Behandlungsräume lagen, wenn sie sich leise surrend öffnete und irgendjemand vom medizinischen Personal herauskam. Nur die Ärztin ließ sich noch nicht sehen. Juri war der Ungedul-

digste. Immer wieder hörten sie ihn in einer ihnen fremden Sprache fluchen. Sie nahmen an, dass es Flüche waren, aber verstehen konnten sie nichts. Roberto wurde langsam aggressiv. „Himmel nochmal, rede so, dass wir dich auch verstehen können."
„Für das, was ich sage, gibt es weder auf Spanisch noch auf Deutsch die passenden Worte, also hör einfach nicht hin," knurrte Juri zurück. Endlich. Nach gefühlten nicht enden wollenden Stunden kam die Ärztin, die Rosalia notversorgt hatte, auf die vier Wartenden zu. Ihr ernster Gesichtsausdruck ließ nichts Gutes vermuten.
„Sie sind die Angehörigen von Rosalia Hernandez?" Sie sah von einem zum anderen.
„Nein, nicht alle. Das ist Rosalias Sohn Diego und ich bin ihr Bruder Roberto. Juri Koldonow ist ein enger Freund meiner Schwester und Frau Lena Hainthaler ist meine Freundin, sie ist gleichzeitig Psychologin. Wir dachten, dass es wahrscheinlich hilfreich sei, wenn eine Frau mit Rosalia sprechen könnte, die sie gut kennt."
Die Ärztin nickte zustimmend. „Ich denke, als erstes sollte ihr Sohn zu ihr gehen. Und wir," sie sah Roberto und Lena an, „unterhalten uns über die Fakten, die wir durch die Untersuchungsergebnisse kennen." Sie sah Juri an. „Es tut mir Leid, aber Sie müssen sich noch eine Weile gedulden. Sie sind kein Familienmitglied. Ich sage Ihnen Bescheid, wenn es soweit ist."
Man merkte es Juri an, dass ihm diese Entscheidung überhaupt nicht gefiel, er wollte sofort wissen, was mit Rosalia passiert war, aber er musste sich zurückhalten, wenn er keinen Ärger bekommen wollte. Also stimmte er mit finsterem Blick und ge-

ballten Fäusten dieser Entscheidung zu. Die Ärztin brachte Diego zum Zimmer seiner Mutter. Obwohl er schon 15 Jahre alt war, in diesem Moment war er nur das Kind, das mitbekam, dass es seiner Mama schlecht ging. Er lief auf ihr Bett zu, umarmte sie und beide konnten die Tränen nicht zurückhalten. So aneinandergeklammert und ohne zu reden verbrachten sie die gemeinsame Zeit. Diego wollte nicht fragen und Rosalia konnte nicht sprechen. Sie war zu schwach und befand sich immer noch in einer Art Schockzustand. Dazu kamen die körperlichen Schmerzen. Ihr Körper würde in kurzer Zeit heilen, aber wie lange ihr Trauma anhielt, die Frage konnten auch die Ärzte nicht beantworten. Roberto und Lena wurden von der Ärztin in ihr Sprechzimmer gebeten und sie signalisierte ihnen, sich zu setzen.

„Señor Hernadez, Señora Hainthaler, Ihre Schwester hat großes Glück gehabt. Noch einen Tag und eine Nacht in den Händen der Entführer hätte sie vermutlich nicht überlebt. Sie ist sehr zierlich und nicht sonderlich robust und die Männer waren rücksichtslos. Deswegen hielten wir es für angebracht, dass sie nur von Ärztinnen behandelt wird. Der Anblick von fremden Männern wäre in ihrer Verfassung nicht sinnvoll. Allerdings hat sie häufiger den Namen Juri geflüstert. Ich vermute, das ist der Herr, der draußen so ungeduldig darauf wartet, zu ihr gelassen zu werden. Aber reden wir jetzt erst einmal über die Untersuchungsbefunde.

Rosalia ist betäubt, misshandelt, geschlagen und mehrfach vergewaltigt worden. Ich denke, es ist für Sie ein Schock, das so ungeschönt von mir zu hören, aber hier kann ich nichts beschönigen, das sind die Fakten. Sie ist stark dehydriert, wir geben

ihr ununterbrochen Infusionen, um den Flüssigkeitshaushalt zu stabilisieren. Außerdem bekommt sie selbstverständlich Schmerz- und leichte Beruhigungsmittel. Sie sollte jetzt so viel wie möglich schlafen. Das bekommen wir alles in verhältnismäßig kurzer Zeit in den Griff.
Viel schlimmer ist mit Sicherheit ihre Seele verletzt. Wie lange die Genesung dauern wird und ob sie überhaupt je darüber hinwegkommen wird, ist fraglich. Sie braucht jetzt jede Hilfe, die sie von Ihrer Familie und denen, die ihr nahe stehen, bekommen kann. Ich könnte mir vorstellen, Señora Hainthaler, dass Sie zu einer ganz wichtigen Person werden können. Sie sind Psychologin, Sie wissen, was zu tun ist. Versuchen Sie es.
Auch dieser Juri scheint wichtig zu sein. Wir müssen sehen, wie Rosalia auf diesen Mann reagiert, wenn sie mit ihm konfrontiert wird. Wir werden es ausprobieren. Übrigens, dass ihre Schwester verhältnismäßig schnell gefunden wurde, haben Sie einem Mann zu verdanken, der oberhalb des Gehöfts wohnt, in dem Rosalia gefangen gehalten wurde. Ihn hat man nicht bemerkt, aber der Mann hat schon seit einigen Tagen ungewöhnliche Aktivitäten beobachtet und ist nach einem Aufruf im Radio sofort zur Polizei gefahren, obwohl er nicht sicher war, ob er mit seinen Beobachtungen richtig lag. Er hat ihre Schwester gerettet. Da kann Ihnen aber der Comisario mehr Informationen geben.
Wollen wir jetzt mal nachsehen, wie Rosalia auf Sie reagiert? Gut, versuchen wir es. Kommen Sie.“
Roberto hatte Angst vor der Begegnung mit Rosalia. Er wollte sie zwar unbedingt sehen, aber was war, wenn sie ihn zurückwies, weil auch er ein Mann war. Leise betraten sie zusammen

mit der Ärztin das Krankenzimmer und sahen Rosalia und ihren Sohn eng aneinandergeschmiegt und leise weinend auf dem Bett liegen. Jedenfalls wurde Diego von ihr angenommen. Das war gut und wichtig für beide.
Lena machte sich als erste bemerkbar. Sie trat an das Bett und, streichelte Rosalia Arm und sprach sie mit leiser Stimme an. Trotzdem ging ein Zittern durch den Körper der gequälten Frau.
„Rosalia, ich bin es. Lena. Ich weiß, dass es dir nicht gut geht, aber wir mussten unbedingt herkommen um dich zu sehen. Können wir etwas für dich tun?"
Rosalia löste sich von ihrem Sohn, drehte ihren Kopf in Lenas Richtung und sprach mit heiserer, flüsternder Stimme. „Wo ist Juri?"
„Juri wartet draußen. Ich werde ihn holen." Lena sah fragend die Ärztin an, die nickend ihre Zustimmung gab. Im Wartebereich des Hospitals lief Juri noch immer erregt auf und ab. Als er die drei auf sich zukommen sah, musste er sich beherrschen um nicht aggressiv zu werden.
„Kann ich jetzt endlich zu ihr?"
„Ja, Rosalia will dich sehen. Es geht ihr schlecht und ich glaube auch nicht, dass sie viel mit dir reden wird. Sei einfach nur für sie da." Lena lächelte ihm aufmunternd zu.
„Wir fahren jetzt zurück nach Vilaflor und nehmen Diego mit. Ich weiß nicht, wie lange du bleiben darfst. Sprich mit der Ärztin."
Lena, Roberto und Diego verließen das Hospital und machten sich auf den Weg zurück in ihr Dorf.

Diego hatte sich einigermaßen beruhigt, nun mussten sie die doch recht guten Neuigkeiten der restlichen Familie mitteilen. Alle würden schon ungeduldig darauf warten.
Wieder fuhren sie die kurvenreiche Strecke in Richtung Gebirge, ohne auch nur irgendetwas von der Landschaft in sich aufzunehmen. Lena telefonierte zwischenzeitlich mit Carlos, der versprach, am Abend vorbeizukommen, um ihnen alles ausführlich zu berichten. Schließlich hatten sie bis jetzt nicht die geringste Ahnung davon, was überhaupt genau passiert war.
Juris Befürchtungen von Rosalia abgelehnt zu werden, erwiesen sich als unbegründet. Als er ihr Zimmer betrat, begrüßte sie ihn sogar mit einem kurzen Lächeln. Er bemerkte es an ihrem Blick, dass sie glücklich war, ihn zu sehen. Aber als er sah, was man ihr offensichtlich angetan hatte, und das waren nur die sichtbaren Verletzungen im Gesicht, am Hals und an den Armen, erfasste ihn eine mörderische Wut. Bis jetzt konnte er nur vermuten, wer dafür verantwortlich war, aber er würde es schnell herausfinden. Seine Entscheidung, endlich etwas Grundlegendes zu unternehmen, wurde für ihn zur Mission, als er Rosalia so entsetzlich verletzt dort in ihrem Krankenbett liegen sah. Und dabei konnte er noch nicht einmal erkennen, was mit ihrer Seele passiert war.
Sie konnten beide noch nicht reden, aber als er sie vorsichtig in den Arm nahm, spürte er, dass sie diese Umarmung erwiderte. Er wollte in den nächsten Tagen so oft wie möglich in ihrer Nähe sein, es würde ihr helfen. Juri war dankbar, dass sie ihm vertraute. Es hätte auch anders sein können. Er wollte ihr ein paar Tage zur Seite stehen, dann, wenn sie sich etwas erholt hatte, würde er sie für kurze Zeit verlassen. Er hatte dringend

etwas in Deutschland zu erledigen und das duldete keinen weiteren Aufschub. Er musste eine viel zu lange dauernde Geschichte zu Ende bringen.
Nur ein paar Tage, vielleicht zwei oder drei, dann wollte er wieder zurück sein, dann wollte er sich weiter um Rosalia kümmern.

Der zweite Dienstag im September
Abends in Vilaflor

Es war schon recht spät, als Carlos sich endlich auf den Weg zur Familie Hernandez machen konnte. Die Festnahme der Entführer, die Befragungen der drei Täter, die Zusammenarbeit mit der Staatsanwaltschaft, das alles nahm unendlich viel Zeit in Anspruch und morgen mussten sie weitermachen. Die Verständigung war ein Problem. Es hatte sich herausgestellt, dass die drei Männer russische Staatsbürger waren und sie ohne Dolmetscher nicht weiterkommen würden. Zudem waren die drei nicht bereit ein umfassendes Geständnis abzulegen. Carlos hatte bis jetzt noch nicht viel aus ihnen herausbekommen. Er hatte nur ein paar Mal das Wort „Lösegeld" verstanden. Ob sie die Entführung in Eigeninitiative geplant hatten, oder ein Auftraggeber sie angeheuert hatte, war ihm bis jetzt noch nicht bekannt. Er hoffte, morgen mehr zu erfahren, dann, wenn endlich ein Dolmetscher gefunden war.
Nun konnte er der Familie wenigstens Auskunft darüber geben,

wem sie die Befreiungsaktion zu verdanken hatten und wie reibungslos alles in den frühen Morgenstunden abgelaufen war. Eigentlich wollte er den älteren Mann aus dem Berg der Familie als Retter präsentieren, dieser hatte es jedoch abgelehnt, so in den Mittelpunkt des Interesses zu geraten.
Roberto nahm sich jedoch vor, dem Mann in der nächsten Zeit einen Besuch abzustatten. Wie er ihm die Dankbarkeit der Familie zeigen konnte, war ihm im Moment absolut unklar. Der Mann war ein Einsiedler. Er brauchte nichts. Er wollte nichts. Er war froh, seine Einsamkeit genießen zu können. Aber irgendetwas würde ihm schon einfallen. Diese Aufmerksamkeit und Hilfsbereitschaft konnten sie nicht einfach so hinnehmen.
Roberto und Carlos waren sich einig, Pablo und Marta die Einzelheiten der Entführung zunächst zu ersparen. Carlos musste ohnehin zuerst erfahren, wer an den Vergewaltigungen beteiligt war. Ob sich alle drei an Rosalia vergangen hatten, oder ob sie jemanden ausschließen konnten, würde erst eine DNA-Analyse ergeben. Er musste geduldig bleiben, ein paar Tage konnte es schon dauern, bis er die Ergebnisse aus dem Labor bekam.
Wichtig war jetzt der Dolmetscher. Die drei Täter waren unverzüglich getrennt worden. Sie mussten jetzt mit der intensiven Befragung beginnen. Außerdem hatten die drei Anspruch auf anwaltlichen Beistand. Es musste so viel erledigt werden. Carlos fühlte sich angespannt. Natürlich war es positiv, den Entführungsfall so schnell aufgeklärt zu haben, aber es fehlte immer noch jede Spur von Cristinas Mörder. Die Staatsanwaltschaft wollte auch hier Ergebnisse sehen. Aber nachdem sie die Spur des mutmaßlichen Täters wahrscheinlich noch bis auf die Fähre nach Gran Canaria verfolgen konnten, war es anschlie-

ßend wie verhext. Der Mann war nicht mehr aufzufinden. Alle infrage kommenden Flüge wurden geprüft, sämtliche Fähren und Kreuzfahrtschiffe hatten sie unter die Lupe genommen. Nicht die geringste Spur, nicht den geringsten Anhaltspunkt konnten sie vorweisen.
Außerdem waren sie noch nicht mit dem Drogenproblem weitergekommen. Carlos wartete darauf, dass die Yacht der Familie Wolkow wieder im Hafen von Santa Cruz anlegen würde. Die Hafenverwaltung wollte ihn rechtzeitig in Kenntnis setzen, wenn das Schiff einlaufen sollte. Er glaubte fest daran, dass Vitali Wolkow maßgeblich am Drogenhandel beteiligt war. Das zuständige Dezernat würde dann mit ihm zusammenarbeiten.
Genauso wusste er, dass die Bücher des Hotels „Teide Plaza" kontinuierlich manipuliert wurden. Das würde zu gegebener Zeit von den Finanzexperten des Betrugsdezernats geprüft werden. Noch hatte er Trautmann nicht aufgeschreckt, aber er war überzeugt, dass die Buchhaltung für das Hotel in seinem Unternehmen durchgeführt wurde.

Der zweite Mittwoch im September
Frankfurt

Diesen einen Tag wollte Blomberg noch in Frankfurt bleiben. Er hatte sich vorgenommen der „Inselbar" heute Abend einen Besuch abzustatten. Dass er hier irgendetwas Nützliches für seine Zwecke finden würde, daran glaubte er nicht. Aber neugierig

war er schon. Schließlich ist er über diese Bar auf den Namen Jan Osthoff gestoßen. Hier hatte alles für den jungen Mann angefangen. Vielleicht war dieser Juri Koldonow zu sprechen. Er hat Osthoff seinerzeit schließlich eingestellt. Es war noch nicht spät, eigentlich nicht der richtige Zeitpunkt für einen Barbesuch. Aber er hatte auch nicht vor, sich zu amüsieren, er wollte nur ein wenig recherchieren.
Blomberg war überrascht. Nachdem er sich ein wenig umgesehen hatte, stellte er fest, dass er nicht mit einer so gepflegten Atmosphäre gerechnet hatte. Stil hatte Trautmann, das musste man ihm lassen. Trotz der hübschen Damen, die den Gästen gekonnte Tanzeinlagen boten, hatte man zu keiner Zeit das Gefühl, dass es sich hier um ein gut getarntes Bordell handeln könnte. Nein, es war eine Bar für alle, die eine nicht zu laute Musik bevorzugten und sich mit entsprechenden Getränken verwöhnen lassen wollten. Falls hinter den Kulissen eventuell noch andere Dinge passierten, dann war das nur wenigen, speziellen Gästen bekannt.
Er setzte sich an die Bar, hinter der eine schon etwas ältere, aber immer noch gutaussehende, schwarzhaarige Bedienung für den Getränkenachschub sorgte. Sie begrüßte Blomberg mit einem freundlichen Lächeln. „Hallo, der Herr. Sie sind das erste Mal hier. Ich würde mich bestimmt an Sie erinnern. Ich bin Tamara. Was kann ich zu so früher Stunde für Sie tun?“
„Sie können mir gerne erst einmal ein Bier geben. Danach sehen wir weiter.“
Als Tamara das Bier vor ihn hinstellte, sah sie ihn eindringlich an. „Und was heißt, dass wir dann weitersehen wollen?“
„Ich bin jetzt nur für einen kleinen Ausflug hier in Frankfurt. Ich

muss ein paar Dinge regeln. Aber lassen Sie mich erst einmal das Bier trinken. Sie können mir noch eins machen. Ich bin durstig."
Blomberg trank das Glas zügig leer und ohne ihn aus den Augen zu lassen, stellte Tamara das gewünschte zweite Bier vor ihn hin.
„Sie machen nicht den Eindruck, als wenn sie besonders an den Tänzerinnen oder an unserer Musik interessiert sind. Worum geht es bei Ihrem Besuch?"
Blomberg nahm noch einen Schluck. „Kann ich mit Juri Koldonow reden?"
Das freundliche Lächeln verschwand aus Tamaras Gesicht. „Juri Koldonow? Juri arbeitet schon länger nicht mehr hier. Ich weiß nicht, wo Juri ist. Er wird wohl auch nicht zurückkommen. Mehr kann ich ihnen nicht sagen."
„Was ist mit Jan Osthoff? Gibt es den Jungen auch nicht mehr?"
Tamara schien eine Spur blasser zu werden.
„Nein, den gibt es hier auch nicht. Suchen Sie woanders. Es ist besser, wenn Sie jetzt gehen."
Blomberg warf ihr einen Geldschein hin und grinste sie an. „Stimmt, es ist besser, wenn ich jetzt gehe. Morgen muss ich früh raus. Wie gesagt. Frankfurt war nur ein kleiner Ausflug. Machen Sie es gut. Vielleicht komme ich mal wieder vorbei. War jedenfalls angenehm, mit Ihnen zu reden."
Am nächsten Morgen wollte Blomberg den ICE um neun Uhr nach Hamburg nehmen. Die Fahrt würde über vier Stunden dauern, aber dann hatte er noch den ganzen Nachmittag, um Nina Osthoff aufzuspüren und sich an ihre Fersen zu hängen.

Wenn er an ihren Bruder herankommen wollte, dann ging das nur über dieses Mädchen. Er sah keine anderen Möglichkeiten. Auch wenn Osthoff nach Zürich geflogen war, dort hielt er sich jetzt mit Sicherheit nicht mehr auf. Alle Achtung, dachte Blomberg. Der Junge war clever. Bis jetzt hatte er nur den Fehler gemacht, unter seinem richtigen Namen den letzten Flug zu buchen, inzwischen schien er jedoch ein Meister darin zu sein, seine Spuren zu beseitigen. Aber Blomberg war überzeugt davon, ihn zu finden. Den ganz großen Schritt in diese Richtung würde er in Hamburg machen.

Der zweite Mittwoch im September
Hospital Sur, Los Cristianos

Juri ließ sich nicht von Rosalias Seite verdrängen. Nur wenn sie medizinisch versorgt wurde, ging er hinaus, um sofort anschließend wieder neben ihrem Krankenbett zu sitzen. Dort hatte er die vergangene Nacht verbracht, ohne zu bemerken, wie unbequem es für ihn war. Der große Mann auf dem für ihn winzigen Plastikstuhl. Lena und Diego kamen im Lauf des Vormittags, um zu sehen, wie es Rosalia ging, aber sprechen wollte sie mit den beiden nicht. Sie sprach auch noch nicht mit Juri, aber ihr entspanntes Gesicht zeigte ihm, dass sie seine Anwesenheit als beruhigend empfand.
Er redete leise und liebevoll mit ihr und obwohl er manchmal in seine Muttersprache verfiel, schien sie ihn zu verstehen.

Ein paar Tage wollte er bleiben, dann musste er sie unbedingt kurzzeitig alleine lassen. Juri wollte mit Lena reden, sie musste ihn in dieser Zeit ersetzen. Schließlich sollte seine Abwesenheit nicht lange dauern. Danach würde er bei Rosalia bleiben, ohne sie und ihren Sohn die Insel nicht mehr verlassen. Aber das waren Zukunftsträume. Die Realität verlangte noch einmal etwas anderes von ihm. Er hätte schon vor langer Zeit handeln müssen, dann wären all diese kranken Dinge hier auf der Insel nicht geschehen. In der Hoffnung, irgendetwas Nützliches von Rosalia zu erfahren, war auch Kommissar Lopez Garcia kurz im Krankenhaus aufgetaucht. Aber Juri und natürlich die Ärzte hatten ihm noch keine Gelegenheit gegeben, mit der Traumatisierten zu sprechen. Carlos glaubte ohnehin nicht daran, dass sich Rosalia an Einzelheiten ihrer Entführung erinnern konnte oder wollte. Es würde noch eine sehr lange Zeit dauern, bis sie bereit war, ein einigermaßen normales Leben zu führen, und das sicherlich auch nur mit psychologischer Unterstützung.
Lena und Roberto akzeptierten inzwischen die permanente Anwesenheit Juris in Rosalias Krankenzimmer und versorgten ihn sogar mit frischer Kleidung. Sie erkannten, dass sie ihn unmöglich vertreiben konnten.
Kurz nahm Juri Lena zur Seite und schien mit ihr eine dringende Sache zu besprechen zu müssen. Lena sah ihn verständnislos an, nickte aber nach einiger Zeit zustimmend. Sie wusste nicht, was sie von seinem Anliegen halten sollte, war aber einverstanden, ihm zu helfen. Juri konnte nicht wissen, wie Rosalia reagieren würde, wenn er ihr seine anstehende Abwesenheit erklären musste, aber er hoffte, dass sie Lena als Ersatz akzeptieren konnte.

Einen Flug musste er auch noch buchen. Er wollte das nicht telefonisch oder im Internet machen. Ein kleines Reisebüro in Krankenhausnähe wäre sinnvoll. Rosalia schlief viel, diese Zeit wollte er nutzen und sie für eine halbe Stunde Lenas Obhut überlassen. All die Personen, die der Familie Wolkow nahestanden, hatten im Lauf der Jahre von Irina eine zweite Identität erhalten. Juri hatte diese Papiere noch nie genutzt, obwohl er sie immer in seiner Brieftasche bei sich trug. Jetzt würden sie ihm zum ersten und letzten Mal von Nutzen sein müssen. Den anstehenden Flug nach München und wieder zurück würde er unter einem anderen Namen buchen und antreten. Niemand musste erfahren, wo er sich kurzfristig aufhalten wollte.
Lena blieb bei der schlafenden Rosalia, als Juri das Krankenhaus zum ersten Mal seit gestern verließ.
Ein wenig musste er suchen, fand dann aber ziemlich schnell das was er brauchte. Er war erstaunt, wie viele kleine Reiseagenturen hier vor Ort zu finden waren. Vorher besorgte er sich noch Geld aus einem Automaten, er musste die Tickets bar bezahlen. Auch für ihn, der noch nie bei der Polizei auffällig geworden war, weder in Deutschland noch hier auf Teneriffa, war es wichtig, in dieser Angelegenheit Vorsicht walten zu lassen. Unerkannt, heimlich und schnell sollte es gehen. Ein paar Sorgen bereitete ihm der Gedanke an den Kommissar. Falls er in den nächsten Tagen noch einmal im Krankenhaus erscheinen sollte, würde er sich mit Sicherheit über Juris Abwesenheit wundern. Aber er musste es darauf ankommen lassen. Sein Vorhaben war unausweichlich. Er konnte es nicht mehr stoppen. Gepäck würde er nicht dabeihaben. Was er benötigte, wollte er sich in München besorgen, um es vor dem Rückflug

dort wieder zurückzulassen.
Geld konnte er an jeder Ecke bekommen, das war kein Problem. Den Plan für sein Vorhaben hatte er schon seit geraumer Zeit im Kopf. Er war einfach und es würde auch keine unerwarteten Probleme geben, trotzdem hätte er es gerne schon hinter sich gebracht.

Der zweite Mittwoch im September
Polizeiaktion im Hafen von Santa Cruz

Der Anruf der Hafenverwaltung kam am frühen Nachmittag. Endlich. Die „Heidelberg" würde in Kürze im Bereich für große Privatyachten im Hafen von Santa Cruz auf Teneriffa anlegen.
Alles war schon vor Tagen von Carlos, seiner Mannschaft und den Kollegen von der Drogenfahndung geplant worden, um genau dann zuzuschlagen, wenn die Mitteilung aus dem Hafen eingehen würde. Von der Staatsanwaltschaft war ihnen jegliche Rückendeckung zugesichert worden und ein Durchsuchungsbeschluss sollte zum richtigen Zeitpunkt vorliegen.
Sie machten sich unverzüglich auf den Weg nach Santa Cruz, um sich dort mit den Kollegen der Drogenfahndung zu treffen, die zwei speziell ausgebildete Drogenhunde mitbringen wollten. Zeitgleich sollte die Steuerfahndung das Büro von Mario Trautmann in Adeje überprüfen und alle Unterlagen beschlagnahmen, die mit der Buchführung des Hotels „Teide Plaza" zu tun hatten. Carlos war überzeugt, dass sie die Zusammenhänge

aufklären würden. Alles hing zusammen. Die Yacht der Familie Wolkow. Das Hotel, dessen Eigentümer Vitali Wolkow war und das laut Aussagen von Mitarbeitern wegen mangelnder Auslastung eigentlich noch nie rentabel war, sich aber immer noch im großen Stil zu präsentieren wusste. Zuletzt noch das dubiose Immobilien- und Finanzbüro von Trautmann, der als Schwiegersohn der Wolkows mit Sicherheit in die kriminellen Geschäfte eingebunden war. Man würde schnell feststellen, wie diese Geschäfte abgewickelt wurden.
Was Carlos immer noch nicht nachvollziehen konnte, wo er immer noch keine Beweise für einen Zusammenhang gefunden hatte, waren die Kaufangebote Trautmanns, was das Grundstück von Marta Hernandez in San Pedro betraf, der Mord an der Enkelin Cristina und die Entführung ihrer Tochter Rosalia.
Sein Bauchgefühl sagte ihm, dass all das, was bisher geschehen war, etwas miteinander zu tun hatte.
Aber beweisen ließ sich bis jetzt gar nichts. Deshalb konnte er Irina Wolkowa auch nicht die Abreise verweigern. Er stand immer noch mit leeren Händen da. Doch jetzt glaubte er fest daran, endlich einen der größten Drogenlieferanten, die die Inseln belieferten, verhaften zu können. Kleine Dealer konnte die Polizei schon häufiger festnehmen, darunter Spanier, Südamerikaner, auch Nordafrikaner, die ihre Ware in Internet-Cafés oder in speziellen Kneipen verkauften, aber an die wirklich großen Drogenbosse waren sie bis jetzt noch nicht herangekommen. Mit einem großen Polizeiaufgebot wurde das Einlaufen der Privatyacht der Familie Wolkow im Hafen von Santa Cruz erwartet. Der Kapitän wusste, wohin er die Yacht bringen musste, ein Platz zum Anlegen war ihm zugewiesen worden.

Carlos, seine Mannschaft und seine Kollegen von der Drogenfahndung konnten das imposante Schiff schon erkennen, als es noch ein ziemliches Stück von der Hafeneinfahrt entfernt war. Jetzt beobachteten sie, wie es langsam und mit leisen Motoren hin zum angewiesenen Liegeplatz glitt. Sie alle waren angespannt, wollten vermeiden, dass sie zu früh entdeckt wurden. Die Besatzung sollte überrascht werden. Sie durfte keine Gelegenheit bekommen, eventuelle Beweismittel verschwinden zu lassen. Carlos erwartete, dass Vitali Wolkow auch an Bord war. Schließlich war Teneriffa seine „Heimatinsel".
Wenn sie den erhofften Erfolg hatten, würde es einige Verhaftungen geben und die „Heidelberg" hatte ihren Liegeplatz hier im Hafen von Santa Cruz für längere Zeit gesichert. Sie sollte so schnell nicht wieder auslaufen.
In ihren Einsatzwagen lauerten sie auf den richtigen Zeitpunkt für den Zugriff. Selbst die Hunde waren unruhiger als normal, sie warteten auf ihren Einsatz. Das Herunterfahren der Gangway war für das Einsatzkommando der Startschuss für ihre Aktion. Sternförmig fuhren sie auf die Yacht zu, sprangen bewaffnet aus ihren Fahrzeugen und übernahmen das Schiff in Windeseile. Damit hatten Kapitän und Besatzung nicht gerechnet. Sie waren vollkommen überrumpelt worden. Als Carlos und sein Kollege von der Drogenfahndung das Außendeck betraten, war die Besatzung der „Heidelberg" schon unter der Kontrolle des Einsatzkommandos.
Selbst Vitali Wolkow, der im selben Moment vom Salon im Unterdeck nach oben geeilt war, hatte niemals mit diesem überraschenden Einsatz gerechnet. Er hatte sich immer absolut sicher gefühlt. Ihm folgte ein großer, dunkelhaariger Mann. Auch

der machte einen völlig verwirrten Eindruck, hatte sich aber schneller im Griff als Vitali.
„Was soll das? Was haben sie hier zu suchen?“ schrie er wild in die Runde. „Vitali, du bist hier der Chef, frag diese Männer, was sie von uns wollen?“
Carlos und der Kollege hielten ihnen ihre Dienstmarken hin und setzten sie von dem Durchsuchungsbeschluss der Staatsanwaltschaft für die Yacht in Kenntnis. Carlos war zum ersten Mal seit vielen Tagen vollkommen gelassen und konnte auch dementsprechend reagieren. Es war wieder sein Bauchgefühl, welches ihm signalisierte, dass sie endlich einen richtig großen Erfolg zu verbuchen hatten.
„Señor Wolkow, wir würden uns jetzt gerne eingehender auf ihrem wunderschönen Schiff umsehen. Sie mögen Hunde? Dann haben Sie auch bestimmt nichts dagegen, wenn unsere beiden Spezialisten hier mal ein wenig rumschnüffeln. Falls sie nichts Verdächtiges finden, werden wir Ihre Gastfreundschaft nicht länger als notwendig in Anspruch nehmen. Ach ja, ihr Freund hier wurde uns noch nicht von Ihnen vorgestellt. Señor, darf ich dann mal um Ihre Papiere bitten? Ich weiß immer ganz gerne, mit wem ich es zu tun habe.“
Noch widersetzte er sich vehement dieser Aufforderung, aber Carlos ließ ihn nicht mehr vom Haken.
„Nun gut, wenn Sie nicht wollen, können wir Sie auch gleich festnehmen. Normalerweise würden wir in Ihrem Fall mit einer normalen Befragung beginnen. Wir machen es so, wie Sie es wollen.“
Carlos hatte sich schon bewusst gelangweilt Vitali zugewandt, als der große, dunkelhaarige Mann widerwillig seinen marok-

kanischen Pass aus seinem Blouson zog und ihn Carlos reichte.
„Na sehen Sie, es ist doch alles da. Warum die Aufregung? Sie heißen also Aasir Boussoufa und sind marokkanischer Staatsbürger? Was haben Sie auf der Yacht der Familie Wolkow zu tun?“
Jetzt meldete sich zum ersten Mal Vitali zu Wort.
„Aasir ist ein guter Freund. Er wollte nach Teneriffa und wir haben ihn vor einigen Tagen von Agadir aus mitgenommen. Er ist das erste Mal hier an Bord.“
Carlos frohlockte. „Das wollte ich eigentlich im Moment gar nicht so genau wissen. Zu den Einzelheiten werden wir später auf dem Polizeirevier kommen.“
Vitali wurde ungeduldig. „Wieso denken Sie, dass wir Sie zu irgendeiner Vernehmung begleiten würden?“
„Nein, keine Vernehmung. Im Moment nenne ich es noch Befragung.“ Carlos bemühte sich weiter um demonstrative Gelassenheit. Aber als er hörte, dass die beiden Drogenhunde aufgeregt und schrill anfingen zu bellen, sah er die beiden Männer lächelnd an und berichtigte sich, dabei blieb er immer noch freundlich. „Ja, meine Herren. Jetzt kann ich es wohl doch Vernehmung nennen.“
Er wartete die endgültige Bestätigung eines Kollegen ab, der ihm mitteilen konnte, dass der Einsatz erfolgreich war. Die genauen Einzelheiten würde er später erfahren. Vitali, sein Freund und die Besatzung der Yacht wurden von seinen Leuten festgenommen. Carlos atmete tief die angenehme Luft des Meeres ein. Er war in diesem Moment äußerst zufrieden. Endlich ein Erfolg. Das war für ihn im Augenblick das Wichtigste. Die auf ihn zukommende Kleinarbeit erschreckte ihn nicht.

Ganz im Gegenteil, es war jedes Mal eine Genugtuung für ihn.
„Mit Sicherheit haben Sie einen hervorragenden Anwalt, der Ihnen zur Seite steht. Sie werden ihn brauchen, Señor Wolkow."
Da Carlos maßgeblich an der vorläufigen Festnahme von Vitali Wolkow und seiner Crew beteiligt war, nahm er sich selbstverständlich auch das Recht heraus, bei den Vernehmungen durch die Kollegen vom Drogendezernat in Santa Cruz dabei zu sein. Inzwischen war bekannt, dass mehrere hundert Kilo Kokain an Bord der „Heidelberg" sichergestellt worden waren. Das Kokain sollte in umgebauten Müllcontainern vom Schiff gebracht und vermutlich an speziellen und in der Szene bekannten Orten verteilt werden. Verhaftungen in dieser Größenordnung sprachen sich schnell herum. An die einzelnen Verteiler würden sie im Moment wohl nicht herankommen, aber einen der großen Drogenbosse der Insel hatten sie geschnappt. Die Vernehmung von Wolkow und seinem Bekannten Aasir Boussoufa zog sich hin. Beide schwiegen. Sie warteten auf ihren Anwalt, der erst in den nächsten Tagen aus Deutschland anreisen sollte. Carlos musste sich gedulden. Aber eine Sache ließ ihm auch jetzt keine Ruhe. Er schwieg lange, versuchte Wolkow zu provozieren. Irgendwann sah er auf und suchte den Blickkontakt mit Vitali.
„Señor Wolkow, eine letzte Frage habe ich noch. Sagen Ihnen die Namen Alexej Kowaljow, Sergej Orlow und Michael Lebedew irgendetwas?"
Es war ein Schuss ins Blaue, aber ein kaum merkbares, irritiertes Zucken in Vitali Wolkows Mundwinkeln gab Carlos die Gewissheit, die er brauchte. Leider hatte er wieder einmal keine

Beweise.
Obwohl Carlos mit den kriminellen Drogengeschäften von Vitali Wolkow und seinen Helfern nun eigentlich nichts mehr zu tun hatte, das Drogendezernat in Santa Cruz würde in dem Fall jetzt weiter ermitteln, wollte er es sich nicht nehmen lassen, häufiger bei den Vernehmungen zugegen zu sein.
Schließlich war seine Abteilung maßgeblich daran beteiligt, dass es überhaupt zu diesem enormen Drogenfund und zu einer daraus erfolgten Verhaftung gekommen war.
Es war für ihn schlichtweg selbstverständlich, mit einbezogen zu werden. Dabei hatte er eigentlich genug mit den drei Entführern von Rosalia zu tun. Wie die Drogenbande waren auch sie in die Haftanstalt im Norden der Insel überführt worden und saßen jetzt in Untersuchungshaft. Er würde sowieso viel zwischen Süd und Nord pendeln müssen. Hoffentlich bekamen sie bald jemanden, der als Übersetzter geeignet war. Der Anwalt der drei Verhafteten sollte am Freitag aus Deutschland eintreffen. Vorher konnten sie ohnehin nicht viel ausrichten.
Carlos hatte die winzige Hoffnung, dass sich Juri als Dolmetscher zur Verfügung stellen würde. Der Mann war so wütend, er würde nichts zum Vorteil der Entführer verschleiern. Aber Juri hatte die Anfrage empört abgelehnt. Es war letztendlich auch besser so, wer weiß, ob er sich selbst ständig im Griff behalten konnte. Nicht, dass er auch noch durchdrehte und irgendetwas Unüberlegtes tat. Nein, der Übersetzer musste unabhängig sein. Jedenfalls würde morgen das Büro von Trautmann einen unerwarteten Besuch von der Steuerfahndung bekommen. Trautmann konnte davon nichts ahnen, Kontakt zu seinem Schwager hatte er in den letzten Stunden nicht. Es wür-

de für ihn vollkommen überraschend sein.
Miriam tat ihm im Moment leid. Aber sie wusste, mit wem sie liiert war und verhielt sich fantastisch. Es war mit Sicherheit nicht einfach für sie. Aber es kamen auch wieder bessere Zeiten.
Vitali Wolkow, seinen Freund und seine Crew würde man bis morgen in Ruhe lassen. Man gab ihnen die Möglichkeit, mit ihren Anwälten zu telefonieren, Kontakt zueinander hatten sie keinen. Morgen wollte Carlos zeitig im Untersuchungsgefängnis sein, um nur keine wichtigen Einzelheiten zu verpassen. Mit dem Drogendezernat musste er sich arrangieren, aber die drei russischen Entführer waren für ihn und seine Mannschaft reserviert. Er hatte sich überlegt, sie so lange zu ignorieren, bis der Dolmetscher und der Anwalt zugegen waren.
Jetzt würde er erst einmal nach Hause fahren, um mit Miriam einen trotz allem entspannten Abend zu verbringen. Sie hatten es sich verdient.
Irgendwo, ganz tief in seinem Inneren, herrschte im Moment eine lange nicht gekannte Ruhe. Rosalia war durch großes Glück und mit Hilfe des aufmerksamen Einsiedlers gerettet worden, und einer der großen Drogenbosse, die hier auf seiner Insel ihr Unwesen trieben, war auch durch seinen Einsatz geschnappt worden. Er würde Wein besorgen und etwas richtig Gutes zum Abendessen, und sich dann nur noch um Miriam und sich selbst kümmern. Morgen war ein neuer Tag.

Der zweite Donnerstag im September
Los Cristianos, Hospital Sur

Es war der zweite Tag nach Rosalias Rettung aus den Händen der drei Entführer, als Roberto und Lena den Besucherparkplatz des Krankenhauses ansteuerten, um nach ihr zu sehen und um sich über ihren Gesundheitszustand zu informieren. Sie waren zurzeit fast ständig unterwegs und müssten noch häufiger fahren, wenn ihnen Juri nicht so viel abnehmen würde. Eigentlich war er der Einzige, der an Rosalia herankam. Sie wussten nicht, wie er es machte, erkannten aber das gegenseitige Einverständnis zwischen den beiden, obwohl kaum Worte gewechselt wurden. Lena hatte Roberto mitgeteilt, dass Juri kurzfristig in einer dringenden Angelegenheit abwesend sein würde, aber um was es dabei ging, konnte sie ihm auch nicht sagen. Sie würde versuchen, ihn in dieser Zeit zu ersetzen. Hoffentlich ließ es Rosalia zu. Für Diego hatte die Schule begonnen, er konnte auch nicht täglich ins Krankenhaus kommen, dafür war die tägliche Zeit des Lernens einfach zu lang.
Lena hoffte, dass Juris Abwesenheit nur von ganz kurzer Dauer sein würde. Es war schon eigenartig, wie sehr sie sich auf einen Mann verließen, der ihnen im Grunde genommen völlig fremd war. Niemand kannte ihn, niemand hatte ihn vorher schon einmal gesehen, niemand wusste, woher er kam. Nur Rosalia hatte ihm vom ersten Augenblick vertraut und sie schien sich nicht getäuscht zu haben. Und nun vertraute ihm die ganze Familie.
Auf dem Weingut lief dank Serge und seinen beiden Männern alles so wie es sein sollte. Er behielt auch in dieser wirren Zeit den Überblick. Auch Joana leistete ihren Betrag, indem sie je-

den Tag aufs Neue für das leibliche Wohl der Erntehelfer sorgte. Sie wusste, zufriedene Arbeiter waren auch gute Arbeiter. Nur das Büro musste dringend wieder besetzt werden. Lena hatte sich bereit erklärt, das, was sie machen konnte zu erledigen. Durch ihre Arbeit in der Buchhaltung ihres Sportgeschäftes hatte sie den besten Überblick über alle zu erledigenden Büroarbeiten. Nun war Weinbau nicht mit dem Verkauf von Sportartikeln zu vergleichen, aber die buchhalterischen Abläufe würden wohl ähnlich sein. Sie musste sich ihre Zeit jetzt nur ganz gezielt einteilen. Irgendwie würden sie es schaffen.
Zum Glück hatte es in den letzten Tagen keine unangenehmen Vorfälle am Wohnhaus und im Weingut mehr gegeben. Es war schon ein eigenartiger Zufall, dass es seit der Abreise der Familie Wolkow, der Überwachung von Mario Trautmann und der Verhaftung der drei Entführer keine beunruhigenden Aktionen mehr gegeben hatte.
Carlos schien Recht zu behalten. Alles hing irgendwie zusammen. Er konnte nur noch nicht die losen Fäden, die er in den Händen hielt, miteinander verknüpfen. Nachdem sich Robertos Mobiltelefon bemerkbar gemacht hatte und er das Gespräch entgegengenommen hatte, sagte er eine ganze Weile erst einmal gar nichts. Lena wurde schon ganz kribbelig. „Was ist nun wieder passiert?“ Bei jedem Telefongespräch rechnete sie inzwischen mit dem Schlimmsten. Roberto sah sie immer noch sprachlos an.
„Nun sag endlich, was gibt es jetzt wieder Unangenehmes?“
„Nein, nichts Unangenehmes. Das war Carlos. Sie haben gestern einen der ganz großen Drogenbosse geschnappt und jetzt rate mal, wer das ist? Vitali Wolkow. Die Polizei hat die Yacht

der Wolkows beschlagnahmt und die gesamte Crew festgenommen. Schon wieder diese Familie. Carlos hat keine Beweise dafür, dass irgendein Mitglied dieses Clans an der Ermordung Cristinas oder an Rosalias Entführung und Misshandlung beteiligt war, aber dass Trautmann der Initiator dafür war, Mamas Grundstück erwerben zu wollen, das hat er ja inzwischen zugegeben. Man muss selbstverständlich berücksichtigen, dass Carlos inzwischen an vielen Baustellen zu arbeiten hat. Auf Cristinas Fall wird er mit Sicherheit zu gegebener Zeit zurückkommen und er wird sich bestimmt Hilfe aus Deutschland holen. Aber im Moment ist er hier mit zu vielen anderen Dingen zusätzlich beschäftigt."

Als sie Rosalias Krankenzimmer betraten, wussten sie schon, dass sie Juri an ihrem Bett antreffen würden. Der Mann strahlte eine unglaubliche Ruhe und Geduld aus und schien sich unentwegt leise mit Rosalia zu unterhalten. Es war zwar eine einseitige Unterhaltung, aber Rosalia schien genau zu verstehen, was Juri ihr liebevoll zuflüsterte. Sie hatte ein leichtes Lächeln im Gesicht. Er sah auf, als sich die Tür öffnete und er Roberto und Lena das Zimmer betreten sah. Juri nickte ihnen zu und erhob sich von dem viel zu kleinen Plastikstuhl.

„Ab heute Mittag bin ich für kurze Zeit unterwegs. Ich fahre gleich von hier und besorge mit unterwegs alles, was ich benötige. Geld habe ich genug. Bitte, Lena, kümmere dich um Rosalia."

Der zweite Donnerstag im September

Adeje

Sämtliche Mitarbeiter von Mario Trautmann waren ahnungslos. Wer hätte ihnen auch verraten sollen, dass die Staatsanwaltschaft einen Durchsuchungsbeschluss ausgestellt und die Beschlagnahme aller Geschäftsunterlagen angeordnet hatte.

Dementsprechend aufgebracht verhielten sich alle anwesenden Beschäftigten. Trautmann selbst konnte sich gar nicht beruhigen und informierte unverzüglich seinen Anwalt, der wohl gleichzeitig auch gut mit ihm befreundet war.

Es war schon ein eigentümliches Bild, wie die Leute der Steuerfahndung und die vom Betrugsdezernat nach und nach alle verfügbaren Unterlagen in entsprechenden Kisten aus dem Büro schleppten und in ihren bereitstehenden Fahrzeugen verstauten. Sie würden alles prüfen und sie würden auch das finden, wonach sie suchten.

Das wusste auch Trautmann. Was er noch nicht wusste und was er in nächster Zeit auch noch nicht erfahren würde, war die Verhaftung seines Schwagers und die der Besatzung der Familienyacht. Carlos freute sich schon darauf, ihn schmoren zu lassen, seinen Gesichtsausdruck zu beobachten, wenn Trautmann endlich begreifen würde, dass es für ihn keinerlei Spielraum mehr gab. Auf Teneriffa war die Zeit der Wolkows vorbei. Hier würden sie keine zwielichtigen Geschäfte mehr machen, keinen Drogenhandel mehr betreiben und kein Schwarzgeld mehr waschen.

Um all die Beweise dafür kümmerten sich seine Kollegen. Er konnte sich nun voll und ganz auf die Peiniger von Rosalia kon-

zentrieren. Morgen hatte er einen Übersetzter und der Anwalt der drei Entführer sollte dann auch eintreffen. Er würde ganz genau recherchieren, woher dieser Anwalt kam und von wem er wirklich beauftragt worden war und danach wollte er nach Deutschland fliegen und mit Hilfe seiner bekannten Kollegen aus Wiesbaden versuchen, Cristinas Mörder zu finden. Er war sicher, dass er im Umfeld von Irina Wolkowa einiges finden würde. Zur gleichen Zeit tauchte im Untersuchungsgefängnis im Norden Teneriffas ein ganzes Geschwader von Anwälten auf, um Vitali Wolkow, seinen marokkanischen Begleiter und die gesamte Crew der „Heidelberg" juristisch zu beraten. Diese Familie hatte sich in kürzester Zeit ein Netzwerk auf der Insel aufgebaut, was auch nur möglich war, wenn man über Unsummen von Geld verfügte. Andrej Wolkow, das jahrzehntelange Oberhaupt der Familie, war heute nur noch ein Schatten seiner selbst und fühlte sich nur noch in seinem bekannten Umfeld in Baden Baden wohl. Er hatte jedenfalls zu seiner Zeit mit Weitblick den Grundstein für das Familienvermögen gelegt. Er, der jede finanzielle Aktion skrupellos und ohne Mitleid mit den Geschädigten durchgezogen hatte, schämte sich heute für das verbrecherische Verhalten seiner Kinder.
Vitali und seine Leute konnten jedenfalls noch so viel Rechtsbeistand aufbieten. Die Beweislage war so eindeutig und belastend, dass sich nur noch die Frage stellen würde, in wie weit die Anwälte Gericht und Richter überzeugen konnten, das Strafmaß entsprechend für die Angeklagten zu formulieren.
Carlos jedoch war davon überzeugt, dass es in diesem Fall von Drogenhandel und Geldwäsche kaum Chancen auf Strafmilderung gab.

Mario Trautmann wurde indes untersagt, das Haus am Camino de Cristobal Colon zu verlassen und sich jederzeit zur Verfügung zu halten. Die Finanzexperten von der Steuerfahndung und die Mitarbeiter vom Betrugsdezernat würden nicht lange brauchen, um alle Unregelmäßigkeiten, die mit dem Hotel „Teide Plaza“ zusammenhingen bezüglich der Geldwäsche wegen des Drogenhandels, ausfindig zu machen und damit würde Trautmann unverzüglich unter Anklage gestellt.
Carlos war endlich einmal mit sich, seinem Team und ihrer gemeinsamen Erfolge zufrieden. Jetzt musste er nur noch Cristinas Mörder finden. Etwa zu der Zeit, als all diese Dinge passierten, saß Juri Koldonow in einem Taxi und war auf dem Weg zum Flughafen. Es hatte eine Weile gedauert, bis er Rosalia klarmachen konnte, dass er unbedingt für kurze Zeit verreisen musste. Sie hatte gejammert, und obwohl sie nicht sprach, bemerkte er sehr wohl, dass sie begriff, dass er sie alleine lassen wollte. Mit Lenas Hilfe war es ihnen dann gelungen, Rosalia soweit zu beruhigen, dass er gehen konnte. Das schlechte Gewissen war zwar da, aber er wusste, dass er sich auf Lena verlassen konnte.
„Rosalia, nur heute und morgen. Übermorgen bin ich wieder hier. Versprochen. Lena und Diego sind für dich da. Aber ich habe etwas zu erledigen, das sich nicht verschieben lässt. Nur heute und morgen. Samstag komme ich zurück.“
Sein Flug war um die Mittagszeit, gegen sechs Uhr abends würde er in München sein. Am Flughafen wollte er übernachten, um früh morgens den Zug zu nehmen und am Abend wieder am Flughafen München anzukommen. Samstagmorgen sehr früh war der Rückflug nach Teneriffa geplant, dann konnte er

schon am Nachmittag wieder im Krankenhaus sein.
Am Flughafen Teneriffa-Süd versorgte er sich mit den nötigsten Dingen, die er für seinen Kurztrip benötigte. Er erstand eine kleine Tasche, die er mit in die Kabine nehmen konnte und kleidete sich in einem der gut sortierten Herrengeschäfte neu ein. Jeans, Unterwäsche, Poloshirt, schwarze Lederjacke und glatte, glänzende schwarze Lederschuhe. Dazu eine neue Sonnenbrille und ein schwarzes Basecap und schwarze Lederhandschuhe. Das war es. Er hatte alles, was er brauchte. Es konnte losgehen. Das Flugzeug landete ziemlich pünktlich. Er buchte zwei Nächte in einem Hotel direkt am Flughafen und verbrachte die Zeit bis zum nächsten Morgen in seinem Zimmer. Er aß nicht und trank nur Leitungswasser. Er war nur auf seine Mission fixiert. Übermorgen war alles vorbei. Er würde sich nie wieder umdrehen.

Der zweite Donnerstag im September
Hamburg

Blomberg verließ mit seinem kleinen Trolley eben den Hamburger Hauptbahnhof, als ihn ein Anruf aus Teneriffa erreichte. Er wusste, wer ihn sprechen wollte.
„Hola, Señora. Lassen Sie es uns kurz machen. Ich bin auf der Spur. Es wird nicht mehr lange dauern. Ich sage Ihnen Bescheid, wenn ich alles in Erfahrung gebracht habe. Dann bin ich raus aus dem Spiel und Sie sind drin. Ich melde mich."
Er nahm sich ein Taxi nach Hamburg-Harburg. Der Fahrer kann-

te einen kleinen Gasthof ganz in der Nähe des Hauses der Familie Osthoff. Das war praktisch für ihn, so konnte er unauffällig immer mal wieder einen Spaziergang machen, ohne auf öffentliche Verkehrsmittel ausweichen zu müssen. Einige Jahre in diesem Job und man nahm jede, scheinbar noch so unwichtige Kleinigkeit dankbar an.
Jetzt musste er so intensiv wie möglich das Haus beobachten, er selbst wollte dabei aber nicht unnötig auffallen. Aber schließlich war er ein Profi und er war gut. Er würde das Mädchen schon kriegen. Sie wohnte zu Hause und sie ging zur Schule. Dadurch dürfte die Angelegenheit ziemlich einfach werden. Zur richtigen Zeit am richtigen Ort und wenn sie auftauchte, dranbleiben.
Erst einmal hatte er Hunger. Im Gasthof stärkte er sich mit einem mittelprächtigen Essen, es war nicht schlecht, aber inzwischen hatte er sich an die kanarische Küche gewöhnt, so dass er hier das Gefühl hatte, einen dicken Klumpen im Magen liegen zu haben. Egal, er wollte sowieso seine erste Sichtungsrunde drehen, dabei konnte er sich schon wieder einiges ablaufen. Er klemmte sich eine Zeitschrift unter den Arm und machte sich auf den Weg. Irgendwo würde er sicher eine Bank finden, dann war eine Zeitung immer noch eine gute Tarnung. Nachdem Blomberg fast drei Stunden umhergelaufen war, das Haus der Osthoffs wurde immer mal wieder in Augenschein genommen, es tat sich aber nichts, gab er fürs Erste auf. Er würde sich auf seinem Bett ein wenig lang machen und es dann später noch mal versuchen. Für 30 Minuten die Augen schließen und entspannen, ruhen, die Akkus aufladen. Dafür brauchte er nie lange, aber die kurze Pause tat ihre Wirkung. Nach ungefähr ei-

ner Stunde machte er sich wieder auf den Weg. Draußen brach schon die Dämmerung herein, was für ihn eigentlich zum Vorteil war. Er wurde unsichtbarer. Dann, es war fast dunkel, sah er sie die Straße entlangkommen. Er wusste sofort, dass es Nina Osthoff war. Warum er diese absolute Gewissheit hatte, konnte er nicht einmal sagen, aber dieses Mädchen passte einfach zu dem Bild, das er sich von ihrem Bruder gemacht hatte. Er blieb im Schatten eines Straßenbaumes stehen und betrachtete eingehend diese junge Frau, die morgen achtzehn Jahre alt wurde. Sie war groß und schlank, mit langen Beinen, die in hautengen Jeans steckten. Ihre langen, glatten, dunkelbraunen Haare reichten ihr bis zur Taille. Nina war ein schönes Mädchen und er musste sich von ihrem Anblick förmlich losreißen. Sie schien vom Tennis zu kommen, denn eine prall gefüllte Tasche, aus der auf einer Seite der Griff eines Tennisschlägers herausschaute, hatte sie sich über die Schulter geworfen, während sie in der Hosentasche nach ihrem Hausschlüssel suchte.
Was ihn aber noch viel intensiver aufwühlte, das war nicht nur das sehr gute Aussehen dieser jungen Frau, es war diese kolossale Ähnlichkeit mit der ermordeten Cristina. Blomberg kannte Cristina nur von den Fotos, die ihm zur Verfügung gestellt worden waren und morgen, im hellen Tageslicht, würde er über seine momentanen Empfindungen bestimmt nur noch lächeln. Die Dämmerung hatte ihm wohl einen Streich gespielt.
Auf jeden Fall wollte er ab morgen früh an dem Mädchen dranbleiben. Er würde jede Wette eingehen, dass ihr Bruder schon den Kontakt zu ihr hergestellt hatte. Morgen war der entscheidende Tag. Er war schon früh auf den Beinen. Gegen halb sieben trieb er sich schon in einer kleinen Seitenstraße herum,

nur um das Mädchen um keinen Preis zu verpassen. Leichter wäre es für ihn gewesen, wenn er sich einen Mietwagen genommen hätte, aber sein Name sollte so selten wie möglich irgendwo auftauchen. Obwohl es ihm hier in Hamburg egal sein könnte, aber eine gewisse Anonymität war häufig schon für ihn von Vorteil gewesen.

Es war gerade mal eine Minute nach sieben, als Nina das Haus verließ und sich auf den Weg in Richtung Bushaltestelle machte. Ihre Mutter war Lehrerin, eigentlich könnten sie auch zusammen fahren, aber wahrscheinlich waren sie an unterschiedlichen Schulen. Richtig gemacht. Mit einem Elternteil als Lehrer dieselbe Schule zu besuchen, das musste die Hölle sein.

Eine Gruppe junger Leute begrüßte sich lachend an der Haltestelle, an der sich auch Blomberg hinter den wartenden Fahrgästen anstellte. Nun konnte er Nina noch einmal eingehend betrachten. Ihre Größe, ihre schlanke Gestalt und die langen, glatten Haare konnten schon verwirrend wirken, wenn man an Cristina Hernandez dachte. Auch das Gesicht war fein geschnitten, nur die Hautfarbe war nicht südländisch dunkel, sondern heller, empfindlicher und bekam noch einen hellrosa Schimmer, als sie von den Jungs umarmt wurde, die ihr vermutlich zum Geburtstag gratulierten.

Heute war sie achtzehn Jahre alt geworden, volljährig, und frei auch mal eigene Entscheidungen zu treffen. Und eine davon hatte sie schon gestern getroffen. Sie würde morgen ihren Bruder besuchen, er musste sich nur noch heute Nachmittag bei ihr melden. Aber Nina hatte keinen Zweifel, er wollte sie unbedingt sehen, also würde er sie heute anrufen. Sie hatte ihren Eltern schon gesagt, dass sie sich am Samstag mit ehemaligen

französischen Austauschschülern am Bodensee treffen wollte. Am Sonntag wäre sie dann wieder zurück in Hamburg. Ninas Eltern waren überhaupt nicht begeistert von der Eigeninitiative der jetzt jungen Frau, aber letztlich gaben sie nach und erklärten die Fahrt zum Geburtstagsgeschenk für ihre erwachsene Tochter. Die Bahntickets wollte sie sich nach der Schule am Hauptbahnhof besorgen.
Von diesen Gedanken bekam Blomberg natürlich nichts mit, was er aber bemerkte und was ihn kurzfristig aus dem Konzept brachte, das war die Augenfarbe dieses Mädchens. Ein solch intensives Türkis hatte er bisher noch nie gesehen.
Der Bus kam, hielt an, alle stiegen ein und zeigten dem Fahrer ihre Fahrausweise, nur Blomberg musste noch ein Ticket lösen. Die Fahrt war verhältnismäßig kurz, das Gymnasium lag in Harburg. So wie alle eben in den Bus hineindrängelten, stürmten sie durch die hintere Bustür wieder ins Freie. Blomberg wurde mitgezogen. Er hielt Abstand zu der Gruppe, die auch schon bald hinter einer hohen Mauer durch ein schmiedeeisernes Tor in Richtung Schuleingang verschwand.
Blomberg sah auf die Uhr. Wann war heute Schulschluss? Es war Freitag und er hatte nicht die geringste Ahnung, wie lange die Schüler heute ausharren mussten. Aber bis zum Mittag würde er sich wohl gedulden müssen. Schräg gegenüber sah er eine Bäckerei mit Stehtischen. Erst einmal einen Kaffee trinken und eine Kleinigkeit essen. Allzu weit wollte er sich von der Schule nicht entfernen, es würde ein langer Vormittag werden.
Es war auch tatsächlich schon nach ein Uhr, als ein Großteil der Schüler, wie es aussah vornehmlich die aus der Oberstufe, das Schulgebäude verließen. Endlich kam wieder Bewegung in die

Angelegenheit. Blomberg war ziemlich durchgefroren. Obwohl es erst die zweite Septemberwoche war, allzu warm war es in Hamburg nicht mehr. Er brauchte jetzt Bewegung. Dann sah er Nina. Sie verabschiedete sich von ihren Freunden und ging alleine weiter. Was hatte sie vor? Er hielt sich ein ganzes Stück hinter ihr, aber ohne Gefahr zu laufen, sie aus den Augen zu verlieren.
Ja, jetzt war ihm klar, dass sie zur nächsten S-Bahn Haltestelle lief. Das konnte nur bedeuten, sie wollte in die Innenstadt. Blomberg würde jeden ihrer Schritte verfolgen, solange, bis er eine Gelegenheit fand, mit ihr ins Gespräch zu kommen. Mal sehen, wie sie auf ihn reagierte. Er hatte ein großes Talent. Er konnte unverbindlich charmant sein. Er war unaufdringlich, freundlich, nett. Zuvorkommend bei Frauen, ohne dass diese sich von ihm bedrängt fühlten. Mal sehen, ob es auch bei Nina klappte. Sie holte sich ihre Fahrkarte am Automaten, er beobachtete genau was sie machte und tat es ihr gleich. Sie nahm die nächste einfahrende S-Bahn. Auch er stieg in dieselbe Bahn. Sie fuhr bis zum Hauptbahnhof, er begleitete sie. Nina betrat das Reisezentrum der Deutschen Bahn, Blomberg folgte ihr. Es war ziemlich voll und sie machte einen unzufriedenen Eindruck, als sie die Automatennummer zog, die irgendwann an der großen Leuchttafel angezeigt wurde, um zu signalisieren, dass sie an der Reihe war. Blomberg war direkt hinter ihr und zog die nächste Nummer. Er musste schmunzeln. Wie im Supermarkt auf Teneriffa an der Fleischtheke.
Die letzte Nummer, die aufleuchtete, war die 098. Er hatte die Nummer 014. Das konnte dauern. Nina suchte sich einen freien Platz auf einer der vielen Besucherbänke und ergab sich in

ihr Schicksal, dass sie schließlich mit vielen Reisenden teilen musste. Blomberg ließ sich neben ihr auf den Sitz fallen.
„Na, das kann dauern." Er sah sie von der Seite an. Ihre Augenfarbe irritierte ihn. Er musste sich zwingen, sie nicht dauernd anzustarren.
„Ja, um diese Zeit scheint es besonders voll zu sein. Aber was soll man machen. Ich will morgen fahren und dann könnte die Zeit knapp werden, wenn man hier so lange warten muss."
Blomberg sah sie wieder an. „Das habe ich mir auch gedacht. Ich will nämlich auch erst morgen reisen. Wo soll es für Sie denn hingehen?"
Nina lächelte verträumt. „Ich fahre das erste Mal alleine und werde meinen Bruder in Konstanz besuchen. So viele Jahre habe ich ihn nicht gesehen, jetzt haben wir uns endlich wiedergefunden."
Blomberg wurde es ziemlich mulmig im Magen, er hatte Mitleid mit dem Mädchen. Aber auf der anderen Seite war er Profi genug, um sich möglichst nicht von Sentimentalitäten beeinflussen zu lassen.
„Das ist aber ein sonderbarer Zufall. Ich muss morgen auch nach Konstanz fahren. Ich habe dort geschäftlich zu tun. Dann sehen wir uns ja schon bald wieder. Wann fahren Sie denn?"
„So früh wie möglich, ich werde den ICE um 8:24Uhr nehmen. Leider fährt der nur bis Baden Baden. Dann muss man in den Interregio umsteigen. Die Fahrt dauert lange, aber ich nehme
Die 1.Klasse. Das haben mir meine Eltern zum Geburtstag geschenkt." Sie lächelte Blomberg an „Heute bin ich nämlich achtzehn Jahre alt geworden. Und morgen sehe ich meinen Bruder wieder."

„Sie haben heute Geburtstag? Ich wünsche Ihnen alles Gute, und wenn wir uns morgen im Zug treffen, hoffe ich darauf, Sie zu einem Gläschen im Bordrestaurant einladen zu dürfen. Schließlich fahren wir in dieselbe Richtung. Ich freue mich schon darauf."

Sie verbrachten die Wartezeit mit unverbindlichem Geplauder, und als ihre Nummern aufleuchteten, lachten sie sich an, weil alles anscheinend besser abgelaufen war, als sie vorher dachten. Sie verabschiedeten sich voneinander in dem Wissen, sich morgen auf der Fahrt nach Konstanz wiederzusehen. Eigenartigerweise freuten sich beide schon heute auf diese gemeinsame Bahnfahrt. Als Nina wieder zu Hause war, wurde sie schon von ihren Eltern in Empfang genommen. Sie musste ihnen erklären, dass der Erwerb eines Bahntickets ganz schön viel Geduld erforderte, aber letztendlich alles gut geklappt hatte.

„Dann lasst uns jetzt den Geburtstagskuchen probieren. Eigentlich ist nur ein Jahr dazugekommen. Aber mit diesem einen Jahr hat sich unglaublich viel verändert. Ich bin endlich volljährig."

Ihr Vater hatte gleich wieder seine Einwände. „Das bedeutet aber nicht, dass du auch schon erwachsen bist." Nina konnte nicht anders, sie musste leise vor sich hinfluchen.

Als das Telefon klingelte, war sie nicht zu halten. Es war ihr Gespräch, das wusste sie, kein anderer sollte es entgegennehmen.

„Nina Osthoff!"

„Hallo Nina, hier ist Jan. Wie sieht es für Morgen aus?"

„Ja gut. Die Fahrkarte habe ich schon gekauft. Wir sehen uns alle dann morgen Abend. Holt ihr mich vom Bahnhof ab? Ich

bin ungefähr um viertel nach sechs da. Ja, super. Ich freue mich. Bis morgen."
„Wer war das?" wollte ihre Mutter wissen.
„Das war ein Mitschüler aus Schaffhausen, der wollte nur wissen, wann ich ankomme. Alles ist gut, und am Sonntag bin ich wieder zurück."
Blomberg war erstaunt. So einfach hatte er sich die Sache gar nicht vorgestellt. Vielleicht hatte er Glück und konnte Nina während der Bahnfahrt noch ein wenig ausfragen. Aber dass sie sich morgen überhaupt im Zug treffen würden, war schon ein Glücksfall. Eventuell kannte sie sogar schon die neue Adresse ihres Bruders. Dann musste er nicht wieder draußen herumlungern um sich den beiden an die Fersen zu heften. Aber was machte es letztlich aus. So war eben sein Job, besser als jede Büroarbeit. Er freute sich auf morgen. Ein paar Stunden in Gesellschaft eines hübschen Mädchens zu verbringen, war nicht das Schlechteste, und anschließend war dieser lukrative Job für ihn erledigt. Mit einem Taxi fuhr er zurück zu seinem Gasthof und vereinbarte mit dem Fahrer, dass er ihn am nächsten Morgen um halb acht wieder abholen sollte. Der Zug fuhr ungefähr eine Stunde später, das war locker zu schaffen. Und bald war er wieder auf seiner Insel.

Der zweite Freitag im September
Von München nach Heidelberg und zurück

Juri saß fast bewegungslos auf seinem reservierten Platz im ICE, der ihn nach Heidelberg bringen sollte.

Die Landschaft rauschte an ihm vorbei, er achtete nicht weiter darauf. Er war in seinen Gedanken gefangen. Was zu tun war, wusste er ganz genau, was nicht bedeutete, dass er sich auf diese kommende Begegnung freute. Zweimal hatte er heute Morgen die ihm bekannte Telefonnummer von einem öffentlichen Telefon aus gewählt und jedes Mal, bevor er auflegte, hatte sich die bekannte Stimme gemeldet. Das war gut. Wenn er in Heidelberg angekommen war, würde er es ein drittes Mal testen. Er wollte ganz sicher sein, dass sie auch in ihrer Wohnung war. In Baden Baden war sie heute jedenfalls nicht.

Der Zug hielt mit ein paar Minuten Verspätung im Heidelberger Bahnhof. Es war schon fast ein Uhr mittags. Er wusste noch genau, welche Buslinie er nehmen konnte, um halbwegs nah an die exklusive Wohngegend zu gelangen, in der sie in einem verhältnismäßig neuen Wohnhaus eine luxuriöse Penthouse Wohnung besaß, die sie in den vergangenen Jahren vorwiegend genutzt hatte. Dort fühlte sie sich wohl und sicher. Ihr Mann war nur selten anwesend, er wollte dort leben, wo er auch seine Geschäfte machte. Das war Frankfurt und seit einiger Zeit vorwiegend Teneriffa. Ihn würde Juri hier jedenfalls nicht antreffen. Als er aus dem Bus ausgestiegen war, sah er sich erst einmal um, fand aber sofort die Orientierung und wusste genau, welchen Weg er zu nehmen hatte. Er war diese Strecke schon häufiger zu Fuß gegangen, lief also einfach los, immer bergan, irgendwo war das Heidelberger Schloss. Soweit musste er nicht gehen, sein Ziel lag etwas weiter unterhalb. Es war ein diesiger Tag, nicht kalt, jetzt im September, aber die Sonne wollte sich einfach nicht zeigen. Es war, als würde der Fluss immer neue Dunstschwaden gegen die sanften Hügel drücken. Es war gut für ihn, aber eigentlich war es auch gleichgültig, es war ohnehin kein Mensch in diesen stillen Straßen unterwegs. Hier schien man es mit der Ruhe in der Mittagszeit noch genauer zu nehmen. Juri hätte jeden gegrüßt, der ihm entgegengekommen wäre, aber er blieb ungesehen. Er war langsam, aber stetig bergauf gelaufen und hatte sein Ziel schon fast erreicht. Er kannte das Grundstück, den verwilderten Garten, um den sich nur selten jemand zu kümmern schien. Er wusste auch nicht, wer außer ihr noch in diesem Haus wohnte, im Moment machte er sich darum auch keine Gedanken. Er hatte nur seine Aufgabe vor Augen, als sei sein Gehirn in diesem Moment nur darauf programmiert.

Er lief über den feuchten Rasen zur Rückseite des Hauses. Der Eingang vom Garten zum Keller und zu den Tiefgaragen war wie immer unverschlossen. Niemand machte sich die Mühe, diese Tür abzuschließen, die einzelnen Wohnungen waren mit aufwendigsten Schließanlagen gesichert.

Juri nahm den Lift, in dem er seinerzeit mit Jan Osthoff zu ihr hinaufgefahren war. Es war die oberste Etage, hier wohnte nur sie. Als er vor ihrer Wohnungstür stand, kam wieder etwas mehr Leben in seinen Körper. Den Anschein von Gleichgültigkeit legte er in dem Moment ab, als er auf den Klingelknopf zu ihrer Wohnung drückte. Jetzt dauerte es nicht mehr lange. Nach kurzer Zeit hörte er einen freudigen Aufschrei und im sel-

ben Moment wurde die Wohnungstür schwungvoll geöffnet.
„Juri, du bist zurückgekommen. Ich wusste es. Ich wusste, du würdest mich nicht alleine lassen. Komm endlich rein. Wie sehr habe ich dich vermisst. Aber jetzt ist alles wieder gut."
Sie stand vor ihm. Genauso imposant wie immer. Ihr allzu glattes Gesicht strahlte, ihre mahagonifarbenen Locken fielen auf ihren Rücken. Sie würde sich auch die nächsten Jahre nicht verändern. In Juris Kopf lief ein Film ab, ohne dass er es eigentlich wollte. All die gemeinsamen Jahre mit Irina, ihre Jugend auf der Krim, ihr Leben in Moskau, die vielen Jahre danach in Deutschland mit der ganzen Familie Wolkow. Er hatte schöne Zeiten mit ihr erlebt, die Veränderung kam schleichend, aber brutal. Irgendwann hatte sie ihre Seele verloren in ihrem Wahn, andere Menschen zu demütigen und zu missbrauchen. Sie liebte es, andere leiden zu sehen. Es war ihr Vergnügen, ihre Befriedigung. All das ging ihm durch den Kopf, bis zu dem Zeitpunkt, an dem Rosalia vor seinem inneren Auge erschien. Gedemütigt und verletzt. Auch dafür war Irina verantwortlich. Er wusste es, als er hörte, wen die Polizei festgenommen hatte. Das sollte ihre letzte Aktion gewesen sein. Er war der Einzige, der sie bremsen konnte, und das war heute seine Aufgabe.
Er betrat die Wohnung, umarmte Irina und führte sie zu der großen Couch, um sich mit ihr zusammen zu setzten. Er blieb bei seiner Umarmung, drückte sie an sich und streichelte ihren Rücken. Ihr Körper wurde durch seine Nähe ganz weich und anschmiegsam. Das hatte er schon vor vielen Jahren beobachten können, dass sie sich ganz auf ihn einlassen und in seiner Gegenwart total entspannen konnte. Es war nicht körperlich, es war ihr Kopf, der ihn brauchte. Für ihre sexuellen Bedürfnis-

se hatte es immer andere Männer gegeben. Ihm war es vorgekommen, als wollte sie ihre Beziehung dadurch nicht zerstören.
„Irina, du brauchst Hilfe, das stimmt doch? Ich bin heute gekommen, um dir zu helfen. Wenn ich nachher gehe, wird alles gut sein. Wie geht es deinen Eltern? Warum bist du nicht bei ihnen?“
Sie flüsterte, er musste genau hinhören, um sie zu verstehen.
„Meine Eltern? Mutter ist mit ihren Chirurgen beschäftigt und Vater redet nicht mehr. Ich kann nichts für sie tun. Sascha kümmert sich darum.“
„Es waren deine Eltern. Es wäre deine Aufgabe gewesen.“
Irina sah zu ihm hoch. „Warum redest du so mit mir. Wieso waren es meine Eltern. Ich verstehe nicht. Ich denke, du willst mir helfen?“
„Das werde ich auch. Komm, steh auf. Lass dich umarmen.“
Juri zog sie wieder auf die Beine, legte seine Arme erneut um ihre Schultern und wiegte sie wie ein Kind hin und her. Er nahm ihr Gesicht in seine Hände. Sie bemerkte nicht einmal, dass er seine Handschuhe noch nicht abgelegt hatte. Er streichelte ihre Wangen, ihre Stirn, küsste sie auf die Augen und streichelte sie weiter.
Er drehte sie so, dass er hinter ihr zu stehen kam und zog sie noch enger zu sich heran. Juri streichelte unermüdlich ihr Gesicht, ihre Schultern, strich mit seinen behandschuhten Händen über ihre Oberarme, roch an ihren duftenden Haaren. Es war, als wollte er ein Kind zur Ruhe bringen. Seine Hände glitten wieder nach oben. Dann umfasste er sanft und zärtlich ihr Kinn mit der einen und ihren Nacken mit der anderen Hand und aus seinen federleichten Berührungen heraus, drehte er ihren Kopf

plötzlich, ruckartig und brutal zuerst in die eine, dann in die andere Richtung. Er hörte ein für ihn unglaublich lautes, grauenvolles Krachen und wusste es sofort, als er keinen Widerstand mehr spürte.
Er hatte Irina getötet. Kein Geräusch, keinen Laut hatte er mehr von ihr gehört. Sie lag schlaff und mit geschlossenen Augen in seinen Armen, als er sie ins Schlafzimmer trug und auf ihr Bett legte. Auch jetzt hörte er noch nicht auf, sie zu streicheln. Er wollte seine lebenslange Gefährtin noch eine Weile anschauen bevor er ging.
„Siehst du, Irina, wie gut ich dir helfen konnte? Es war an der Zeit."
Er küsste sie noch einmal auf die Stirn, dann verließ er die Wohnung und das Grundstück auf dem gleichen Weg, den er auch gekommen war. Wieder begegnete ihm keine Menschenseele bis er die Hauptstraße mit der Bushaltestelle erreicht hatte. Derselbe Weg zurück. Heidelberg, München, morgen Teneriffa. Es war für ihn das erste und das letzte Mal, dass er ein Verbrechen begangen und einen anderen Namen benutzt hatte. Morgen, im Krankenhaus bei Rosalia, würde er wieder Juri Koldonow sein. Das, was heute hier geschehen war, hatte er nur für Rosalia getan. Die ganzen Jahre hatte er Irinas Treiben angeschaut, ohne einzugreifen. Aber der Angriff auf Rosalia war der Auslöser. Jetzt fühlte er sich wie befreit, für ihn war es richtig, was er getan hatte.

Der zweite Samstag im September
Von Hamburg nach Konstanz

Blomberg erkannte Ninas große, schlanke Gestalt auf dem Bahnsteig schon von weitem. Er freute sich darauf, die Reise in ihrer kurzweiligen Begleitung zu machen, auch wenn ihre Bekanntschaft für sie kein erfreuliches Ende nehmen würde. Aber das wusste sie nicht und noch war es nicht soweit.

Nina wartete alleine auf den Zug, jedenfalls waren keine weiteren Personen in ihrer Nähe, von denen er hätte annehmen können, dass es ihre Eltern sein müssten.

„Hallo, das ist doch die hübsche, junge Frau, die gestern achtzehn Jahre alt geworden ist und heute schon ohne Begleitung verreisen will. Ich freue mich, Sie wiederzusehen."

„Ja, ich freue mich auch. Ein wenig mulmig ist mir schon, ganz alleine war ich noch nie unterwegs. Aber aufregend ist es, außerdem kenne ich Sie ja schon. Ich hoffe, sie werden mir helfen, falls ich nicht klarkomme."

Blomberg lachte. „Das würde ich mir niemals nehmen lassen. Aber ich dachte, Ihre Eltern hätten Sie bis hierher begleitet." Er sah sich neugierig um. „Wo sind sie denn?" fragte er das Mädchen und kam sich dabei ziemlich scheinheilig vor. Er legte bestimmt keinen Wert darauf, die Bekanntschaft ihrer Eltern zu machen.

„Das wollte ich auf gar keinen Fall. Mein Vater hat mich am Bahnhof abgesetzt, den Rest schaffe ich ohne ihn. Wie peinlich wäre denn so eine Abschiedsvorstellung. Außerdem hätte ich noch jede Menge Ermahnungen mit auf den Weg bekommen. Nein, nein. Das ist schon in Ordnung so. Hoffentlich fährt der

Zug pünktlich ab. Es ist sowieso schon eine lange Fahrt, bis wir endlich ankommen. Und morgen muss ich auch schon wieder zurückfahren. Montag ist schließlich Schule. Aber bald sind Herbstferien, dann kann ich vielleicht etwas länger bei meinem Bruder bleiben."

„Sie sind auf jeden Fall mutig. Das erste Mal, dass Sie alleine fahren, und dann schon so eine weite Reise. Aber irgendwann muss man eben damit anfangen. Haben Sie die Durchsage gehört. Der Zug fährt sofort ein. Hauptsache, wir bekommen den Anschlusszug in Baden Baden. Nicht, dass wir noch länger unterwegs sind. Sie haben Ihren Bruder bestimmt schon benachrichtigt, wann Sie ankommen?"

„Ja, er freut sich schon so sehr auf unser Wiedersehen" Nina lächelte verträumt, „wir haben uns viele Jahre nicht gesehen. Ich war noch ein Kind, als er auf einmal nicht mehr da war. Übrigens wissen meine Eltern noch nicht, dass ich Jan treffe. Ich weiß auch noch gar nicht, wie ich es ihnen schonend beibringen soll. Mal sehen!" Sie verstummte plötzlich, so, als hätte sie schon zu viel preisgegeben.

Blomberg merkte, wie verunsichert sie war.

„Nun lassen Sie uns erst mal einsteigen und unsere Plätze suchen. Alles andere wird sich schon irgendwie regeln lassen."

Dabei war er es letztendlich, der die Regeln bestimmen würde. Er hatte einen Auftrag zu erledigen und er würde ihn zur Zufriedenheit seiner Klientin erledigen. Nina tat ihm jetzt schon Leid, aber für Sentimentalitäten war in seinem Job kein Platz. Für die Dauer der Reise versuchte er diese Gedanken zu verdrängen. Es war schön, mit Nina zu reisen. Sie war aufgeschlossen und fröhlich und genoss die Fahrt mit der Bahn, auf der

Blomberg sie so „zufällig“ begleiten durfte. Er lud sie zu einem späten Sektfrühstück in das Bordrestaurant ein und machten so noch eine etwas verspätete Geburtstagsparty aus der Fahrt. Ihren Eltern gegenüber durfte sie diese zufällige Herrenbekanntschaft nicht erwähnen, es würde nur wieder einen Riesenkrach geben. Sie würde den Mund halten, ihren Reisebegleiter, sowie auch ihren Bruder betreffend.

In Baden Baden stiegen sie in den Interregio um, der sie bis nach Konstanz bringen sollte. Noch einmal knapp drei Stunden geduldiges Sitzen. Nina war noch nie in den Süden Deutschlands gereist. Sie freute sich darauf, den Bodensee kennenzulernen. Ihre Eltern wollten nie zu weit von zuhause entfernt Urlaub machen, meistens war die Nordsee ihr Reiseziel in den Sommerferien. Nina nahm sich vor, dass sie mehr von der Welt sehen wollte als nur das, was vor ihrer Nase lag und heute fing sie damit an.

„Darf ich Ihnen meinen Bruder vorstellen, wenn wir gleich angekommen sind?“ Nina sah Blomberg bittend an.

Der Zug bremste schon vor der Einfahrt in den Konstanzer Bahnhof. „Ich denke, dass das keine so gute Idee ist. Sie haben sich lange nicht gesehen, da gehört dieser erste Moment des Wiedersehens Ihnen ganz allein. Außerdem habe ich dringende geschäftliche Verpflichtungen. Es war eine schöne Reise mit Ihnen, aber wir sollten uns jetzt hier verabschieden. Wer weiß, vielleicht sehen wir uns irgendwo, auf irgendeinem Bahnhof, irgendwann mal wieder. Überlassen wir es doch dem Zufall.

Ich wünsche Ihnen alles Gute und weiterhin so viel Mut und Kraft, wie Sie heute schon gezeigt haben. Man weiß nie, wann man es dringend benötigen kann. Leben Sie wohl, ich werde

Sie nicht vergessen."
Nina konnte gar nicht so schnell reagieren, wie Blomberg sich seinen Trolley schnappte und schon in Richtung Wagentür verschwunden war. Eigenartig. Sie kam erst jetzt auf diesen Gedanken. Ein paar Stunden hatte sie mit diesem Mann während einer Bahnfahrt verbracht. Sie hatten geredet, gelacht, zusammen gegessen, auf ihren Geburtstag noch ein Glas Prosecco getrunken, und dabei wusste sie nicht einmal, wie der Name dieses netten Mannes war. Jetzt war es zu spät. Als sie ausstieg, war von ihm nichts mehr zu sehen.
Nina stand ein wenig verloren auf dem Bahnsteig in Konstanz und wartete auf Jan. Ob sie ihn wohl erkennen würde? Über sieben Jahre hatten sie sich nicht gesehen. Sie war damals noch ein Kind, aber sie hoffte, dass sie sich nicht zu stark verändert hatte. Als sie sich umdrehte um in die andere Richtung zu blicken, sah sie ihn auf sich zukommen. Sie wusste sofort, dass er es war. Jan war groß und immer noch ganz schlank. Sein Gesicht hatte sich verändert, aber doch nicht so sehr, als dass sie ihn nicht sofort erkannt hätte. Sein Haar war dunkler als früher und er war nicht mehr so jungenhaft glatt, dafür sorgte sein unrasiertes Gesicht. Aber für sie war er noch der gleiche Jan wie vor Jahren. Sie hatte immer noch dieselben Gefühle für ihn. Ihm schien es ähnlich zu ergehen, obwohl seine Augen bei ihrem Anblick einen verzweifelten Ausdruck annahmen. Er sah sie an, bemerkte ihre schlanke Gestalt, die langen, glatten, bis zur Taille fallenden Haare. Er umarmte sie, als er sie endlich erreichte, hielt sie ganz fest an sich gedrückt und flüsterte nur einen Satz. „Cristina. Endlich bist du wieder da."
Nina war noch gefangen in ihrer Freude, nach all der Zeit ihren

Bruder wiederzuhaben. Sie reagierte nicht sofort. Erst nach und nach drangen Jans Worte in ihr Bewusstsein und sie stemmte sich mit beiden Händen gegen ihn. Er war zwar kräftiger, gab aber nach kurzer Zeit ihrem Widerstand nach.
„Jan, weißt du nicht einmal mehr wie mein Name ist. Nina. Ich heiße Nina und nicht Cristina. Was sagst du? Wer ist Cristina?"
„Entschuldige, Nina. Natürlich weiß ich, dass du Nina bist. Es war nur der unerwartete Anblick. Ich werde dir alles erklären. Aber lass mich dich jetzt umarmen. Wir haben viel nachzuholen. Es ist so viel passiert, was nicht hätte passieren dürfen. Wir werden darüber reden."
Jan nahm seine Schwester noch einmal in den Arm und sie merkte, dass er dringend ihren Trost brauchte. Er war nicht mehr der unbeschwerte Junge, der sich liebend gern mit seinen Eltern stritt um anschließend alle Probleme wegzulachen. Der Junge, der einfach seinen Rucksack gepackt hatte und ohne ein Wort der Erklärung verschwunden war. Jan war traurig und melancholisch geworden. Nina bemerkte, dass ihn Dinge belasteten, dass er Erlebnisse verarbeiten musste, die er lieber nicht erlebt hätte. Blomberg stand weit abseits von dieser Szene, er konnte alles gut beobachten, ohne selbst von den beiden jungen Leuten bemerkt zu werden. Nina und Jan waren noch so mit ihrem Wiedersehen beschäftigt, dass er sogar noch Zeit fand, seinen kleinen Koffer in einem Schließfach unterzubringen. Er wollte sie nicht aus den Augen verlieren, positionierte sich entsprechend, um ihnen ungesehen folgen zu können. Am Günstigsten wäre es für ihn, wenn die beiden zu Fuß gehen würden. Aber er wusste nicht, wo Jan jetzt wohnte, auch kannte er den neuen Namen nicht, unter dem er jetzt leb-

te. Das musste er noch dringend herausfinden. Falls sein Aufenthaltsort zu weit entfernt vom Bahnhof war, würden die zwei mit Sicherheit ein Taxi nehmen. Blomberg war auf alles vorbereitet. Endlich verließen sie den Bahnhof und gingen langsam und in ihr Gespräch vertieft auf eines der am Bahnhofsplatz wartenden Taxis zu. Sie bemerkten Blomberg überhaupt nicht, der an einem Kiosk stand und aufmerksam die Zeitungen durchsah, aber falls ihn jemand genau beobachten sollte, würde derjenige bemerken, dass seine ganze Aufmerksamkeit auf zwei junge Leute gerichtet war, die gerade in das erste der aufgereihten Taxis stiegen. Blomberg ging zügig auf den nächsten Wagen zu, stieg ein und erklärte dem Fahrer, dass er genau dorthin möchte, wohin das Taxi vor ihm fuhr. Der Fahrer sah ihn irritiert an, schüttelte mit dem Kopf und fuhr los.

Da es schon verhältnismäßig spät war an diesem Samstagnachmittag, kamen sie zügig voran und überquerten nach nicht allzu langer Fahrzeit die Brücke über den Seerhein, wie Blomberg anhand seines Stadtplanes feststellen konnte, um dann den ruhigen Stadtteil Allmannsdorf zu erreichen.

In einer Wohnstraße hielt das erste Taxi an und Blomberg gab seinem Fahrer ein Zeichen, etwas entfernt ebenfalls anzuhalten. Jan schnappte sich Ninas Rucksack und gemeinsam gingen sie auf ein gepflegtes Mehrfamilienhaus zu, um kurze Zeit später im Inneren des Hauses zu verschwinden.

„Hier hast du dich also verkrochen" Blomberg wusste, dass sich seine Geduld und die guten Beziehungen, die er sporadisch immer wieder gepflegt hatte, irgendwann auszahlen würden. Sein Job war beendet. Er hatte die gesuchte Person gefunden. Jetzt blieb ihm nur noch herauszufinden, unter welchem Na-

men Jan sich sein Leben neu aufbauen wollte.
Jan, Michael, Ruben, wieder Michael, noch einmal Jan, und nun? Er bat den Fahrer auf ihn zu warten, er sollte ihn möglichst schnell zurück in die Innenstadt bringen. Blomberg musste unbedingt noch einen Blick auf die Klingelschildchen an der Haustür werfen, mal sehen, ob er auf die Schnelle das fehlende Puzzleteilchen finden konnte. Die Hauptsache war, dass Nina ihn nicht im letzten Moment seines Auftrages entdecken und erkennen würde. Er musste immer noch äußerst vorsichtig sein. Aber er benötigte für seine Auftraggeberin den Namen und die Adresse des Gesuchten. Die Adresse war klar. Den Straßennamen und die Hausnummer hatte er schon notiert. Selbstbewusst ging er auf die Haustür zu. Er hörte Kinderlachen und Stimmen von Erwachsenen, die wohl aus dem Garten hinter dem Haus kamen. Fünf Wohnungen gab es in dem Haus. Vier Schildchen waren fein säuberlich und einheitlich mit Nachnamen beschriftet. Auf dem fünften Schild stand ein wenig schlampig hingekritzelt der Name „D. Kamphoff".
Das war er. Blomberg war äußerst zufrieden. Er eilte zurück zum Taxi. Für ihn war alles gut, er hatte jetzt Zeit, hatte wieder einen Auftrag erfolgreich zum Ende gebracht. Seine Rückreise nach Teneriffa wollte er gemächlich angehen. Mal sehen, von wo er zurückfliegen konnte. Er hatte keine Eile mehr.
Morgen würde er noch einmal zum Bahnhof gehen, er wusste, welchen Zug Nina morgen nehmen wollte. Das Mädchen noch einmal ansehen. Eigentlich wollte er schon wissen, ob ihr Bruder ihr seine Geschichte anvertrauen würde. Blomberg hatte sie während ihrer Bahnfahrt stundenlang beobachtet, wenn ihre Körpersprache verändert war, würde er es sofort bemer-

ken. Was geschah jetzt weiter? Er wusste nicht, was seine Auftraggeberin für Pläne hatte. Aber er glaubte nicht daran, dass es in dieser Angelegenheit Gewinner geben konnte.
Blomberg musste sich wieder einmal ein Hotelzimmer suchen, er wollte erst übermorgen aus Konstanz abreisen. Er könnte dann von Zürich fliegen, oder vielleicht auch von Stuttgart? Dieser Auftrag war ganz schön reiseintensiv, aber finanziell hatte es sich für ihn gelohnt.
Jetzt saß er in seinem Hotelzimmer in Bahnhofnähe und wählte die schon bekannte spanische Telefonnummer.
„Hallo Señora. Ich bin hier fertig. Jetzt wird es wohl für Sie weitergehen. Schreiben Sie auf, was ich herausgefunden habe. Ja, ich komme in den nächsten Tagen zurück auf die Insel. Sie dürfen mir jetzt das noch ausstehende Honorar überweisen. Ich bedanke mich für Ihr Vertrauen. Falls Sie mich wieder einmal benötigen, Sie wissen, wo Sie mich erreichen können. Ich wünsche Ihnen viel Glück.“
Blomberg wusste schon heute, dass es ziemlich unwahrscheinlich sein würde, jemals wieder etwas von Elena Jimenez Hernandez zu hören.

Der zweite Samstag im September
Hospital Sur, Los Cristianos

Juri war wieder da. Lena und Roberto waren froh darüber. Sie fragten nicht, wo er sich in den letzten Tagen aufgehalten hat-

te, es mussten wohl schwerwiegende Gründe gewesen sein, die ihn veranlasst hatten, Rosalias Krankenbett zu verlassen. Vielleicht würden sie es irgendwann erfahren.
Trotz der starken Beruhigungsmittel, die Rosalia immer noch bekam, hatte sie Juris Abwesenheit ständig gespürt. Sie rief nach ihm und Diego. Diego kam jeden Abend, um für kurze Zeit bei seiner Mutter zu sein, aber auch er spürte, dass er kein Ersatz für Juri war.
Immer wieder griff sich Rosalia an den Hals, redete von einer Kette, die nicht mehr da war, wollte die Kette unbedingt zurück haben, aber niemand an ihrem Bett konnte einordnen, was sie damit meinte. Irgendwann am Samstagvormittag, Roberto und Lena waren bei ihr, fing sie wieder an zu jammern. Juri sollte kommen und sie nach Hause bringen. Die Halskette war nicht mehr da. Sie wollte sie unbedingt haben. Irgendwann fiel es Roberto siedend heiß ein.
„Natürlich. Wieso bin ich nicht eher darauf gekommen. Die Halskette. Mein Vater hat jeder Frau in unserer Familie eine ziemlich kostbare Kette anfertigen lassen. Rosalias Kette ist seit ihrer Entführung nicht mehr da. Irgendwo muss sie abgerissen sein. Wir müssen sie suchen. So viele Möglichkeiten gibt es ja nicht. Die Entführer haben sie mit Sicherheit nicht. Dann wäre sie in der Untersuchungshaft aufgetaucht und Carlos hätte sie zurückgegeben. Ich werde aber trotzdem mit Carlos reden.
Diese verdammten Ketten scheinen kein Glück zu bringen. Cristinas Kette haben wir nach ihrer Ermordung in unserem Briefkasten gefunden. Sie ist bewusst zurückgebracht worden, es war wie eine Warnung. Danach wurde Rosalia entführt und wieder haben wir es mit dieser Halskette zu tun. Es ist zum

Verzweifeln. Was in der Familie wohl als Nächstes passieren wird?“

Als Juri am Samstagmittag das Zimmer betrat, veränderte sich Rosalias Stimmung schlagartig. Es war, als würde ihr Körper zur Ruhe kommen. Sie lächelte ihn an, streckte ihre Arme nach ihm aus und er zog sie an sich, so als wollte er sie nicht mehr loslassen.

Lena gab Roberto mit einem kurzen Kopfnicken das Zeichen, die beiden erst einmal alleine zu lassen.

Sie würden später wiederkommen. Das gab Roberto die Gelegenheit, mit Carlos wegen der Halskette zu telefonieren. Der wollte in nächster Zeit jemanden zum Suchen in das alte Gebäude oberhalb von Granadilla schicken. Falls Roberto wollte, konnte er mitfahren, nur alleine durfte er den Tatort noch nicht betreten. Juri redete behutsam auf Rosalia ein. Sie nickte immer wieder und gab ihm so zu verstehen, dass sie genau verstand, was er ihr sagte.

„Bald fahren wir nach Hause. Zu Diego und deinen Eltern. Vielleicht schon morgen oder übermorgen. Möchtest du das oder willst du lieber noch einige Tage hierbleiben?“

Ein leises Lächeln zog sich über ihr Gesicht. „Lass uns nach Hause gehen. Du kommst doch mit?“

Es war Rosalias erster zusammenhängender Satz, nachdem man sie aus der Gefangenschaft ihrer Peiniger befreit hatte. Sie blickte Juri ängstlich und zweifelnd an. „Du kommst doch mit?“

„Natürlich komme ich mit. Denkst du, dass ich dich und Diego jetzt wieder alleine lasse, nachdem ich euch endlich gefunden habe?“

„Das ist gut. Aber hab Geduld. Ich habe immer noch große

Angst.“ Mehr wollte und konnte Rosalia noch nicht sagen. Es würde noch lange Zeit dauern, bis sie wieder gesund war. Nicht ihr Körper, aber ihre Seele brauchte diese Zeit, aber Juri hatte schon häufig bewiesen, dass er geduldig war. Er wusste genau, diese Geduld würde sich für sie beide auszahlen.

Der zweite Samstag im September
Untersuchungsgefängnis Teneriffa

Carlos war bei den meisten Verhören anwesend. Im Fall der Entführung von Rosalia Hernandez war es ganz klar, dass er und die Kollegen aus seinem Team die Hauptarbeit leisteten. Endlich stand ein russischer Übersetzer zur Verfügung, aber es war nicht viel aus den drei Männern herauszubekommen. Immer wieder betonten sie unabhängig voneinander, dass sie nur Lösegeld fordern wollten, um dann die Frau wieder freizulassen. Über die Vergewaltigungen verloren sie kein Wort. Sobald der Dolmetscher darauf zu sprechen kam, verweigerten sie jede Aussage. Wahrscheinlich nach Rücksprache mit ihre Anwälten. Dabei konnte durch die DNA-Analyse zweifelsfrei nachgewiesen werden, dass zwei von ihnen Rosalia vergewaltigt hatten. Für die sensible Frau musste die Untersuchung im Krankenhaus eine einzige Qual gewesen sein, aber es war unumgänglich, sie brauchten die Ergebnisse unbedingt, um den Männern die Tat nachzuweisen.Eigentlich war es für die Ermittler eine Routineangelegenheit. Die Beweislage zu der Ent-

führung, der Misshandlung und der Vergewaltigung war derart klar, dass die Aufgabe der Anwälte lediglich darin bestand, ihre Mandanten so gut wie eben möglich zu verteidigen. Einer langjährigen Haftstrafe konnten sie nichts entgegensetzen.
Ähnlich aussichtslos war die Situation für Vitali Wolkow und seine Mannschaft. Bei der Menge Kokain, die die Polizei auf der Yacht der Familie Wolkow, der „Heidelberg" , sichergestellt hatte, würde es keine Strafmilderung geben, da konnte Wolkow die namhaftesten Anwälte aufbieten, die Staatsanwaltschaft würde eine langjährige Haftstrafe fordern und der oder die Richter würden sich dieser Empfehlung mit Sicherheit anschließen. Aasir Boussoufa, der marokkanische Mitreisende auf der „Heidelberg" war, wie sich kurze Zeit später herausstellte, der aktuelle Liebhaber von Vitali und wurde von der marokkanischen Polizei schon seit geraumer Zeit mit der internationalen Drogenszene in Verbindung gebracht. Seine Kontakte zu den ganz großen Drogenbossen gingen weit über Nordafrika und das europäische Festland hinaus bis nach Südamerika.
Carlos Lopez Garcia, der junge Kriminalkommissar aus dem Süden Teneriffas und sein Team, hatten hervorragende Arbeit geleistet. Ungefähr zeitgleich wurden von der Steuerfahndung und dem Betrugsdezernat der Polizei die Bücher des Luxushotels „Teide Plaza" genau unter die Lupe genommen.
Laut Angaben in der Buchführung war das Hotel permanent ausgebucht. Über mehrere Jahre waren Rechnungen für Hotelbesuche erstellt worden. Die Rechnungen wurden alle beglichen, meistens war bar bezahlt worden und alle Einnahmen wurden ordnungsgemäß versteuert. Hier hatten die Ermittler noch Einiges zu tun. Aber sie würden schon nachweisen, dass

hinter den Namen auf den ausgestellten Rechnungen keine zahlungskräftigen Touristen zu finden waren.
Irgendwann würden sie auch den Beweis erbringen können, dass über das Hotel Geld aus dem Drogenhandel von Vitali Wolkow mit Hilfe seines Schwagers gewaschen wurde. Hier musste noch jede Menge Kleinarbeit geleistet werden und die würde viel Zeit in Anspruch nehmen.

*

Was blieb, war die Aufklärung des Mordes an Cristina Hernandez. Das war für Carlos die nächste, absolut wichtigste Aufgabe. Er glaubte immer noch, dass alles was geschehen war, in einem Zusammenhang stand. Das bedeutete, die Familien Wolkow und Trautmann waren nicht nur für die ungewöhnlichen Kaufangebote an die Familie Hernandez verantwortlich, sondern gaben auch nach den Absagen nicht auf, ihr Ziel zu erreichen. Und wenn es als Drohung durch brutale Gewalt war.
Jetzt war die Zeit für Carlos gekommen, seine Verbindungen nach Deutschland zu nutzen. Er würde seine ehemaligen Kollegen aus Wiesbaden bitten, vor allen Dingen die geschäftlichen Aktivitäten von Irina Wolkow und ihrem Mann ein wenig eingehender zu prüfen. Sein Bauchgefühl sagte ihm, dass er in diesem Umfeld auch Cristinas Mörder finden würde.
Jetzt wollte er aber erst einmal Miriam abholen und mit ihr zum Hafen fahren. Sie liebten es beide, sich etwas abseits von den Touristen auf einen der großen Steine setzen, die zum Schutz des Hafens aufgestapelt worden waren.
An nichts denken, über nichts reden. Nur das Meer genießen.

Die vielen kleinen Boote beobachten, die auf dem immer dunkler werdenden Wasser tanzten und darauf warten, dass die Lichter der großen Fähre langsam näher kamen.
Nicht nur das Meer veränderte sich mit der einsetzenden Dunkelheit, auch dieser große, zubetonierte Urlaubsort hier im Süden der Insel, wirkte auf einmal sanfter und liebenswerter als am Tag. Als die Abendkühle spürbar wurde, erhoben sich Carlos und Miriam. Es war Zeit nach Hause zu fahren, in das gemütliche Stadthaus in Adeje. Carlos würde noch lange über diese letzten, ereignis- und erfolgreichen Tage nachdenken. Schon lange nicht mehr war er mit seiner und der Arbeit seiner Mannschaft so zufrieden gewesen wie an diesem Abend. Sein Bauch signalisierte ihm ein gutes Gefühl. Nur Miriam war sich nicht sicher, wie es für sie weitergehen würde. Wenn das Hotel nicht mehr öffnete, musste sie sich einen neuen Arbeitsplatz suchen. Das Urlaubsgebiet war groß, es sollte sich schon irgendetwas ergeben, aber sie arbeitete gern im „Teide Plaza" und hoffte, dass es nicht soweit kommen würde. Wie viele andere Arbeitsplätze außerdem in Gefahr waren, darüber wollte sie gar nicht nachdenken.

Der dritte Sonntag im September
Vilaflor

Genau eine Woche nach ihrer Entführung durfte Rosalia das Krankenhaus in Los Cristianos verlassen und mit Diego und Juri wieder nach Vilaflor zu ihrer Familie zurückkehren.
Es sollte eine schwierige Zeit auf alle Familienmitglieder und Juri zukommen. Rosalia sprach fast gar nicht, sie duldete die Familie, Lena und Diego an ihrer Seite, näherkommen konnte ihr jedoch nur Juri. Aber auch er durfte nur ihr Gesicht berühren oder ihren Oberkörper umarmen. Wenn er jetzt versuchte, ihren ganzen Körper an sich zu ziehen, merkte er sofort ihren Widerstand. Sie alle würden unendlich viel Geduld und Feingefühl aufbringen müssen und es gab keine Garantie dafür, dass Rosalia jemals wieder dieselbe Person wurde wie vor der Entführung.
Lena hatte ein paar Sachen zusammengepackt und ihre Wohnung in San Pedro vorübergehend geschlossen. Das Ehepaar Behringer würde sich um alles Notwendige kümmern.
Sie wurde jetzt bei der Familie Hernandez gebraucht. Rosalia musste dringend psychotherapeutisch betreut werden, außerdem hatte Lena versprochen, sich um die Buchhaltung des Weingutes zu kümmern. Soweit es ihr überhaupt möglich war, sich einigermaßen schnell einzuarbeiten. Die Grundkenntnisse waren vorhanden, schließlich erledigte sie ähnliche Aufgaben für das Sportgeschäft in Garmisch. Aber hier war sie in Spanien, allein die fremde Geschäftssprache würde ihr schon enorme Probleme bereiten. Aber schließlich war Roberto auch noch da. Sie mussten eben versuchen, gemeinsam klarzukommen.

Sie regelte das Geschäftliche, er musste gegebenenfalls übersetzen. Die Weinlese war noch im vollen Gang. Serge Peyrac und seine beiden Helfer Paco und Manuel hatten alles unter Kontrolle. Es gab immer mal wieder Probleme, aber Serge wusste eigentlich immer, was zu tun war. Joana sorgte wie jedes Jahr für das leibliche Wohl aller Mitarbeiter und Erntehelfer, so dass Don Pablo und Doña Marta sich um nichts mehr kümmern mussten. Die beiden alten Leute lebten seit Cristinas Tod noch immer zurückgezogen in ihrer Wohnung, wenigsten kamen sie jetzt, wo sie wenigstens Rosalia wieder zurückbekommen hatten, zu den gemeinsamen Mahlzeiten in die Küche. Juri wurde inzwischen wie ein Familienmitglied behandelt. Er kümmerte sich mit unendlicher Geduld um Rosalia, aber immer wenn sie schlief, was in dieser Zeit häufig der Fall war, ging er hinunter zur Bodega und in die Weinberge, um zu helfen und um mit Serge zu fachsimpeln. Das gestaltete sich zuweilen als schwierig, da die sprachlichen Barrieren doch ziemlich hinderlich waren. So vergingen die Tage ohne nennenswerte Vorkommnisse und es war eine routinemäßige Ruhe eingekehrt, die dankbar von allen angenommen wurde und die dafür sorgte, dass sich die aufgestaute Spannung langsam zu lösen begann.

Der dritte Mittwoch im September
Vilaflor

Es war noch früh am Morgen, die Familie saß bei einem Kaffee zusammen in der Küche. Wieder kam mit der Post ein kleines, rechteckiges Päckchen, das an Pablo Hernandez Martin adressiert war, aber keine Angaben über den Absender machte.
Wieder reagierte die Familie aufgeregt und mit Sorgen.
„Bitte, Roberto. Sieh du nach, ob sich wieder jemand etwas Schlimmes für uns ausgedacht hat. Ich bin nicht mehr in der Verfassung für solche Dinge."
Roberto starrte eine Zeitlang auf das Päckchen, seufzte dann und meinte „Es hilft uns ja nicht weiter, dieses hier zu ignorieren. Wir müssen wissen, was noch auf uns zukommt. Also sehen wir nach. Wahrscheinlich ist alles ganz harmlos."
Das Päckchen hatte kaum Gewicht, der Inhalt musste außerdem sehr klein sein. Roberto öffnete es vorsichtig, schüttelte und drehte es ein wenig, so dass er im ersten Moment gar nicht bemerkte, wie etwas blitzendes Filigranes vor seine Füße fiel. Er bückte sich, hob den zarten Gegenstand auf und sah ihn sich genau an. „Das ist die Kette, die du für Elena hast anfertigen lassen, Papa. Ich denke, das ist ihre Art, uns mitzuteilen, dass sie mit unserer Familie nichts mehr zu tun haben will. Wenn Elena etwas so Wertvolles ausschlägt, dann meint sie es ernst. Ob Miguel davon weiß?"
„Das glaube ich nicht, Elena ist gestern aus ihrer gemeinsamen Wohnung ausgezogen und vorübergehend zu ihrer Schwester nach Las Palmas gefahren. Sie wird sich von Miguel trennen. Ich wollte es euch heute Morgen erzählen. Miguel hat gestern

noch ziemlich spät angerufen und es mir gesagt. Jetzt kam dieses Päckchen dazwischen, aber nun wisst ihr Bescheid. So etwas war nach der Trauerfeier für Cristina abzusehen. Elena hat kein einziges Wort mit uns gesprochen und ist sofort durch den Seiteneingang verschwunden, nachdem die Zeremonie beendet war. Für David tut es mir Leid, er wird es nicht verstehen."
Rosalia sah von ihrer Kaffeetasse auf, legte ihre Hand an ihren Hals und flüsterte „Wo ist meine Kette?"
Es war ungefähr in der Mittagszeit, als Carlos mit seiner jungen, attraktiven Kollegin den Dienstwagen am großen Eingangstor zur Bodega parkte. Es war ziemlich ruhig auf dem Grundstück. Die Erntehelfer waren bei ihrer Arbeit, die Leute vom Sicherheitsdienst machten ihre obligatorischen Runden am Gebäude oder überprüften die Zugangsstraße, Lena und Roberto saßen zusammen in Rosalias Büro und waren mit irgendwelchen Geschäftsunterlagen beschäftigt. Carlos und seine Begleiterin gingen zielstrebig auf diesen Raum zu.
„Hola, Roberto, Lena. Wie sieht es bei euch aus? Und vor allen Dingen, wie geht es Rosalia?"
Lena freute sich Carlos zu sehen. „Hallo Carlos. Schön, dich mal wieder zu sehen. Ihr habt bestimmt viel Arbeit, nachdem eure Ermittlungen so erfolgreich waren? Das habt ihr super gemacht."
Carlos nickte. „Wir sind auch zufrieden, aber ohne den aufmerksamen Einsiedler hättet ihr Rosalia wahrscheinlich nicht lebend zurückbekommen."
Roberto bot den beiden an, sich zu setzen. „Kann ich euch einen Kaffee anbieten. Wir wollten auch eine kleine Pause machen. Um deine Frage zu beantworten: Rosalia wird wohl noch

lange unser Sorgenkind bleiben, aber Lena arbeitet vorsichtig mit ihr und außerdem ist da noch Juri. Ich glaube, dass er eine ganz große Hilfe ist. Eigentlich ist er im Moment der Einzige, der von ihr akzeptiert wird. Aber auch ihn lässt sie nur bedingt an sich ran."
„Denk dran, Roberto, sie ist unglaublich sensibel und hat in den zwei Tagen einfach viel ertragen müssen. Seid froh, dass sie diese Hilfe hat. Trotzdem muss ich dringend mit diesem Juri sprechen. Es gibt einige Ungereimtheiten, nach denen ich ihn fragen will. Wo ist er im Moment?"
„Er wird oben im Haus sein. Aber was ist denn mit ihm. Können wir ihm auch nicht vertrauen?"
Carlos schüttelte den Kopf. „Tut mir Leid, Roberto. Ich kann dir noch nichts dazu sagen. Erst muss ich mit ihm reden. Ich muss abwarten, was sich aus dem Gespräch ergibt. Übrigens haben die Kollegen Rosalia Kette gefunden. Sie lag in dem alten Lieferwagen. Bei dem Übergriff muss sie gerissen und auf den Fahrzeugboden gefallen sein."
Lena lächelte. „Das ist gut. Es wird Rosalia freuen und ablenken. Sehen wir uns später noch?"
„Ja klar. Wir kommen noch mal zurück. Vielleicht wissen wir dann Näheres."
Die beiden stiegen wieder in ihr Fahrzeug und fuhren die Straße hinauf in Richtung Wohnhaus der Familie Hernandez.
„Na, da bin ich mal gespannt, wie dieser Juri die Neuigkeiten aufnimmt, die wir ihm mitzuteilen haben." Carlos war ohnehin auf diesen Mann gespannt. Es schien, als würde er zwischen zwei Welten leben.
Pablo saß auf der Bank vor dem Haus im Garten und schien sei-

nen Gedanken nachzuhängen, als Carlos und seine Kollegin durch das Tor in die Einfahrt einbogen. Als er das Geräusch des Motors wahrnahm, sah er auf und hob die Hand, als er erkannte, wer die unverhofften Besucher waren.
„Pablo, schön dich hier draußen anzutreffen. Wie geht es euch? Wo ist Marta?“
„Hola, Carlos, hast du dich auch mal wieder in die Berge verirrt. Ich hoffe, dein Besuch hat keinen zu unangenehmen Grund. Es sind schon zu viele böse Dinge passiert. Mehr können wir nicht verkraften.“
Carlos hob entschuldigend die Schultern. „Nein, es wird wohl auch nichts mehr passieren, du kannst ganz entspannt sein. Wir wollten Rosalias Halskette zurückbringen. Die Kollegen haben sie zum Glück gefunden. Wo sind Rosalia und ihr Freund?“
„Die beiden sind in Rosalias Wohnung. Geht nur hinein. Schön, dass die Kette wieder da ist. Jetzt sind alle, die ich anfertigen ließ, wieder in diesem Haus. Cristinas Kette wurde in den Briefkasten geworfen, Elena hat ihre zurückgeschickt, als Zeichen, dass sie nicht mehr zu unserer Familie gehören will, und jetzt ist auch Rosalias Kette zurückgekommen. Ich denke, die Halsketten dürfen dieses Haus nicht verlassen. Sie haben draußen kein Glück gebracht.“
Carlos und seine Begleiterin gingen ins Haus und klopften an Rosalias Wohnungstür. Diego war noch nicht zu Hause, der Schultag war lang. Juri öffnete die Tür und sah die zwei Besucher erstaunt an. Carlos stellte sich vor und hielt Juri den Dienstausweis hin, so wusste dieser gleich, mit wem er es zu tun hatte.
„Buenos tardes, Señor Koldonow. Ist es möglich, dass wir uns

kurz mit ihnen unterhalten?"
Juri sah Carlos eindringlich an, nickte aber nach einiger Zeit des Nachdenkens.
„Natürlich, ich hole nur noch Rosalias Mutter, dann stehe ich Ihnen zur Verfügung."
Nachdem Juri Marta geholt hatte, führte er die zwei nicht erwarteten Besucher in den hinteren Garten. „Hier können wir reden. Ich habe gehört, Comisario, dass Sie sehr gut Deutsch sprechen. Macht es Ihnen etwas aus? Für mich wäre es einfacher."
Carlos nickte zustimmend. „Das ist in Ordnung. Meine Kollegin spricht die Sprache auch.
Señor Koldonow, wie ich erfahren habe, sind Sie gut bekannt mit der Familie Wolkow?"
Juri hob den Kopf und nickte. „Wie haben Sie es erfahren?"
„Die drei verhafteten Entführer von Rosalia behaupten, dass sie den Auftrag zu dieser Entführung von Irina Wolkowa-Trautmann bekommen haben. In diesem Zusammenhang fiel auch Ihr Name. Wir wissen auch, dass Sie viele Jahre für die Familie gearbeitet haben. Meine deutschen Kollegen waren sehr kooperativ. Was sagen Sie dazu?" Juri schwieg lange. „Diese ganze Geschichte ist nicht so schnell zu erzählen. Ich sage Ihnen jetzt nur, dass ich niemals irgendetwas mit der Polizei zu tun hatte. Sprechen Sie mit Trautmann und vor allen Dingen, fragen Sie Irina. Auf sie hatte ich in den letzten Jahren keinen Einfluss mehr. Wenn ich den noch gehabt hätte, wären all diese Verbrechen nicht geschehen."
„Sie behaupten also, dass Irina Wolkowa für den Mord an Cristina Hernandez und die Entführung und Vergewaltigung von

Rosalia Hernandez verantwortlich ist?“
„Ich kann es nicht behaupten, weil Irina es mir so deutlich nicht gesagt hat, aber ich bin trotzdem davon überzeugt.“
Carlos überlegte, was er Juri in diesem Augenblick noch erzählen sollte und entschied sich dann dafür, ihm das zu sagen, was er von den deutschen Kollegen erfahren hatte.
„Señor Koldonow, es tut mir Leid, es Ihnen sagen zu müssen. Aber von der Polizei in Heidelberg wissen wir, dass Sascha Trautmann seine Mutter Irina am Montag tot in ihrer Heidelberger Wohnung gefunden hat. Sie wurde getötet. Es ist noch vollkommen unklar, wer der Täter gewesen sein könnte. Er hat keine verwertbaren Spuren hinterlassen. Jetzt frage ich Sie, wo waren Sie am vergangenen Freitag, am Tag der Ermordung von Señora Wolkowa-Trautmann?“
Juri sagte eine lange Zeit nichts und hielt seinen Kopf gesenkt, aber als er Carlos wieder ansah, konnte dieser die Trauer in den Augen des anderen Mannes erkennen.
„Comisario, haben Sie etwas dagegen einzuwenden, wenn wir die Angelegenheit zusammen mit Roberto besprechen?“
Eigentlich hatte Carlos etwas dagegen, aber nach einiger Zeit des Nachdenkens überlegte er es sich doch noch anders. „Normalerweise schätze ich keine Gruppenbefragung, aber in diesem eher familiären Fall können wir eine Ausnahme machen. Kommen Sie, fahren wir zur Bodega.“
Sie hielten wieder am Haupteingang des großen Gebäudes und trafen Roberto und Lena genau wie vor einiger Zeit wieder im Büro an.
„Juri, irgendetwas muss passiert sein, wenn du Rosalia alleine lässt. Jetzt bin ich wirklich neugierig, was es dieses Mal wieder

ist. Carlos wollte es uns vorhin nicht sagen. Erfahren wir jetzt mehr?“

Carlos nickte. „Señor Koldonow hielt es für wichtig, dass du, Roberto, bei der Befragung dabei bist. Aber erst einmal will ich euch die Sachlage schildern.“

Im Beisein von Roberto und Lena erzählte Carlos noch einmal dasselbe, was er eben nur Juri mitgeteilt hatte. Erstaunen und Schock waren auf den Gesichtern der beiden abzulesen. Niemals hätten sie vermutet, dass Juri etwas mit dieser Familie zu tun hatte.

„Ich habe Kommissar Lopez Garcia schon erzählt, wie meine Verbindung zu den Wolkows war. Irina und ich sind zusammen aufgewachsen. Wir waren die engsten Freunde,

wirklich nur Freunde. Ich konnte mich immer auf sie verlassen, genauso war es umgekehrt. Ich kannte ihren Charakter, eigentlich hatte sie schon immer etwas Böses in sich. Aber in den letzten Jahren ist es immer schlimmer geworden. Sie wurde noch skrupelloser und bösartiger. Ihre zweifelhaften Aktionen machte sie nur, um andere zu demütigen, niemals für Geld. Davon hat die Familie Wolkow reichlich.

Ich habe häufig mit ihr gesprochen, auch als sie schon mit der Familie auf Teneriffa lebte. Sie machte Andeutungen von den Dingen, die sie hier vorhatte. Es ging die ganze Zeit um ein Grundstück, dass sie unter allen Umständen besitzen wollte. Sie sagte mir, es sei ihr egal, wie sie es bekommen würde, ihr wäre jedes Mittel recht. Sie war nicht zu bremsen. Dann bin ich hierhergekommen, um mich vor Ort zu informieren und sie zu beeinflussen, ihr Vorhaben aufzugeben. Ich bin fest davon überzeugt, dass sie für alles verantwortlich ist, was eurer Fami-

lie zugestoßen ist, aber beweisen könnte ich gar nichts. Hier habe ich sie gar nicht mehr treffen können. Sie wollte nicht, dass ich mich einmische. Jetzt ist sie tot. Jemand hat sie umgebracht und der Kommissar möchte nun von mir wissen, wo ich mich am Freitag, an ihrem Todestag, aufgehalten habe."
Roberto war von dem, was er gerade gehört hatte, derart fassungslos, dass er kaum ein Wort herausbringen konnte. Er sah Lena an, die zuckte aber nur mit den Schultern. Was sollte er jetzt dazu sagen.
„Juri, warum hast du dich von Manolo Perez als Erntehelfer für unsere Weinlese anwerben lassen? Was hattest du vor?" wollte Roberto wissen.
„Ich wollte die Familie kennenzulernen, die von Irina zerstört werden sollte. Das durfte ich nicht zulassen. Aber genutzt hat es nichts. Deine Nichte ist tot und deine Schwester wurde entführt. Ich kam immer zu spät. Irina war mir immer einen Schritt voraus. Aber ich habe Rosalia kennengelernt. Ich werde sie jetzt beschützen, wenn ihr nichts einzuwenden habt. Nach Deutschland gehe ich nicht zurück. Am Freitag, am Tag des Mordes an Irina, war Rosalia noch im Krankenhaus. Sagt dem Kommissar bitte alles, was ihr wisst."
Roberto und Lena sahen sich lange an, so als müssten sie abwägen, was sie sagen sollten. Lena war die erste, die reden konnte.
„Eigentlich war Juri ständig im Krankenhaus. Donnerstagnachmittag, Freitag und Samstagvormittag war er häufig unterwegs. Er musste wohl einige dringende, persönliche Dinge klären."
„Lena, war er am Freitag im Krankenhaus?"
Lena zögerte mit der Antwort, sagte dann aber mit festem

Blick auf Carlos „Ja, er war zwischendurch da."
Roberto schüttelte leicht den Kopf, Juri schaute zum Fenster hinaus und Lena sah die Männer trotzig an. Carlos glaubte ihnen kein Wort. Der dritte Donnerstag im September, Flughafen Gran Canaria. Blomberg hatte noch ein paar Tage am Bodensee verbummelt, immer mit gutem Essen, viel Bewegung durch weitläufige Spaziergänge und viel Schlaf. Es war für ihn ein kleiner Urlaub, nachdem er seinen Auftrag erfolgreich abgeschlossen hatte. Jetzt war er gerade wieder auf Gran Canaria gelandet. Er war von Stuttgart aus geflogen, es hatte sich so ergeben. Wenn er seine Auftraggeberin jemals kennengelernt hätte, könnte er ihr jetzt auf dem Flughafenparkplatz alles Wichtige persönlich mitteilen. Gerade, als er an seinem dort abgestellten Fahrzeug ankam, stieg eine schlanke, hochgewachsene Frau mit schulterlangen, braunen Haaren aus ihrem Auto, öffnete den Kofferraum und griff nach einer kleinen Reisetasche, die sie als Handgepäck mit in die Flugzeugkabine nehmen wollte. Elena Jimenez Hernandez sah gut aus. Auf den ersten Blick.
Sie war sportlich elegant gekleidet und hatte immer noch eine dezente, jugendliche Ausstrahlung.
Nur wer sie genau betrachtete und ihr in die hellen, grau-blauen Augen sah, konnte den Hass erkennen, der nicht mehr aus ihrem Blick verschwinden wollte. Elena hatte einen Flug mit der Swiss Air nach Zürich gebucht und wollte von dort mit dem Zug weiterfahren. Ihr Ziel war Konstanz am Bodensee. Dort hatte sie etwas zu erledigen, was ihrer Meinung nach unbedingt getan werden musste. Sie hatte keine Eile, sie wollte in aller Ruhe alles vorbereiten. Blomberg war froh, endlich fast

wieder zu Hause zu sein. Noch heute wollte er mit der letzten Fähre nach Teneriffa zurückkehren. Er hatte die Nase voll von Hotelbetten, Zugabteilen und engen Flugzeugsitzen. Er hatte nur den einen Wunsch, endlich wieder in seine Wohnung nach San Isidro zu kommen. Aus den Augenwinkeln sah er die schlanke, große Frau, sie erregte seine Aufmerksamkeit. Aber die Begegnung war flüchtig und das Interesse einseitig. Die Frau schien ihrer Umgebung keinerlei Beachtung zu schenken, sie wirkte abwesend und marionettenhaft. Nachdem sie ihr Auto verschlossen hatte, eilte sie mit schnellen Schritten dem Flughafengebäude entgegen und wurde in kürzester Zeit seinen Blicken entzogen. Eine interessante Frau, dachte Blomberg, er würde sie wohl nicht noch einmal treffen.
Eigentlich hätte es für Elena eine anstrengende Reise sein müssen, aber ihre Gedanken waren mit anderen Dingen beschäftigt, so dass sie das Gefühl hatte, nur funktionieren zu müssen. Sie kam nach fünf Stunden in Zürich an, sie ließ sich mit einem Taxi zum Bahnhof bringen und es war schon nach Mitternacht, als sie Konstanz erreichte. Ein anderer Taxifahrer setzte sie vor einem Hotel ab, in dem sie ein Zimmer für die nächsten Tage mietete. Jetzt erst merkte Elena, dass sie sich dringend ausruhen musste, sie brauchte ihre Kraft für das, was sie vorhatte. Gleichzeitig fieberte sie dem Zeitpunkt ihres Handelns entgegen. Morgen war ihr erster Tag, dann würde sich entscheiden, wann sie endlich ihr Ziel erreicht hatte.
Ihre Erschöpfung ließ Elena am nächsten Morgen ungewohnt lange schlafen. Nach einem Blick auf die Uhr entschied sie sich gegen das für sie ungewohnte, opulente deutsche Frühstück und ließ sich nur einen Kaffee bringen. Essen war in den letz-

ten, knapp drei Wochen zur Nebensache geworden. Sie kam sich wie ein Roboter vor, sie musste nur funktionieren.
Heute wollte sie nur die Situation ausloten, sehen, ob sie irgendein Muster in seinem Tagesablauf finden konnte, falls sie ihn überhaupt zu Gesicht bekam. Sie hatte wieder Zeit, jetzt war sie am Ziel angekommen. Elena bemerkte eine intensive Ruhe, die sich in ihr ausbreitete. Das war gut, so hatte sie sich besser unter Kontrolle. Bevor sie am späten Nachmittag wieder in ein Taxi stieg, das sie in die Nähe der bekannten Adresse bringen sollte, schlenderte sie durch die Fußgängerzone dieser malerischen Altstadt. Sie stöberte in den kleinen Geschäften, in Buchhandlungen, in Dekorationslädchen, in Haushaltswarengeschäften. Sie kaufte die eine oder andere Kleinigkeit, von der sie meinte, dass es so etwas in ihrer Heimat nicht gab, oder die sie hier noch unbedingt benötigen würde.
Einige Zeit später stand sie in der Straße, in der er wohnte. Sie hielt sich abseits, war geduldig, aber er tauchte nicht auf. Morgen würde sie es wieder versuchen.
Am nächsten Tag hatte sie mehr Glück. In dem aufsteigenden Dunst, der vom nahen See herüberzog, kam ihr die Dämmerung dunkler vor, als sie es um diese Tageszeit sein sollte. Er schien diese graue Maskerade zu nutzen. Sportlich gekleidet kam der junge, äußerst attraktiv aussehende Mann aus dem bekannten Gebäude. Sie wusste sofort, dass er es war. Er schaute auf seine Uhr und ging dann verhältnismäßig langsam in Richtung See und Promenade.
Elena folgte ihm ebenso langsam. Sie würde irgendwo auf ihn warten, ihn beobachten um ihn dann irgendwann anzusprechen. Als sie die Seepromenade erreicht hatten, fing er an zu

laufen. Elena setzte sich auf eine der vielen Bänke und wartete. Sie harrte aus, hoffte, dass er denselben Weg zurückkommen würde. Sie musste ungefähr eine Stunde warten, bis er wieder an ihr vorbei lief und in die Straße zu seiner Wohnung abbog. Morgen würde sie wieder hier sein, um die gleiche Zeit. Sie vertraute darauf, dass er seine Rituale einhielt. Zwei, drei Tage wollte sie ihn beobachten, dann war der Zeitpunkt für sie gekommen, tätig zu werden. Nein, morgen war der Tag, dem sie entgegenfieberte, morgen war Sonntag. Der Sonntag würde der perfekte Tag sein.

Dieser entscheidende Tag wurde mit einer dunstig aufgehenden Sonne begrüßt. Es sollte noch einmal ein warmer Tag werden. Zwar feucht und drückend, aber immer noch so schön, dass sich die Straßencafés schon früh auf den zu erwartenden Andrang vorbereiteten.

Elena befand sich in einem Zustand von kribbelnder Erwartung. Sie saß an einem Tisch eines Cafés in der Konstanzer Fußgängerzone, hatte einen Kaffee vor sich stehen und genoss die wärmende Sonne an diesem Sonntagnachmittag. Viel Zeit hatte sie nicht mehr, bevor sie sich auf den Weg machen würde, um ihre Mission zum Ende zu bringen.

Sie setzte sich zeitig in ein Taxi, es war eigentlich zu früh. Bis die Dämmerung einsetzte, würde es noch dauern. Aber sie war ruhig und geduldig. Ihr Ziel war dieselbe Bank auf der Promenade, auf der sie gestern schon gesessen und gewartet hatte. Sie starrte auf den See, ihre Gedanken liefen in die Richtung, die diese schon seit drei Wochen ansteuerten. Langsam veränderte sich das Tageslicht, es wurde sehr langsam dunkel, ganz anders als auf ihrer Insel. Da war der Übergang vom Tag in die

Nacht erheblich kürzer. Langsam wurde sie doch ungeduldiger. Würde sie heute umsonst hier warten? Kam er nicht, weil heute Sonntag war? Sie entschloss sich, doch noch eine Weile auszuharren.

Und sie wartete nicht vergebens. Er fing an zu laufen, sobald er die Promenade erreicht hatte. Auch heute hatte sie keinerlei Zweifel, dass es der richtige Mann war. Sie ließ ihn an sich vorbeilaufen, wollte ihn erst ansprechen, wenn er auf dem Rückweg war. Noch eine Stunde Geduld. Die hatte sie übrig. Ihre Hände hatte sie tief in die Taschen ihrer dünnen Jacke gesteckt. Sie hielt sich an sich selbst fest und bewahrte so ihre Ruhe. Endlich! Er kam den Weg zurückgelaufen. Kurz bevor er an ihr vorbeikam, erhob sie sich aus ihrer starren Haltung und stellte sich ihm in den Weg. Daniel Kamphoff bremste überrascht seinen Lauf und blieb heftig atmend vor der hochgewachsenen Frau stehen. Sie stand mitten auf dem unbefestigten Weg und Daniel hatte gleich das ungute Gefühl, dass sie auf ihn gewartet hatte.

„Entschuldigen Sie, kann ich Ihnen helfen. Haben Sie ein Problem?“ Er hatte seine Stimme noch nicht vollständig unter Kontrolle, wollte aber auch nicht einfach vorbeilaufen. Vielleicht brauchte die Frau Hilfe.

Elena ließ sich Zeit. Sie wollte ihn erst einmal in aller Ruhe ansehen. Sie entschied sich, ihm auf Englisch zu antworten, weil sie in seiner Sprache nicht besonders gut klar kam.

„Sie sehen wirklich ausgesprochen gut aus. Ich kann verstehen, dass junge Mädchen von Ihnen beeindruckt sind. Und Sie wissen mit Sicherheit auch, wie Sie beeindrucken können.“

Elena betrachtete ihn mit zur Seite geneigtem Kopf und einem

Lächeln, dass ihre Augen nicht erreichte. Wochenlang war sie wie in einem grausigen Nebel gefangen, jetzt konnte sie plötzlich wieder glasklar denken.

„Wer sind Sie? Was wollen Sie von mir?“ Daniel war verunsichert. Was meinte diese Frau? Woher kannte sie ihn?

„Jetzt wollen Sie bestimmt wissen, warum ich Sie anspreche, Ruben Santoro oder Jan Osthoff oder lieber Daniel Kamphoff, wie sie sich jetzt nennen?“ Elena entließ ihn nicht aus ihrem Blick.

Der Schock war so groß, dass Daniel kein Wort herausbringen konnte. Wieso stand hier eine ihm völlig fremde Frau vor ihm, die aber viel über ihn zu wissen schien. Seine Stimme war belegt, als er endlich wieder sprechen konnte.

„Sagen Sie mir endlich, wer Sie sind und was Sie von mir wollen!“ Er wurde ärgerlich.

„Ich bin die Mutter von Cristina, Sie wissen doch noch, wer Cristina ist? Und ich möchte Ihnen helfen, nicht in ein Gefängnis zu kommen.“

Daniel konnte nichts mehr sagen, er schüttelte nur noch mit dem Kopf. Er hatte mit vielen Dingen gerechnet, aber nicht damit, dass die Mutter von Cristina so unverhofft vor ihm auftauchen könnte.

„Ich möchte Ihnen dabei helfen, nie mehr in die Situation zu kommen, noch einmal ein junges Mädchen zu töten. Heute vor drei Wochen haben Sie mein Kind umgebracht. Sie werden so etwas nie wieder tun.“

Daniel war wie gelähmt. Er sah, dass Elena ihre Hände aus den Jackentaschen zog, er sah auch das Messer, das sie plötzlich in der rechten Hand hielt. Reagieren konnte er nicht mehr, als sie

mit diesem Messer mehrmals und mit vollem Körpereinsatz auf ihn einstach. Er war einfach nicht darauf vorbereitet, weil er niemals an solch eine Situation gedacht hatte.
Elena hatte nicht sorgfältig gezielt, oder sich vorher genau überlegt, wie sie es machen musste. Ihr Hass auf diesen Mann war so groß, dass ihr Gehirn einfach nur ihre Hand gelenkt hatte. Sie wollte ihn nicht einmal leiden sehen, Elena wollte ihn einfach nur töten. Der Mann starb in dem Moment, als er auf dem Boden aufprallte. Auch sie ließ sich auf die Knie fallen, beobachtete sein kurzes Sterben und konnte dem Zwang nicht widerstehen, den Toten zu berühren. Es gab keine Zeugen, um diese Zeit war die Promenade menschenleer, es wäre ihr aber auch gleichgültig gewesen. Sie musste ihn berühren. Mit blutigen Händen hockte sie eine ganze Weile still da und starrte auf die tote Gestalt vor ihr. Eine lange nicht gekannte Ruhe und Zufriedenheit breitete sich angenehm in ihr aus. Sie hatte ihr Ziel erreicht, ihre ganz persönliche Mission erfüllt. Alles, was jetzt noch kommen würde, war nicht mehr wichtig. Dann zog sie ihr Telefon aus der Hosentasche, wählte die Nummer der Polizei, und als sich nach kurzer Zeit jemand meldete, brachte sie nur wenige Sätze heraus.
„Mein Name ist Elena Jimenez Hernandez. Ich bin hier an der Promenade. Allmannsdorf. Fähre. Ich habe gerade den Mörder meiner Tochter getötet. Bitte kommen Sie."

Der vierte Sonntag im September
San Isidro, Teneriffa

Blomberg hatte es sich überlegt. Er wollte seinem langjährigen Freund Carlos Lopez Garcia von der Polizei in Los Cristianos nun doch eine kleine Information geben. Das war er ihm schuldig. Auch er hatte schon den einen oder anderen Tipp von Carlos erhalten.
Carlos war überrascht von diesem sonntäglichen Anruf.
„Hola, Blomberg. Lange nichts von dir gehört. Alles klar?"
„Carlos, alter Freund. Bei mir ist alles gut. Aber ich habe gehört, dass du in einem Mordfall nicht weiterkommst? Stimmt das, oder bist du schon auf der richtigen Spur?"
„Es ist schon interessant, was du so alles weißt. Aber es stimmt schon. Wir sind offensichtlich näher dran, aber den Täter haben wir noch nicht."
Blomberg musste grinsen. Normalerweise würde Carlos ihm solche Geständnisse nicht machen.
„Ich kann dir einen kleinen Hinweis geben. Schreib mit! Jan Osthoff. Hamburg. „Inselbar" in Frankfurt. Mach was draus. Vielleicht sehen wir uns mal. Bis bald."
Blomberg hatte das Gespräch beendet, bevor Carlos reagieren konnte. Auch er musste lächeln.
Es war doch manchmal von Vorteil, gewisse Kontakte zu haben. Heute nicht mehr, aber morgen gab es für sein Team wieder viel zu tun.

Der vierte Sonntag im September
Vilaflor

Roberto und Lena saßen in der Sonne und tranken Wein.
„Was meinst du, wird Carlos unsere Aussage noch einmal prüfen? Er machte nicht den Eindruck, als würde er uns glauben."
Schon seit Tagen machte Lena sich Gedanken, ob es richtig war, so ausgesagt zu haben.
Roberto schwieg lange. „Warten wir es einfach ab. Ich glaube sowieso, dass uns Juri noch viel erklären wird."
Im Garten am Haus der Familie Hernandez saßen Rosalia, Juri und Diego auf der alten Holzbank und schwiegen. Rosalia hielt ihre Halskette in der Hand machte einen entspannten Eindruck, Diego war froh, dass seine Mutter wieder zu Hause war und Juri glücklich, eine neue Heimat bei Rosalia und ihrer Familie gefunden zu haben.

Der erste Samstag im Oktober
Vilaflor

Der Bus des Verkehrsunternehmens der Insel Teneriffa hielt in Vilaflor an der Gabelung der Hauptstraßen nach Granadilla und Los Cristianos. Ihren Rucksack vorantragend stieg ein schlankes, hochgewachsenes, junges Mädchen mit taillenlangen, dunklen Haaren, heller Haut und außergewöhnlichen türkisfarbenen Augen aus diesem Bus und sah sich hilfesuchend um.

Die Tische auf der sonnigen Terrasse des Cafés, das direkt an dieser Straßengabelung lag, waren fast alle besetzt. Es war früher Nachmittag und viele Touristen machten hier eine Pause, um sich für den Rest des Tages mit einem Imbiss zu stärken. Das junge Mädchen ging auf die Bedienung zu und fragte in einem holprigen, in der Schule erlernten Spanisch nach dem Weg zum Haus und zum Weingut der Familie Hernandez. Nachdem man ihr gezeigt hatte, in welche Richtung sie gehen musste, machte sie sich mutig auf den Weg und erreichte nach einiger Zeit das große Tor an der Zufahrt zum Wohnhaus. Sie ging auf die entfernte Haustür zu und drückte auf den Klingelknopf. Es dauerte eine ganze Weile, bis ein Junge mit dunklen, lockigen Haaren öffnete. Er sah das junge Mädchen erschrocken und mit großen Augen an, bevor er sich umdrehte und ins Haus zurücklief. Das junge Mädchen wartete wieder einige Zeit. Ein großer, gut aussehender, ebenfalls dunkelhaariger Mann erschien in der Tür. Er wirkte ebenfalls leicht schockiert.
„Was können wir für Sie tun?“ fragte er dann.
„Mein Name ist Nina Osthoff. Sind Sie Roberto Hernandez? Mein Bruder war der Mörder ihrer Nichte Cristina. Ich würde gerne mit der Familie reden, der mein Bruder so viel Leidvolles angetan hat.“

*

Einige Zeit später werden die Ereignisse dieses Romans noch ein Nachspiel haben.

Der Folgeroman

Mördersonne

ist ebenfalls im Hober Verlag erschienen.

Autorenvita

Rita Weber lebt zusammen mit ihrem Mann im ostwestfälischen Herford. Ihr Leben ist längst nicht so aufregend wie das ihrer Protagonisten, aber sie war immer in der Lage etwas Gutes daraus zu machen. Nachdem sie aus aus gesundheitlichen Gründen aus dem Berufsleben ausscheiden musste, entdeckte sie aufs Neue ihre Liebe zur Literatur.

Zunächst sollte es eigentlich nur eine Kurzgeschichte werden, aber herausgekommen ist ein Kriminalroman, der vorwiegend auf Teneriffa, aber auch in verschiedenen Gebieten Deutschlands, der Schweiz und Marokkos spielt. Der Roman wurde 2015 veröffentlicht und hieß „Gieriges Paradies".

Der zweite Roman „Mördersonne" baut zwar auf den Personen und Handlungen des ersten Romans auf, ist aber keine direkte Fortsetzung. Er kann als eigenständiger Roman gelesen werden und auch die Handlung verlagert sich schließlich in das ostwestfälische Lippe – der Heimat der Autorin.